DROEMER

Monika Bittl

Das Fossil

Roman

DROEMER

Besuchen Sie uns im Internet:
www.droemer.de

FSC
www.fsc.org
MIX
Papier aus verantwortungsvollen Quellen
FSC® C083411

Originalausgabe Oktober 2015
Droemer Verlag

Ein Imprint der Verlagsgruppe
Droemer Knaur GmbH & Co. KG, München

Covergestaltung: Network! Werbeagentur, München
Coverabbildung:
akg-images / Chris Hellier / Science Photo Libr (Fossil)
plainpicture / Heidi Friauf (Hintergrund)
Satz: Daniela Schulz, Puchheim
Druck und Bindung: CPI books GmbH, Leck
ISBN 978-3-426-19976-3

2 4 5 3 1

In memoriam meines Bruders
meiner Familie gewidmet

»Der Weise dagegen lehnt weder das Leben ab, noch fürchtet er sich vor dem Nichtmehrleben, denn ihn widert das Leben nicht an, und er betrachtet das Nichtmehrleben nicht als ein Übel.«

Epikur

Das Fossil

Als Gott noch nicht die Menschen und die Menschen noch nicht Gott erschaffen hatten, kam ich zwischen lärmenden Dinosauriern auf die Welt. Damals umkreiste ein zweiter Trabant die Erde, der Kontinent Nordamerika trennte sich gerade von Europa und nirgendwo hier in Bayern zeigten sich auch nur ansatzweise Alpen, vielmehr lebte ich am Meer mit traumhaften Stränden, palmenartigen Farnen und dem Jahrhundertfeuerwerk eines implodierenden Gestirns. Mein Vater und meine Mutter, Echsenbeckendinosaurier, hatten mit mir als Erstgeborenem meiner Art ganz besonders hochtrabende Pläne, was aber leider zu meinem frühen Ableben führte. Denn während sich die Eltern darüber zankten, ob ich zuerst laufen oder fliegen lernen sollte, sich nicht einigen konnten und über ihren Streit vergaßen, mich zu hüten, stieß mich ein Titanosaurus robustus im Vorbeigehen mit seinem Schwanz über einen Felsabhang in einen seichten Salzsee, der so giftig war, dass jedes Leben darin sofort starb.

Hunderteinundfünfzig Millionen achthundertsechsunddreißigtausend und fünfhundertvierundsechzig Jahre, sieben Monate und dreiundsechzig Tage hatte ich meine gottverdammte Totenruhe, bis ich neulich in dieser menschlichen Familie landete. Bei meiner frühkindlichen Erfahrung mit Todesfolge wegen streitender Eltern begegnete ich dem Familienverband zunächst natürlich mit größter Skepsis.

Doch weil es ständig Wirbel, Ärger, Höhenflüge und Trubel gab, schlugen sie mich in ihren lebendigen Bann. Kaum glaubte ich zu verstehen, wie sich eins aus dem anderen entwickelt, überraschten sie mich mit Unvorhergesehenem. Und so wurde ich eine Art adoptiertes Mitglied und trug meinerseits wiederum zu Freude, Tränen, Glück und Unglück sowie beträchtlicher Aufregung bei. Wahlweise werde ich von ihnen als »Fluch« oder »Segen«, »Glück« oder »Unglück«, »Schatz« oder »Ausbesserungsstein« bezeichnet.

Diese Familie ist – wie vermutlich all diese menschlichen Verbände – eine Komödie und eine Tragödie zugleich. Da sterben sie fast vor Liebe oder ziehen freiwillig in einen Krieg – und streiten sich dabei doch über ein Geburtstagsgeschenk. Sie errichten ein Haus und freuen sich über die Kinder – und wechseln nach einer blöden politischen Bemerkung jahrelang kein Wort mehr miteinander. Da leben sie nebeneinander her wie Fremde oder entfliehen sich betrinkend der Welt – und bügeln doch die Dummheit eines Jungen aus und retten damit Menschenleben. Hier tummeln sich eine Schönheit, ein Krüppel, eine Atheistin, ein tief Gläubiger, Angepasste und Rebellische, Feige und Mutige, Kluge und Dumme, Arme und Reiche.

Ich hab mich mittlerweile in diesen hundertdreiundfünfzig Jahren so an diese Familie mit ihren Eigenheiten, Abgründen und Höhenflügen gewöhnt, dass ich gar nicht mehr anders kann, als jetzt für sie einzustehen. Denn ganz objektiv gesehen habe ich zwar ständig Ärger mit ihnen, aber in Wahrheit auch großes Glück, denn langweilig wurde es mir hier noch nie. Mit meinem kleinen Bruder möchte ich nicht tauschen. Der fristet seit unserer Entdeckung vor einhundertdreiundfünfzig Jahren sein Dasein im Britischen Museum unter trockenen Wissenschaftlern und bildungsbürgerlichen Besuchern. Er wurde zwar zum Star und mich kennt niemand, aber hinter Sicherheitsglas muss er sich Kommentare von Gaffern anhören wie: »Look at it, my son! That's how we began!« Als ob ein Archaeopteryx die Menschheit begründet hätte! Wir haben zwar noch Kopf und Becken eines Reptils, aber schon Federn, mit denen wir das Fliegen revolutionierten, den Flugsauriern überlegen wurden und so die Ahnen der heute über neuntausend Vogelarten wurden. Aber der Ursprung der Menschheit sind wir ganz gewiss nicht!

Ausgerechnet der Homo sapiens, wie dieser Besucher im Britischen Museum, nimmt sich selbst so wichtig wie keine Art sonst. Dabei würde ich es den Menschen ja nicht verübeln, wenn er nur die eigene Spezies höher als andere bewertete – das tun wir doch alle! Die Menschen finden Affen beispielsweise nicht so schön wie Bären oder Katzen, weil sie sich von ihren nächsten biologischen Verwandten im Schönheitsideal abgrenzen müssen. Nase abschneiden war in finsteren Zeiten der Menschen deshalb so eine schlimme Strafe, weil man damit dem Gesicht eines Affen ähnlicher wurde. Lange Beine gelten als attraktiv, weil der Homo sapiens damit weniger »affig« wirkt, und warum enthaart sich das schöne Geschlecht wohl? Selbst Darwin, dem mein Bruder und ich zum Durchbruch verhalfen, fand keine schlüssige Antwort auf das Rätsel der Schönheit – und dabei ist sie keine Laune oder Verschwendung der Natur, wie heute noch viele glauben. Nehmen Sie den männlichen Pfau und sein Gefieder. Es behindere seine Tarnung und schränke die Bewegung ein, meinte Darwin. Etwas sei also entweder schön oder funktional. Doch das Gegenteil ist der Fall: Der männliche Pfau überlebt mit seinem vermeintlichen Ballast leichter als das unscheinbare Weibchen!

Warum gibt es die Schönheit in der Natur, in der Kunst oder im Leben? Und stimmt es wirklich, dass Schönheit nur im Auge des Betrachters liegt? Nein. Aber auf das Rätsel der Schönheit komme ich im Laufe der Erzählung noch zurück, es beschäftigt mich seit meiner Entdeckung.

Denn seit einiger Zeit nimmt sich nicht nur der Homo sapiens als Gruppe so wichtig, sondern auch die einzelnen Menschen sich selbst – und vergessen darüber die Schönheit. Man findet sich mit der Bedeutungslosigkeit nicht ab und phantasiert sich ständig einen höheren Sinn ins Leben, im Kleinen wie im Großen. Ein jeder macht ein Theater um seine eigene Existenz, die sich doch bloß mit Vergänglichkeit und Tod nicht abfinden will. So als hätte nicht sogar innerhalb des Menschseins ein Buddha oder Epikur längst gezeigt, wie kleinlich, engstirnig und beschränkt das ängstliche Getue um das eigene Leben ist. Oder glauben Sie, das All interessiert Ihr Seitensprung, Ihr verpasster Bus heute Morgen oder das Hühnerauge an Ihrer Zehe? Momentan sind alle Menschen fast hysterisch von der eigenen Bedeutung in einem Ausmaß überzeugt, dass sie sich gar nicht mehr in die Natur und ihren Lauf einordnen wollen, sondern sich lieber sogar schädlich als gar keine Spuren hinterlassend denken und dazu den »globalen Fußabdruck« erfanden.

Der Mensch überschätzt seinen Einfluss maßlos und denkt sich wieder böse wie einst, die Erde zerstörend, so kam die Erbsünde im neuen Gewand wieder auf. Was für ein Rückfall in finstere Zeiten! Der Mensch misstraut sich und seinem Verstand wieder und verspielt die Errungenschaften der Aufklärung. Das macht ihn krank. Nehmen Sie den Klimawandel als Beispiel. Neueste wissenschaftliche Forschungen gehen heute von Sonnenzyklen aus, die bei der

Erwärmung der Erde eine zentrale Rolle spielen. Der menschengemachte Anteil am Klimawandel scheint viel geringer zu sein als bisher angenommen. Und was hab ich selbst schon für Warmzeiten erlebt, weitaus heißer als heute, und damals war noch weit und breit kein Mensch in Sicht!

Denn glauben Sie bloß nicht, ich Fossil hätte die neueste Entwicklung verschlafen, im Gegenteil, die Familie hat mich zwar in ihren Bann geschlagen, aber wissenschaftliche Debatten verfolge ich hellwach mit der gebührenden Distanz, man könnte fast sagen, mit einem gesellschaftspolitischen Interesse auf der Grundlage aufklärerischer Werte. Denn ohne die Aufklärung und Wissenschaft dürfte ich gar nicht existieren. Entsprechend bekämpfte mich die Kirche nach meiner Entdeckung auch wie den Leibhaftigen, und ich wiederum kämpfe jetzt entsprechend gegen die Aushöhlung dieser Werte. Denn mein Bruder und ich bewiesen nicht nur Darwins Evolutionstheorie, sondern stürzten die Pfarrer von der Kanzel und Gott vom Himmel. Wir verhalfen dem Humanismus zum Durchbruch und machten aus der Krone der Schöpfung den Menschen zum Maß aller Dinge.

Damit bereiteten wir den Weg für die individuelle Freiheit der Menschen und die magischen Momente des Lebens, in denen die Schönheit weilt. Nur Dummköpfe glauben, diese magischen Momente lägen in Abwesenheit von Arbeit oder vice versa Karriere; sie lägen im Reichtum oder vice versa Konsumverzicht; oder sie lägen im Ansehen oder vice versa in der Einsamkeit. Ein magischer Moment kann bei einer banalen Arbeit eintreten, in einer religiösen Versenkung, bei einem Kuss, beim Betrachten eines Kunstwerks oder auch nur im Sehen eines Kindes, das vor

Freude im Sonnenuntergang hüpft. Die magischen Momente suchen uns nicht zufällig, sondern immer nur bei einem neuen, tieferen Verstehen des Seins. Das beste Beispiel dafür ist vielleicht die Entbindung eines Kindes. Dem großen Schmerz folgen der erste Blick in seine Augen und der magische Moment, das neue Leben zu sehen, ohne es begreifen zu können.

Aber das führt jetzt alles zu weit. Ich muss mich sputen mit meiner Erzählung für die kranke Kathrin, einem jüngeren Spross der Familie, um damit vielleicht ihr Leben zu retten. Sie wurde vor kurzem in ein Krankenhaus eingeliefert und ringt um ihr Leben. Die Ärzte können sich nicht erklären, warum die Frau zusammenbrach und immer schwächer und schwächer wird. Weder Laborwerte, die üblichen Untersuchungen bis hin zu einem speziellen Computertomogramm ergaben Hinweise auf die Ursache der Krankheit. In ihrer Hilflosigkeit vermuten die Mediziner nun, sie hätte sich einen exotischen Virus auf den Reisen durch Afrika und Asien eingefangen. Was alles über die ärztliche »Kunst« aussagt, denn diese Reisen liegen fast dreißig Jahre zurück! Aber deshalb befindet sie sich nun auf der Isolierstation, darf Besuch nur durch eine Scheibe sehen und niemanden berühren, was den Krankheitsverlauf natürlich ungünstig beeinflusst. Sie wird überwiegend künstlich ernährt und hört sich seit zwei Tagen über einen Laptop den Gesang von Vögeln an, denn nicht einmal das Fenster darf geöffnet werden.

Unversöhnt steht Kathrin ihrer eigenen Geschichte und der ihrer Ahnen gegenüber, weshalb ich nun alles erzähle, denn ich könnte mir gut vorstellen, dass dies zur Gesundung beiträgt. Körper und Seele hängen bekanntlich ja eng zusammen, wenn auch nicht so eindeutig, wie jede

Küchenpsychologie heute verkündet. Die Kranke beginnt sich gerade zu fragen: Was ist Schönheit im Leben? Warum gibt es das Schöne?

Ich erzähle ihr ihre Familiengeschichte, denn nicht *ich* bin Fluch oder Segen, sondern die eigene Familie, je nachdem, wie man sie lebt oder an ihr vorbeilebt oder sie falsch lebt. Dabei ist die Familiengeschichte wie eine Cloud, aus der jeder Informationen abrufen und hineingeben kann. Die Ahnen haben die Cloud mit ihren Erzählungen gefüllt, wir verändern sie mit unserem Leben immer weiter, und die nächste Generation wird sie wieder neu formen und ihren Anteil aus dem kollektiven Gedächtnis der Cloud abrufen.

Im kahlen Krankenzimmer zur Südseite blicke ich vom Fensterbrett aus direkt zur Dahindämmernden, sie weiß noch nicht, wer ich bin, misstraut mir. Ich beginne den Bericht mit meiner Entdeckung und ihrer Ahnin Babette, deren Leben durch mich eine entscheidende Wendung nahm.

Babette 1861

An einem warmen Frühlingstag des Jahres 1861 grub die damals siebzehnjährige Babette zusammen mit ihrem Zwillingsbruder Toni die Gemüsebeete hinter dem Wolkertsheimer Haus mit einem Spaten um. Babette trug ganz der Tradition und Gegend entsprechend einen dunklen, langen Rock mit Schürze und ein helles Oberteil. Die kräftigen schwarzen Haare hatte sich die junge Frau zu einem losen Schopf hochgesteckt, so dass der leichte Wind, der in Wolkertsheim stets ein wenig bläst, ihren Nacken bei der schweren Arbeit kühlte. Bisweilen ging sie auch zum Regenfass, formte ihre Hände zu einem Halbrund und spritzte sich mit dem Wasser Schweiß aus dem Gesicht, das im Jahre 1861 als das schönste Antlitz des Bistums Eichstätt galt. Babette sah in ihrem Spiegelbild im Wasserfass jedoch nicht ihre ebenmäßigen Gesichtszüge, die vollen Lippen, die großen Augen und die feine Nase – sie blickte auf die kleinen Wellen des Wassers, die ihr Ebenbild laufend veränderten, einmal die Stirn vergrößerten, die Nase streckten und dann wieder den Mund verengten. Wenn das kleine Wasser im Regenfass schon stets alles veränderte, um wie viel mehr musste das Meer, von dem sie gehört hatte, erst die Menschen und die Welt bewegen?

»Babette?!« Toni spritzte ihr Wasser aus der Regentonne ins Gesicht und lächelte sie an. »In welchem Traum bist denn gerade wieder?«

»Oh, entschuldige, ich hab ganz vergessen …«

»… wie du heißt und wo du lebst!«, ergänzte der Bruder scherzend und kühlte sein Gesicht auch mit dem Wasser aus der Regentonne.

Babette lachte und griff wieder zum Spaten.

»Du kannst jetzt zeichnen, wenn du magst, das bisserl schaff ich auch alleine!«

Babette dankte dem Bruder das Angebot mit einem flüchtigen Kuss auf die Wange. Die Mutter war zum Waschtag an der Altmühl, der Vater noch im Steinbruch bei der Arbeit, und beide würden nicht über das »nichtsnutzige Kritzeln« schimpfen können. Sie würde zeichnen, was sie heute gesehen hatte: einen Schmetterling, dessen Flügel das Regenfass so verzerrt dargestellt hatte, als wären es Adlerschwingen. Babette eilte ins Gartenhäuschen, wo Feder und Papier lagen.

Doch kaum hatte sie das Material in der Hand, hörte sie Doro keuchend »Babette! Babette!« rufen, und sie legte die Feder und Papier wieder weg. Über eine seitliche Lücke im Zaun kam die füllige Doro auf sie zugerannt.

»Komm, schnell! Babette!«, rief sie. Wie immer hätte Doro am liebsten sofort losgeplappert, aber sie musste nach Luft schnappen und konnte bloß aufgeregt an Babettes Ärmel ziehen. Es musste etwas gesellschaftlich Besonderes vorgefallen sein, denn die Arzttochter Doro war immer genau zur richtigen Zeit am richtigen Ort, wenn sich in bayerischen Dorf Wolkertsheim etwas ereignete, ob nun der Graf von Pappenheim auf einem Araber angeritten kam, der Pfarrer mit dem Sepp raufte, ein reicher Patient bei Doros Vater eintraf oder der Brief eines Ministers per Post auf Durchreise in Wolkertsheim war, um ins nahe Solnhofen zu gelangen.

»Ein Münchner ist im Gasthaus abgestiegen! Ein ganz feiner Herr! Im dunklen Frack. Mit einer Tasche so groß wie das Regenfass!« Aufgeregt zupfte Doro weiter an Babettes Ärmel.

»Was für eine Ungeheuerlichkeit!«, spottete Toni vom Beet herüber. Bruder und Freundin verband eine herzliche Spottlust. Doro lästerte so gut es ging über den »groben Lackel«, und Toni frotzelte so oft es ging über die »eingebildete Etepetetesse«. Aber immer griffen sie sich direkt an und niemals wie die Ratschweiber hinter dem Rücken des anderen.

Doro ärgerte sich über Toni und suchte noch nach einer Erwiderung, als Babettes Mutter mit einem Korb voll nasser Kleidungsstücke durch die Terrassentür in den Garten kam, um dort die Textilien zum Trocknen aufzuhängen.

»Ein feiner Herr?«, fragte die Mutter Doro. »Im Gasthaus?«

»Ja, Frau Gründinger, sehr fein!«, antwortete Doro aufgeregt und vergaß das Grüßen darüber.

Babette seufzte leise. Jetzt würde die Mutter sie bestimmt gleich wieder zum Umkleiden und ins Wirtshaus schicken. Die Haare würden fein gekämmt werden, und jede Menge Ratschläge würden auf sie einprasseln. »Deine Schönheit musst du einsetzen! Mit deinem Gesicht und deiner Figur kannst du das ganz große Los ziehen! Schau, dass du in seine Nähe kommst, aber bloß nicht so, dass er es merkt. Die Mannsbilder müssen dich entdecken! Deine Schönheit ist deine Aussteuer, setz sie ein!«

Während Doro und die Mutter noch ein paar Sätze über das seltsame Wesen der Städter und den Anzug des Neuankömmlings austauschten, überlegte Babette, mit welchen Strichen sie die Konturen des Schmetterlings am besten abbilden könnte.

»Und, was ist jetzt, Babette? Wo ist denn dein Kopf schon wieder?« Doro ließ keine weiteren Gedanken an Schmetterlinge mehr zu. »Willst du ihn dir nicht ansehen?«

»Aber …« Babette deutete mit fragendem Blick zur Mutter auf die Beete, die noch umgegraben gehörten, und hoffte wider besseren Wissens, es würde ihr erspart bleiben, sich selbst wie ein Zirkuspferd vorführen zu müssen.

»Geh schon!«, forderte die Mutter Babette auf. »Schau dir den Herrn mit Doro an. Der Toni kann die Beete alleine fertig machen. Aber vorher machst dich noch hübsch, gell!«

Doro zog Babette wieder am Ärmel und mahnte sie zur Eile, um nur ja nichts zu verpassen.

Doch die beiden Freundinnen kamen zu spät. Im Gasthaus hatte der Münchner schon ein Zimmer bezogen und schlief sich nach Auskunft der Wirtin von der Reise aus. Zu allem Überfluss traf Babette beim Verlassen der Gaststube auf den Müller Nikolaus. Dieses Mannsbild mit den kleinen, dicken Fingern und dem Stiernacken griff ihr immer an den Hintern und fragte stets: »Wann heiratest du mich, Babette? Oder ist dir ein Müller nicht gut genug?« Dabei hatte die Mutter dem Müller schon das Haus verboten. Heute half ihr die Wirtin, die Nikolaus schimpfte: »Schleich dich und lass endlich die Babette in Ruh!« Aber der Müller ließ seinen Blick nicht von ihr, Speichel lief ihm seitlich aus dem Mund, er wischte ihn zusammen mit Rotz mit dem Ärmel weg. Doro nahm Babette an der Hand und eilte mit ihr schnell davon.

Wie geräumig, sauber und fein möbliert war doch Doros Haus im Vergleich zu ihrem! Babette bewunderte die Spitzendeckchen, das Biedermeiersofa, den blitzblank geschrubbten Kalkplattenboden und vor allem das eigene Zimmer von Doro. Während sich Babette zusammen mit

Toni eine kleine Kammer teilen musste – und als die Großen noch nicht aus dem Haus waren, schliefen je zwei Geschwister in einem Bett –, konnte sich Doro in ihr Zimmer zurückziehen und ungestört ganz für sich alleine sein, wann immer sie wollte. Eine Haushälterin entfernte ständig Dreck und Staub, wusch, flickte, spann, strickte und kochte – mehrmals in der Woche sogar Fleisch, denn Doktor Häberlein mochte kräftige Mahlzeiten und guten Wein. Manchmal empfing Doro die Patienten des Arztes und wies ihnen den zugehörigen Sitzplatz zu. Arme Tagelöhner – wie Babettes Vater – mussten auf dem Holzstuhl vor dem Behandlungsraum Platz nehmen, um das gute Sofa nicht zu verschmutzen. Feine und reiche Patienten wies Doro zum Polstermöbel. Waren an einem Tag die Kranken nur Arbeiter, verabschiedete sich Doro schnell, denn über diese Leute gab es gesellschaftlich nur selten etwas zu berichten.

Der Vater ließ Doro völlig freie Hand. Doro war als Nachzügler das einzig verbliebene Kind im Haus, die Mutter schon lange gestorben, und der vierundsiebzigjährige Vater »verzog die Matz nach Strich und Faden«, wie Toni gerne sagte.

Vor allem um der Tochter eine entsprechende Mitgift zu beschaffen, so hieß es im Dorf, treibe der Doktor seine Nebengeschäfte, die ihn immer wieder nach München oder womöglich noch ganz woandershin reisen ließen, denn der Postbote hatte auch schon Schreiben aus Berlin und aus Amerika an Häberlein zugestellt. Babette mochte das Gerede im Dorf über die Freundin und dessen Vater nicht. Jeder Steinbrucharbeiter hatte doch selbst schon seine unsauberen Geschäfte mit Häberlein gemacht und davon profitiert, aber den Doktor nannten sie alle geldgierig. Sogar der eigene Vater hatte ihr neulich erzählt, für eine aus dem Steinbruch herausgeschmuggelte Platte vom Doktor wegen seiner Bronchitis behandelt worden zu sein. Großzügig hatte Häberlein ihm viel mehr als erwartet dafür gegeben, nicht nur weitere kostenlose Untersuchungen bis zur vollständigen Genesung versprochen, sondern obendrein noch die Medizin aus der Apotheke bezahlt. So hatte der Vater bald wieder arbeiten gehen können, und sie hatten nicht hungern müssen. Wie gut hatten sie es doch in Wolkertsheim mit den vielen Steinbrüchen rundum! Außer im Bayerischen Wald gab es woanders für die unteren Stände den ganzen Winter über keine Möglichkeit, in Stellung zu gehen oder als Arbeiter Geld zu verdienen. Und den kleinen »Nebenerwerb« mit dem Doktor nutzten fast alle. Bloß der Bruder Toni fragte oft ketzerisch, warum es überhaupt obere und untere Stände gäbe, Grafen und Tagelöhner, Steinbruchbesitzer und Arbeiter. »Weil das der Herrgott so gewollt hat!«, schimpfte dann der Vater. »Versündige dich nicht! Und Vater und Mutter sollst du ehren!« Aber der Toni kam immer wieder damit daher, vor allem wenn er betrunken war. Selbst ein paar kräftige Watschen vom Vater neulich hatten ihm seine Flausen nicht austreiben können. Und dabei nannte ausgerechnet der Toni sie immer zärtlich »Dummerle«.

»Wünschen die Herrschaften einen Tee?«, fragte die Haushälterin der Häberleins wie immer etwas mürrisch.

Doro stupste Babette an. »Willst du?«

Ach so, sie und Doro waren mit »Herrschaften« gemeint! Babette kicherte verschämt und nickte.

»Bring ihn uns doch auf mein Zimmer oben!« Doro konnte anschaffen wie eine Gräfin, Babette kicherte darüber schon wieder. »Und was von den Nürnberger Keksen.« Doro wollte mit der Freundin ratschen, sie mussten die unverhoffte Freiheit auf einen Tee ausnutzen, ehe Babette daheim doch bloß wieder Arbeit erwarten würde.

Babette sprang die ersten Treppenstufen wie ein kleines Mädchen nach oben und erschrak, als der Doktor mit einem blutverschmierten Kittel aus dem Behandlungszimmer unter der Treppe kam. War sie zu laut gewesen? Babette grüßte höflich.

»Ah, die Babette!«, rief Häberlein erfreut und schickte den nächsten Patienten ins Behandlungszimmer. »Nach dir hätt ich heut sowieso noch schicken lassen.«

»Nach mir? Warum?«, fragte Babette und fühlte sich nicht wohl, so auf der Treppe erhöht über dem Doktor zu stehen. Sie ging die fünf Stufen zurück.

»Ja, nach dir. Oder kannst nicht mehr zeichnen?«, fragte der Doktor scherzend.

»Aber natürlich …«

»Ich hab eine ganze Menge Arbeit für dich. Sollst auch was kriegen dafür«, kündigte Häberlein an und rief nach Doro.

»Doro! Geh gleich zum Simmler nach Eichstätt. Wir brauchen das beste Papier und die besten Stifte. Babette soll dir anschaffen, welche genau!«

»Aber heut doch nimmer, da brauch ich ja zwei Stunden hin und zurück!«, protestierte Doro. »Und die Berta macht uns gerade einen Tee!«

»Weiber und die Ratscherei!« Häberlein schüttelte den Kopf und lenkte doch ein. »Also gut, aber dann gleich morgen Früh! Und kauf von allem das Doppelte, was die Babette dir sagt. Die Hälfte soll sie für sich behalten und mit dem anderen hier arbeiten.«

Babette staunte. Nicht nur, dass Doro einfach so ihren Willen mit dem Tee hatte durchsetzen können. Nein, viel mehr noch, der Doktor hatte ihre Zeichnerei »Arbeit« genannt und ihr dafür sogar einen Lohn in Aussicht gestellt!

War sie heute nicht das glücklichste Wesen unter der Sonne? Im Sonnengelb leuchteten auch die besten Papiere und die besten Stifte des Simmlers – wie oft war sie schon vor dem Schaufenster des Eichstätter Kramerladens gestanden und hatte von den unerschwinglichen Bleistiften, Federn und Buntstiften in allen Farben geträumt; Stifte, die so weich waren, dass man Konturen damit verwischen konnte, und das in über dreißig Farben! Und all das durfte sie nun Doro auftragen und würde es bald verwenden können.

Am Nachmittag darauf hörte Babette ein paar Patienten des Doktors im Behandlungszimmer aufschreien, während sie im Nebenzimmer zum zweiten Mal ein gutes Papier zerknüllen musste. Mit dem Radiergummi hatte sie ihre ungelenken Striche nicht entfernen können. Babette hielt einen Moment inne, und ihr Blick schweifte im Raum umher. Die ganze sogenannte Schreibstube des Doktors war mit Platten von versteinerten Tieren vollgestellt, in der Vitrine fanden sie längst nicht mehr alle Platz, auch der Nussbaumschrank war so überfüllt, dass sich eine Tür nicht mehr schließen ließ. Seitlich am Boden standen im ganzen Raum Exemplare von irgendwelchen ausgestorbenen Dinosauriern und sogar auf der Werkbank, an der Häberlein die an ihn verkauften Platten bearbeitete, türmten sich die aus dem Steinbruch geschlagenen Tafeln aus feinem Kalkstein mit toten Tieren darin.

Babette hatte gesehen, wie viel Mühe sich der Doktor beim Freilegen der Fossilien gab. Vorsichtig hatte er mit einem kleinen Hammer und Meißel entlang der Ränder der Abdrücke geklopft. Dazwischen fegte er mit einem Pinsel immer wieder feinen Staub und Steinchen weg. Er dürfe, so hatte Häberlein erklärt, nicht zu viel wegnehmen und müsse sich dabei den Knochen und anderen Tierresten doch so weit wie möglich annähern, damit das Relief auch gut sichtbar würde. »Jahrelange Erfahrung« brauche es fürs Präparieren, hatte Häberlein gesagt und Babette bewundernd dazu genickt. Was für eine Kunst, die toten Saurier so wieder zu neuem Leben zu erwecken! Und ihr musste das auf eine andere Art und Weise nun mit den Zeichnungen auch gelingen. Wenn nur die Hand geschickter wäre!

Babette nahm ein neues Blatt Papier. Sie dürfe nicht so zögerlich sein, sondern müsse beherzter ansetzen, Häberlein hatte ihr selbst gesagt, auf das gute Ergebnis käme es an und nicht auf einen Bogen Papier mehr oder weniger. Und in drei Wochen musste dieses gute Ergebnis vorliegen – an die hundert Platten waren abzubilden. Da musste sie ja jeden Tag mindestens drei Zeichnungen schaffen, dachte Babette erschrocken, aber nein, was rechnete sie da, die Hand würde schon noch gelenkiger werden, jetzt galt es einfach, einen neuen Versuch zu wagen. Babette griff zum nächsten Blatt Papier, rieb den Bleistift spitz und schob das Fossil vor sich auf dem Schreibtisch seitlich in ein besseres Licht. Ja, so zeigten sich die Knochenreste des Sauriers besser.

Vier Stunden und eine fast fertige Zeichnung später kam die Freundin mit einem Tee in die Stube und forderte sie zu einer Pause auf.

»Schön wird es!«, bemerkte Doro mit Blick auf das Papier.

Babette seufzte. »Hoffentlich! Wenn ich mehr Zeit hätte, könnt ich vielleicht noch besser sein.«

»Das hängt wahrscheinlich mit dem Besuch des Münchners zusammen, dass es so pressiert«, erklärte die Freundin. »Der Vater hat da wahrscheinlich was vor. Ich wär froh, wenn er das ganz Zeug da verkaufen würd, dann würd es nicht andauernd hier herumstehen, und Geld für meine Aussteuer käm auch herein. In letzter Zeit hat er es ja ganz brisant.«

Doro beugte sich zu Babette, um leise ein Geheimnis zu verraten. »Stell dir vor, eine Platte hat er jetzt sogar in sein Nachtkastl eingesperrt, und keiner darf mehr in sein Schlafzimmer! Vielleicht wird er jetzt auch altersg'pinnert!« Doro schien einen Moment besorgt. »Aber nein, solang der Vater noch Geschäfte machen kann, bleibt sein Hirn schon beieinander!« Die jungen Frauen lächelten.

Doro fuhr fort, von bestimmten Marotten des Vaters zu erzählen, dass er zum Abendessen jetzt immer einen Wein trinke, den er extra von einem Händler aus Frankreich kommen lasse. Dass er am Grab der Mutter nun immer so vor sich hinrede, so als würde er sich mit der Verstorbenen unterhalten, und dass er sie jetzt immer auffordere, vor dem Essen die Hände zu waschen. Babette hörte Doro zu, blickte auf die Platte und zum Papier, lauschte erneut Doros Worten und wollte wieder zeichnen, aber das ging nicht nebenbei beim Ratschen. Und wenn die Freundin erst einmal angefangen hatte zu plappern, dann hörte sie nicht mehr auf.

»Red ich zu viel?«, fragte Doro, als hätte sie ihre Gedanken erraten, und fügte, ohne eine Antwort abzuwarten, hinzu: »Jetzt bin ich still.«

Als Doro kurz darauf trotzdem wieder zu plappern begann, kam Häberlein zur Tür herein. Babette sprang auf, bedankte sich mit einem Knicks für die großzügigen Geschenke an Stiften, Federn, Farben und Papier »für den Eigenbedarf« und zeigte ihm die erste Zeichnung. Der Arzt warf ein paar vergleichende Blicke von der Platte zum Papier, lobte Babette zum gelungenen Werk und befahl Doro in ungewöhnlich scharfem Ton, auf ihr Zimmer zu gehen, damit Babette in Ruhe arbeiten könne, denn die Zeit dränge.

Babettes Augen waren gerötet, als sie sich zu Toni an den Frühstückstisch setzte, um für heute ein letztes Mal zum Dienst beim Doktor aufzubrechen. Drei Wochen lang war sie täglich außer sonntags in der Früh zu Häberlein gegangen und hatte so lange gezeichnet, bis es dunkel wurde, manchmal auch mit Kerzen bis tief in die Nacht. Einmal war sie noch ganz in Gedanken bei der Stiftführung auf dem Heimweg dem Müller Nikolaus über den Weg gelaufen, er hatte an ihrer Schürzenschnur gezogen, sie festgehalten und ihr zugeraunt: »Irgendwann gehörst mir!« Babette gruselte vor ihm und seinem Blick so sehr, dass sie in seiner Nähe leicht zitterte.

Drei Wochen lang war die Welt ein sonnengelber Traum aus zeichnen, zeichnen, zeichnen. Vater und Mutter fanden es »nicht schlecht«, so Geld zu verdienen, ermahnten sie aber, sich spätestens zu Lichtmess eine Stellung zu suchen, wenn sie weiter keinerlei »Anstalten« machte, die Augen für einen Bräutigam offen zu halten, obwohl es – so die Mutter – fast eine Gotteslästerung sei, ihre Schönheit und Jugend so »dahingehen« zu lassen. Denn auch der feine Herr Münchner, für den sie im Auftrag Häberleins die Fossilien abzeichnete, hatte ihr den Hof gemacht und wäre für sie – so Toni scherzend – »nackert auf den Kirchturm gestiegen«, wenn er Babette damit hätte erobern können. Toni war es, der immer wieder stichelte, so wie jetzt beim Frühstück.

»Was zahlt dir denn der Doktor nun?«, fragte er.

»Ich weiß es noch nicht!«

»Dummerle! Meinst, ich geh in den Steinbruch und frag den Grafen nachher, was er mir zahlt? Nicht einmal ein trockenes Stück Brot würd er mir geben, wenn das vorher nicht ausgemacht ist!«

»Aber das ist ja auch was anderes bei dir … richtige Arbeit!«

»Papperlapapp! Wenn du Zeit im Dienst bei jemandem verbringst, dann ist das Arbeit. So oder so.«

»Schon, aber … ich mach's doch auch so gern.«

»Das ist doch keine Arbeit nicht, als ob man im Sitzen von Arbeit reden könnt!«, warf der Vater ein.

Toni seufzte. »Ich hätt das in die Hand nehmen und den Doktor vorher fragen sollen, was er zahlt.«

»Jetzt ist es aber so, wie es ist … Und die ganzen Stifte, Farben und Papiere hab ich ja auch noch, das Geschenkte.«

Toni schüttelte liebevoll den Kopf, wie immer wenn er meinte, sie hätte wieder einmal gar nichts verstanden.

»Ich möchte nicht wissen, was der für ein Geschäft mit dir macht und was die Platten wirklich wert sind, die er unsereiner für ein paar Behandlungen abkauft!«

»Wenn die Gelehrten so viel für die alten Knochen bezahlen, dann ist ja nicht der Doktor dran schuld.«

Toni seufzte. »Ich versteh bloß nicht, warum er dich die ganzen Viecher abzeichnen lässt, wenn der Münchner doch extra da ist und alles in Augenschein nimmt.«

»Das hab ich auch schon überlegt. Vielleicht möchte er ein Andenken an die Saurier haben, und er behält die Zeichnungen und der Münchner nimmt die Platten mit.«

Toni lachte. »Dummerle! Der Doktor liebt die Viecher nicht, der liebt bloß Geld.«

Die Mutter kam in die Küche und ermahnte beide, zu gehen, die Uhr in der guten Stube hätte bloß noch nicht geschlagen, weil der Vater gestern vergessen hatte, sie aufzuziehen.

Babette nahm deshalb nicht den Wiesenweg, der in einem Halbrund am Dorfrand vorbei zum Haus des Doktors führte, sondern eilte über die Hauptstraße an den drei Wirtshäusern und der Kirche Wolkertsheims vorbei zu Häberlein. Dieser Weg war zwar schneller, aber ständig von Ratschweibern belagert, die sie nicht bloß flüchtig grüßen konnte, sondern mindestens auch einen Satz mit ihnen zu wechseln hatte. Nach »Ah, die Babette, wie geht's uns denn?« oder »Ah, die Babette, wir haben schon gehört, was du alles für den Doktor machst!« oder »Ah, die Babette, fesch wie immer, hast jetzt eine Stellung?« brauchte die Siebzehnjährige deshalb über die kürzere Strecke fast genauso lang wie über den Wiesenweg.

In der Schreibstube blickte Babette stolz noch einmal auf all die Blätter in der Mappe mit Ledereinband. Nicht jede Zeichnung war zu ihrer vollen Zufriedenheit gelungen, aber manche Saurier hatten sich auch nicht vollständig im Jurastein verewigt, und wenn ein Körperglied fehlte – manchmal sogar ein Kopf –, sahen auch die Zeichnungen einfach nicht harmonisch aus. Am schönsten war der Pterodactylus geworden – ein Name, den ihr Häberlein gesagt hatte und über den sie jetzt noch kicherte. Auf welche Zungenbrecher die gelehrten Leute auch kamen!

Der Doktor lobte ihre Arbeit und steckte ihr Geld in die Schürzentasche. Der Münchner nahm die Mappe, bedauernd, dass er nur die Zeichnungen und nicht die Schönheit Babettes mit nach München nehmen könne. Doro bat die Freundin noch zu einem Tee auf ihr Zimmer und wusste das Neueste aus Eichstätt zu berichten. Abends war Toni mit der Bezahlung zufrieden – der Doktor hatte ihr so viel wie einen Monatslohn von Tonis Steinbrucharbeit zugesteckt.

»Das hätt ich dem Doktor nicht zugetraut, dass er so großzügig ist!«, bemerkte der Bruder und versprach, so schnell nicht mehr über den Arzt zu lästern.

Babette setzte die Arbeit fort, die sie vor drei Wochen liegengelassen hatte, und grub das letzte Beet im Garten um. Sie zählte die Schmetterlinge, die sie am Tag sah, und schlug manchmal ein Stündchen zum Zeichnen heraus. Der Frühling blieb mild, Babette begleitete die Freundin zwei Mal mit einem Brief vom Doktor nach Eichstätt zu einem Übersetzer, und zwei Burschen dort hätten – so Doro – Babette sofort einen Heiratsantrag gemacht, wenn die bildhübsche Freundin nur ein Auge für sie gehabt hätte. Oder warte Babette wirklich auf etwas viel Besseres, wie der Müller immer sagte? Sie müsse sich doch in ihrem Alter endlich einmal Gedanken um ihre Zukunft machen, mahnte Doro die Freundin fast so ernst wie die Mutter. Babette wartete aber nicht auf einen Besseren, wie der Müller und Doro meinten und die Mutter es wohl hoffte. Wenn Babette überhaupt auf etwas wartete, dann auf einen Schmetterling, denn heute hatte sie erst zwei gesehen und wollte deren Körper noch einmal genau studieren, um sie zeichnen zu können. Toni übernahm immer wieder Arbeiten wie Milch holen und Unkraut jäten für sie, damit sie in Ruhe das eine oder andere Bild im Gartenhäuschen fertigbekam. Zugleich geriet sich der Bruder immer wieder mit dem Vater in die Haare. Toni sprach von der »Ausbeutung der Steinbrucharbeiter«, der Vater von einer göttlichen Ordnung der Stände und davon, dass der Toni sich versündige. Der Vater schlug schließlich mit der Faust auf den Tisch.

»Noch mal sagst das nicht, solang du die Füß unter meinen Tisch stellst!« Alle verstummten, denn was der Vater sagte, das galt. Babette richtete ihre Augen auf das Nächstschöne, in diesem Fall in der heimischen Küche beim Frühstück auf den Laib Schwarzbrot, der der Mutter ganz rund und ohne Dellen gelungen war. Stumm aßen alle ihr Butterbrot, ehe der Vater und Toni sich auf den Weg zur Arbeit in den Steinbruch machten und die Mutter ihr auftrug, mit der Wäsche zur Altmühl zu gehen.

Wehmütig dachte Babette an die »Sonnenwochen« zurück und nannte sie die schönste Zeit ihres Lebens. Doch das korrigierte sie bald – denn es kam noch viel wunderbarer, als Babette es sich erträumt hatte.

»Babette, Babette!« Doro kam der Freundin auf dem Weg zur Sonntagsmesse die Dorfstraße entgegengerannt. »Schon wieder ist ein feiner Herr im Wirtshaus abgestiegen! Ein Engländer! Ein junger, fescher.« Toni, bei dem sich Babette untergehakt hatte, entgegnete spitz: »Und wenn er noch reich ist, dann wär er doch etwas für dich!«

»Papperlapapp!«, entgegnete Doro dem Bruder. »Das ist ein Ausländer und ein Protestant! Als ob man den heiraten könnt!«

»Und wozu dann die Aufregung, Doro? Macht der Vater vielleicht wieder ein gutes Geschäft?« Toni grinste über seine gelungene Provokation.

»Toni, bitte …« Babette strich dem Bruder besänftigend über den Arm, nicht dass die Frotzeleien der beiden noch zu einem Streit führten, reichte doch schon der ständige Widerspruch zum Vater.

»Schon gut«, lenkte Toni ein und erwiderte gleich wieder

provozierend: »Du kannst ja schließlich auch nichts für deinen Alten!«

Doro sah Toni kurz fragend an, sie wusste offenbar nicht, wie sie das zu verstehen hatte, war sie doch die Tochter eines angesehenen Arztes, was sollte sie da für einen Makel haben? Aber eine Doro grübelte nicht über so einen Satz, sie zog Babette am Ärmel. »Komm schnell, dann sehen wir ihn vielleicht beim Auspacken aus der Postkutsche! Grad eben hat er noch mit dem Kutscher verhandelt. Der kann Deutsch! Stell dir vor, der kann Deutsch!«

Babette schaute zur Kirchturmuhr und löste sich von Toni. Sie waren früh dran, die Messe begann erst in einer Viertelstunde, also könnte sie Doro noch den Gefallen tun.

Er war wirklich ein feiner Herr im Frack, wie man schon von weitem sah. Er hatte einen Zylinderhut auf und einen roten Bart nur an den Backen. Babette und Doro kicherten darüber. War das eine englische Mode? Wenn ja, dann war sie scheußlich, so sah ein Mann ja fast wie ein Affe aus. Kichernd und unter den Augen der Ratschkatheln schlenderten die Freundinnen vor dem Wirtshaus zur Post an dem Fremden vorbei.

Der Engländer bezahlte gerade den Kutscher und griff zu seiner Reisetasche. Doch statt ins Wirtshaus zu gehen und sein Quartier zu beziehen, blieb er stehen und starrte Babette an. Selbst Babette bemerkte, was die Doro damit meinte, dass manchen Männern beim Anblick Babettes »schier die Augen aus dem Kopf fielen«. Die Siebzehnjährige senkte verschämt den Blick, hob ihn wieder und sah wieder weg – der Engländer hörte nicht auf, sie anzuschauen. War das eine englische Sitte? Plötzlich wurde der feine Herr ganz rot im Gesicht, stellte die Tasche ab und kam auf Babette zu. Doro stieß Babette mit einem Ellbogen leicht in die Seite, was so viel hieß wie »jetzt wird es aufregend«. Der Engländer nahm den Zylinder ab, strich sich kurz durch die feuerroten, geschneckelten Haare und verbeugte sich leicht vor Babette. »Entschuldigen Sie bitte vielmals meine Unhöflichkeit, Sie so anzustarren. Ihr Erscheinen hatte mich verzückt, und das Kleid, das Sie tragen, ist mir nicht bekannt. John Stuart Cumberland ist mein Name.«

Babette fiel kein einziges Wort dazu ein, doch sie suchte auch gar nicht danach, wie früher manchmal, wenn sie einfach verlegen war. Versteckt stupste Doro sie noch einmal an, Babette wusste aber immer noch nicht, was sie hätte antworten können, und auch der Engländer schwieg. Doro sprang höflich ein. »Keine Ursache, Herr Cumberland, haben Sie noch einen schönen Aufenthalt in Wolkertsheim! So ein Kleid heißt Dirndl, das tragen wir alle am Sonntag.«

Der Engländer ließ die Augen von Babette, drehte sich um und ging mit seiner Tasche ins Gasthaus.

Doro schüttelte nur noch den Kopf. »Hast du gesehen? Hast du gesehen? Ach, du merkst doch gar nichts, Babette!« Und schon plapperte die Freundin weiter – aber Babette hörte nicht zu, sie verstand kein Wort, ihr war ganz flau im Magen, und ihr Körper bebte leicht, so als stünde sie auf dem wackligen Steg über die Altmühl.

»Babette!« Doro zog sie Richtung Kirche. »Zählst du wieder Schmetterlinge? Wo bist du denn mit deinen Gedanken? Babette! … Komm! Die Messe fängt gleich an!«

Babette dachte schlicht gar nichts, war von der Schönheit einer sonnengelben Welt erfüllt und ging einfach der Freundin in die Kirche nach.

Die jungen Frauen setzten sich, wie es sich gehörte, auf die Weiberseite, bekreuzigten sich zum Messbeginn und lauschten den Worten des Priesters. Doch Babette war, als würde ein anderer Mensch in ihrem Körper das große Altarbild mit der Muttergottes sehen und den Pfarrer predigen hören. Nur schemenhaft nahm sie Vater und Mutter in der Kirche und die Holzfigur des heiligen Sebastians neben der Kanzel wahr – Babette sah immerzu diesen Engländer vor sich, seine Augen, seine seltsame Ausdrucksweise, seinen forschen Gang, sein rotes wuscheliges Haar und den seltsamen Backenbart. Hätte sie jemand nach dem Gottesdienst gefragt, worüber der Pfarrer gepredigt hatte – sie hätte es nicht sagen können. Und dieser seltsame Zustand mit dem flauen Gefühl im Magen hörte nicht auf! Ausgerechnet heute, wo die Mutter einen fetten Sonntagsbraten auftischen konnte, weil der Vater dem Metzger in irgendeiner Sache geholfen hatte, verspürte Babette keinen Hunger und legte nach zwei Bissen Messer und Gabel zur Seite. Wie gerne wäre sie gleich noch einmal zum Wirtshaus gerannt, um diesen Engländer wiederzusehen und von ihm erneut auf diese Art und Weise betrachtet zu werden! Aber das ging natürlich nicht, was träumte sie sich da schon wieder zusammen?

Babette stand vom Esstisch auf und ging in den Garten hinaus. Sie suchte etwas Schönes, um ihre Blicke darauf zu heften. Doch sie fand nichts außer den Augen des Engländers in ihrer Erinnerung. Um Gottes willen, schoss es ihr plötzlich in den Kopf, war das ein protestantischer Hexer, der sie mit einem Zauber belegt hatte und nicht mehr klar denken ließ?

Nein, dachte Babette am nächsten Morgen, als Toni ihr die Bettdecke wegzog, um sie zu wecken, nein, das war nur eine affige Begegnung gewesen, denn das flaue Gefühl im

Magen hatte nachgelassen und einer gehörigen Portion Appetit Platz gemacht. Außerdem war der Engländer gar nicht so jung, wie Doro behauptet hatte, sondern mindestens schon fünfundzwanzig. Nein, überlegte Babette, keiner konnte so mir nichts, dir nichts hexen, auch kein Engländer mit feuerroten Haaren. Die älteren Schwestern Zensi und Loni hatten – als sie noch im Haus waren – zudem einmal gesagt, dass ein Weib im Grunde genommen mehr Macht über ein Mannsbild habe, weil die Frauenzimmer die Mannsbilder verhexen konnten und nur selten umgekehrt. Aber kannten die Schwestern überhaupt die Welt der träumerischen Phantasien und fabelhaften Begegnungen? Vernünftig hatten sie sogar dem Wunsch der Mutter beigepflichtet, die immer sagte: »Erst kommt die Sach und dann die Liab«, und die Mannsbilder geheiratet, die Vater und Mutter für angemessen gehalten hatten, obwohl andere im Dorf sich längst nicht mehr verkuppeln ließen, sondern nach der Liab heirateten.

Babette kleidete sich an und fragte den Bruder: »Warst du eigentlich schon einmal verliebt?« Toni sah sie ungläubig an und prustete vor Lachen.

»Schwesterlein, mit siebzehn Jahren auch schon entdeckt, dass nicht der Storch die Kinder bringt?« Babette ließ sich von seinem Lachen anstecken und schlug ihm trotzdem »zur Strafe« ein Kissen an den Kopf.

An diesem milden Frühlingstag erledigte Babette brav alles, was ihr die Mutter auftrug. Sie säuberte den Brunnen im Garten, kalkte den Brotbackofen hinter dem Haus neu und ging zum Müller, um Mehl zu kaufen. Je näher sie auf ihrem Weg dem Wirtshaus kam, desto flauer wurde ihr wieder im Magen. Doch wie immer half es, ihren Blick auf das Nächstschöne zu richten – es war der goldfarbene

Gockel auf dem Kirchturm, den sie noch nie genauer angesehen hatte. Babette blieb stehen und schaute nach oben, bis ihr plötzlich so war, als würde sie jemand beobachten. Sie drehte sich um und sah, wie jemand im Gasthaus im ersten Stock ein Fenster öffnete. Babette eilte weiter über die Mühlbachbrücke an der Statue des heiligen Nepomuk vorbei zum Müller, dessen ekliger Sohn Gott sei Dank nicht da war, kaufte Mehl und vermied auf dem Rückweg, am Wirtshaus vorbeizugehen. Sie nahm den Wiesenweg, der in seinem Halbrund außerhalb des Dorfes an zwei kleinen Hölzchen entlangführte. Babette hielt das Mehl gut fest, als sie über die vierzehn Felsplatten auf dem Weg hüpfte. Seit ihrer Kindheit freute sie sich und deutete es als gutes Zeichen, wenn ihr die Sprünge über die Platten gelangen. Kam sie jedoch mit den Beinen auf dem Rand wie bei einer Linie des Kästchenhüpfens auf und hatte bei über der Hälfte der Felsplatten »verloren«, sagte sie sich am Ende des Weges, das sei doch bloß ein kindischer Aberglaube – um es beim nächsten Mal erneut zu probieren. Mit dem Mehl in der Hand schaffte sie heute elf gelungene Sprünge und zählte zudem acht Schmetterlinge auf dem Weg. Sie überlegte, ob sich eigentlich seinerzeit Vater und Mutter ineinander verliebt hatten oder auch erst die Sach und dann die Liab gekommen war.

Am späten Nachmittag zeichnete sie mit dem neuen Material vom Doktor einen Specht, der nicht aufhören wollte, den Kirschbaum im Garten abzuklopfen. Mit den weichen Stiften, die sie bisher gar nicht gekannt hatte, gelangen Babette feine Schattierungen und fließende Übergänge, die sogar die Mutter zu einem »schön« bewogen. Beim Abendgebet vor dem Essen kam Doro in die Küche der Gründlingers gestürmt, grüßte außer Atem und erklärte freudestrahlend, dass der Vater sie schicke und

Babette wieder brauche, noch einmal sollte sie die ganzen Fossilien für den Engländer abzeichnen und dafür auch wieder gebührend entlohnt werden. Babette strahlte. Die nächtlichen Träume waren sonnengelb.

Nach nur einer Woche Pause nahm Babette ihren Dienst in der Schreibstube des Doktors wieder auf. Die Hände waren in Übung, flink zeichnete sie schon am ersten Tag fünf Fossilien zu ihrer eigenen Zufriedenheit ab. Zweimal kam Doro mit Tee und Keksen herein und forderte vehement einen kurzen Ratsch, dieses Mal wollte sie nicht komplett auf ihre Freundin verzichten, bloß weil der Doktor sie wieder eingespannt hatte. Während der zweiten Teepause hörten die beiden Freundinnen draußen auf dem Flur Häberlein mit jemanden sprechen, der Stimme nach mit dem Engländer. Der Doktor öffnete die Tür und stellte Babette offiziell vor als »Gründlinger Babette«, so als wäre sie keine einfache Magd, sondern so etwas wie seine Tochter. Der Engländer feixte, er hätte die reizende Bekanntschaft schon gemacht und sich seinen guten Ruf bei der Dame bereits verscherzt. Babette lächelte, grüßte mit einem Knicks, der Doktor zog den Engländer wieder mit sich, und Babettes Magen wurde bei weitem nicht mehr so flau wie beim ersten Treffen. »Jetzt hat er nimmer so geschaut!«, kommentierte Doro den kurzen Auftritt und wechselte das Thema zum neuen Pferdeknecht des Grafen von Pappenheim, der – obwohl noch so jung – schon diese Position innehatte und wirklich fesch aussah.

Es war noch hell, als sich Babette zufrieden mit ihrem Tagwerk auf den Heimweg machte. Beim Huber-Bauern holte sie Milch, wie die Mutter es ihr in der Früh aufgetragen hatte und woran die leere Milchkanne sie gerade noch rechtzeitig erinnerte. Von dort aus nahm Babette den Wiesenweg, nicht nur um den Ratschweibern zu entgehen, sondern auch wegen der Schönheit der Blühpflanzen im Mai. Gelb, lila, rosa, fliederfarben, blau, weiß und dunkelrot standen die Blumen zwischen dem satten Grün, so als hätte der Herrgott mit den teuersten Farben Wolkertsheims Umgebung gesprenkelt. An der Gabelung zum Eichstätter Hölzchen entdeckte sie eine besonders schöne Gruppe von Frühlingsknotenblumen, stellte die Milchkanne ab und pflückte sie. Sie würde sie auf den Küchenkasten stellen, das machte doch jedes Zuhause schöner.

»Guten Tag!«, sagte eine Stimme hinter ihr. Babette zögerte, sich umzudrehen, und starrte auf die Frühlingsknotenblumen in der Hand. Die Stimme gehörte zum Engländer, und überhaupt würde niemand sonst hier »Guten Tag« sagen, sondern »Grüß Gott«. Das flaue Gefühl im Magen setzte auf der Stelle wieder ein. Babette drehte sich um, erhob sich, vergaß den Knicks und sagte: »Grüß Gott.«

»Schön, Sie so schnell wiederzusehen!«, sagte John. Ohne eine Doro neben sich war Babette verlegener denn je.

»Übrigens habe ich Sie neulich auch beobachtet. Da blickten Sie zum Kirchturm, so lange! In der Tat eine seltsame Tatsache, dass man Federvieh auf Kirchendächer stellt.«

Babette nickte und kicherte. Wie der sprach, der Engländer, wie lustig die deutschen Wörter aus seinem Mund klangen.

Auch Cumberland lächelte breit. Was für strahlende Augen dieser Mann hatte. Und komischerweise fand sie plötzlich auch den Backenbart nicht mehr affig, sondern zu ihm passend.

Beiden fiel daraufhin nichts mehr ein, was zu bereden

gewesen wäre, man stand da und schwieg, hob und senkte die Blicke und lächelte.

»Darf ich Sie zu einem Tee einladen, oder ist das hierzulande ebenso unschicklich wie bei uns, so ein Antrag?«, fragte John schließlich.

»Ja, das ist es.« Babette hatte eigentlich noch nie darüber nachgedacht, aber natürlich konnte sie sich nicht von einem Wildfremden einfach so ins Wirtshaus einladen lassen.

»Aber darf ich Sie wenigstens ein kleines Stück des Weges begleiten?«, fragte John Stuart Cumberland.

»Ja, gerne!«, hörte sich Babette sagen.

Die Strecke bis zur nächsten Gabelung dauerte schließlich statt der üblichen zehn Minuten fast eine Stunde. Immer wieder blieben sie stehen, wenn Babette einen schönen Schmetterling sah und »Da, sehen Sie!« rief. Sie erklärte dem Engländer, was ein Zitronenfalter und ein Pfauenauge waren und wie häufig sie hier vorkamen. Das beeindruckte ihn offenbar, denn er rief begeistert: »Sie sind ja eine kleine Naturforscherin!« Babette lachte, aber der Engländer hatte das ernst gemeint, er wisse, wovon er spreche, denn Naturforschung sei im weitesten Sinne sein Beruf. Ursprünglich zum Arzt ausgebildet, sei er heute an der Universität als Assistent eines großen Wissenschaftlers und dabei, eine Arbeit zu schreiben, um selbst Professor zu werden. Aber Babette brauche nicht zu glauben, um sein Ansehen stünde es zum Besten, im Gegenteil. Die etablierten Kollegen würden ihn und ein paar andere Wissenschaftler verspotten und lächerlich machen, weil sie einer neuen Theorie anhingen, der Darwins.

»Was meinen Sie mit Theorie, und was ist Darwin?«, fragte Babette.

Cumberlands Augen begannen zu funkeln, und er erklärte, dass Darwin herausgefunden habe, dass sich eine Art aus der anderen entwickelte und nicht Gott zu einem bestimmten Zeitpunkt Vögel, Fische oder Säugetiere geschaffen habe, sondern man vielmehr gemeinsame Vorfahren hätte. So stamme der Mensch wahrscheinlich auch vom Affen ab.

Babette lachte. Auf diese Idee war der Engländer wohl gekommen, weil er selbst so affig aussah, dachte sie, aber sprach das natürlich nicht aus. John Cumberland schmunzelte und sprach über Eigenheiten bestimmter Arten und Charakteristika einzelner Menschen. Manchmal gebe es seltsame Abweichungen und die setzten sich dann durch, weil sie für das Überleben von Vorteil seien. Wieder andere Mutationen führten zu nichts, aber da experimentiere die Natur gewissermaßen. So wie mit ihm selbst – er könne weder Kälte noch Wärme richtig empfinden und kleide sich einfach immer so, wie andere Menschen es tun, im Winter mit Stiefeln und im Sommer ganz leicht.

Babette staunte. »Dann können Sie im Winter einen Schneepalast mit bloßen Händen bauen? Und im Sommer auf einer Wiese liegen und träumen, ohne von der Sonne braungebrannt zu werden?«

So einfach sei das leider nicht, erklärte John, die Folgen von Kälte und Hitze spüre er durchaus, als Kind sei ihm einmal fast eine Zehe erfroren, es sei zwar nicht tragisch, aber hinderlich, wenn der Körper nicht warnen kann.

Ein Pfauenauge setzte sich direkt auf Babettes Dekolleté, was für ein furchtloses Tier! Babette blieb reglos, damit man durch Reden oder Bewegungen den Falter nicht vertrieb, und begriff erst nach einer Weile, warum der Engländer die schönen Farben und Muster des Falters nicht bestaunte – er hätte ihr dazu ja direkt auf den Busen schauen müssen. Da sollte eine Doro noch einmal sagen, sie bekäme wirklich gar nichts mit! Babette konnte ihr Kichern darüber nicht mehr unterdrücken, der Brustkorb hob und senkte sich, das Pfauenauge stob davon, und John sah verlegen immer noch zur Seite und stotterte herum, ehe er wieder von Darwin sprach und sich seine Stimme wieder festigte. Er erklärte, dass die Theorie der Evolution verspottet würde, weil man keinen Beweis für sie hätte. Dabei – und er wisse das, denn er stamme aus armen Verhältnissen – könne diese Erkenntnis die Welt auf den Kopf stellen, denn wenn alle Pflanzen und Tiere dieselben Wurzeln hätten, gab es womöglich gar keine gottgewollte Schöpfung des Oben und Unten, der Armen und Reichen, der Weiber und Mannsbilder. Alle Menschen wären gleich.

Babette erschrak. Das hörte sich ja noch schlimmer an als das, was Toni bisweilen erzählte. Babette legte unwillkürlich die Hand auf den Arm des Engländers, um ihn zu beruhigen. John legte seine Hand auf ihre und hielt sie fest. Auch den Blick ließ er nicht mehr vor ihr, sie kamen sich immer näher, sie küssten sich, waren es Minuten oder Stunden, bis Babette einen Zitronenfalter auf einer Silberdistel bemerkte, sie riss sich los, nahm den Rock in die Hände und rannte heim, so schnell es ging.

Als die Mutter fragte, wo sie denn schon wieder ihren Kopf gehabt hätte, weil sie die Milch vergessen hatte, antwortete Babette wahrheitsgemäß: »Bei der unglaublichen Schönheit der Natur.« Wenn ein Kuss nach Lavendel, Pfirsich und Rosen zugleich schmeckte, roch und sie durchströmte, dann war doch ihr Körper auch ein Teil der Natur, und in den Augen des Engländers lag Schönheit.

Die Mutter lachte sie aus. »Babette, der Natur müssen wir jeden Tag hart unser Brot abringen. Wenn du das Unkraut nicht jätest, dann wächst keine Rübe. Und Unkraut ist nicht schön.«

Nachts lag sie wach. Nicht nur die Welt war sonnengelb, sondern auch ihr ganzer Körper. Sie war froh, dass morgen Sonntag war und sie nicht zum Doktor zum Dienst gehen würde, denn womöglich würde sie dort oder auf dem Weg wieder dem Engländer begegnen, und sie würden sich erneut küssen. Aber war das eigentlich verboten? Wenn nur Toni da gewesen wäre, um ihn das fragen zu können, aber der war wie immer am Samstagabend mit den anderen Burschen im Wirtshaus.

Von einem Geschrei und Gepoltere in der Küche wurde Babette geweckt, nachdem sie endlich gegen Morgen eingeschlafen war. Sie hörte den Vater auf den Tisch hauen, die Mutter schreien, Toni brüllen und einen Stuhl polternd umfallen. Babette sprang im Nachthemd in die Küche und sah einen noch halb betrunkenen Toni mit zu Fäusten geballten Händen am Küchentisch stehen. Der Vater saß am Tisch und drehte ein Küchenmesser vom Frühstück in der Hand.

»Toni!«, rief Babette entsetzt und legte eine Hand auf seinen Arm, doch Toni war außer sich und schob sie zurück.

»Was ist denn los?«, fragte Babette.

»Er versündigt sich wieder!«, antwortete die Mutter weinend. »Gegen Gott und gegen den Vater!«

Toni schüttelte mit zusammengekniffenen Augen den Kopf.

»Jetzt weiß ich, dass ich recht hab! Der Engländer sagt genau das, was ich schon immer gemeint hab! Und der ist studiert! Kapiert's ihr denn gar nichts?«

»Studiert?«, entgegnete der Vater abfällig und schaute Toni nicht einmal an, schwieg gefährlich und drehte weiter das Küchenmesser. Die Mutter räumte scheinbar beiläufig das Frühstücksgeschirr ab und nahm dem Vater dabei das Messer geschickt aus der Hand. Toni roch nach Bier und stierte den Vater an.

»Der Engländer sagt genau das, was ich schon immer denk!«, wiederholte Toni. »Es ist ein Unrecht, dass die einen reich sind und die anderen arm. Und dass der Herrgott das auch noch so gewollt hätt. Wie man uns kleine Leut unterbuttert und arm hält. Der Pfarrer, der Graf und der eigene Vater!«

»Wie kommst du zu dem Engländer?«, fragte Babette.

»Im Wirtshaus. Ist ein feiner Kerl. Hat auch die Zeche gezahlt!«

Der Vater stand auf und griff zum Schlagstock.

»Toni!«, schrie die Mutter ermahnend und packte den Sohn am Arm. »Jetzt gehst ins Bett und schlafst erst einmal deinen Rausch aus!«

Der Vater drehte mit versteinerter Miene den Schlagstock in der Hand.

Toni schob die Mutter zur Seite. »Darf man die Wahrheit nicht sagen, Vater?«, provozierte er weiter.

Der Vater zuckte mit dem Schlagstock, Babette flehte: »Toni, bitte, lass sein!«

»Duckmäuser, lauter Duckmäuser. Keiner traut sich sein Maul aufmachen. Ja, noch nicht mal denken traut ihr euch, dass es vielleicht keinen Herrgott gibt!«

Um Gottes willen, dachte Babette, das wird ja immer noch schlimmer!

»Du versündigst dich nicht noch einmal«, sagte der Vater gefährlich ruhig. Babette wusste, was das bedeutete. Er würde dem Bruder das Haus verbieten, wie er es schon einmal angekündigt hatte, wenn Toni weiter so gotteslästerliches Zeug daherrede.

»Papa, bitte!«, Babette fiel vor dem Vater auf die Knie, er schob sie unwirsch zur Seite.

»Das kommt alles von diesem Engländer!«, rief die Mutter und ließ sich hilflos auf einen Stuhl fallen.

»Vater, du musst mir nicht das Haus verbieten. Ich geh sowieso. Irgendwohin, wo ich als freier Mann meine freie Meinung sagen kann.«

»Toni, bleib, eh der Vater das nicht sagt!«, flehte Babette.

Toni schwankte plötzlich, er war betrunkener, als Babette geglaubt hatte.

Der Vater legte den Schlagstock auf den Tisch. »Im Rausch schick ich dich nicht weg. Wenns'd wieder nüchtern bist, möchte ich das noch mal hören.«

Die Mutter und Babette seufzten erleichtert auf, Toni stierte zum Vater: »Das werd ich dir auch nüchtern noch mal sagen.«

Der Vater verließ die Küche, Babette brachte Toni in ihre Kammer, Toni ließ sich wie ein Sack auf's Bett fallen und schlief angezogen sofort ein.

»Den Engländer hat der Teufel gesegnet«, sagte die Mutter, als Babette wieder in die Küche kam. »Halt dich bloß von dem fern!« Babette nickte. Das Versprechen hielt keine zwölf Stunden.

Als sich Babette an diesem Sonntagabend auf den Weg zum Huber-Bauern zum Milchholen machte, hatte die Mutter kurz zuvor Toni vom Rauschausschlafen geweckt und ihn in die Abendandacht geschickt, weil er wegen seiner Umtriebe schon die heilige Messe versäumt hatte. Toni gehorchte wortlos und ging schweigsam neben Babette den Wiesenweg entlang. Mit der noch leeren Milchkanne in der Hand konnte Babette gut über eine

Feldplatte nach der anderen »Kästchen« hüpfen. Vor Toni genierte sie sich nicht, er kannte ja ihre Spinnerei, sagte nie etwas dazu und schon gar nicht heute, wo er so benommen war. Zum Sprung über die sechste Platte setzte Babette zwar noch an, unterließ das Hüpfen aber, denn an der Gabelung stand der Engländer, so als würde er auf sie warten. Babette bemerkte es gerade noch rechtzeitig.

»Toni, wir müssen umkehren!«

»Warum?«

»Weil der Engländer da steht!«

»Dummerle! Das ist doch nicht der Leibhaftige. Und wenn du meinst, der würd mir schaden, dann glaub doch nicht jeden Schmarrn der Alten. Ein jeder Mensch ist schon für seine eigenen Gedanken verantwortlich.«

Drei Minuten später stellte Toni sie John als seine Schwester vor, und der Engländer scherzte, die Ähnlichkeit der Gesichter hätte ihn schon von weitem über die Begleitung Babettes beruhigt. Die Männer sprachen über das vorzügliche bayerische Bier, Toni erklärte das Reinheitsgebot und den Brauvorgang, John berichtete von neuen wissenschaftlichen Erkenntnissen über die Wirkung von Alkohol, und beide gaben unumwunden zu, stolz darauf zu sein, gestern die anderen unter den Tisch gesoffen zu haben, wiewohl man nicht vorhabe, dieses Trinkvermögen noch einmal unter Beweis zu stellen. Über »Trost«, »Bier« und »Ausbeutung der Kleinen« waren die beiden plötzlich wieder bei den vermaledeiten Zweifeln einer göttlichen Ordnung, und Babette suchte nach etwas Schönem in der Umgebung, um sich damit zu beschäftigen und das nicht hören zu müssen. Sie entdeckte vier ganz spät blühende Narzissen, zwei keimende Königskerzen und eine blaue Wegwarte, die ein wenig lila schimmerte. Ein Mäusebussard stürzte zu Boden und holte sich seine Beute, Wolken formierten sich wie Berggipfel, und aus dem Hölzchen rief ein Kuckuck.

Als sich Babette wieder umdrehte, war nur noch John da. Toni war verschwunden, er musste schon in der Andacht sein, die Kirchturmuhr schlug zum Beginn.

»Hast du mit offenen Augen geträumt?«, fragte John sie ungläubig.

Babette wurde heiß, vielleicht errötete sie. »Ja, das tu ich oft.«

»Ich habe noch nie gesehen … so etwas Faszinierendes«, stammelte der Engländer.

Wie redete denn der schon wieder? Babette kicherte und steckte John damit an. Seine Augen strahlten weiter.

Babette ermahnte sich, jetzt sofort weiter zum Huber-Bauern zu eilen, doch stattdessen ließ sie die leere Milchkanne zu Boden fallen, streichelte John durch das Haar und über das Gesicht. Er nahm sie wieder in die Arme, wie gestern küssten sie sich, und wie gestern wusste Babette irgendwann nicht mehr, wie viel Zeit nun vergangenen war, ehe sie sich losriss, an die Milchkanne dachte und ohne sich umzudrehen zum Huber-Bauern lief.

Den Rückweg nahm sie durch das Dorf. Durch die Ratschweiber dort würde es nie wieder so weit kommen, denn ihr war plötzlich, als könne etwas Schlimmes passieren, wenn sie nicht achtgab und nicht auf die Mutter hörte. Dabei war das Leben gerade so schön, sie durfte wieder zeichnen, zeichnen, zeichnen und schwebte noch in den Küssen.

Babette nahm nun immer den Dorfweg, wenn sie in der Früh ihren Dienst beim Doktor antrat und wenn sie abends noch Milch holte und heimging. Die Striche, Schattierungen und Konturen gelangen ihr täglich besser, und mit Doro scherzte sie in den Teepausen kichernd über den Pferdeknecht des Grafen, der nun auch einen Bart wie der Engländer trug, das schien wohl modern zu werden. Die Freundinnen vertrauten sich unter vielen Schwüren der Geheimhaltung die ersten Küsse an, aber bei Doro gab es im Gegensatz zu Babette Eheaussichten. Der Pferdeknecht hatte ihr einen Heiratsantrag gemacht. Viel sprach für Doros Kandidaten, die Anziehung, die gesellschaftliche Stellung und das Einverständnis des Vaters. Gegen ihn sprachen Gerüchte, die Doro in Eichstätt hatte in Erfahrung bringen können, er würde gerne im Wirtshaus um Geld spielen. Außerdem hatte er Doro nun gedrängt, doch vor der Ehe schon »die Seine« zu werden. Ausführlich erörterten die jungen Frauen, was von einem Mannsbild zu halten sei, das nicht bis zur Ehe warten wollte. Gar nichts eigentlich, waren sich beide einig, aber warum gab es dann so viele Bankerte? Mehr als die Hälfte der Wolkertsheimer Kinder waren unehelich.

John tauchte bisweilen im Haus der Häberleins auf, um sich mit dem Doktor geschäftlich zu besprechen. Zusammen mit dem Arzt kam er auch zweimal auf eine »Stippvisite« in die Schreibstube zu Babette, und man bewunderte ihren Fortschritt und die gelungenen Werke. Babette glaubte, einen traurigen Blick zu erkennen, aber John erklärte zugleich, dass er den Naturkundeunterricht auf den Wolkertsheimer Wiesen nicht erwarten und nicht vermissen dürfe.

Der Vater und Toni stritten sich nicht mehr, und Babette dachte, dass sie eigentlich glücklich war, eigentlich, denn sie wünschte, die Mutter hätte ihr nicht befohlen, sich von John fernzuhalten. Wie lange war er noch da? Zehn Tage, schätzte Doro. Dann wäre es für immer vorbei mit diesen Küssen, die so gut schmeckten. Doch Babette hielt sich an die Anweisung der Mutter und schaute nachts, wenn sie an John dachte, auf den Vollmond, dessen Schönheit immer wiederkehrte, auch wenn der Engländer längst weg wäre.

»Der Sepp geht seit zwei Tag ab!« Mit diesen Worten klopften die Reithmeierin und ihre Kinder jedes Haus in Wolkertsheim wach. Dass der Reithmeier Sepp mal eine Nacht nicht mehr heimfand, war nichts Ungewöhnliches für den größten Trinker des Dorfes, den man schon im Pfarrgarten beim Rauschausschlafen gefunden hatte. Wenn der Sepp aber schon zwei Tage und Nächte fehlte und seine Frau Alarm schlug, wussten alle 600 Einwohner Wolkertsheims, was zu tun war. Tagelöhner, Bauern, Knechte, Mägde, der Pfarrer, der Lehrer – alle ließen bei so einer Kunde ihre tägliche Arbeit stehen und liegen oder kleideten sich wie heute schnell an und frühstückten nur kurz, um gemeinsam nach dem Vermissten zu suchen. Einzig der Doktor blieb ihm Haus, damit man den Gesuchten – falls er verletzt war – gleich zu ihm bringen konnte. Die anderen versammelten sich – so als ob es gar keine Standesunterschiede gäbe – bunt gemischt am Dorfplatz, und der alte Huber-Bauer teilte sie in vier Gruppen ein, mit denen in alle Himmelsrichtungen gesucht wurde.

Babette hatte heute dreifaches Glück. Toni hatte ihr gestern ein paar Lederschuhe unter das Bett gestellt. Seit zwei Jahren hatte sie kein richtiges Schuhwerk mehr besessen und war manchmal auch im Winter nur mit den Holzpantoffeln aus dem Haus gegangen. Toni hatte beim Schuster

»etwas gutgehabt«, wie er nicht näher ausführte, und sie dort schon vor längerer Zeit Maß nehmen lassen. Und ausgerechnet heute, wo es bei der Suche querfeldein ging, konnte sie nun Lederschuhe tragen!

Das zweite Glück bestand darin, dass der Engländer, der plötzlich auch am Dorfplatz aufgetaucht war mit der Frage, ob er helfen könne, in dieselbe Gemeinschaften wie sie eingeteilt wurde und sie so ganz offiziell und unauffällig neben ihm weilen durfte. Denn innerhalb der Gemeinschaften wurden Paare aus je einem Weib und einem Mannsbild gebildet, Paare, die sich auch beim Aufsplittern der Gruppe an Hecken oder Teichen nicht aus den Augen lassen durften, damit den Suchenden selbst kein Unglück geschah. Schon bei der kurzen Begegnung am Dorfplatz und dem Blick in seine Augen spürte Babette wieder zwei ganz seltsame Verlangen gleichzeitig in sich. Einerseits hätte sie ihn liebkosen, andererseits sofort so weit wie möglich vor ihm weglaufen mögen.

Das dritte Glück waren Doro, Toni und die Eltern, die nicht in ihre Gruppe eingeteilt wurden. Sowohl die Freundin wie auch der Bruder hätten sie oder John sicher so in Beschlag genommen, dass nicht ein Moment für Babette und den Engländer übrig geblieben wäre. Und die Eltern hätten sowieso ein strenges Auge auf sie gehabt. So konnte sie mit John an der Seite nach Osten losziehen, um nach dem Reithmeier-Sepp zu suchen. Wie immer in solchen Fällen bildete man eine Reihe mit zehn bis zwanzig Metern Abstand und ging mit wachsamen Augen durch die Flur. Traf man auf Dickicht, einen Fischweiher oder andere Hindernisse, rutschte man jedoch zusammen oder ging paarweise weiter – und dabei konnte Babette mit John plaudern, so als sei dies das Normalste auf der Welt.

Babette fragte nach Dingen, die sie eigentlich nichts angingen. Cumberland hatte fünf Geschwister, seine Lieblingsfarbe war Blau, er war weder verlobt noch verheiratet und am liebsten aß er ein Bohnengericht, das Babette nicht kannte, weil es das nur in seiner Heimat gab.

John lachte über Babettes Neugier und berichtete seinerseits von Dingen, die Babette eigentlich nichts angingen. Er verstehe jetzt den Plan Häberleins und sein »Spiel«, so der Engländer. Der Doktor hatte eine ganz besondere Platte, ein ganz spezielles Fossil, das den Übergang von einer Art zur anderen beweise, eine Mischung aus verschiedenen Reptilien, mit Flügeln am Körper, Zähnen im Mund und vor allem Federn! Dies sei der Beweis für das, was Darwin vor zwei Jahren in seinem Buch »Die Entstehung der Arten« behauptet hatte. John selbst hatte nun einmal, und freilich nur kurz, einen Blick auf das wertvollste Fossil der Weltgeschichte werfen dürfen, Häberlein verwahrte es eigens in seinem Nachttisch.

Babette lachte. Was der Engländer da wieder erzählte!

»Und warum zeichne ich dann genau dieses Fossil, das wertvollste, nicht ab?«

Die beiden vergaßen darüber fast, weiter den Fischweiher zu umrunden, holten aber wieder auf und hielten die Augen nach dem Vermissten offen. Nachdem sie das Gestrüpp hinter sich gelassen hatten, erlaubte eine Wiese, das Gespräch fortzusetzen.

John erklärte ein »wichtiges Detail« aus der wissenschaftlichen Welt. Wer eine Neuentdeckung zuerst beschreiben konnte, hatte einen unschlagbaren Vorteil für Jahre oder gar Jahrzehnte gegenüber den Gegnern der eigenen Theorie. Man konnte eine Richtung vorgeben, der die ganze Fachwelt und alle anderen Glauben schenken mussten. In diesem Fall wäre es so: Fertigte ein konservativer, kirchentreuer Wissenschaftler – wie sein englischer Konkurrent Owen – eine erste Beschreibung an, würde es heißen, das sei eine bisher unentdeckte Dinosaurierart.

Umgekehrt würde er als Darwinist natürlich den Fund als das beschreiben, was es in Wahrheit sei: der sensationelle Beweis für die Evolutionstheorie. Weil Häberlein genau wisse, wie begehrt das Stück sei, treibe er nicht nur den Preis in die Höhe, sondern versuche mit dieser wertvollen Platte auch gleich seine ganze Sammlung für Unsummen loszuwerden. Nur wer die anderen, wertloseren Fossilien mit kaufe, würde diesen »Urvogel« auch erhalten.

»Aber du hast das doch gesehen, warum beschreibst du es nicht?«, fragte Babette.

»So einfach geht das leider nicht, der kurze Blick genügte nur für eine erste Einschätzung des Wertes, aber für eine richtige wissenschaftliche Beschreibung braucht es das Original oder eine ganz exakte Zeichnung.«

»Aber warum kaufst du nicht einfach alles?«

»Ich habe kaum Geld, ich muss es erst bei verschiedenen Stellen auftreiben. Häberlein lässt nicht nur mich ein Angebot machen, deshalb zeichnest du den ganzen Rest ab, das soll ich mit nach London nehmen. Umgekehrt bieten auch mein Rivale Owen und der Münchner Wagner mit. Ich nehme an, für sie hast du auch schon gezeichnet?«

Babette nickte. »Das ganze Kaufmännische will mir nicht so recht in den Kopf.«

»In meinen eigentlich auch nicht«, grinste John. »Ich muss versuchen, in London dafür Geld zu beschaffen. Ich habe Aussichten. Aber die anderen um Owen sind viel reicher und mächtiger. Da steckt die Kirche dahinter, die unsere und auch die eure mit dem Papst persönlich. Sie wollen, dass wir den Beweis nicht erbringen können.«

»Aber wenn du doch recht hast und die Wahrheit kennst, dann muss dir doch der Doktor die Platte geben!«

»Nein, Babette, ihn interessiert die Wahrheit nicht, nur die Mitgift für seine Tochter.«

Mit Doros Aussteuer hatte John freilich recht.

»Obacht, Moor!«, rief der Gruppenführer, so als hätte nicht jeder Wolkertsheimer gewusst, dass die unberechenbare Sumpffläche vor ihnen lag. Zwar konnte sich keiner mehr an eine Moorleiche erinnern, aber ein jeder kannte hierzu gruselige Geschichten von seinen Ahnen.

Nur wenige Minuten später rief der Gruppenführer: »Aus! Ihr könnt alle heimgehen!« Der Reithmeier-Sepp war in einer Wildererfalle gefunden worden, ausgenüchtert, nur leicht verletzt, aber er hatte sich nicht aus eigener Kraft befreien können. Die Leute machten sich gen Westen auf, um die tägliche Arbeit wieder aufzunehmen. Nur Babette und John blieben noch eine Weile beim Moor stehen.

Babette war eingefallen, dass die Pilzfelsen für den Engländer naturkundlich interessant sein könnten. Vom Moor aus war es nicht weit dorthin, Häberlein würde sicher nicht schimpfen, wenn sie ihren Dienst bei ihm heute ein wenig später antrat. Ja, John interessierte die seltsame Formation, und Babette ging den Pfad durch das Wolkertsheimer Hölzchen voran. Mit den neuen Lederschuhen lief Babette dem Engländer fast davon. Manchmal blieb sie stehen und bog ein Ästchen zur Seite, so dass Cumberland seine feine Kleidung nicht beschmutzte. Manchmal eilte sie einfach voraus, versteckte sich seitlich hinter einem Baum und beobachtete, ob er den Weg weiter finden würde. Aber der Engländer kam ihr immer wieder nach, an lichteren Waldstellen ging man langsamer und redete, und manchmal zeigte ihm Babette besondere Schönheiten wie einen Frauenschuh, den Cumberland als »Orchidee« klassifizierte. Und immer wieder blickte sie ihm länger in die Augen als jedem anderen Menschen bisher.

Babette zeigte ihm am Ziel die drei Felsen, die drei Riesenpilzen ähnelten, und bat darum, ob er hier stillsitzen könne, sie würde ihn gerne – nur kurz – skizzieren, sie hatte einen kleinen Block und einen weichen Bleistift dabei. Cumberland bestaunte die seltsamen Felsen und hielt still, bis Babette ihm die Zeichnung zeigte, die dem Engländer selbst auch gefiel. Beim Betrachten des Bildes berührten sie sich zufällig. Cumberland nahm ihr die Zeichnung aus der Hand. Er strich ihr durch die Haare, legte die Arme um sie und küsste sie. Babette »sah« die Pilzfelsen beben. Ihr Körper und ihre Seele verloren sich in diesen Küssen und Zärtlichkeiten – bis sie sich losriss, davonrannte – und wieder umkehrte. Auf dem weichen Moosboden hinter uneinsehbarem Dickicht versanken sie ineinander. Die Welt wurde zu einem leuchtenden Sonnengelb mit funkelnden Lichtern darin.

Babette wunderte sich bloß, wie alles danach seinen gewohnten Gang nahm, ganz so, als wäre die Welt die alte geblieben. Sie verrichtete ihren Dienst beim Doktor, trank mit Doro einen Tee, holte Milch, wich auf dem Weg dem ekligen Müller Nikolaus aus und unterhielt sich beim Abendessen mit den Eltern und Toni über die schließlich doch noch erfolgreiche Suche nach dem Reithmeier-Sepp und das Fronleichnamsfest in ein paar Tagen. Für den Feiertag würde Babette wieder einen Blumenteppich gestalten, »wieder so schön wie immer!«, ermahnte sie die Mutter, und Babette nickte. Ihre Blütenkompositionen vor einem der Altäre galten als die schönsten weit und breit und waren im vergangenen Jahr sogar dem Grafen von Pappenheim aufgefallen. Auch andere Mädchen aus Wolkertsheim gestalteten schöne Blumenteppiche, ohne Zweifel, aber

»mit so einer Hingabe«, wie der Pfarrer einmal sagte, hätte er noch nie eine Magd bei der tätigen Anbetung des Herrn gesehen. Freilich würde sich Babette auch heuer wieder auf die Suche nach den Pflanzen machen und mit den farblich fein ausgewählten Blüten von lila Veilchen, gelben Schlüsselblumen, blauen Wegwarten, weißen Maiglöckchen und rosa Heckenrosen ein heiliges Zeichen oder ein Muster gestalten. Schon immer war Fronleichnam deshalb Babettes liebstes Fest im Jahreslauf, und sie freute sich auch heuer darauf, aber die Vorfreude war gleichzeitig ebenso unwirklich wie das alltägliche Geplauder. Mit John war sie zu einem sonnengelben Stern verschmolzen, der über allem schwebte. Und zugleich ging die Welt einfach so weiter!

Erst beim Schlafengehen fiel Babette ein, dass sie heute gleich gegen mehrere Gebote verstoßen hatte. Sie hatte Unzucht getrieben, Vaters und Mutters Anweisung nicht geehrt und gelogen, als sie mit einer Ausrede verspätet zu Häberlein kam. Sie streifte das Nachthemd über und bemerkte, dass sie sich für keine Sünde schämte. Was war mit ihr geschehen, wenn sie das alles nicht einmal reute und sie sich im Gegenteil wünschte, den Engländer erneut zu lieben? War sie jetzt eine dieser »Gefallenen«, und würde man ihr das ansehen? War sie ein »Dummerle«, das für die Liebe die Jungfräulichkeit geopfert hatte?

Babette setzte sich an Tonis Bettkante und wollte den Schnarchenden wachrütteln, um ihn all das zu fragen. Mondlicht fiel in die Kammer, und ein Windhauch bewegte die Vorhänge vor dem geöffneten Fenster. Ein uneinsichtiger Vogel, dessen Namen Babette nicht kannte, wollte nicht ruhen und zwitscherte seinen heiteren Singsang.

Nein, dachte Babette, das Leben konnte keine Sünde sein und die Sünde in ihr nicht leben, wenn alles so schön war. Sie hüpfte über zwei Platten der Kammer ins Bett zurück, kuschelte sich unter die Federn und schlief – John noch in sich spürend – ein.

Für Fronleichnam sammelte Babette jeden Abend nach dem Dienst beim Doktor Blumen in Rot, Weiß und Blau. Vom Wiesenweg aus ging sie mit einem großen Korb zum Pflücken, und jeden Abend wartete John an der Gabelung auf sie. Kam zufällig ein Wolkertsheimer des Wegs, blieb man sich fern. Wenn es zu dämmern begann, schlich man sich über verschiedene Pfade zu den Pilzfelsen und der Lichtung hinter den Birken, um sich dort zu herzen und zu lieben. Manchmal blieben sie stumm dabei, manchmal erzählten sie sich geheime Wünsche und Dinge, die den anderen eigentlich nichts angingen. Babette war glücklich, glücklich, glücklich – bis John ausgerechnet am Fronleichnamsabend nicht an der Gabelung auf sie wartete. Sie hüpfte ein paar Platten ab und erinnerte sich an die vielen Komplimente heute zu ihrem Blumenteppich mit dem roten Fisch in der Mitte. Sie richtete ihren Blick auf einen Zitronenfalter und das Weiß der Birkenstämme, bis die Kirchturmuhr neun schlug und sie traurig heimging.

»Endlich!«, begrüßte sie die Mutter. »Wo bist denn so lang gewesen?« Ohne eine Antwort abzuwarten, fügte die Mutter hinzu: »Der Doktor flickt gerade den Toni zusammen. Bet für ihn.«

»Was ist denn passiert?«, fragte Babette erschrocken.

»Zusammengeschlagen ist er worden, von Fremden«, antwortete die Mutter und fügte zornig an: »Und schuld ist er selber, die wollten bloß den Engländer, aber der Toni hat sich eingebildet, dass er dem helfen muss!«

»Keiner weiß, was der Engländer für Dreck am Stecken hat«, ergänzte der Vater, der in den Flur trat. »Ob der überhaupt so ein Wissenschaftler ist, wie er tut. Der König und der Kardinal haben die fremden Schläger geschickt, persönlich, sagt der Toni. Und der Hundsbua stellt sich gegen den König!«

Das war also keine gewöhnliche Rauferei. Etwas Schlimmes war passiert.

»Ich geh sofort zum Toni!«, rief Babette.

»Nein«, befahl die Mutter und setzte noch etwas hinzu, doch die Siebzehnjährige hörte das nicht mehr, sie rannte über den Dorfweg zum Doktor und flehte innerlich »Toni! Toni! Himmel hilf!«, bis ihr einfiel, dass John womöglich auch verletzt war, und sie stumm die Maria Mutter Gottes für beide um Hilfe bat.

Sie stürmte am Müller Nikolaus und den Ratschweibern vorbei, schob Doro zur Seite und riss die Tür zum Behandlungszimmer auf. Der Doktor war über Cumberland auf einer Liege gebeugt und arbeitete konzentriert, ohne auf Babette zu achten. Blut überall – das musste Johns Gesicht sein. Blut überall – das musste sein Arm sein. Blut überall – das musste sein Oberschenkel sein. Der Körper, mit dem sie im Himmel gewesen war, lag reglos und zerstört auf der Liege.

Doro zog sie fest am Arm, um sie aus dem Raum zu holen. »Komm! Du kannst nicht zu einer Behandlung mit rein!«

Babette blieb stehen und starrte auf den Liebsten. Ja, es war ihr Liebster!

Der Doktor blickte kurz zu ihr und zu Cumberland und schob einen bereits angelegten Verband auf Johns Kopf etwas nach hinten, so dass die Augen des Patienten frei wurden. Der Engländer sah sie sofort. Zwischen den Fleischwunden schien er sie anzulächeln.

»Und jetzt geh raus, Babette!«, befahl der Doktor. »Und du, Cumberland, nimm alle Kraft zusammen, damit du gesund wirst, für so schöne Weiber wie die Babette! … Und Doro, hol schnell noch Schnaps, so viel, wie du kriegst!« Die Freundinnen wussten, was das hieß: Häberlein würde den Patienten bis zur Bewusstlosigkeit mit dem Hochprozentigen abfüllen, um ihn aufzuschneiden oder zusammenzunähen. Von modernen Narkosemitteln hielt Häberlein nichts, zu viele Patienten waren nach einer gelungenen Operation nicht mehr aufgewacht.

»Der Toni liegt da!«, deutete Doro zur Nebentür, ehe sie zum Wirtshaus für weiteren Schnaps eilte. »Der schaut nicht ganz so wild aus, den könnt ihr morgen wieder mit heimnehmen!«

Babette streichelte Toni über den Kopf. Die Nase war gebrochen, ein Auge blau zugeschwollen, über der Augenbraue hatte der Doktor eine Fleischwunde genäht. Bis auf blaue Flecken war der restliche Körper heil geblieben.

»Hältst es ohne mich in der Kammer nicht aus?«, scherzte Toni schon wieder.

»Tut es arg weh?«, fragte Babette.

»Das vergeht. Aber nicht das, was in mir drin ist. Jetzt weiß ich endgültig, dass der Engländer recht hat und ich auch. Wenn der König und die Kirche die Wahrheit so fürchten, dass sie sie totprügeln wollen, dann geht's um ihre Macht. Und dann haben die Angst und wollen uns einschüchtern.«

Babette seufzte. Musste er selbst in diesem Zustand mit dem rebellischen Zeug daherkommen?

Toni schwieg geschwächt. Babette hielt seine Hand und lauschte. Aus dem Behandlungszimmer nebenan war nichts zu hören. Babette fühlte sich wie ein Eiszapfen, der jederzeit klirrend zerspringen könnte. Lebte John überhaupt noch? Der Doktor kam herein, sah nach Toni und sagte: »Ich hab jetzt das Menschliche für den Engländer getan. Den Rest muss der Herrgott schaffen.«

Babette ging ins Behandlungszimmer, um den Liebsten zu sehen. Er lag unter einem Tuch bewusstlos auf einer Liege. Doro wischte das Blut auf dem Boden auf und gab rot durchtränkte Laken in eine Wanne mit Wasser. Babette ging zu John und küsste ihn vor den Augen der Freundin sanft auf die blauen Lippen.

Doro ratschte nicht dazu, sie sagte bloß: »Er wird's schon schaffen.« Dann nahm sie die Freundin in die Arme, und Babette weinte geräuschlos an ihrer Schulter, ehe sie durch den stets offenen Eingang über die Sakristei in die Kirche lief und vor dem Altar den Herrgott um nichts anderes bat als Johns Leben und Genesung. Solle mit ihr sein Wille geschehen, wie auch immer dieser Wille aussah, aber John sollte leben, leben, leben!

Tief in der Nacht empfing die Mutter sie mit einer Watschen, schimpfte sie »saublödes Ding« und verbot ihr, ins Dorf zu gehen, bis der Engländer eines Tages, hoffentlich bald, wieder weg wäre. Wie könne sie diesem Mannsbild hinterherlaufen, als ging es um ihr Leben? Sichtbar für alle im Dorf außer sich um ihn bangen? Wie könne sie sich zum Bruder gegen den Vater stellen? Für wie blöd halte sie eigentlich die Mutter und die Ratschweiber, die das Schauspiel – es ginge ihr bloß um Toni – längst durchschaut hatten? Was falle ihr eigentlich ein, ihren guten Ruf und ihre Zukunft aufs Spiel zu setzen? Babette senkte den Kopf, schämte sich und verstand zugleich nicht, warum sie nicht einfach Angst um einen Fremden haben durfte. Würde die Mutter sie jetzt in den Keller sperren?

Aber die Mutter schimpfte plötzlich gar nicht mehr

weiter. Mittendrin hielt sie inne, setzte sich an den Küchentisch, nahm den Kopf in die Hände und begann zu schluchzen.

»Mama, Mama, es tut mir so leid!« Babette setzte sich neben die Mutter. Dass ihr Vergehen aber auch so groß war, dass die Mutter so weinte! Das hatte sie wirklich nicht gewusst.

»Ich wollt doch bloß ... ich weiß nicht.«

»Ach, Babette, du dummes Ding!« Die Mutter sah auf, legte eine Hand auf ihren Arm und schüttelte den Kopf. »Wenn bloß der Toni wieder wird und an dir nichts hängenbleibt!«

»Aber Mama, was soll denn an mir hängenbleiben? Ich hab doch nichts Schlimmes getan!«, fragte Babette.

Die Mutter schneuzte sich und lächelte sie an. »Hab ich es doch gewusst. Und ich hab es auch zum Vater gesagt, dass du im Grunde ein braves Mädchen bist und bloß von der Liebe geträumt hast und uns bestimmt keine Schande gemacht hast!«

Babette lag im Bett und wusste nicht mehr, was sie zuerst fühlen sollte. Liebe, Schmerz, Scham und Angst wirbelten ihren schlaflosen Körper durcheinander. Babette wollte wieder in ihr altes Leben zurückkehren und nur die Schönheiten der Welt sehen. Aber es gelang ihr nicht.

An Babette zogen die Worte und Begegnungen mit anderen vorbei wie der stete, leichte Wind in Wolkertsheim. Babette interessierte nur eins: Jede Nacht schlich sie sich heimlich aus dem Haus und eilte über den Wiesenweg zum Haus des Doktors. Vom Wiesenweg aus konnte sie direkt zum hinteren Garten Häberleins abbiegen. Doro hatte ihr die losen Zaunlatten gezeigt, Babette schlüpfte durch die Lücke und schlich sich über die offene hintere Eingangstür des Arzthauses in die Kammer des Liebsten. Denn – so der Doktor – erst wenn der Engländer wieder einigermaßen genesen war, konnte man ihn heimschicken.

Im Dorf hieß es, bei diesen ketzerischen Reden müssten sich der Engländer und auch Toni nicht wundern, dass sie sauber eins aufs Maul bekommen hatten. John Cumberland selbst aber sprach – sobald seine Schmerzen es zuließen – davon, dass »bezahlte Schlägertrupps« ihn hätten »einschüchtern« sollen. Babette lächelte kopfschüttelnd und wunderte sich. Warum sollte man Leute dafür bezahlen, so einen harmlosen Studierten wie Cumberland zu verprügeln? Nahm der Engländer seinen Darwin und seine Wissenschaft nicht viel zu wichtig und sah Gespenster? Oder war er einfach so mutig, sich gegen den Weltenlauf zu stellen? Dann meinte auch Häberlein, der Engländer phantasiere in seinen Schmerzen und unter der Medizin, die er ihm gegeben hatte, recht viel. Doro wiederum sagte, sie traue ihrem Vater nicht, der treibe ein verflixt heimliches Geschäft, das sie zwar nicht bis in alle Einzelheiten verstehe, aber dafür umso deutlicher spüre, dass etwas ganz Wichtiges gerade verhandelt würde.

Babette lauschte den Worten, die sich zu Sätzen bildeten und oft als kleine Wölkchen aufstiegen, schwebend über ihrem Leben, in dem sie tagsüber ihre Pflicht erfüllte und nachts den Geliebten sah und diesen zärtlich an immer mehr genesenden Stellen des Körpers küsste. Ganz vorsichtig hatte sie jeden Abend John mit ihren Lippen berührt, mit einem »Bussi«, damit die Heilung weiter so fortschreite. Am nächsten Tag schienen die Wunden genau an diesen geküssten Stellen deutlich besser verheilt, und so hatte Cumberland gescherzt, ob sie ihre »Wunderkräfte« nicht auch bei der gebrochenen Rippe und den Wunden am Oberschenkel und Unterarm einsetzen könne.

Babette hatte den Scherz verstanden, aber warum nicht einfach probieren, was eigentlich nicht schaden konnte? Und so herzte Babette diesen Körper, diesen Menschen, diese ihre Liebe jeden Tag ein Stückchen mehr, so zärtlich, wie es der geschundene Körper zuließ. Bis sich John eines nachts dazu hinreißen ließ, zu sagen: Bei dieser »Behandlung« wolle er eigentlich nie wieder gesund werden und auf ewig hier beim deutschen Arzt Häberlein liegen bleiben. Babette lächelte, küsste ihn herzhaft auf die Lippen, streichelte sein Gesicht und führte seine Hand an ihre Wange.

»Ich möchte mein Leben mit dir teilen. Auch wenn ich weiß, was für eine Zumutung ich bin«, sagte John Stuart Cumberland schließlich.

»Ich auch«, erwiderte Babette ohne Nachdenken und erschrak über ihre eigenen Worte. Wie sollte das gehen? Sie kicherte verlegen und heftete ihren Blick auf den Mond, der sich in einem medizinischen Gerät Häberleins im Raum spiegelte. Sie waren doch so verschieden wie ein Schmetterling und ein Affe. Beide könnten sich nur flüchtig in einem Bild treffen, aber doch nicht hier auf Erden zusammenleben, sollte John doch von verschiedenen Arten und Lebewesen daherreden, wie er wollte.

»Babette!« Doro fing die Freundin beim Milchholen ab und zog sie auf die Seite in den kleinen Gang zwischen Schulhaus und Pfarrhaus.

»Der Vater hat gemerkt, dass du jede Nacht kommst!«

»Und jetzt darf ich nicht mehr?«, fragte Babette bang.

»Doch, doch! Ich wollt's dir nur sagen. Der will sogar, dass du kommst, weil der Engländer dann schneller gesund wird, sagt der Vater. Weil die Medizin, die er ihm gibt, sündhaft teuer ist!«

Zwei Ratschweiber gingen die Dorfstraße entlang. Babette und Doro schwiegen in ihrer Nische, bis die Frauen wieder außer Hörweite waren.

»Und jetzt weiß ich auch, um was es wirklich geht!«, triumphierte Doro. Spürte die Freundin, dass sie John liebte?

»Ich hab heut einen Brief gefunden im Schreibzimmer vom Vater! Da steht drin, dass diese Platte mit dem neuen Saurier nie in die Hände der Engländer und der Darwinisten fallen darf, denn dann haben sie einen Beweis für ihre ketzerischen Ansichten!« Doro sah sich aufgeregt um, ob niemand zuhörte. »Und weißt du, von wem der Brief ist?«

Babette zuckte mit den Schultern. »Von dem Münchner?«

»Nein!«, nur mühsam konnte Doro sich zurückhalten, es nicht ins ganze Dorf zu schreien. »Vom Papst!«

Die Freundinnen schauten sich mit großen Augen an.

»Dann hat der John doch recht. Dass er deshalb zusammengeschlagen wurde«, überlegte Babette laut.

»Der Vater sagt, Cumberland hat zu wenig Geld, um die Platte kaufen zu können. Aber das wissen die anderen wahrscheinlich nicht. Und dann, stell dir vor, ist schon wieder von einem Engländer ein Brief gekommen, von einem anderen. Owen hab ich gelesen, den hat der Vater sofort versteckt.«

»Bei euch geht's ja zu!«, lachte Babette, bis ihr einfiel, dass mit »zugehen« auch Schlägertrupps gemeint waren, und sie wieder ernst wurde.

»So wie der Vater geschaut hat, muss das ein noch höheres Angebot gewesen sein, er kann zwar die Sprache nicht lesen, aber da waren Zahlen drin!«

»Dann ist der John ganz umsonst zusammengeschlagen worden!«, fiel Babette ein.

»Ja, schon.« Doro nahm es hin, als gehörte so ein Vorfall zu einer Geschäftsreise. »Nein, nicht umsonst!«, meinte sie. »Endlich hast du dich mal richtig verliebt, ist auch Zeit geworden. Vielleicht gar nicht so schlecht, die Liebe mit jemandem auszuprobieren, mit dem es sowieso nichts werden kann.«

Babette verstand nicht, was die Freundin meinte. Sie probierte doch keine Liebe aus! Wie sollte man eine Liebe probieren? Wie einen Löffel Suppe?

Die Haushälterin des Pfarrers tauchte neben ihnen auf, schimpfte die jungen Dinger »Müßiggänger«, die nicht arbeiten wollten, und Babette lief mit der Milchkanne schnell heim.

Auf dem Weg fiel ihr ein, dass im Gartenhäuschen noch einige geschmuggelte Platten vom Vater lagen. Könnte eine von denen nicht auch so wertvoll sein, dass John damit zu helfen war, denn er brauchte ja nicht einmal die Platte, sondern bloß eine genaue Zeichnung, wie er ihr erklärt hatte. Es war ja nicht verboten, die Fossilien des Vaters einfach abzuzeichnen.

Neun Wochen und drei Tage nach seiner Ankunft sprach John aus, wovor sich Babette jeden Tag gefürchtet hatte: Morgen würde er abreisen. Außer Schmerzen beim schnellen Gehen war er vollständig genesen, und Häberlein jammerte im ganzen Dorf darüber, dass ihn die Medizin für den Engländer Unsummen gekostet hätte. John *musste* abreisen, so schnell wie möglich, denn in einem Brief an Häberlein war angedeutet worden, dass ihn jeder weitere Tag hier erneut in größte Gefahr bringe. Babette durfte darüber nicht traurig sein, sie hatte doch immer gewusst, dass es eines Tages so weit war. Sie müsste vielmehr Gott für Johns Genesung und dafür danken, diese Stunden mit ihm erlebt zu haben.

Bei Kerzenschein hielten sich John und Babette im Gästezimmer des Doktors, in dem er gesundet war, fest umschlungen, während die Wolkertsheimer schliefen. Es war kurz nach Mitternacht, um fünf Uhr würde die Kutsche auf den Engländer warten. John öffnete eine Flasche Wein, die er dem Doktor abgekauft hatte, »zum Abschied«. Babette dachte: Jetzt bin ich ein blühendes Veilchen, das man mit den Wurzeln ausreißt, nicht einmal dazu bestimmt, in einer Vase zu enden. Aber wenn sie entwurzelt war, konnte man sie dann nicht wieder woanders einpflanzen?

»Darf ich mit dir kommen?«, hörte Babette sich fragen.

»Nichts wünschte ich mehr als das!« John zog sie näher an sich. »Aber weißt du, was du da tust?« Cumberland führte aus, dass sie kein Englisch könne, dass die Reise gefährlich sei, dass sie ihre Heimat und alles verlasse und nur als gefallenes Mädchen wieder zurückkönnte.

Babette löste sich und zog die Knie an, um die sie ihre Arme legte. Wie hatte sie nur glauben können, John wolle sie für immer bei sich haben!

»Ich heirate dich, sofort, ohne Frage!«, widersprach John ihren Gedanken. »Ich möchte nur, dass du weißt, auf was du dich einlässt.«

Babette strahlte.

»Ich liebe dich«, sagte John.

»Ich dich auch«, erwiderte Babette.

John löste sich. »Aber du musst auch deinen Glauben verlassen, damit wir heiraten können.«

Babette nickte.

»Und ich habe keine gute Stellung, kaum Geld, ich werde den Zuschlag zum Urvogel nicht bekommen. Meine

Karriere steht in den Sternen, und du wirst arbeiten müssen und nicht zeichnen können!«, warnte er sie weiter.

Babette lachte. John dachte wohl, sie zeichne hier immerzu.

»Ich Dummerle!«, rief Babette plötzlich und sprang auf. »Warte, warte, ich komme gleich wieder!«

Babette eilte davon und holte aus dem Gartenhäuschen daheim die Zeichnungen, die sie von den Fossilien des Vaters angefertigt hatte. Wo war ihr Kopf nur gewesen, wie hatte sie die Bilder vergessen können?

Eine halbe Stunde später wurde Cumberland mit Blick auf die vierte Zeichnung bleich. Er zündete eine zweite und dritte Kerze an und prüfte das Blatt ungläubig immer wieder.

»Das ist ein Urvogel! Du hast den Beweis gezeichnet!«, rief John.

»Wirklich?«, fragte Babette freudig.

John überlegte laut, und man ging den Ereignissen zusammen nach. Die Platte in Häberleins Nachtkästchen stammte vermutlich ursprünglich auch von Babettes Vater, denn oft fänden sich so extrem seltene Exemplare in unmittelbarer Nähe. Babette rechnete zurück – ja, kurz nach der Bronchitis des Vaters, für die er dem Doktor eine Platte zur Behandlung gegeben hatte, war der Münchner aufgekreuzt.

»Das Fossil ist mehr als ein Vermögen wert!«, sagte John.

Babette nickte. »Die Zeichnung, die schenk ich dir!«, sagte sie.

John steckte das Blatt in seinen Lederbeutel unter seinem Hemd.

Beide schwiegen eine Weile, so als seien sie von der guten Nachricht schockiert.

John schenkte Wein ein, Babette hörte die Kirchturmuhr drei schlagen.

»Um Gottes willen, John, wir haben die Zeit vergessen!« Babette sprang auf. Sie hätte ihr Bündel noch zu packen, es würde bald hell werden und der Kutscher einspannen.

»Die Kutsche um fünf Uhr nach Nürnberg! Sei pünktlich!«, sagte John. »Ich werde alles in die Wege leiten und sehen, dass wir sicher sein können!« Babette sprang davon, sie hüpfte, sie liebte, sie eilte, sie würde ihr bisheriges Dasein verlassen, aber das Leben gewinnen.

Es gab nicht viel zu packen, wo es nicht viel Besitz gab. Das Sonntagsdirndl, eine Strickjacke, Holzpantoffeln, Malzeug vom Doktor und eine Brosche mit einem roten Stein von der Großmutter selig. Die Lederschuhe zog sie ohnehin an. Babette steckte die Habseligkeiten in einen Sack, schlich zu Toni ans Bett und küsste ihn auf die Stirn.

»Toni, ich geh. Ich schreib dir bald. Erklär es der Mutter und dem Vater. Die Liebe«, flüsterte sie. Der Bruder sah sie schlaftrunken an und schloss wieder die Augen. Er glaubte wohl, er träumte. Babette hörte die Kirchturmuhr halb fünf schlagen, eilte ins Gartenhäuschen, steckte die Platte mit dem Archaeopteryx zwischen die Wäschestücke und lief im Sonnenaufgang die Dorfstraße zum Wirtshaus hinüber. Der Postkutscher war für seine Unpünktlichkeit bekannt, Babette dürfte ihn nicht versäumen! Und tatsächlich hatte der Kutscher heute auch schon früher eingespannt und stand vor dem Gasthaus.

»Babette?«, fragte er, als ob er sie nicht kennen würde.

Babette stieg mit ihrem Bündel schnell ein, damit kein Ratschweib sie beobachten konnte, auch wenn es hinterher doch alle erfahren würden.

John war noch nicht in der Kutsche.

»Und hast das Geld?«, fragte der Kutscher in den Wagen hinein.

Daran hatte Babette nicht gedacht. »Das bezahlt der Engländer!«

»Der Engländer?«, lachte der Kutscher. »Der ist schon weg, der hat sich einen eigenen Gaul genommen!«

»Nein! Das kann nicht sein!« John würde sie nicht im Stich lassen.

»Dann frag die Wirtin, wenns'd es nicht glaubst. Fünf Minuten geb ich dir.« Der Kutscher war streng. »Vor einer Stunde schon ist er weg!«

Sollte sie nun aussteigen und sich allen im Dorf zeigen? Wo war John? Belog der Kutscher sie? Warum hatte sie nicht an das Geld gedacht? Babette nahm hastig ihr Bündel und rannte in die Wirtsstube, die leer war. Die Wirtin schürte in der Küche den Herd an.

»Ist der Engländer wirklich schon weg?«

»Ja, der hat sich einen eigenen Gaul genommen, schon vor einer Stunde. Hat alles anständig bezahlt.«

Babette hielt sich am Türrahmen fest, ihr wurde schwarz vor Augen, sie sah die Wirtin noch auf sich zueilen und sagen: »Babette, du dummes Mädel, hast einem Mannsbild vertraut?!«

Auf der Küchenbank des Wirtshauses kam Babette wieder zu sich. Toni unterhielt sich mit der Wirtin, die versicherte, kein Ratschweib hätte das mitbekommen, weil die Wirtin behauptet hatte, sie hätte nach der Babette schicken lassen. Toni dankte der Wirtin recht schön für diese Hilfe, bemerkte, dass Babette wieder zu sich kam, und half ihr auf. Er hieß ihr, sich bei ihm einzuhaken, und machte sich mit ihr auf den Heimweg.

»Wolltest mit ihm gehen, mit dem Engländer?«, fragte Toni.

»Ja!«, schluchzte Babette.

»Hab schon gewusst, wie gern du ihn hast.«

»Er kommt bestimmt wieder und holt mich!«

»Wie kommst da drauf?«

»Ich lieb ihn doch und er mich. Und durch mich hat er den Beweis bekommen.«

»Welchen Beweis?«

Babette erklärte dem Bruder den Zusammenhang zwischen einer Zeichnung und einer wissenschaftlichen Beschreibung. »Damit kann er die Wahrheit beweisen, Karriere machen und mich heiraten.«

Toni sah sie entsetzt an. »Dummerle vor dem Herrn! Für so etwas ist jedem Mannsbild ein Weib wurscht, für so eine Sensation, da denkt keiner mehr an die Liebe.«

Babette wurde wieder schwindelig, sie hielt sich am Bruder fest.

»Ich sag dem Vater schon nix«, meinte Toni.

Sie gingen wieder weiter. Aber Babette konnte sich nicht mehr auf den Beinen halten. Die Welt entglitt ihr, die Konturen verschwammen, die Farben verblassten. Gab es ein innerliches Versteinern und konnte aus der bunten Welt plötzlich ein einheitliches Grau werden?

Bis zu Mariä Himmelfahrt, vierzehn Tage nach Johns Abreise, fing Babette jeden Tag den Postboten ab, wartete an der Gabelung und sah nach den ankommenden Kutschen vor dem Gasthaus. Kein Brief, kein John, keine Nachricht.

An Mariä Himmelfahrt stand die Mutter am Kachelofen in der guten Stube, zupfte Babettes Dirndlschürze zurecht, legte ihr das Kropfband um den Hals und zog am Feiertagsschmuck herum.

»Babette!«, entfuhr es der Mutter entsetzt.

Babette drehte sich um, die Mutter starrte sie an. »Was ist denn?«

»Das Kropfband ist viel zu eng!«

»Dann nehmen wir halt das alte von der Loni.«

Die Mutter starrte sie weiter an, bis sie sich besann, Babette an den Haaren zog und unter einem Zischen »sei bloß still!« in die Küche schubste.

»Was ist denn Mama?« Die Mutter schloss hinter sich die Tür.

»Der Vater schlägt dich tot, wenn er das erfährt! Du saudummes Ding, du Hur!«

Die Mutter gab ihr eine gewaltige Watschen und holte zu weiteren Schlägen aus, ließ den Arm dann aber wieder sinken.

»Wann hast deine letzte Blutung gehabt?«, fragte die Mutter.

»Ich weiß nicht mehr … schon länger her.«

»Du bist schwanger!«, zischte die Mutter. »Ein Kind kriegst!«

»Aber … warum?« Babette hatte nicht daran gedacht, welche Folgen die Liebe haben könnte.

»Warum?!« Die Mutter gab ihr wieder eine Watsche. »Auch noch so saublöd daherreden. Unzucht hast getrieben! Und jetzt sag mir bloß nicht, das war der Engländer!«

»Doch.« Babette senkte den Blick und bekam wieder eine Watsche.

»Dein ganzes Leben hast dir kaputt gemacht. Ein Kropfband ist immer zu eng, wenn du schwanger bist.«

Der Vater kam zur Tür herein. »Was habt's denn?«

»Nix«, log die Mutter, »wir machen uns jetzt fertig für den Kirchgang.«

Der Vater verließ wieder die Stube.

Die Mutter zischte ihr zu: »In der Kirch werd ich beten und mir was überlegen. Umbringen könnt ich dich!«

Babette ging still zur Kirche, betete demütig um Vergebung, wich der plappernden Doro aus, aß kein Stück vom Festtagsbraten und schlich sich in ihr Bett und weinte. Nicht nur John hatte sie verloren, sondern auch ihre Ehre und den Eltern so eine Schande gemacht. Hätte sie nur sterben können! Was sollte denn nun werden? Und unaufhörlich ging ihr Johns Anweisung durch den Kopf: »Die Kutsche um fünf nach Nürnberg.« Er hatte nicht gesagt, *wir* nehmen die Kutsche um fünf, sondern es nur ihr befohlen. Hatte er geplant, selbst einen Gaul zu nehmen? Oder machte sie sich bloß noch falsche Hoffnungen? Oder waren es seine kleinen Fehler im Deutschen? Aber konnte so ein kleiner Unterschied im Reden ihr Leben so sehr bestimmen? Hatte nicht vielmehr der Bruder recht und sie war einfach nur ein Riesendummerle?

Nachmittags wusste die Mutter, was zu tun war, ihr Gebet in der Kirche hatte ihr zu dieser Eingebung verholfen. Als Toni und der Vater außer Haus waren, befahl sie Babette, alles genau so zu tun, wie sie ihr es jetzt sagte. Und zwar haargenau so und kein Stückchen anders. An die Freud oder die Liebe könnte sie später wieder denken, jetzt musste für ihre Zukunft gerettet werden, was noch zu retten war.

Der Müller Nikolaus fiel über sie her, wie die Mutter es vorhergesagt hatte, wenn er sie nach seinem Wirtshausbesuch am einsamen Weg zur Mühle bei der Mühlbachbrücke finden würde. Wie geheißen, tat Babette so, als käme sie aus der anderen Richtung, als sie den Müller Nikolaus in der sternklaren Nacht auf den Weg einbiegen sah. Wie geheißen, ging Babette an der Statue des heiligen Nepomuk vorbei, auf den Müller Nikolaus zu, blieb auf seiner Höhe stehen und schob den Rock ein wenig hoch, um den Strumpf zu richten. Wie von der Mutter erwartet, überlegte der Müller nur kurz, ehe er zupackte, sie zu Boden riss und ihr den Rock hochschob. Er griff ihr an die Brüste, drang in sie ein, schob sich auf ihr hin und her, ließ wieder von ihr ab und – das Schlimmste – drehte sich keuchend noch einmal zu ihr und wollte sie küssen. Alles hatte sich Babette fast wehrlos als gerechte Strafe gefallen lassen, aber die Küsse gehörten doch zu John und nicht zum Müller! Er packte ihren Schopf und drehte ihren Kopf zu sich. Rotz tropfte aus seiner Nase auf ihre Wangen. Babette suchte nach etwas Schönem in der Nacht, um ihren Blick darauf zu richten, aber nicht einmal ein Stern strahlte schön in dieser Nacht. Sie suchte nach einem Wort, sie dachte »Ekel, Gestank und Hölle!«, bis es sie würgte, sie sich erbrach und der Unterleib so schmerzte, als hätte man ein Messer in sie eingeführt. Der Müller Nikolaus machte sich, angewidert von dem Erbrochenen, aus dem Staub – und endlich, endlich tauchte die Mutter hinter dem heiligen Nepomuk auf und schrie dem Müller Nikolaus hinterher: »Das wirst du büßen, du Lump!«

»Ekel, Gestank und Hölle«, sagte sich Babette auch am nächsten Tag immer wieder auf, als sie zusammengekauert im Bett lag und der Vater und Toni den Müller Nikolaus aufsuchten und forderten, dass er nach dieser Schandtat Babette heiraten müsse, sonst bekäme er es mit ihnen zu tun. Der Müller willigte ein, bereute seine Tat, und die

Mutter bestellte noch am gleichen Tag das Aufgebot und die Messe. Der Plan der Mutter, den Babette akkurat ausgeführt hatte, war aufgegangen.

»Was Besseres war jetzt nimmer möglich, aber mit dem Müller hast wenigstens noch eine Zukunft. Obermüller wird er bald werden. Und verrat ihm nie, dass das Kind nicht seins ist!«, raunte die Mutter Babette noch einmal ins Ohr. Babette zog sich die Bettdecke übers Gesicht. Es hatte keine Bedeutung, dass am Wiesenweg Lavendel seinen Duft verströmte und die Sterne klar am Himmel strahlten. Babette empfand nichts mehr. Jemand anders als sie selbst bewegte ihren Körper, sprach und verrichtete die Arbeit. Jemand anders in ihr wollte nicht einmal mehr zeichnen.

Nachts schlich sich Babette – als die Kirchturmuhr drei Uhr morgens schlug – ins Gartenhäuschen. Sie setzte sich auf die Bank mit den aus dem Steinbruch geschmuggelten Platten des Vaters darunter und wollte begreifen, was geschehen war und noch passieren würde. »Ekel, Gestank und die Hölle« sollte nun ihr Lebtag als Ehemann neben ihr aufstehen, arbeiten und einschlafen, so wie der Vater neben der Mutter? War mit »eheliche Pflicht« eigentlich gemeint, sie müsse diese Nacht beim Nepomuk immer wieder über sich ergehen lassen? Wie überlebten das die Weiber, bei denen »zuerst die Sach und dann die Liab« kam? Hätte sie doch wenigstens nicht durch John erlebt, wie zwei Seelen und zwei Körper eins werden konnten, dann hätte sie nicht gewusst, dass es die Liebe gibt. Aber warum war John ohne sie gegangen? Warum war John überhaupt gekommen? Ja, wegen dieser Platten, der toten Tieren, der Fossilien, des Urvogels, der eben unter dieser Bank lag.

Dieser Urvogel war des Teufels, dachte Babette, vielleicht hatten John und die Darwinisten es zu weit getrieben, sich gegen Gott zu sehr versündigt. Babette holte die Platte unter der Bank hervor und grub das Beet um, das sie im Frühling bestellt hatte, als der Münchner gekommen war. Heuer im Frühling, als die ganze Welt noch schön gewesen war. Sie würde dem Toni und Vater nicht sagen, wie wertvoll dieses Fossil war, es sollte keiner mehr mit diesem Satansstein zu tun haben und deshalb ins Unglück gestürzt werden. Tot, tot, für immer tot, sollte das Fossil sein. Vielleicht konnte sie selbst dann auch wieder etwas Schönes in und an der Welt finden, wenn das Untier begraben war. Das Loch, das Babette mit dem vom Schmied frisch geschliffenen Spaten dazu aushob, war fast einen Meter tief.

In den folgenden vier Wochen bis zur Hochzeit hörte Babette Doro nicht zu, wenn sie in den Garten kam und rief: »Babette, Babette, stell dir vor, mein Vater hat seine ganzen Platten nun über den Münchner an den anderen Engländer verkauft!« Doro plapperte weiter und erzählte vom Pferdeknecht des Grafen, mit dem nun – bei dieser Aussteuer! – eine Hochzeit geplant wurde. Die Freundin kam darüber auf Eichstätter Burschen und anderes Gerede. Babette hörte nicht zu, sie wollte nichts mehr von alldem wissen und war erst wieder aufmerksam, als Doro drohte: »Ich komme jetzt nicht mehr, du hörst mir ja gar nicht zu!« Babette begann zu weinen, Doro verstand nicht, warum, sie würde doch bald eine strahlende Braut sein, und die Entscheidung für den größten Verehrer weit und breit sei doch sicher richtig gewesen, oder? Babette weinte und weinte daraufhin in den Armen der Freundin, der lieben Doro, der sie sich nicht anvertrauen durfte. Doro tröstete, dass solche Sentimentalitäten vor einer Eheschließung ganz normal seien. Wohingegen sie selbst, Doro, bei dieser Mitgift, die der Vater für sie herausgeschunden hatte, gar nicht wisse, ob der Pferdeknecht sie wegen ihrer selbst oder wegen des Geldes nehme.

Toni sagte in den vier Wochen vor der Hochzeit nicht viel zu ihr. Aber beim Zubettgehen schob er ihr seit dem Tag des Aufgebots stets die Bettdecke zurecht, küsste sie auf die Stirn, wünschte ihr schöne Träume und fügte ungewöhnlich zärtlich hinzu: »Alles wird gut, mein liebstes Dummerle!«

Als Brautschmuck bestand Babette auf dunkelroten Heckenrosen. Sie würde sie in der Kirche, während der Zeremonie, so fest durch das Tuch hindurch mit den Händen umklammern, dass ihr dunkles Blut und die Rosen die gleiche Farbe hätten. Mit den vom Doktor geschenkten Buntstiften würde sie daraus eines Tages eine schöne Zeichnung machen. Eines Tages, irgendwann, wenn es vielleicht wieder einen Grund gab, die Welt zu bewohnen und die Schönheit einer Kirschblüte oder eines Schmetterlings zu bestaunen.

Bis zum Morgen der Hochzeit hoffte Babette noch auf ein Zeichen von John. Dann stach sie sich wie vorgenommen bei der Zeremonie in der Kirche mit den Rosendornen in die Hände. Aber es blutete kaum, nur ein paar Tropfen quollen hervor und blieben an den Fingern haften, ohne sich weiter eine Bahn zu suchen. Anschließend feierte sie »den schönsten Tag im Leben« so, wie es sich gehörte. Meist mit Ekel, manchmal mit Empfindungslosigkeit erfüllte sie ihre eheliche Pflicht im Haus und im Bett des Müllers.

Am Ende des Jahres rundete sich ihr Bauch, und Babette kam zu dem Schluss, dass das Fossil wirklich des Teufels war und sie richtig gehandelt hatte, es zu vergraben. Denn bis zu Neujahr 1862 starben alle Leute, die mit dem Urvogel Handel getrieben hatten: Doktor Häberlein, der Münchner Professor Wagner und der Eichstätter Übersetzer. Vielleicht war auch John längst tot?

Babette 1889

In den sieben Ehejahren hatte sich Babette an das Besteigen durch den Müller gewöhnt. Er kam wie ein Zuchtstier zum Zeugen der Kinder zu ihr und nahm sie meist von hinten. Vier Kinder waren bisher geblieben, eins abgegangen und eins nach der Entbindung verstorben. Auch gestern Nacht hatte sich der Müller sein eheliches Recht genommen, sie hatte es ruhig über sich ergehen lassen, es war ja nie wieder so schlimm gekommen wie damals beim heiligen Nepomuk auf der Brücke. Babette hatte sich daran gewöhnt wie ans Ofenanschüren morgens, das Wasserholen vom Brunnen mittags und das Kleiderausklopfen abends.

Der Müller-Bulle lag neben ihr im Himmelbett, unter seiner eigenen Daunendecke, er schnarchte, sein Atem war im Morgengrauen des kalten Märztages zu sehen. Tiere wie Menschen, so dachte Babette, haben sich der göttlichen Ordnung zu fügen. Die Vierundzwanzigjährige schloss die Augen, fünf Minuten wollte sie noch im Bett bleiben und träumen, doch Darwin und John kamen ihr wieder in den Sinn. An Darwin hatte sie länger nicht mehr gedacht, John war ihr mit Paul hingegen täglich vor Augen. Der Erstgeborene hatte die roten Haare, die leicht krumme Nase und die hohen Backenknochen von John geerbt. Dieser Anblick freute sie täglich und war ihr die Schönheit, die sich sonst fast nirgends mehr zeigte, nur ab und zu, wie im vergangenen Sommer, als sie mit den alten

Stiften vom Doktor Blumen gezeichnet hatte. Oder in Träumen, in denen das Gesicht von John jedoch zunehmend verschwamm, wie ein Spiegelbild über sich kräuselndem Wasser. Wie gut, dass sie ihn am Pilzfelsen seinerzeit gezeichnet und damit festgehalten hatte.

»Ist doch noch alles gutgegangen«, hatte Babettes Mutter vor zwei Jahren im Sterbebett zu ihr gesagt, und Babette überlegte, warum das Schicksal manchmal so seltsame Wendungen nimmt, nicht nur bei ihr, sondern auch bei Doro, die ein halbes Jahr nach ihr geheiratet hatte, den Pferdeknecht des Grafen vom Pappenheim. Es war die prächtigste Hochzeit seit Jahren in Wolkertsheim gewesen mit dem Grafen von Pappenheim persönlich zu Gast, Doro im Seidenkleid in einer mit Rosen und Nelken geschmückten Kirche, mit fettem Braten und Bier, so viel jeder wollte. Beim Tanz hatte sich das fesche Brautpaar vor den Augen aller geküsst, und Babette hatte dazu geklatscht, wie die anderen auch. Wobei die anderen nicht wie Babette in Doros Geheimnis eingeweiht waren. Die Freundin war auch keine Jungfrau mehr und trug ein Kind unter dem Herzen. Nicht einmal dem Pferdeknecht hatte es Doro gestanden, alle sollten glauben und sehen, wie rein und reich Doro in diese Ehe ging.

Vier Wochen später ging das Kind ab, unter unsäglichen Schmerzen, während Babette ihren Paul gesund gebar. Ein halbes Jahr später hatte Doro den nächsten Abgang, bald darauf wieder einen und noch einen und noch einen. Irgendwann zählte Babette mit Doro die Fehlgeburten nicht mehr mit. Und zwischen all den Schwangerschaften und Enttäuschungen bemerkte Doro nicht, wie ihr sauberer Gatte buchstäblich Haus und Hof versoff und verspielte. Zuerst war das Bargeld verschwunden, dann Gold und Silber, die Möbel wurden gepfändet und schließlich das

Haus. Bei einem der Abgänge, bei denen Babette der Hebamme half, verfluchte Doro diesen »Saukerl« und flehte ihren seligen Vater an, er möge ihr vom Himmel aus helfen, mit der großen Aussteuer hätte er ihr letztendlich alles eingebrockt, denn ansonsten hätte der Pferdeknecht sich doch eine andere gesucht, nur wegen des Geldes hätte er um sie geworben, und Doro sei blöd genug gewesen, auf ihn hereinzufallen. Doro schrie unter Schmerzen zum toten Vater: »Nimm ihn zu dir, dann bin ich ihn los!« Babette stockte beim Fluch der Atem, sie griff zu einem Kruzifix und ermahnte Doro, so was nie wieder zu wünschen, und erzählte nichts von dem Fluch des Fossils, von dem sie schon lange überzeugt war. Denn nur mit ihm war Häberlein so reich geworden, nur mit ihm kam die Aussteuer zustande, nur wegen ihm hatte John sie verlassen und Doro nun dieses Elend zu ertragen.

Kaum eine Woche später traf den Pferdeknecht der Schlag, und er fiel tot um. Doro musste das Haus trotzdem verkaufen, und nicht einmal damit waren alle Schulden getilgt. Die Freundin suchte sich eine Stellung und schämte sich für den traurigen Abstieg. Aber das war nicht das Schlimmste. Fast jeden Tag weinte die Freundin: »Wer nimmt mich denn noch, eine, die keine Kinder kriegen kann?! Da hätt ich doch lieber die Pest, die könnte wenigstens noch vergehen.«

Als Doro das wieder einmal sagte, vor der Sonntagsmesse, stand plötzlich Toni neben ihnen, mit seinen Krücken, denn er hatte im Deutschen Krieg 1866 ein Bein »vergessen«, wie er sagte. »Ich würd dich nehmen«, scherzte der Bruder, »aber nur, wenn du mir dann nie wieder widersprichst!« Doro lachte, doch die anschließenden Blicke der beiden verrieten Babette, dass sie plötzlich überlegten, ob sie nicht doch zusammengehörten als Weib und als Mann. Toni, der Kriegskrüppel, lernte Platten zu präparieren, und erwies darin ein so großes Geschick wie der alte Häberlein. Er verdiente zwar weniger als ein Steinbrucharbeiter, aber er musste nicht hungern, und irgendwann reichten sein Einkommen und das von Doro für das Hochzeitsgeld. Ganz ohne Prunk gingen Toni und Doro zur Trauung und wurden ein sich innig liebendes und stets streitendes Paar. Doch auch mit Toni erlitt Doro wieder die Abgänge – es lag also an ihr und nicht am Pferdeknecht. Eine Augsburger Hebamme gab der Freundin daraufhin heimlich ein Mittel, eine Art Schwamm, mit dem sie nun erst gar nicht mehr schwanger wurde, denn irgendwann, so waren sich alle einig, wäre Doro an einer Fehlgeburt gestorben.

An all das dachte Babette mit geschlossenen Augen an jenem kalten Frühlingsmorgen im März 1869 neben dem schnarchenden Müller-Bullen, nachdem ihr plötzlich eingefallen war, welches Datum man heute schrieb, und sie so schnell und so leise wie möglich aus dem Bett sprang, um den Müller nicht zu wecken. Sie hatte noch einen Kuchen zu backen und in Eichstätt das Geschenk zu holen, den Zinnsoldaten, für den sie heimlich seit einem Jahr immer wieder etwas Geld zurückgelegt hatte. Mal hatte sie der großen Schwester Loni geholfen und die Pfennige dafür in den Sparstrumpf gesteckt. Mal hatte sie einen Monat lang keinen Käse gegessen und das damit Eingesparte weggelegt. Und immer wieder hatte sie dem Müller verdünntes Bier eingeschenkt, wenn dieser schon betrunken war und die Pantscherei nicht mehr merkte. Über ein Jahr hatte sie nun für das Geburtstagsgeschenk gespart, denn seitdem Babette von dem neuen Brauch, nicht mehr den Namenstag, sondern den Geburtstag – und auch noch mit Geschenk – zu feiern, erfahren hatte, plante sie die Überraschung. Wenn ein Wesen auf der Welt es wert war, dass man den Tag seiner Geburt feierte, dann ihr Paul, der heute sieben Jahre alt wurde. Aufgeregt schürte Babette an diesem Morgen den Ofen in der Stube an, kontrollierte, ob genügend Eier und Butter für den Kuchen in der Speisekammer lagen und verheimlichte beim Frühstück dem Müller und den Kindern ihr Vorhaben.

Als Babette aus Eichstätt zurückkehrte, spielten die Kinder trotz der Kälte draußen neben dem Mühlrad mit Stecken Krieg. Babette hörte, wie der um ein Jahr jüngere Sepp seinen Bruder Paul mit den Worten des Vaters ausschloss. »Der Ander soll woanders spielen!«, befahl Sepp, aber Paul raufte den kleineren Bruder nieder, und Sepp musste den Zivilisten im weiteren Spiel geben. Dass der Müller den Paul immer bloß den »Ander« nannte, ihn nie direkt ansprach und ihn nicht neben sich sitzen ließ wie andere Väter den Erstgeborenen – daran hatte sich Babette gewöhnt. Dass aber nun auch die Geschwister den größeren Bruder wie einen dahergelaufenen Hüterbub zu behandeln begannen – das gab Babette einen Stich ins Herz. Aber heute, so dachte sie beim Kuchenbacken am 26. März mit Blick aus dem Küchenfenster zu den spielenden Kindern nach draußen, heute würden die Kleinen schon noch merken, dass es das Dasein von Paul zu feiern gab. Wie gut, dass sie mit dem neuen Festbrauch beim Erstgeborenen Paul begann.

Später richtete Babette die Suppe und die Löffel zum Abendessen auf den Tisch. Sollte sie vielleicht sogar vorschlagen, dass Paul heute als Erster sich mit seinem Löffel ein Grießnockerl aus der Schüssel holen dürfe, noch vor dem Müller? Aber nein, damit ginge sie wohl zu weit und würde den Müller bloß erzürnen. So aß man nach dem Gebet wie immer zu Abend, die Kinder hungrig wie frisch geschlüpfte Vögel den Mund aufreißend, der Müller zu Ruhe und »einer nach dem anderen!« mahnend. Wie immer waren alle plötzlich auf einen Schlag satt und warteten ungeduldig auf die Danksagung des Hausherrn, um den Tisch wieder verlassen zu können.

»Moment noch!«, rief Babette, als der Müller mit dem Kreuzzeichen zur Gebetseröffnung ansetzen wollte. »Heute gibt es noch eine Überraschung!«

Alle Augen richteten sich fragend auf sie.

»Ist der Opa jetzt tot wie die Oma?«, fragte Sepp. Sogar der Müller lachte darüber.

»Nein.« Babette ging zum Kasten, in den sie den Kuchen und den Zinnsoldaten versteckt hatte. Sie stellte den Kuchen auf den Tisch und schnitt ihn in Stücke.

»Was ist denn?«, fragte der Müller neugierig. Babette lächelte ihn und die Kinder an. Die Kleinen konnten kaum ihre Finger bei sich behalten, um nicht zu einem Kuchenstück zu greifen.

»Und hier, noch etwas!« Babette zog den Zinnsoldaten aus ihrer Schürzentasche, küsste Paul auf die Stirn und stellte das Spielzeug vor dem Erstgeborenen auf den Tisch.

»Alles Gute zum Geburtstag, lieber Paul! Du bist heute sieben Jahre geworden. Wie schön, dass es dich gibt!«

Es war fast so, als hätte Babette etwas über eine schlimme Krankheit verkündet, sogar Paul starrte sie entsetzt an.

»Mir?«, fragte Paul schließlich strahlend und umschloss den Zinnsoldaten mit beiden Händen. Die Kleineren vergaßen über den Kuchen das wertvollere Geschenk für Paul und schubsten sich gegenseitig von den größten Stücken weg. »Ein jeder kriegt was!«, ermahnte Babette.

Nur der Müller sagte nichts und griff auch nicht zum Kuchen. Seine Augen verengten sich, Röte stieg ihm ins Gesicht. Langsam stand er auf und schlug so fest mit der Faust auf den Tisch, dass die Kuchenplatte wackelte. Pauls Hände mit dem Zinnsoldaten begannen zu zittern.

»Aufhören!«, rief der Müller mit gepresster Stimme. »So was Unchristliches wie ein Geburtstag wird bei uns nicht gefeiert!«

Die Kinder hielten im Kauen inne.

»Und schon gar nicht wegen dem Ander!«, stieß der Müller wütend aus.

Paul sah ängstlich zum Vater und zu Babette. Er ließ den Zinnsoldaten in seiner Hosentasche verschwinden.

»Aber der Pfarrer hat nichts gegen eine Geburtstagsfeier gesagt, wie beim …«

»Schweig, Weib!«, befahl der Müller. »Und sag dem Ander, dass er das Teufelszeug an Geschenk auf den Misthaufen werfen soll!«

Zitternd holte Paul das Spielzeug aus der Tasche und stellte es auf den Tisch.

»Der Ander soll das Zeug nicht auf den Tisch stellen, sondern auf den Misthaufen werfen!«, schrie der Müller laut.

»Das hab ich mir vom Mund abgespart, Grafenkinder würden den Paul um den schönen Zinnsoldaten beneiden«, widersprach Babette.

Die Kleineren drückten sich aneinander und wichen vom Tisch zurück.

»Schweig!«, schrie der Müller Babette wieder an.

»Aber warum soll …«, fragte Babette.

»Darum!«, schrie der Müller und watschte mit einem Schlag seine zierliche Frau so sehr, dass sie mitsamt dem Stuhl zu Boden fiel.

Von dieser Lage aus konnte Babette nicht mehr die

Gesichter der Kinder sehen. Sie verfolgte nur die kleinen, über der Bank baumelnden Beinchen, die sich leise und schnell auf den Fußboden setzten und davonliefen.

Babette blieb liegen, bis der Müller anschaffte: »Steh auf, Weib!«

Es gelang ihr einfacher als gedacht, auch wenn Kopf, Ellbogen und Knöchel schmerzten. Aber es war kein Knochen gebrochen. Der Müller starrte sie an wie ein wilder Bulle, der sie am liebsten mit den Hörnern aufspießen wollte, und nicht lüstern wie eine Kuh besteigen wollte. Babette senkte den Blick, schwieg, räumte das Geschirr und den Kuchen ab, stellte den Stuhl wieder an den Tisch, überlegte kurz, wo der Zinnsoldat war, und ging ins Bett. Sie hoffte, der Müller würde sich nachts nicht in seiner Wut an ihr abreagieren und sie so nehmen wie in der ersten Nacht bei der Brücke. Doch das tat der Müller nicht.

Babette lag lange wach und hörte im Schnarchen des Gatten Karfreitagsratschen. Gegen fünf Uhr morgens trieb es sie aus den Federn, um nach den Kindern zu sehen. Alle atmeten ruhig – aber Paul war nicht in seinem Bett. Babette lief alle Kammern des Hauses ab, sah in jede Nische. Sie rannte in den Hof und in die Mühle, sah in jeden Winkel. Nirgendwo war Paul.

Babette weckte den Müller, der sagte: »Schad wär es nicht um den Ander, aber suchen müssen wir ihn trotzdem.«

Zwei Stunden später wurden am Dorfplatz Suchtrupps gebildet, ganz Wolkertsheim half in gewohnter Weise mit. Seit Häberlein verstorben und kein Arzt mehr im Dorf ansässig war, blieb Doro bei Suchaktionen im Haus. Als

Arzttochter traute man ihr am ehesten zu, einem Verletzten helfen zu können. Der Pfarrer befahl Babette, mit zu Doro zu gehen, damit der Bub, so man ihn fand, gleich der Mutter übergeben werden konnte.

»Hat's was geben, dass er vielleicht davongelaufen ist?«, fragte der Pfarrer.

»Was soll es denn geben bei einem Buben, der noch nicht mal in die Schule geht?«, erwiderte Doro kopfschüttelnd. Wie dankbar war Babette der Schwägerin um die freche Antwort. Sie hätte doch nicht die Wahrheit sagen und den Müller schlechtmachen können!

Mehr wurde nicht geredet, die Wolkertsheimer brachen in alle vier Himmelrichtungen auf. Mit Doro an der Seite ging Babette zurück ins Elternhaus, laut vor sich hin sagend: »Lieber Gott im Himmel, mach, dass sie ihn wieder finden! Dann kann der Müller von mir aus mit mir machen, was er will.«

Doro schüttelte den Kopf über sie und zog sie mit sich.

»Die werden ihn schon finden!«, tröstete die Schwägerin, »aber jetzt langt's, Babette! Wir haben da was zum Reden. Mit dem Toni dazu. Bis jetzt haben wir nichts sagen wollen, aber so geht's nicht mehr weiter.«

»Ja«, antwortet Babette. »Ich hab solche Angst!«

Doro schüttelte wieder den Kopf und zog sie weiter mit sich. Dass Doro etwas ganz anderes meinte, als Babette vermutete, erfuhr sie kurz darauf in der Küche des Elternhauses aus dem Mund ihres Bruders.

Toni schob ihr am alten Küchentisch ein Haferl Milchkaffee zu.

»Trink!«, befahl er zärtlich. »Heut brauchst Kraft, du Dummerle.«

»Weißt du mehr vom Paul?«, fragte Babette bang.

»Nein. Und dass du es gleich weißt, ich glaub auch, dass

sie ihn finden werden. Kinder halten mehr aus, als man denkt. Körperlich. Aber seelisch weniger, als man denkt.«

Babette seufzte erleichtert und nahm einen Schluck vom wärmenden Getränk. Doro schürte den Ofen nach und setzte sich mit ernster Miene zu ihnen.

Babette war, als hörte sie Paul rufen. Aber das konnte nur ihre Einbildung sein. Sie stand auf und ging zum Fenster, um auf die Straße blicken und Paul sofort sehen zu können, wenn man ihn brachte. Vor Babettes Augen bildeten sich aus ihrem Hauch Eisblumen auf den Scheiben. Sie schaute ihnen beim Wachsen zu. Aber das konnte doch nicht sein, die Temperaturen lagen weit über dem Gefrierpunkt. Trotzdem: Wie schön wuchsen die Kristalle in ihrer Phantasie, diese weißen Sterne, die nicht umsonst »Blumen« hießen.

»Babette!«, rief Toni plötzlich fast zornig. »In welcher Welt bist schon wieder?«

Babette drehte sich zum Bruder und zur Schwägerin um. »Ich … ich hab bloß den letzten Satz nicht verstanden«, erklärte sie.

»Setz dich doch hin, so kommt der Paul auch nicht schneller wieder!« Doro deutete auf den Milchkaffee.

Babette warf im Platznehmen einen verstohlenen Blick zum Fenster. Die Eisblumen waren verschwunden.

»Du musst endlich die Augen aufmachen«, sagte Doro streng. »Wir sind keine jungen Dinger mehr. Im Gegenteil, du hast Kinder. Und deshalb auch Verantwortung.«

»Mit deiner Träumerei lässt den Paul noch vor die Hunde gehen«, ergänzte Toni.

»Aber der Paul ist mir doch das Wichtigste auf der Welt, ich würd alles für ihn tun!«, widersprach Babette. Was meinten die beiden?

»Das mag schon sein, Babette, aber genau das treibt den Müller zur Weißglut. Der sieht doch jeden Tag die kleinere

Ausgabe von Cumberland. Und wie du ihn vergötterst! Der muss eine Wut haben, weil du ihn bloß geheiratet hast, weil du schon von einem andern schwanger gewesen bist!«

»Aber ich hab ihm nie gesagt, dass der Paul nicht von ihm ist.«

»Das meinst jetzt aber nicht ernst?«, Toni starrte sie an.

»Aber natürlich, die Mama hat es mir doch eingeschärft.«

Toni schüttelte den Kopf. »Dummerle langt da nicht mehr. Das sieht doch ein Blinder, dass Cumberland Pauls Vater ist. Schon allein die roten Haare.«

Babette überlegte, ob der Müller das wirklich wusste oder Bruder und Schwägerin einfach klüger waren.

»So, und jetzt sag bloß, es hat gestern nicht wieder was gegeben und der Paul ist deshalb davongelaufen!« Doro war noch nie so ernst gewesen.

Babette nickte und senkte den Blick. »Wegen seinem Geburtstag. Weil ich ihm was geschenkt hab dazu.«

»Es gibt immer irgendwas«, sagte Toni eindringlich. »Und langt es nicht, wie der Müller den Paul als ›Ander‹ behandelt? Die Kinder im Dorf verspotten ihn jetzt auch so. Das kann nicht gutgehen.«

»Die Kinder im Dorf auch schon?«, fragte Babette erschrocken.

Toni stand mit seiner Krücke auf und sah zum Fenster hinaus. Er seufzte. Doro schenkte Milchkaffee nach und suchte eine Weile nach Worten. »Ich sag es dir ungern, Babette. Was der Müller macht, ist eine Riesensauerei, weil der Paul nichts dafürkann, dass er ein Bankert ist. Aber was du machst, ist auch eine Riesensauerei. Weil du einfach nicht sehen willst, wie der Paul daran noch verreckt. Du denkst bloß an dich und wie du was gutmachen kannst. Was wird, wenn man den Buben doch nicht findet?«

Babette schossen Tränen in die Augen. Doro legte den

Arm um sie. Toni dreht sich wieder zu den Frauen. »Es wird schon nichts sein, aber das ist ein Warnschuss. Weltfremdes Dummerle kannst für dich sein, aber nicht für deinen Buben, Schwester. Doro hat recht.«

Babette schluchzte hemmungslos. Hatte sie wirklich ihr Kind übersehen? War sie schuld, wenn jetzt etwas passiert war?

»Schon ein paar Mal hab ich ihn irgendwo bei uns gefunden, den Paul«, erzählte Toni. »G'weint hat er wegen dem Müller und dem Spott der anderen. Ich hab ihm gesagt, er kann nichts dafür und dass ein Bub nicht weint. Und du hörst jetzt auch auf mit der Weiberei, Schwester!«

»Ja.« Babette schneuzte in ein Taschentuch. Ihr ganzer Körper zuckte.

»Da geht's um einen Menschen, einen kleinen zwar, aber ein Menschenleben. Auch wenn die Pfaffen sagen, dass das wurscht ist …«, setzte Toni an.

»Halt die Politik und deine Ansichten da raus!«, befahl Doro. »Das macht es auch nicht besser!«

Alle schwiegen. Doro schürte nach, und Toni löste Briefmarken von Umschlägen, die der Postbote ihm überlassen hatte. Man beruhigte sich mit Gewohnheiten. Babette ging zum Fenster und wünschte sich, dass sie keine Eisblumen mehr sah, sondern Paul. Ihr war plötzlich, als hörte sie Paul vom Garten her »Mama« rufen. War es tatsächlich so, wie die beiden sagten, dass sie in ihrer eigenen, verträumten Welt lebte und nun Pauls Stimme hörte?

»Mir war grad, als hätt ich den Paul rufen gehört«, sagte Doro. »Vom Garten her.«

»Im Gartenhäuschen!«, rief Toni. »Ich bin auch blöd, da hab ich ihn schon einmal gefunden!«

Babette und Doro liefen über die Terrasse zum Gartenhäuschen, Toni hinkte, so gut es ging, hinterher.

Paul lag auf der Bank im Gartenhäuschen. Er hatte sich

in Decken eingewickelt. Den Zinnsoldaten hielt er mit beiden Händen fest umschlossen. Babette weinte vor Freude und herzte den Buben, küsste und umarmte ihn fest. Selbst Toni ließ sich zu einem Bussi auf die Stirn des Neffen hinreißen.

»Ich lauf gleich los und sag's den anderen!«, rief Doro.

»Kann ich nicht einfach bei dir bleiben?«, fragte der Siebenjährige seinen Onkel Toni.

Die drei Erwachsenen sahen sich verblüfft an – wäre das nicht eine gute Idee?

Toni nickte.

»Freilich!«, antwortete Doro. »Bei uns hast es besser, und wir haben sowieso keine Kinder!«

»Wenn es alles besser macht … natürlich, Paul!« Babette strich ihm über den Kopf. »Und ich komm jeden Tag, damit ich dich auch seh.«

Es machte schließlich alles nicht nur besser, sondern gut.

Babette 1882

Als sich die achtunddreißigjährige Babette im Oktober 1882 auf den Weg zum sterbenden Vater machte und am heiligen Nepomuk auf der Mühlbachbrücke vorbeikam, blies der Wind stärker als sonst in Wolkertsheim und wirbelte das Herbstlaub über die Brücke. Was für schöne Farben selbst im Absterben noch gezaubert wurden! Babette betrachtete die wie heimlich zu einem Tanz dirigierten Blätter auf der Brücke, hob ihr hastig übergeworfenes und verlorenes Tuch wieder auf und steckte die wild durcheinandergewirbelten Haare mit einem geschickten Griff zu einem Schopf hoch. Sie konnte doch hier nicht stehen bleiben und das muntere Herbstlaub bestaunen, wenn der Vater nach ihr geschickt hatte, weil seine letzte Stunde nahte! Dennoch blieb Babette einen Moment stehen, warum musste der Vater eigentlich sterben, warum mussten die Menschen sterben? War es nicht traurig, wie das Leben verging und auch das eigene einmal enden würde? Aber lebten sie nicht weiter in den Kindern, die wiederum älter wurden und selbst wieder Kinder bekamen, wenn es nicht gerade ein Schicksal wie bei Doro war, keinen Nachwuchs gebären zu können? Aber auch Toni und Doro lebten weiter im Neffen, den Bruder und Schwägerin besser als ein eigenes Kind behandelten. Und ihr Paul wiederum nannte den Toni seit dem Tag nach seinem siebten Geburtstag, als er vom Bruder angenommen worden war, »Vater«.

Paul hätte seinen Kindern bestimmt einmal von seinem Onkel als »Vater« erzählt, wenn er nicht Theologie studiert hätte und Pfarrer werden und damit nie Kinder haben würde, wie schade eigentlich, dachte Babette, während die Blätter zu ihr hochwirbelten, sie umtanzten und wieder weiterzogen. Freilich waren alle stolz, wie weit es der Paul gebracht hatte, der erste Student in der Familie, aber dafür würde er ihr keine Enkelkinder schenken können, ausgerechnet ihr über alles geliebter Paul.

Babette riss sich vom Anblick des tanzenden Laubs los und eilte weiter über den Wiesenweg ins Dorf, aber die tiefsinnigen Gedanken über ihr Leben begleiteten Babette auf dem Weg zum sterbenden Vater weiter. Würde der Vater in den Himmel kommen? Hatte Gott am Ende nicht doch alles ganz recht für sie und den Paul eingerichtet? Wer hätte denn dem Paul die höhere Schule und das Priesterseminar überhaupt bezahlen können außer Toni und Doro, die sich die Studiererei allerdings auch vom Mund absparten? Und war ihr Los mit dem Müller in Wirklichkeit gar nicht so schlecht und viel weniger grausam, als sie viele Jahre geglaubt hatte?

Nachdem Paul zum Toni gekommen war und der Müller ihn nur noch ab und zu in den Sonntagsmessen oder bei Dorffesten sah, führten sie ein ganz normales Familienleben. Seinen Kindern war der Müller ein strenger und guter Vater, alle sieben Buben und Mädchen wuchsen gut heran und keins wurde bevorzugt, außer dem ältesten Buben im Haus, dem Sepp, wie es sich eben gehörte. Und seitdem Babette von Doro erfahren hatte, wie ein Weib sich ein Mannsbild vom Hals halten kann, bestimmte Babette mit dieser kleinen Lüge oft selbst, wenn sie nicht zu ehelichen Diensten sein wollte. Mit Tierblut strich sie sich den Unterrock ein, und der Müller glaubte, sie sei unrein und sie dürfe nicht berührt werden. Und der Ehemann – Babette musste immer noch über den Trick kichern – merkte auch gar nicht, wie ungewöhnlich oft sie unrein war.

Was sollte sie klagen über ihr Leben, an das sie sich wie an den Müller gewöhnt hatte, dachte Babette auf dem Weg zum sterbenden Vater und begann doch zu weinen, weil der Vater bald nicht mehr wäre. Auch wenn es der natürliche Lauf der Welt war, dass die Alten starben und die Jungen wieder Kinder bekamen, so war es doch traurig, dass der Vater bald nicht mehr da sein würde und auch sie eines Tages aus dem gewohnten Leben abgeholt würde. Kam sie dann in den Himmel? War sie brav genug gewesen? Hatte sie alles gebeichtet? Wie wunderbar war es doch, dass Jesus auferstanden war und damit allen Menschen einen Eingang in den Himmel öffnete! An manchen Tagen war der Traum vom Jenseits so übermächtig, dass Babette nicht aufstehen konnte, sondern einfach im Bett liegen blieb und sich alles im Himmel ausmalte, bis der Müller sie milde schimpfte und ihr befahl, sich endlich wieder um die Kinder und das Haus zu kümmern.

Babette grüßte die Ratschweiber auf dem Dorfplatz freundlich und erfuhr von ihnen, dass der Vater von der älteren Schwester Loni zu Toni gebracht worden war, er wünschte in seinem Geburtshaus zu sterben. Babette überlegte an der Poststelle laut, ob sie ein Telegramm ins Priesterseminar nach München zu Paul schicken sollte, damit er sich vom sterbenden Großvater verabschieden könnte. Die Ratschweiber wendeten ein, dass es heutzutage ja so rasend schnell möglich wäre, über eine Postnachricht jemanden zu holen, Babette sollte noch warten, bis es wirklich so weit war. Obwohl die nächste Stadt Eichstätt schon seit zwölf Jahren einen Bahnhof hatte, wunderte sich Babette immer noch darüber, wie einfach es heute war, von einem Ort zum anderen zu reisen. Wie schnell konnte Paul vom Münchner Priesterseminar aus mit dem Zug nach Eichstätt fahren und von dort aus die nächste Postkutsche nach Wolkertsheim nehmen. Und wie schnell konnte ein Telegramm ihn erreichen, innerhalb einer Stunde! Früher hatten Briefe nach München oft drei Tage gebraucht. Nur Toni bedauerte den Fortschritt mit dem Telegramm, denn dafür brauchte man keine Briefmarken, die der Bruder leidenschaftlich sammelte und fein säuberlich in ein Heft steckte.

Durch die Lücke im Gartenzaun betrat Babette ihr Elternhaus, hüpfte wie früher über eine Terrassenplatte und fand im Schlafzimmer Toni und Doro am Fenster neben dem Bett stehend. Der Pfarrer wurde zur Letzten Ölung erwartet.

»Babette!«, sagte der Vater mit leiser Stimme. Babette lächelte und küsste dem Vater auf die Stirn.

»Papa, du kommst zur Mama in den Himmel, da bin ich mir ganz gewiss!«

Der Vater nickte schwach und gab Toni ein Zeichen, zu ihm ans Bett zu kommen. Er flüsterte Toni etwas ins Ohr. Der Bruder verließ den Raum.

»Es gibt noch was, Babette. Die Mutter wollt nicht, dass du sie kriegst, damit du deinen Frieden haben kannst«, sagte der Vater.

»Was denn, Papa?« Dem Vater fehlte die Kraft zur Antwort. Toni kam mit einem kleinen Päckchen zurück und übergab es Babette.

Es war ein kleiner Stapel mit etwa zehn Briefen, die mit einer Schnur zusammengebunden waren. Babette sah auf dem obersten Brief ihre Adresse und war neugierig, legte den Stapel aber in ihren Korb. Was immer das war, jetzt durfte sie beim sterbenden Vater ihrer Neugier nicht nachgeben oder davon träumen, dass es Briefe von einem König wären, der ihr ein Schloss und Dienstboten schenken wollte.

Der Pfarrer kam zur Letzten Ölung, Babette hielt die Hand des Sterbenden. Der Vater schlief ein, aber man war sich einig, dass es noch eine Weile dauern würde, bis er endgültig ginge. Doro holte Kerzen, Stühle und Wein und brachte eine kleine Brotzeit. Plötzlich begannen alle zu plappern, als säßen sie nicht an einem Sterbebett, sondern im Wirtshaus. Toni erzählte die ewig alte Geschichte vom 66er-Krieg gegen die Preußen, von seiner Verwundung und dem »vergessenen Bein«. Der Bruder vermied es aber respektvoll, neben dem vor sich hin dämmernden Vater über die Politik zu schimpfen. Babette lachte über die letzte Fronleichnamsprozession, bei der alle Blumenteppiche einem Sturm zum Opfer gefallen waren. Doro erzählte vom neuen Gspusi des jungen Grafen von Pappenheim und berichtete von einem vorzüglichen Rezept für Zwetschgenmus, bis ihr einfiel, dass Babette ja noch gar nicht die neuesten Beurteilungen des Priesterseminars gelesen hatte. Schnell holte sie ein Schreiben, Paul war wie bisher immer mit der Bestnote bewertet worden, und weder Toni noch Doro und Babette konnten ihren Stolz darüber verbergen. Auf was für eine stattliche Karriere als Pfarrer steuerte Paul zu! Der Vater wachte auf, lächelte alle an, es schien ihm zu gefallen, wie heiter alle waren. »Das möchte ich doch noch eine kleine Weile mitkriegen«, sagte er, ehe er wieder einschlief. Toni und Doro schickten Babette heim, sie sollte auch ins Bett gehen und morgen wieder kommen.

Die noch im Haus verbliebenen vier Kinder und der Müller schliefen schon, als Babette zur Mühle kam und vor dem Schlafengehen noch das Holz zum Anschüren für morgen in den Ofen richtete. Erst nach dem Frühstück am Tag darauf fiel Babette das Bündel Briefe in ihrem Korb wieder ein. Die Kinder waren in der Schule, der Müller reparierte eine Schaufel am Mühlrad, und Babette setzte sich an den Küchentisch.

Nicht nur der erste Brief war von John Cumberland, nein, auch alle anderen zehn. Den ersten hatte er am Tag nach seiner plötzlichen Abreise geschrieben, der letzte stammte von 1863, gut zwei Jahre nach seinem Verschwinden. Babette starrte die Umschläge an, legte sie wieder in den Korb, stand auf, blickte zum Fenster hinaus und schloss die Augen. Träumte sie?

Sie ging wieder zum Tisch zurück und begutachtete erneut jeden einzelnen Umschlag. Sie stand auf und verriegelte die Tür, ehe sie einen Brief nach dem anderen öffnete und las.

Cumberland fragte am Tag nach seiner Abreise, warum sie nicht gekommen sei, er hätte doch extra die Kutsche für sie bestellt, damit sie getrennt reisen und ihr so nichts passieren könne, falls wieder Schlägertrupps auftauchten. Er würde jetzt hier in Nürnberg auf sie warten, vielleicht hätte sie nur die Kutsche versäumt? Im nächsten Brief, einen Tag später abgesendet, fragte er, ob sie ihn vielleicht doch nicht liebe oder sie der Mut verlassen habe. Eine Woche würde er noch warten, er könne einfach nicht glauben, dass seine Gefühle ihn so täuschten. Im dritten Brief kündigte er seine Abreise von Nürnberg nach England an und schrieb ihr seine Adresse in London dazu. Er frage sich, wie er ohne sie leben könne. Nur der Beweis der wissenschaftlichen Arbeit mit ihrer Zeichnung gebe ihm jeden Tag einen Grund, aufzustehen.

In den weiteren Briefen, ein halbes Jahr, neun und vierzehn Monate später, auf englischen Briefmarken abgestempelt, schrieb er davon, wie sich die Darwinisten – dank ihrer Zeichnung – immer mehr durchsetzten, aber jeder Erfolg für ihn immer ein Körnchen Trauer in sich trage, weil sie nicht an seiner Seite sei. Er liebe sie unendlich.

Die letzten beiden Schreiben, zwei Jahre nach seiner Abreise verfasst, handelten von seiner Suche nach etwas Neuem im Leben, er müsse sich von ihr verabschieden, sonst würde der Kummer ihn noch auffressen und seine Zukunft zerstören. Er müsse hinnehmen, dass sie nicht einmal antworte, vermutlich hätte sie längst ein anderes Glück gefunden.

Babette stand auf, hielt sich an der Tischkante fest, trank ein Glas Wasser, setzte sich wieder und las noch einmal jeden einzelnen Brief. Das war kein Traum! Ihr war, als würde jemand mit einem Holzscheit auf ihren Kopf schlagen, immer wieder, einundzwanzig Mal immer wieder, einundzwanzig Jahre, die sie schon ohne John lebte. Babette wurde schwindelig, sie trank wieder Wasser und besann sich darauf, dass sie jetzt und hier in der Küche des Müllerhauses saß.

Jeden Abend nach dem Besuch beim sterbenden Vater las Babette bei Kerzenschein im Keller alle Briefe so oft, bis sie jedes Wort auswendig konnte. Danach legte sie sich zum Müller ins Bett und wachte von ihrem eigenen Alptraum mit einem lauten Schrei auf. Sie hatte geträumt, sie hätte die Briefe von John nur phantasiert. Der Müller neben ihr legte ihr die Hand auf die Schulter und beruhigte sie: »Bloß ein Traum«, sagte er, Babette nickte, versuchte, sich zurechtzufinden, und verließ das Bett. Die Sonne ging auf. Heute würde Paul aus München kommen. Würde heute der Vater sterben? Babette dachte: »So kann ich nicht weiterleben.« Aber was dachte sie da? Es war doch alles gut, alles gut! Noch nie seit Johns Verschwinden war alles überhaupt so gut gewesen! Das Glück hatte sie gesucht und wieder gefunden, und die Träume waren so sonnengelb wie damals nur im Frühling mit John.

Der Vater »bäumt sich noch einmal auf«, hieß es, und »versetzt Petrus beim Rendezvous«, wie Toni scherzte. Babette besuchte den Vater, Doro und den Bruder jeden Nachmittag und kehrte erst spät in der Nacht heim, um am Tag darauf wieder ihre Pflichten als Müllersfrau zu erledigen. Dazwischen kaufte sie sich in Eichstätt Darwins »Entstehung der Arten« und las auch alle anderen Schriften, die der Buchhändler für sie zur Evolutionstheorie fand. Das Geld dafür sparte sie beim Essen ein.

Babette erfuhr so nicht nur, welch bedeutende Rolle ihre Zeichnung gespielt hatte, dass sich der Darwinismus immer mehr durchgesetzt hatte. Zwar hatte Owen zu einem horrenden Preis das Fossil von Häberlein erhalten und damit das Tier als Erster beschreiben können, was – wie Babette jetzt erst zur Gänze verstand – in der wissenschaftlichen Welt dazu diente, das Ergebnis in eine bestimmte Richtung zu lenken, und Owen hatte gegen John und Darwin behauptet, es sei eine Saurierart. Aber John hatte anhand ihrer Zeichnungen zeitgleich eine andere, viel bessere Beschreibung liefern können, da er sogar zwei Quellen zur Verfügung hatte: das kurze Betrachten des Exemplars des Urvogels in Häberleins Nachtkästchen und ihr Bild. Als dann vor vier Jahren ein weiteres Exemplar des Urvogels im nahen Solnhofen gefunden und 1879 nach Berlin hinauf verkauft worden war – was Babette erst über die Bücher erfuhr, weil es im Dorf überhaupt keine Rolle spielte oder es keiner wusste –, siegte die Evolutionstheorie endgültig in den gelehrten Kreisen.

In einer milden Nacht – Toni, Doro und der Vater schliefen schon – griff Babette zum Spaten im Garten des Elternhauses und hob den Urvogel wieder aus dem Beet heraus. Sie wischte die Erdreste ab, reinigte die Platte in der Regentonne, nahm das Fossil mit zu sich, nannte es »Glücksvogel« und legte den Stein zusammen mit den Briefen unter die Matratze an ihrem Kopfende.

Im Dorf hieß es, das langsame Sterben des Vaters sei Babette sehr zu Herzen gegangen, da die Achtunddreißigjährige innerhalb von drei Monaten komplett ergraute und seltsame Bücher las. Zugleich aber lächelte Babette seither fast immerzu und schwebte so heiter durch das Dorf und die Tage, wie es nur frisch Verliebten vergönnt ist – kein Ratschweib wusste das zu deuten.

Paul 1886

Drei Tage nachdem Paul über ein Telegramm vom Tod des Müllers erfahren hatte, saß der Vierundzwanzigjährige im Zug von München nach Eichstätt und blickte auf die vorbeiziehende Herbstlandschaft. Bauern, Knechte und Mägde hoben mit Spaten auf den Feldern Rüben aus, schnitten das Grün ab und warfen das Gemüse auf Wagen. Sie wischten sich den Schweiß von der Stirn und machten häufig Pausen, denn die Rübenernte war kräftezehrend. Kurz vor Ingolstadt sah der Theologiestudent zwei Fahrradfahrer. Diese komischen Gefährte mit dem hohen Rad hinten und dem kleinen vorne schienen immer mehr in Mode zu kommen, und Paul überlegte, ob er sie nicht auch einmal ausprobieren sollte. Nein, das Unternehmen schien ihm zu waghalsig. Wenn er herunterfiele, würde er sich zum Gespött der Leute machen. Und einer wie er, einer, der Priester werden würde, musste die Wirkung seines Auftretens immer mitbedenken, er war schließlich nicht bloß ein kleiner Arbeiter oder Knecht. ›Einer wie ich‹, dachte Paul, lehnte sich auf der Sitzbank zurück und schloss die Augen, ›kann auch noch einmal umkehren und muss nicht auf diese Beerdigung gehen.‹ Paul umklammerte mit der linken Hand den Zinnsoldaten in seiner Hosentasche. Es war noch lange nicht gesagt, ob er in Eichstätt nicht den nächsten Zug zurücknähme, auch wenn ihn der »Ausflug« dann für nichts und wieder nichts viel Geld kosten würde. Es war noch lange nicht gesagt, dass er sich den Wolkertsheimern und den Geschwistern aussetzte. Es war noch lange nicht gesagt, dass er sich vom Vater, der doch immer bloß der Müller und kein Vater gewesen war, am Grab verabschiedete und ihm den Zinnsoldaten in seine letzte Ruhestätte hineinwarf, ›in den Misthaufen warf‹, dachte Paul, wie der Müller ihm seinerzeit befohlen hatte, »in den Misthaufen«, wie er nun das Erdloch mit dem toten Müller vor seinem geistigen Auge nannte. Paul öffnete die Augen wieder und ließ den Zinnsoldaten in der Hosentasche aus der Hand gleiten. Er beobachtete die an ihm vorbeiziehenden Bauern, Knechte und Mägde draußen und fragte sich, ob einer wie er sich über den Tod eines Menschen freuen durfte.

Die Rübenernter brachten den Spott zurück, dem er als Bub ausgesetzt war. Neun Jahre war er alt, schon längst vom Vater Toni angenommen und kurz vor der Erstkommunion. Die anderen Kinder hielten ihn fest und banden ihn an einen Baum. Mädchen steckten abgerissene Rübenblätter auf seinem Kopf zusammen. »Roude Rana«, riefen die Kinder unablässig in Anspielung auf seine roten Haare und sein vor Wut und Scham rot angelaufenes Gesicht und umkreisten den Baum. »Roude Rana mag der eigne Vater nicht!«, riefen die Kinder, allen voran der Großbauernsohn Basti, dessen Finger aussahen, als hätte er dazwischen Froschhäute. Warum wurde der Basti deshalb nicht verspottet? Aber nein, die Kinder sprangen um ihn herum und bespuckten ihn, auch wenn Paul mit dem Kopf immer noch so ausweichen konnte, dass man ihn nicht ins Gesicht traf. »Roude Rana mag der eigne Vater nicht!«, riefen die Kinder, die wie er wussten, dass eine schlechte Zuckerrübenernte dem Vieh zum Fraß vorgeworfen wurde und sie ihn dabei mit dem schlechten Gemüse gleichsetzten. Kinder, die wie er wussten, dass er für immer ein angenommener Bub bleiben würde, den der eigene Vater hasste. Kinder, die wie er wussten, dass er der ewig Ander war. Kinder, die nicht ahnten, wie viele Nächte er weinte und sich in die Hosen bieselte. Kinder, die nicht ahnten, dass er sich nichts mehr auf der Welt wünschte, als dass *er* einmal andere verspotten könnte. Kinder, die nicht ahnten, wie er sich bisweilen mit einer scharfen Kante des Zinnsoldaten die Arme bis zum Blut aufritzte, weil ihm danach leichter war. Lieber spürte er den körperlichen Schmerz der Wunden als diese eiserne Umklammerung der Seele wie in einem Schraubstock um die Brust, an dem immer weiter gedreht wurde. Ritzte er sich die Arme auf, ging dieser Schraubstock wieder weit auf.

Die anderen Kinder, selbst die des unehrenhaften Totengräbers, hatten alle eine höhere Stellung als er, weil sie im Haus des leiblichen Vaters leben durften. Die Tage im Jahr, in denen sie ihn mitspielen ließen, konnte Paul an einer Hand abzählen. Er fragte schon gar nicht mehr »Darf ich mit Räuber und Gendarm spielen?«, denn man lachte ihn schon für die Frage aus. Einmal hatte Paul sogar den Fisch-Basti, den reichen Bauernsohn, der meist der Anführer war, direkt angefleht, doch einen anderen zu verspotten – um kurz darauf als »Anbettler« verhöhnt zu werden. Und Vater Toni hatte bisweilen einem allzu wilden Treiben auf offener Straße Einhalt geboten, die Buben an den Ohren gezogen und sich selbst statt Paul bespucken lassen. Doch kaum waren die Erwachsenen außer Sicht- und Hörweite, hieß er wieder der »Ander« und wurde geschubst oder musste mit der Zunge die Füße des Fisch-Basti sauber lecken.

Nur in der Schule war Paul nie in Gefahr. Der strenge Wolkertsheimer Lehrer, der doppelt so viele Tatzen wie andere Pädagogen gab und selbst das geringste Aufmucken mit

Holzscheitknien bestrafte, ließ in der Schule Spott nicht zu. »Bild dir nichts darauf ein«, sagte der Lehrer zu Paul, »du bist mir auch nicht lieber als die anderen. Aber wenn hier einer ausgeschlossen wird, dann bestimme ich das und kein anderer.« Deshalb ging Paul gerne zur Schule. Er lernte gut und war im Unterricht den anderen bald nicht nur gleichgestellt, sondern immer der Beste. Er überholte sie im Rechnen, Lesen, Schreiben, Schönschrift und vor allem Singen. Das ging so weit, dass der Lehrer einmal sagte, die anderen sollten sich ein Vorbild an ihm nehmen. Das ging so weit, dass der Lehrer mit dem Pfarrer, der Mama, Vater Toni und Tante Doro über ihn sprach und Paul hernach zu einer »wichtigen Unterredung« dazugerufen wurde.

»Du darfst auf die Lateinschule gehen!«, jubelte die Mama und hüpfte vor Freude in die Luft, sich nicht darum kümmernd, dass der Pfarrer sie für ihre Voreiligkeit mit Blicken strafte.

»Das kostet viel, aber wir sparen …«, ergänzte Vater Toni, »und vor allem Hochwürden übernimmt einen Teil des Schulgeldes.« Paul wunderte sich, wie respektvoll Vater Toni mit dem Pfarrer sprach, wo er sonst doch so schnell über ihn schimpfte. Wenn die Erwachsenen alle zusammenhielten – für ihn! –, musste das etwas Besonderes sein.

»Und wenn du ein braves Gotteskind bist, dann nutzt du diese Gnade, die der Herr dir zuteilwerden lässt«, sagte der Pfarrer im Predigerton. »Zeige dich dankbar, lerne brav und fasse jetzt schon ins Auge, einmal ein Diener des Herrn zu werden.«

Tante Doro sah Paul an, dass er die Worte des Pfarrers nicht begriff, und erklärte: »Hochwürden meint, dass du daran denken darfst, einmal Pfarrer zu werden.«

Paul wurde schwindelig. Sollte er, der Ander, jemals in eine so hohe Stellung kommen können? Sogar der Lehrer war der Untergebene des Pfarrers, die Bauern, Tagelöhner und das Gesinde sowieso.

Vor Aufregung schlief der Neunjährige ein paar Nächte nicht. Paul vergaß darüber auch, sich mit dem Zinnsoldaten die Arme aufzuschlitzen – er brauchte diese Erleichterung plötzlich nicht mehr. Und hatte sich alles so schnell im Dorf herumgesprochen? Denn die anderen Kinder ließen ihn zwar immer noch nicht mitspielen, aber verspotten ihn auch nicht mehr so schnell.

Paul kam auf die Eichstätter Lateinschule, lernte fleißig Vokabeln, Mathematik, Geschichte und andere Fächer. In den Ferien daheim ging er außer zur Sonntagsmesse nicht mehr ins Dorf. Die Vorbereitung zum heiligen Sakrament der Firmung absolvierte er in der Lateinschule mit den Mitschülern, denen er gleichgültig war. Erst bei der feierlichen Messe, die für alle Firmlinge der Gegend im Eichstätter Dom stattfand, kniete er unvermittelt nach der Anweisung eines Geistlichen wieder neben dem Fisch-Basti, der ihm zuzischte: »Meinst, jetzt bist was Besseres, du Ander?!« Doch nur eine halbe Stunde darauf konnte Paul über den Fisch-Basti triumphieren, denn der Bischof blieb nicht nur vor ihm stehen, um ihm wie allen anderen das Sakrament mit der Salbung und dem Kreuzzeichen zu spenden, sondern richtete sogar eigens Worte an ihn. »Paul, ich hab schon von dir gehört. Gott ist mit dir, er hat dich auserwählt.« Das sagte der Bischof, während der Fisch-Basti direkt neben ihm stand!

In dieser heiligen Messe entschied Paul, dass er die Gnade, die der Herrgott mit ihm hatte und ihn vor allen anderen auszeichnete, nützen würde. Der Vierzehnjährige versprach sich und dem Herrgott, Priester zu werden – und wenn Wolkertsheim oder die Welt unterginge, er würde immer an diesem Beschluss festhalten! Noch am Tag der Firmung fragte er den Wolkertsheimer Pfarrer und Vater Toni. Beide sagten ihm zu, auch ein Studium zu finanzieren, wenn er so brav weitermache.

Paul hatte nur ein kleines Problem, das er aber zur Seite schob: Auch nach dem heiligen Sakrament der Firmung spürte er Gott nicht mit den Fasern seines Geistes und Leibes. Er betete immer wieder darum, Gott näherzukommen. Aber der Herrgott blieb wie eine abstrakte Größe, wie das mathematische Unendlichkeitszeichen. Paul fühlte ihn nicht. Aber das würde sich schon noch einstellen, dachte Paul.

Auf der Zugfahrt von München nach Eichstätt zur Beerdigung des Müllers zehn Jahre nach der Firmung dachte Paul, dass sich das Gefühl zwar immer noch nicht eingestellt hatte, aber das spielte auch keine Rolle mehr. Er hatte es bis ins Priesterseminar geschafft im Gegensatz zu den anderen, von den leiblichen Eltern gehätschelten Sprösslingen, die jetzt doch bloß im Steinbruch tagelöhnten oder als Knechte und Kleinbauern ein geistloses Dasein fristeten oder wie der Fisch-Basti zwar reich, aber völlig ungebildet waren.

Die anderen waren die streunenden Katzen geblieben, die das Müllerhaus und die Mühle stets belagerten, als er noch dort wohnte, diese garstigen Tiere, die nach etwas Fressbarem suchten und ausgemergelt nicht einmal vermochten, mit den Mäusen zu spielen. Dieses Vieh, das er als Bub mit Steinen vom Hof vertrieben hatte und dafür vom Müller auf die nackten Fußsohlen geschlagen worden war, denn die Katzen, so hatte der Müller gerufen, fraßen die Mäuse und schützten sein Mehl, während der Ander bloß sein

Mehl wegfraß. Jetzt war der Müller selbst ein Fraß geworden. Bald würden ihn die Würmer zersetzen wie den Großvater, der vor vier Jahren endgültigen Abschied genommen hatte, nachdem er drei Monate für sein Sterben gebraucht hatte.

Der Opa hatte sich über Pauls letzten Besuch besonders gefreut, und Vater Toni hatte gescherzt, dass der Alte mit dem Geistlichen in spe als Enkelkind sicher leichter an Petrus vorbei in den Himmel käme. Der Großvater hatte gelächelt und Paul doch ernst angewiesen: »Bleib ein braver Diener des Herrn. Und pass auf die Babette auf, dass sie nicht davonschwebt.« Paul hatte den Satz des Großvaters als letzten Willen zur Kenntnis genommen – der Sinn des »dass sie nicht davonschwebt« hatte sich ihm jedoch erst über die Jahre erschlossen. Jedes Mal, wenn Paul wie an Ostern oder Weihnachten nach Wolkertsheim kam, war die Mutter wieder ein Stückchen weiter in ihre eigene Welt entrückt und träumte manchmal mit offenen Augen vor sich hin. Dabei traf Paul die Mutter immer nur in Tonis Haus, denn die Mühle und das Müllerhaus hatte er seit seinem siebten Geburtstag nie mehr betreten.

Tonis Haus, das der Vater Toni vom Großvater geerbt und Paul jetzt schon hatte überschreiben lassen, war Pauls Elternhaus geworden. Doro und Toni hatten ihn liebevoller behandelt als ein leibliches Kind und sich bis jetzt die Lateinschule und das Studium für ihn vom Mund abgespart. Einmal, als das Geld nicht mehr reichte, hatte Vater Toni sogar seine Briefmarkensammlung für Pauls nächstes Semester verkauft. Und nie klagte man deshalb bei ihm, im Gegenteil, Vater Toni behauptete scherzend, er hätte ohnehin mit dem Briefmarkensammeln noch einmal von vorne beginnen wollen, die alten Bildchen wären doch inzwischen völlig unmodern.

Doch warum sollte Paul auf seine Mutter »aufpassen«, wie ihn der Großvater auf dem Sterbebett gebeten hatte? Was war so schlimm daran, wenn die Mutter in ihrer eigenen Welt glücklich war? Wurde sie nicht ohnehin ständig zurechtgewiesen und behandelt wie ein junges Ding, vom Müller und Pauls sieben Geschwistern, wenn diese Babette ermahnten, nicht schon wieder einen Korb im Dorf zu vergessen, sich für die Messe die Haare schön zurecht zu machen, endlich die Bücher zur Seite zu legen oder lieber den Garten hinter der Mühle zu bestellen? So sehr Paul selbst Wert auf ein korrektes Benehmen legte, so wenig durften andere der Mutter ihre Entrücktheit verübeln.

Was war eigentlich daran auszusetzen, wenn ein Weib außer der Bibel auch andere Bücher las? Warum regte sich sogar eine Doro darüber auf, dass die Mutter ihn aus München englischen Tee mitbringen ließ, so als wäre dieses Getränk sündhaft teuer? Und was war verwerflich daran, wenn seine Mutter seit dem Tod des Großvaters mit geschickter Hand plötzlich alles Mögliche zeichnete? Lag in der Schönheit von Zeichnungen nicht sogar etwas Göttliches, denn nur die Menschen hatte der Allmächtige dazu befähigt, ihn in Abbildern zu ehren. Was für Huldigungen an Jesus, Maria, die Apostel und die Heiligen hatten Asam und andere Künstler geschaffen! Und auch profane Bilder von Menschen oder der Natur zeigten doch letztlich den Schöpfer. Es war ein tieferer Gottesdienst, eine besondere Andacht, die nur Kleingeister nicht verstanden. War Gott vielleicht auf diese Art und Weise zu fühlen, in einem künstlerischen Umweg? Spürte er nicht im Gesang, im Chor und als Solist, eine Einheit mit der Schöpfung? Trug ihm nicht die Ergriffenheit eines Kyrieeleison während der Choralmesse Gott zu?

Die Rübenernter zogen bei der Bahnfahrt nach Eichstätt an jenem Herbsttag im Jahre 1886 an Pauls Zugfenster vorbei, und ihr Bild vermischte sich mit Gedanken des Theologiestudenten an Augustinus. Wie war die Erbsünde wirklich zu verstehen? Hatte Gott mit ihm ein Exempel der Erbsünde statuiert als verhasster Sohn des eigenen Vaters? Konnte er die Schuld als demütiger Diener Gottes überwinden? Würde er sich als das Wort Gottes deutender Priester dem Allmächtigen nähern? Würde er den Verlockungen der Wirklichkeit widerstehen? Paul dachte, die Zeichen dafür stünden gut, denn die Prüfung des Freijahrs hatte er mit Bravour überstanden, obwohl man ihn zu der Familie mit einer der schönsten Bürgerstöchter Münchens geschickt hatte. Trotzdem lockte ihn die Verführung nicht, noch nicht einmal nachts suchte ihn das Weib in sündigen Träumen heim. Andere Kommilitonen hatten im Freijahr gelitten und sich gegeißelt oder dem Dienst des Herrn entsagt und das Studium abgebrochen. Nein, Paul war auf dem rechten Weg zu Gott, wenn der Allmächtige ihm noch nicht einmal mit der schönen Bürgerstochter eine schwere Prüfung auferlegt hatte.

›Führt Demütigung zu Demut?‹, überlegte Paul und begrüßte einen feinen Herrn, der in Ingolstadt zustieg und ins Abteil trat. Paul bot ihm den Platz in Fahrtrichtung an und half ihm, seine Tasche unter der Bank zu verstauen. Der alte Mann bedankte sich herzlich für die Freundlichkeit, die heutzutage keine Selbstverständlichkeit mehr sei, die jungen Leute würden doch immer rücksichtsloser. Der Alte stellte sich als Brückenbauingenieur vor, als Ingolstädter, der zur Beerdigung seines Vetters nach Wolkertsheim reiste. Paul erwähnte dasselbe Ziel, konnte sich aber nicht mehr vorstellen, weil der Schaffner die Unterhaltung störte. Der Alte zahlte umständlich seinen Fahrschein, und man redete über den Limes, dessen Mauerreste in der Gegend noch erhalten waren. Mit dem gebildeten Verwandten des Müllers konnte er sich vorzüglich darüber unterhalten, und wenn Paul tatsächlich noch zur Beerdigung ginge, würde er sich beim Leichenschmaus neben den Ingenieur setzen, denn Toni, Doro und Babette würden als Gastgeber eingebunden sein, und über was sollte er sich mit seinen Geschwistern und den ungebildeten Dörflern schon groß unterhalten können?

Bald kam das Thema wieder auf den Verstorbenen – und den großen Kummer, den der Müller erlitten hätte. Jetzt schwieg Paul absichtlich, um zu erfahren, was der Müller in seiner Verwandtschaft wohl so geratscht hatte.

Der Alte erzählte von der großen Liebe des Müllers, seiner Frau Babette. Obwohl sie ihm böse mitgespielt hatte, liebte der Müller sie bis zum Lebensende, ja, er hatte ihr täglich sogar morgens Tee ans Bett gebracht. »Die darf man nur sanft aus ihren Träumen reißen«, hatte der Müller sein seltsames Verhalten begründet, »die Babette ist etwas Besonderes.« Acht Kinder hätten sie zusammen gehabt, eins davon, den Ältesten, hatten sie weggegeben, damit der Sohn es zum Pfarrer bringen könne.

Paul blieb einen Moment die Luft weg. Er umschloss den Zinnsoldaten in seiner Hosentasche mit der Faust. Über den Tod hinaus konnte der Müller also noch Tatsachen verdrehen, die Mutter durch ein »übel mitgespielt« anschwärzen und seinen Hass auf ihn unter dem Deckelmäntelchen der Aufstiegsmöglichkeit verbergen.

Ja, über den Tod dieses Menschen durfte er sich freuen! Denn er richtete ja nicht, dies stand nur dem Herrgott zu. Aber er durfte ganz irdisch die Bösartigkeit des Müllers damit vergelten.

»Und was ist aus diesem Sohn geworden?«, fragte Paul den mitreisenden Vetter des Müllers.

»Er studiert in München Theologie«, antwortete der Brückenbauingenieur. »Aber die bevorzugte Behandlung ist ihm in den Kopf gestiegen. Der geht noch nicht mal mehr ins Dorf, weil er sich für was Besseres hält. Ein arroganter Schnösel ist das geworden, das wird ein sauberer Pfarrer, der es den Seinen nicht dankt, woher er kommt! ... Wenn er überhaupt zur Beerdigung seines Vaters kommt, wirst ihn ja sehen.«

Der Brückenbauingenieur beugte sich zu Paul vor und ergänzte bedeutungsvoll: »Aber meine Lebenserfahrung lehrt mich, so ein Hochmut kommt vor dem Fall!«

Paul spürte plötzlich wieder die eiserne Klammer um seine Seele. Er atmete schwer. Ihm war, als würde man seinen Brustkorb von allen Seiten eindrücken. Paul entschuldigte sich. Auf dem Abort schloss er sich ein und schlitzte sich mit der scharfen Kante des Zinnsoldaten die Arme auf. Als das Blut tropfte, war ihm leichter. Paul wartete, bis sich die Wunden etwas schlossen, riss sein Unterhemd in Stücke, band die Stoffstreifen um die Arme und zog darüber Hemd und Jackett an.

Als Paul wieder zurück ins Abteil kam, hielt der Zug schon am Eichstätter Bahnhof. Der Brückenbauingenieur überrumpelte Paul – er hatte schon eine Kutsche für sich und Paul nach Wolkertsheim bestellt und für beide bezahlt. Ehe sichs der Theologiestudent versah, befand er sich auf dem Weg in ein Dorf, in dem er für immer der Ander bleiben würde. Paul beschloss, den Pflichtbesuch der Beerdigung so schnell wie möglich hinter sich zu bringen, aber auch nicht mehr umzukehren, damit man ihm nichts nachsagen konnte.

Schon vor der Trauermesse zeigte der Pfarrer den Dörflern, dass der Theologiestudent aus ihrer Mitte herausragte. Der Geistliche wies Paul einen Platz in der ersten Stuhlreihe der Kirche an, womit Paul vor den Geschwistern ausgezeichnet wurde. Noch war er nicht zum Priester geweiht worden, aber die Primiz in einem Jahr zeigte jetzt schon ihre Wirkung. Stolz blickte die Mutter bei der Messe immer wieder zu ihm, und der um ein Jahr jüngere Bruder Sepp sagte nach der Messe am Kirchenausgang nicht: »Der Ander soll wegrutschen!«, sondern: »Paul, kannst du ein bisserl zur Seite gehen?«

Auch am offenen Grab wies ihn der Wolkertsheimer Pfarrer in die vorderste Reihe neben die Mutter Babette und den Bruder des Müllers, vor allen anderen. Das zwei Jahre jüngere Wirtsannerl ließ dazu mit einem prächtigen Sopran bei einem Klagelied alle erschaudern. Wie kam es dazu, dass eine einfache Magd in einer fremden Sprache so ergreifend singen konnte?

Paul trat nach der kirchlichen Zeremonie am Grab freiwillig einen Schritt zur Seite und ließ die anderen zum weltlichen Abschied vor, was ihm später ausdrücklich von den Geschwistern gedankt wurde. Dabei hatte Paul nicht zugunsten anderer oder um sich nichts nachsagen zu lassen auf die erste Reihe verzichtet, sondern weil er mit sich gekämpft hatte. In seiner linken Hosentasche hatte er den Zinnsoldaten fest mit der Hand umklammert. Sollte er das Spielzeug behalten oder auf den Misthaufen des Vaters werfen? War der Zinnsoldat das Zeichen der Liebe der Mutter oder das Zeichen des Hasses des Vaters? Paul ließ alle vortreten, alle Verwandten und sogar die Bekannten, ehe er als Letzter zum Grab trat und bis zum Griff zum Weihwasser, mit dem alle den Verstorbenen segneten, nicht wusste, ob er nun den

Zinnsoldaten dreingab oder nicht. In dem Moment setzte das Annerl zu einem Abschlusslied an, Paul wurde von der Stimme ergriffen und behielt den Zinnsoldaten in der Hosentasche.

Beim Leichenschmaus saß Paul neben dem Brückenbauingenieur am Ehrentisch, und man vermied, über den gemeinsamen Weg und die peinliche Aussage über ihn im Zug zu sprechen. Betont eifrig redete man über die Römer und darüber, warum eigentlich immer die Eltern der Braut die Hochzeit auszurichten hatten und woher dieser Brauch rühre. Man fragte sich, ob Gudden wohl für den Tod von Ludwig II. verantwortlich sei und wann endlich eine neue Kommission dies untersuchen würde. Man schwärmte gemeinsam mit den anderen Gästen über die Motorkutsche von Carl Benz, diesen Wagen ohne Pferde, den sich zwar keiner leisten konnte, der aber ein Wunder der Technik sei. Man bekam einen fetten Schweinebraten und Schmalznudeln. Mit fast vierzig anderen Trauergästen saß Paul in der Wirtschaft, aß, trank und plauderte, so, als wäre er stets ein normales Familienmitglied gewesen, eines, das jetzt sich nur deshalb von den anderen unterschied, weil es über neue landwirtschaftliche Maschinen, die Fußbodenheizung der Römer und den Niedergang des Adels referieren konnte.

Paul vergaß, gleich nach dem Essen zu gehen, blieb vielmehr sitzen. Ein paar Biere später lockerte der Kreis auf. Doro erzählte vom Kleiderriss des Eichstätter Bischofs – beim Einzug ins Hochamt war er so unglücklich an einem Haken des Sammelbeutels des Mesners hängengeblieben, dass sich sein Messgewand entlang der Naht der ganzen Länge nach auftrennte. Babette zeigte in der mittlerweile auf zehn Leute geschrumpften Runde ihre neueste

Zeichnung eines Kastanienbaums. Bruder Sepp dankte Paul für seinen Großmut mit einer erneuten Einladung zu Schnaps. Dem Theologiestudenten verschwammen allmählich die Gesichter und der Sinn der Worte, aber er hörte sich doch klar sagen: »Das eben werden die Protestanten nie verstehen, dass wir den Tod sogar feiern können. Weil wir einen wirklichen Himmel haben.« Die Trauergemeinde klatschte ihm daraufhin zu. Wie schön hätte der Paul das gesagt, nur ein Paul wäre zu solchen Worten in der Lage. Der Wirt spendierte noch ein Runde Obstler, und dem betrunkenen Paul beschleunigte sich zugleich das Geschehen, so wie sich klare Konturen beim Blick aus dem Fenster eines fahrenden Zuges verloren. Seltsam war bloß eins: Das Wirtsannerl, das bediente, stand in alldem plötzlich deutlicher, klarer und unfassbar schöner vor ihm, obwohl sie sich ja beim Bedienen ständig bewegte.

Als sich das Annerl in einer Pause zu ihnen an den Tisch setzte, fragte Paul, in welcher Sprache sie denn dieses Klagelied am Grab gesungen hätte. Anna warf den Kopf in den Nacken und lachte laut. »Das war Italienisch. Du als Lateiner musst das doch wissen!«

Paul ließ sich zwar vom Lachen anstecken, aber die Belehrung des Weibes ließ er sich nicht gefallen. Er erklärte genau, dass sich das Italienische aus dem Lateinischen entwickelt habe und warum ein gesungene Sprache oftmals nicht sofort zu erkennen sei.

Wieder lachte Anna. »Du nimmst es aber genau! Ist doch wurscht, wie die Sprache heißt, Hauptsache sie klingt schön. Ich hab mich doch bloß gewundert, weil du sonst so viel weißt.«

»Wie meinst das jetzt?«, fragte Paul bang. Wollte die Anna ihm wie der Brückenbauingenieur im Zug erklären, dass er ein arroganter Schnösel sei?

»Das weiß doch ein jeder im Dorf, wie schlau du bist. Und außerdem hab ich dich auch grad ganz gescheit über die Protestanten reden gehört«, antwortete sie. »Und im Dorf kann keiner so schön singen wie du!«, sagte Paul aufrichtig bewundernd.

Das Annerl kicherte und legte ihre Hand auf seine Schulter. »Und jetzt verrat ich dir was: Ich versteh doch selbst nicht, was ich da singe. Bloß fühlen kann ich es.«

»Woher hast denn die Lieder? Kannst du Noten lesen?«

Anna kicherte. »Ja, die Noten schon. Der Pfarrer hat sie mir gelernt.« Diese einfache Magd sagte zwar »mir gelernt« statt »mich gelehrt«, aber sie war wissbegierig, wie erstaunlich!

»Das Annerl singt schon immer wie ein Vogerl!«, bemerkte die Mutter.

»Wegen dem Annerl würd ich jeden Tag in die Kirche gehen, bloß um sie singen zu hören«, ergänzte Vater Toni, und alle lachten, denn ein jeder wusste, dass der Toni ein »politisches Problem« mit der Kirche hatte.

»Magst uns nicht noch was singen?«, fragte Doro.

Anna überlegte nicht lange und stand auf. »Sehr gern! Aus einer Oper.« Sie lächelte Paul an. »Auf Italienisch! Und alle aufpassen, ich glaub da geht's um was Unanständiges!« Wieder mit einem Blick zu Paul ergänzte sie scherzend: »Das darfst *jetzt* noch hören, aber nach der Primiz nimmer!«

Nach einer kurzen Stimmübung stellte sich Anna mitten ins Gastzimmer. Bald räusperte sich keiner mehr, keiner nahm auch nur einen Schluck aus dem Glas oder sah zum Nachbarn. Ihre Stimme riss alle in eine Gefühlswelt von Liederlichkeit, Sehnsucht und Schmerz, auch wenn keiner die Worte verstand, außer Paul, der sich über das Lateinische ein paar Zusammenhänge erschließen konnte. Nicht nur die Stimme, sondern auch das ganze Gesicht von Anna drückte all die Gefühle aus. Paul war, als würden alle zu dieser Partitur der Gefühle zu einer Einheit verschmelzen.

Doch Paul bemerkte beim Vortrag auch den Glanz ihrer dunklen, lockigen Haare, er sah ihren feinen, langen Nacken, als sie den Kopf zur Seite legte. Er bemerkte ihren einladend wohlgeformten Hintern, ihre zarten Finger, die glänzenden Nägel und vor allem diesen Busen, der ihn dazu zwang, sie gar nicht mehr anzusehen. Er schloss die Augen und hörte nur noch ihre Stimme und wünschte, mit so einer Leidenschaft könne er sich dem Herrgott ergeben.

Am Ende verbeugte sich Anna, und alle applaudierten. Paul öffnete die Augen wieder und starrte auf sein Glas, um Anna nicht mehr anzusehen. Die Gespräche gingen weiter, und Paul hörte Anna wieder bedienen. Er lauschte nur und blickte stur auf sein Glas.

Plötzlich fragte ihn Anna: »Warum schaust den gar so komisch? Stimmt was nicht?« Paul fiel ein, dass ihm beim Leichtrunk des Großvaters ihr Busen auch schon aufgefallen war. Am nächsten Tag hatte er Anna aber wieder vergessen gehabt – das sündige Begehren hieß doch ganz einfach Bier und Schnaps! Paul vermied es weiter, zu ihr zu schauen, und richtete den Blick auf die Mutter. Irgendwann hörte er Anna zum Bruder Sepp sagen: »Jetzt nimmst den Paul mit und ihr geht's heim, sonst wird er noch ganz besoffen!« Das Annerl hatte zwar nicht gesagt: »Jetzt nimmst den ›Ander‹ mit und ihr geht's heim!« Aber der Gehalt war der gleiche und damit das Annerl ein für alle Mal für ihn erledigt.

Doch am nächsten Morgen erinnerte sich Paul schon beim Aufwachen an ihre Stimme und sah nur noch ihr Bild vor sich. Der Vierundzwanzigjährige frühstückte nicht, sondern eilte zum Wiesenweg, um von dort aus so schnell wie möglich nach Eichstätt und weiter nach München zu kommen. Im Priesterseminar würde ihm das Weib schon wieder entfallen.

Doch Paul dachte beim Aufwachen, beim Morgengebet, beim Mittagessen, bei der Vesper und beim Einschlafen an Anna. Unter allen möglichen Vorwänden fuhr Paul die nächsten Wochen so oft wie möglich nach Wolkertsheim, um die Wirtstochter zu sehen, und nahm dafür sogar in Kauf, dass man schlecht über ihn reden würde. Wie oft träumte er nachts davon, dem Weib das Dirndl auszuziehen. Und wie oft setzte sich die Anna extra zu ihm an den Tisch. Man plauderte über die riesige Freiheitsstatue, die in der neuen Welt aufgestellt wurde, über einen leibhaftigen Neger, den Paul auf der Zugfahrt gesehen hatte, und über Eigenheiten der Sprache, bis Anna oft seufzte: »Schad, dass du schon an den Herrgott vergeben bist, mit dir kann man sich wenigstens im Gegensatz zu den ganzen groben Lackeln unterhalten!«

Wie oft konnte Paul seinen Blick nicht mehr von ihrem glänzenden Haar abwenden. Wie oft gelobte Paul, erst gar nicht mehr nach Wolkertsheim zu fahren, um ihr zu entgehen. War sie ein Engel oder ein Teufel? Neun Wochen nach dem Tod des Müllers fühlte sich Paul wie auf einem schwankenden Kahn inmitten eines Sturmes auf dem Starnberger See. Er saß mutterseelenallein in dem Boot und konnte nicht schwimmen. Aber ginge es bloß um sein Leben – viel schlimmer war, dass Gott ihm auf seine Fragen keine Antwort gab und Paul plötzlich überlegte, ob es diesen Herrgott überhaupt gab, ein Wesen, das er nicht fühlte und von dem doch ein jeder so überzeugt war wie von des Kaisers neuen Kleidern. Kaum hatte Paul diesen Gedanken zu Ende gedacht, suchte er fieberhaft nach dem Zinnsoldaten, um sich Erleichterung zu verschaffen. Der Teufel war eine Schlange, ein Weib, die Verführung. Dem durfte er nicht anheimfallen!

Paul fuhr nicht mehr nach Wolkertsheim. Nicht einmal zu Weihnachten besuchte er seine Leute, sondern schloss sich im Priesterseminar ein und verfasste eine Schrift gegen die wachsende Unsitte der Katholiken, nun wie die Protestanten Christbäume zum Heiligen Abend aufzustellen. Am Fenster bildeten sich Eisblumen, es musste sehr kalt geworden sein, Paul wickelte sich in Decken, denn auch wenn er seit einiger Zeit Kälte nicht empfand, so könnten dennoch seine Gliedmaßen erfrieren. Paul saß am Schreibtisch und versuchte darzulegen, warum die Christbaumsitte katholisch-theologisch nicht zu vertreten sei. Doch seine Gedanken verfassten immer etwas anderes: einen Brief an Anna, in dem er um ihre Hand anhielt; eine Bittschrift an die Maria Mutter Gottes, ihm zu helfen; ein Gebet an Gott, ihm doch endlich nahe zu sein. Die theologischen Betrachtungen zum Christbaum entglitten ihm, Paul ermahnte sich zur Disziplin, überlegte einen neuen Satz zur schriftlichen Arbeit, die Argumente verloren sich wieder, und kurz vor Neujahr hatte Paul den Text immer noch nicht fertig. Statt vielleicht im Schlaf von Gott ein Zeichen zu erhalten, träumte er nachts sündig feucht von Anna, immer und immer wieder. Warum geißelte er sich nicht, um sich die Verführung aus dem Kopf zu schlagen? War er überhaupt auserwählt, Priester zu werden? Hatte sich der Vater Toni in ihm getäuscht und sein ganzes Geld für seine Ausbildung zum Fenster hinausgeworfen? Würde er jemals Gott richtig dienen können, wenn sein Herz doch mehr für die Anna als für Jesus klopfte? Aber nein, für ihn, den Ander, gab es doch gar keinen anderen Weg, wenn er nicht Priester würde, würde er wieder zum Ander, nein schlimmer, er würde zum »gefallenen Ander«.

Paul ritzte sich, ohne dass er dies zunächst bemerkt hätte, mit der Feder so lange am linken Arm, bis sein Blut auf den Boden tropfte. Er starrte auf das Blut und danach auf das Kruzifix über dem Schreibtisch in der dunklen, kahlen Kammer im Priesterseminar. Wollte Gott ihm seinen Verstand nehmen? Betete man nicht umsonst »Gott schütze uns vor Verwirrung und Sünde«? Draußen hörte Paul eine streunende Katze miauen. Er sprang auf, um das Drecksvieh zum Schweigen zu bringen, und schlug so lange mit einem Stein auf das Tier ein, bis es nur noch Matsch war. Danach lehnte sich Paul an die dunkle Hauswand und weinte. Was hatte er getan? Was würde noch folgen, ohne dass er es steuern könnte? Was sollte er nur tun?

An einem milden Januartag des Jahres 1887 lag in Wolkertsheim kein Schnee mehr, als sich Paul von Eichstätt her dem Dorf näherte. Paul nahm einen Umweg, um keinem Wolkertsheimer zu begegnen. Er stapfte über matschige Pfade und kleine Schleichwege um das Dorf herum, bis er von Norden her den Wiesenweg zum Haus von Vater Toni nahm. Die Mutter wartete wie abgemacht im Gartenhäuschen auf ihn und zeigte stolz ihren dicken, roten Wintermantel. Der Sepp hatte ihn ihr zu Weihnachten geschenkt!

»Aber was red ich!«, sagte sie und drückte Paul an sich

wie einen kleinen Buben. Dabei brach der über einen Meter achtzig große Mann mit dem roten Vollbart, noch ehe er ein Wort sagen konnte, in Tränen aus. Paul konnte nicht mehr an sich halten. Die Mutter streichelte ihm über den Kopf, herzte ihn, versprach »alles wird gut«, ehe er sich so weit gefasst hatte, dass er sprechen konnte und sich die beiden auf die Bank im Gartenhäuschen setzten.

Paul hatte mit allem gerechnet, nachdem er der Mutter seine Not geschildert hatte, aber nicht damit, dass sie verständnisvoll nickte, lächelte, ihn streichelte und sagte: »Der Liebe musst nachgeben!«

Wusste denn die Mutter überhaupt, was das bedeutete? Die Mutter, die trotz ihrer grauen Haare stets wie ein kleines Mädchen in Träumen lebte?

»Mama, dann ist alles aus. Dann werd ich kein Geistlicher. Alles, was der Vater Toni und der Pfarrer für mich getan haben, war umsonst. Und ich wollt es doch allen zeigen, zu was ich es bringe.«

»Das weiß ich doch freilich«, entgegnete die Mutter. »Aber der Liebe musst du einfach nachgeben, alles andere ist wurscht.«

»Und was soll dann werden? Soll ich dann wegen der Liebe im Steinbruch arbeiten? Und der Vater vom Annerl würd mir sie niemals geben!«

Die Mutter stand auf und schaute durch das Fenster des Gartenhäuschens in den klaren Winterhimmel. Mit einem fast erwachsen wirkenden, ernsten Gesicht drehte sie sich wieder zu ihm.

»Nein, Paul, du musst nicht in den Steinbruch. Ich erzähl dir jetzt etwas, Paul, das du niemandem verraten darfst!« Sie setzte sich zu ihm und nahm seine Hände in die ihren.

Paul erfuhr von John, der Liebe, den verheimlichten Briefen und dem Glück, das die Mutter jetzt so spät empfand.

»Aber Mama, dann …«

»Ja«, sagte Babette. »Der John ist dein Vater.«

Aber dann war er ein Bankert. Ein unehelicher Sohn. Eine Sünde. Das also hatte der Brückenbauingenieur gemeint mit »übel mitgespielt«. Paul rang um Atem, die Stimme der Mutter beruhigte ihn.

»Die Liebe steht über allem, glaub es mir, Paul!«, sagte die Mutter. »Ich hab zwar immer gemeint, ich nehm den Glücksvogel mit ins Grab, aber wenn du den verkaufst, dann hast so viel Geld, dass du noch was anderes studieren kannst, Doktor kannst werden, oder Förster oder was'd meinst.«

»Was für einen Glücksvogel? Was für ein Geld?«

»Komm mit!« Babette führte ihn mit zu sich ins Müllerhaus, das er aus alter Gewohnheit auch nach dem Tod des Müllers nicht mehr betreten hatte. Über den Wiesenweg gingen sie vorbei am heiligen Nepomuk zur Mühle.

Unter ihrer Matratze holte die Mutter eine Steinplatte hervor. »Damit«, sagte sie, »wirst reich. Das ist ein Archaeopteryx. Du weißt schon.«

Paul wusste natürlich im Gegensatz zu vielen ungebildeten Dörflern, was dieses Fossil wert war.

Er starrte auf die Platte und überlegte, was das alles bedeutete. Was hatte er da eben erfahren?

Babette bereitete schweigend Tee zu, ehe sie davon erzählte, dass andere, vor allem Doro, in dem Urvogel ein Unglück sahen, aber das war nur ein dummer Aberglaube, sie hatte der Stein doch glücklich gemacht!

Sollte das Leben so einfach, so schnell eine solche Wende nehmen? Er hatte nicht nur von seiner wahren Herkunft und dem Geheimnis der Mutter erfahren, sondern ihm wurden damit ganz neue Wege eröffnet. Er könnte auch ohne Theologiestudium Akademiker einer anderen Disziplin werden. Paul und Babette sahen sich am Küchentisch zärtlich in die Augen und tranken Tee. Beide schwiegen, das Gesagte war zu gewichtig, als dass man nun über Alltägliches hätte plappern können.

»Damit bist du jetzt reich«, sagte die Mutter schließlich, so als hätte er das nicht gewusst.

Paul trank den letzten Schluck.

»Das war die Antwort von Gott, die ich so erfleht hatte. Du hast sie mir gegeben.«

Mutter und Sohn umarmten sich fest, Paul steckte den Archaeopteryx in seinen Rucksack und ging geradewegs zum Wirtshaus, zur Anna.

Anna brachte gerade einer Gruppe von Kartenspielern Maßkrüge voll Bier, als Paul sie nach vier Monaten wiedersah. »Paul!«, rief sie freudig, stellte das Bier zu den Gästen und ging auf ihn zu.

»Schon so lang bist nimmer da gewesen, geht's dir gut?«

Paul nickte und stellte sich einen Moment lang vor, wie es sein würde, ein Fleisch mit der Anna zu werden.

»Was schaust denn so seltsam? Magst dich nicht hinsetzen?«, fragte Anna.

»Schon, ja!« Paul nahm am nächsten Tisch Platz und überlegte, wie er das alles der Anna sagen sollte. »Eine Halbe!«

Anna ging zur Theke hinter dem Zapfhahn, Paul grüßte zu den Kartenspielern und zum Stammtisch, an dem auch der Basti saß, der Fisch-Basti mit den Häuten zwischen den Fingern, der ihn fixierte, ehe er so laut sagte, dass es alle im Raum verstehen konnten: »Gut, wenn manche Pfarrer werden, dann sind sie wenigstens weg vom Dorf.«

Paul grinste zu seiner eigenen Verblüffung und sagte laut zur Anna: »Gut, wenn manche im Dorf bleiben, dann muss man sich außerhalb nicht für sie schämen.«

Der Fisch-Basti funkelte ihn an, aber offenbar fiel ihm nichts darauf ein, und er drehte sich wieder weg.

Auch wenn er nun doch nicht Priester werden würde, so doch ein reicher Mann und Akademiker. Was hatte er mit diesen Leuten noch gemein?

Die Anna setzte sich zu ihm, fragte, was die Studien machten, und erzählte von Weihnachten, bei dem sie einen wunderbaren Christbaum mit Äpfeln, Kerzen und Lebkuchen aufgestellt hatten. Paul lächelte innerlich über sich und seine missglückte Abhandlung über den neuen Brauch in der einsamen Stube, während die Anna mit Kerzen und Lachen in der Familie das Fest verbracht hatte.

»Kannst nachher weg?«, fragte er. »Gehst mit mir zur Altmühl? Ich müsst was mit dir reden.«

»Ja, gleich kommt die Magda, die übernimmt. Aber vielleicht gehst schon voraus, muss ja nicht ein jeder sehen, dass wir ein Stelldichein haben«, scherzte das Annerl überrascht und Paul nickte.

»Hinterm Reithmeier-Haus nach der Brücke«, konkretisierte Paul, und Anna nickte wieder.

Sie ging in die Küche, hinter die Theke und bediente. Paul fasste wie bei einer Abhandlung in Worte, was ihm außer dem ganzen Wesen an dem Weib so besonders gefiel: der Nacken, der Hintern, die Haare, die Nägel und natürlich der Busen. Und über all dem schwebte ihre Stimme. Und ganz profan stimmte auch, was alle im Dorf und sogar die Mutter stets bemerkt hatten: Die Anna war immer besonders schön herausgeputzt, auch an Werktagen, keine andere im Dorf legte darauf – und auf Manieren – so viel Wert wie sie.

Am Altmühlufer unter einer Trauerweide machte Paul ihr den Heiratsantrag und erläuterte, dass er noch etwas anderes studieren werde, das Geld dafür sei gesichert. Das Annerl lachte zuerst laut, glaubte ihm nicht und rief: »Du spinnst!« Nach einer Weile wurde sie ernst und sah ihn prüfend an. Statt eine Antwort zu geben, küsste die Anna ihn auf den Mund, strahlte und wich einen Schritt zurück, nur um ihn wieder zu küssen. Paul schloss vor Glück die Augen. Heute Morgen hatte er sich noch als Priester in spe gesehen, und jetzt durfte er das Liebste berühren! Anna und Paul küssten und streichelten sich immer und immer wieder, ehe sie zusammen den matschigen Weg zurück ins Dorf gingen und die Anna sich nichts darum scherte, sich ganz offen bei ihm einzuhaken.

Annas Vater mochte erst gar nicht glauben, dass der Paul wegen seiner Tochter nicht Pfarrer werden wollte, und fragte, womit der Paul nun sein Geld verdienen wolle, ob er sich das auch genau überlegt hätte. Paul hörte aus den Fragen das Misstrauen gegenüber dem Ander heraus und konterte kühl, er werde trotzdem ein Akademiker werden, noch einmal etwas anderes studieren, der Vater der Anna könne sich glücklich schätzen, dass er eine Wirtstochter nehme. Aus Gründen, die er nicht nennen wolle und könne, stünde er kurz vor einem großen Geschäftsabschluss, falls er ihm nicht traue, könne er sich gerne bei seiner Mutter Babette der Wahrheit versichern. »Nein, lügen tust nicht!«, sagte der Vater der Anna immer noch verdattert und willigte ein.

Da die Eisenbahnstrecke wegen Gleisausbesserungen für mindestens eine Woche gesperrt war, lieh sich Paul vom Bruder der Anna am nächsten Morgen den Gaul. Jetzt und sofort wollte er in München im Seminar reinen Wein einschenken, alles zum Verkauf des Fossils in die Wege leiten, sich nach einem anderen Studienfach umsehen und auch schon eine Wohnung für sich und die Anna suchen, denn eine Unterkunft in München war nur sehr schwer zu finden, wie Paul aus seiner Freijahrszeit wusste. Keine vierundzwanzig Stunden nach seiner Ankunft in Wolkertsheim war Paul schon wieder auf dem Weg nach München.

Am späten Dienstagmorgen des 18. Januar 1887 traf Paul nach zwei Tagesritten über matschige Wege und zwei Übernachtungen in billigen Unterkünften an der Bayerischen Staatssammlung in München in der Neuhauser Straße ein. Paul saß müde im Sattel, er und der Hengst hatten nur wenige Pausen gemacht. Vor dem Gebäude blieb Paul noch einen Moment auf dem Gaul sitzen. Sollte er nun wirklich absteigen und damit sein Schicksal besiegeln, nicht Priester zu werden? Handelte er vielleicht nicht doch zu überstürzt? Ein paar geschäftige Bürger gingen an ihm vorbei, Kinder hüpften an der Hand ihrer Mütter über alte Schneehaufen Richtung Marienplatz, und ein Bettler wurde von einem Gendarmen abgeführt. Ein Hund bellte, plötzlich wieherte der Hengst laut und bäumte sich auf. Paul überlegte nicht lange und peitschte das Vieh. Was fiel dem Gaul ein, hier so ein Aufsehen zu machen? Diese minderwertige Kreatur hatte zu gehorchen, das und nur das war seine Aufgabe. Paul schlug auf das Tier ein, um es endlich zur Ruhe zu bringen, doch der Gaul wurde nur noch bockiger und Paul immer zorniger, dass das Vieh ihn in eine solche peinliche Lage brachte. Er schlug immer wieder zu – bis das Vieh gewann und Paul in hohem Bogen abwarf. Und damit nicht genug. Der Gaul trat mit den Hinterhufen nach ihm, traktierte den Verletzten weiter, so als wolle er persönlich mit ihm abrechnen. Paul lag mit dem Gesicht auf dem Pflaster, vor ihm sein Rucksack mit der Platte, mit jedem Tritt schob der Gaul ihn und den Archaeopteryx weiter weg, bis Passanten das Tier beruhigen und bändigen konnten. Pauls Kopf lag direkt auf dem Urvogel, der aus dem Rucksack gerutscht war. Paul war, als wären alle Knochen gebrochen, aber die Schmerzen waren nicht so schlimm wie die übermächtige Frage im Hirn. War das ein Zeichen Gottes? Wollte der Allmächtige ihm direkt vor der Bayerischen Staatssammlung, direkt vor dem geplanten Verkauf des Fossils, Einhalt gebieten in einem unchristlichen Treiben? Warum warf ihn das sonst so zahme Pferd genau hier ab und hörte erst auf, als sein Kopf auf diesem Stein lag? Hatte denn nicht auch schon die Mutter davon gesprochen, welches Unglück die Platte über andere gebracht hatte, auch wenn sie den Abdruck zuletzt in ihrer Traumwelt als »Glücksvogel« umgedeutet hatte? Als Passanten Paul auf eine Trage legten, schoss ihm ein Satz durch den Kopf, von dem er sich nicht erklären konnte, woher er kam und warum er ihn genau jetzt dachte: »Demütigung führt zu Hochmut.«

Paul hatte sich zahlreiche Prellungen und einen Oberschenkelbruch zugezogen und kurierte sich im Priesterseminar aus. Am achten Tag nach dem Sturz konnte er wieder mit Krücken gehen und bat den Regens um ein Gespräch. Darin legte er offen, dass der Sturz in der Neuhauser Straße ihm die Augen geöffnet hatte. Aus reinem Hochmut, nur um sich über andere zu erheben und um seine Vergangenheit zu überwinden, hätte er Theologie studiert. Der Regens sprach milde von Eitelkeiten, die jeder in sich trage und gebeichtet werden könnten. Er sprach von »normalen Zweifeln«, von Verführung und Sünde. Er sprach davon, dass Paul ein ganz außerordentlicher Geist sei, der dem Herrn nicht verloren gehen dürfte. Doch Paul wusste besser als jeder Regens, dass sein Entschluss nun fest stand und er nicht Priester werden wollte. Er liebte die Anna und spürte Gott nicht. Was aus der Anna und ihm würde, war freilich fraglich, denn die Platte würde er vergraben wie die Mutter einst, und ob die Geliebte ihn dann noch heiraten wollte und dürfte, stand in den Sternen. Aber Paul war mit sich im Reinen wie noch nie im Leben. Mit dieser Klarheit würde er alle Schwierigkeiten meistern.

Der Regens empfahl nach Pauls Widerspruch eine »haushälterische Sünde«, falls sein Problem in der Keuschheit lag.

»Was?«, entfuhr es Paul.

»Das ist nicht unüblich, Paul, den Zölibat schreibt nicht die Bibel vor.«

»Aber der Papst! Sie versündigen sich …!«

»Zähme deine Zunge!«, unterbrach ihn der Regens. Sein bisheriges Verständnis wich einem harten Gesicht. »Du bist nur ein Wurm ohne uns, ohne die Kirche!«

»Aber Sie predigen Wasser und trinken Wein!«, empörte sich Paul.

»Hinfort mit dir, raus! Statt uns zu danken, bringst du uns nur Schande. Gott wird dich gerecht bestrafen!«

»Nein!« Gefestigt widersprach Paul. »Euch wird er bestrafen, für diese Doppelzüngigkeit!« In Pauls Kopf tauchte das Bild eines Gottes auf, der den Regens wie eine streunende Katze an die Wand warf.

Der Regens kniff die Augen zusammen, nahm den Schlagstock von der Wand und schlug Paul auf den gebrochenen Oberschenkel und die Prellungen. Mit jedem Schmerzensschrei war sich Paul gewisser, dass er den fremden und den eigenen Lügen die Stirn bieten musste. Die Kirche war verlogen, er war verlogen gewesen, und mit einem Archaeopteryx-Verkauf würde er wieder sein Schicksal verbiegen und eine neue Lügenwelt aufbauen. Als zwei mutige Kommilitonen Paul bald darauf zum Bahnhof trugen, kehrte Paul nicht nur München, sondern auch der katholischen Kirche für immer den Rücken.

Im milden Februar 1887 versteckte sich Paul bei der Mutter im Haus des Müllers. Vor zwei Jahren war das jüngste Geschwister als Hüterbub aus dem Haus gegangen, und so war Paul auf der Zugfahrt von München nach Eichstätt auf die Idee gekommen, am Bahnhof auf die Nacht zu warten und in deren Schutz mit einer Kutsche zur Mutter und nicht zu den Zieheltern Toni und Doro zu reisen. An Leib und Seele, so hatte Paul bei der Zugfahrt gedacht, musste er erst genesen, ehe er dem Vater Toni, der Doro und vor allem der Anna wieder unter die Augen treten konnte. Was sollte er denn sagen? Was ihnen erzählen? Dass er verrückt und unvernünftig doch das genau Richtige entschieden hatte? Nur ein Mensch auf der Welt – wenn überhaupt – würde ihn verstehen können, die Mutter Babette. Und tatsächlich hatte die Mutter aufgeregt gekichert, nachdem er nachts durch das stets offene Müllerhaus zu ihr ans Bett gehinkt war und sie geweckt hatte. »Nie werd ich das Geheimnis verraten!«, rief Babette und strich ihrem großen Sohn durch die Haare. »Soll ich dir im Keller ein Bett herrichten?« Paul schmunzelte trotz seines elendigen Zustandes. »Braucht es doch nicht! Ich geh in eine Kinderkammer, ist doch eh keiner mehr da.«

»Und wenn wer vorbeikommt?«, widersprach die Mutter, um gleich danach aufzuspringen. »Ich sperr einfach zu, die Haustür!« Babette kramte im Küchenkastl nach dem Schlüssel.

Paul humpelte ihr auf den Krücken nach. »Das fällt doch erst recht auf, wenn du plötzlich zusperrst!«

Babette hielt in ihrem Tun inne und nickte. »Stimmt auch wieder.«

»Und so wie ich jetzt beieinander bin, komm ich sowieso kaum aus einer Kammer heraus.«

»Hm.« Babette sah ihn fragend an.

»Es geht bloß um ein paar Tage, da wird schon keiner kommen«, meinte Paul.

Babette nickte wieder. »Das Bett ist noch gerichtet!«, sagte sie, nahm Paul den Rucksack ab und ging ihm mit der Funzel in der Hand in die Kammer voran.

Paul betrat die Kammer seiner Kindheit nach achtzehn Jahren wieder, die Mutter brachte ihm das alte Federbett des Müllers, und der Vierundzwanzigjährige hörte beim Einschlafen dem Knacken des Mühlrads zu. Das Geräusch war ihm vertrauter, als ihm lieb war. Das Plätschern des Wassers klang so, als hätte seine ganze Jugend und sein bisheriges Leben keine Rolle gespielt und in Wolkertsheim die Zeit stillgestanden. Mit dem Zinnsoldaten in der Hand schlief Paul ein. Von einem lauten Gockel und der Mutter mit einer Tasse Tee in der Hand wurde er am nächsten Morgen geweckt.

»Ich geh ins Dorf und red mit allen, dann kommt keiner her«, verkündete Babette fröhlich. »Das ist mir in der Nacht eingefallen!« Die Mutter schien nichts mehr auf der Welt zu interessieren, als sein Geheimnis zu bewahren. Mit dem fast hüpfenden Gang eines Mädchens brach sie auf.

»Hier.« Babette kam noch einmal mit einem Stapel Bücher zurück. »Wenn du sowieso liegen musst, kannst das lesen. Über Darwin und so.«

Eine brauchbare Idee, dachte Paul. Er würde zwar jeden Tag ein wenig mehr aufstehen und herumgehen, damit das Bein wieder zusammenwuchs und kräftiger wurde, aber damit allein könnte er die Zeit auch nicht verbringen. Und nur darüber grübeln, wie er der Anna, Toni und Doro alles beibringen, wie es überhaupt mit ihm weitergehen sollte, konnte er auch nicht.

Paul begann noch am Vormittag mit den Gehübungen und der wissenschaftlichen Lektüre. Täglich belastete er sein Bein etwas mehr und erhöhte die Zahl der Schritte ohne Krücke um mindestens einen. Er machte genau das, was Doro einmal einem Waldbauern nach einem Holzunfall mit einem gebrochenen Bein angeschafft hatte.

Täglich lernte er mehr über *Die Entstehung der Arten* und andere Schriften zu Darwin. In einem schmalen Bändchen war eine Zeichnung abgebildet, die Paul dem Stil nach Babette zuschrieb. Später bestätigte die Mutter seine Vermutung, dass ihr Werk die Vorlage für den Druck war.

Nur dieses eine Mal im Gartenhäuschen hatten Mutter und Sohn über John gesprochen. Jetzt erfuhr Paul von seinem Vater aus Büchern. John hatte an der Seite eines gewissen Huxley entscheidend dazu beigetragen, dass sich die Evolutionstheorie immer mehr durchsetzte. *Sein* leiblicher Vater hatte die Wissenschaft, die Vernunft und den Fortschritt unerhört befördert, um die falschen Glaubensbrüder – und im Prinzip waren das alle Priester bis hinauf zum Papst im Vatikan – zurückzudrängen. Wie stolz konnte Paul eigentlich auf ihn sein, auch wenn niemand im Dorf davon erfahren durfte. Denn auch wenn alle seine Abstammung ahnten, so konnte er es der Mutter nicht antun, sie öffentlich damit bloßzustellen. Und außerdem hätte man in Wolkertsheim mit einem Wissenschaftler ohnehin niemanden beeindrucken können, im Gegenteil: Studierte, die Lehren der Kirche bezweifelten, galten hier nach wie vor des Teufels, und man bekreuzigte sich schützend vor ihnen. Was hatte er in dieser gemeinen Dummheit hier verloren? Sein weiterer Weg müsste ihn woandershin tragen.

Die Mutter kochte ihm seine Lieblingsspeisen Grießbrei, Dampfnudeln und Kartoffelsuppe. Man war übereingekommen, doch die Haustür abzusperren. Babette sagte, schon lange fürchte sie sich ein wenig so allein im abgelegenen Müllerhaus, weil es auch immer so finster sei. Erst jetzt fiel Paul auf, dass die Fenster hier deutlich kleiner als in anderen Häusern der Gegend waren und so kaum Tageslicht in die Räume fiel. Schon vor der Dämmerung zündete Babette Kerzen an. Nur wenn Schnee lag, wie in diesem Februar an drei Tagen, strahlte das Weiß ins Haus zurück und erhellte die Räume.

Die Mutter fragte nicht, was aus ihm noch werden solle – aber Paul sich das selbst. Dabei dachte er nicht ängstlich nach. Eine innere Kraft würde ihm helfen, weil er ein Zeichen richtig verstanden und den Archaeopteryx nicht verkauft hatte.

»Ich würd den Vater gerne kennenlernen«, sagte Paul beim Abendessen mit Butterbrot und einer Maß Bier dazu, die die Mutter aus dem Wirtshaus mitgebracht hatte.

Babette starrte ihn an.

»Aber …«, brachte sie hervor. Die Mutter aß und trank nicht mehr weiter.

»Ich würd nach England fahren. Ich möchte ihn einfach einmal sehen.«

»Aber …« Babette zog an einer Kette um ihren Hals, an

dem ein Medaillon hing. Paul hatte das noch nie gesehen, die Mutter trug das Medaillon unter der Bluse verborgen bei sich am Busen. Babette öffnete das Oval und hielt es Paul hin. Paul sah eine kleine Zeichnung von sich selbst, allerdings hatte die Mutter ihm einen seltsamen Backenbart dazuerfunden.

»So schaut er aus«, sagte Babette.

»John?«, fragt Paul verblüfft. Babette nickte und versteckte das Medaillon wieder unter der Bluse.

»Trotzdem würd ich ihn gern in Wirklichkeit sehen. Ich würd auch nichts im Dorf davon erzählen.«

»Aber …« Babette starrte vor sich hin.

»Mama, ich weiß schon, dass es grad eh nicht geht, ich muss erst einmal Wichtigeres klären und andere Sachen regeln. Und Geld hab ich sowieso nicht.«

Babette blickte entgeistert drein.

»Aber …« Babette brach plötzlich in Tränen aus. »Das darfst nicht tun, zu ihm fahren!«

»Aber warum nicht?«

»Weil … weil das nicht geht!«

»Und warum nicht?«

»Weil … weil … vielleicht, ja bestimmt, hat er eine Familie, eine eigene in England. Die kannst doch nicht stören. Weiß doch nicht einmal John, dass es dich gibt.«

»Aber die Familie muss mich ja nicht sehen, muss ja nicht erfahren, wer ich bin.«

»Ein jeder würd es dir gleich ansehen, siehst doch aus wie er!«

»Ich könnt ihm einen Brief schreiben, und wir treffen uns an einem geheimen Ort.«

»Bitte Paul, mach es nicht! Mir zuliebe!«

»Aber warum?«

»Weil … weil.« Babette schluchzte so sehr, dass sie nicht mehr sprechen konnte. Paul wartete.

»Weil, ich hab Angst«, sagte Babette schließlich.

»Vor was?«

»Dass er nicht mehr mein John wär, sondern ein anderer.«

»Einer, der sein Leben hat und dich vergessen?«

Die Mutter nickte und weinte wieder. Paul stand auf, setzte sich neben sie an den Tisch und legte den Arm um sie. Babette lehnte sich an seine Schultern, und ihre Tränen tropften auf das Butterbrot.

Paul streichelte ihr unbeholfen über das Haar. Irgendwann sagte er: »Ich werd's nicht machen, Mama. Nicht bloß wegen dir, sondern auch wegen mir.«

Babette beruhigte sich allmählich, und Paul verstand erst viele Jahre später, warum er den Satz wirklich ernst gemeint und nicht bloß tröstend so dahingesagt hatte. Mit einer Reise in die Vergangenheit hätte er die Traumwelt seiner Mutter zerstören können, und im Wissen darum wäre ihm selbst das Leben schwerer gewesen.

Drei Wochen nach seiner nächtlichen Ankunft im Müllerhaus brachte ihm die Mutter mit einem nachdenklichen Gesicht den Morgentee und setzte sich zu ihm ans Bett.

»Das Annerl fragt jeden Tag beim Toni und der Doro nach dir. Und ich hab Angst, dass sie mich auch noch fragt. Dann müsst ich lügen.«

Sonnenlicht bahnte sich mühsam seinen Weg durch das kleine Fenster der Kammer.

»Ich wollt eigentlich erst ganz gesund werden«, antwortete Paul. »Aber es geht ja schon wieder einigermaßen. Und das Annerl und den Vater Toni darf ich auch nicht länger hinhalten. Die meinen ja, ich bin immer noch in München.«

Paul seufzte. Was sollte er ihnen sagen? Er hatte keine Antwort, so lange er auch jeden Abend darüber gegrübelt hatte.

»Vielleicht weiß der Toni was«, erriet die Mutter seine Gedanken.

»Der wird sich freuen, wenn er hört, dass das ganze Geld für meine Ausbildung umsonst war«, erwiderte Paul ironisch. »Und wie der Pfarrer dann gegen mich hetzen wird, kannst dir ja vorstellen.«

»Ja«, seufzte Babette. »Das ist ungut.«

»Ich werd Vater Toni das Haus zurückgeben, er hat es mir ja schon überschrieben. Das kann ich jetzt nicht mehr annehmen.«

»Paul!«, rief die Mutter freudig und sprang auf. »Zieh dich an! Wir gehen jetzt zum Toni und zum Annerl. *Ich* weiß was!«

Paul gab zwar nicht so viel darauf, was seiner weltfremden Mutter eingefallen war, aber er kleidete sich an und machte sich humpelnd mit Babette auf zu diesem schweren Gang.

Wie erwartet, fielen Toni und Doro aus allen Wolken, als er gestand, das Priesterseminar verlassen zu haben. Wie erwartet, sagte Anna, nachdem er sein »verpatztes Geschäft« gestanden hatte: »Dann wird der Vater nie erlauben, dass ich dich heirate. Ohne Beruf und ohne Geld.« Doch anders als erwartet, hatte Babette eine ganz praktische Idee, der alle zustimmen konnten. Babette verkündete, sie würde die Mühle und das Müllerhaus verkaufen und zu Toni ziehen. In dem finsteren Haus hätte sie sich alleine sowieso schon lange nicht mehr wohl gefühlt. Mit dem Erlös könnte Paul noch eine Ausbildung machen, für ein neues Studium würde es zwar nicht reichen, und deshalb wäre es schade um die ganze Lateinschule. Aber so käme er wenigstens noch zu einem Beruf. Toni und Doro schlugen vor, Paul solle ins Lehrerseminar, das dauere bloß zwei Jahre. Anna meinte, man solle es ihrem Vater so vermitteln – damit er auch zustimmte –, dass Paul auf einen schnellen Geschäftsabschluss verzichtet habe, um langfristig gut für eine Familie sorgen zu können. Das stimme doch auch, oder warum hätte sein Geschäft nicht geklappt?

Paul und Babette verrieten weder Toni, Doro noch Anna ein Wort über die wahren Hintergründe des »Geschäfts«, die Existenz der Platte, und schwiegen sich dazu aus. Aber es war auch gar nicht nötig darüber zu reden, denn nachdem alle darauf eingeschlagen hatten und Annas Vater dem auch zustimmte, verriet das Strahlen in den Augen von Anna, wie glücklich sie war, den Paul nach all den Nachrichten heute doch noch zu kriegen. Vor den Augen aller küsste sie ihn auf den Mund. Dann sprang sie auf, stellte sich auf einen Hocker und sang ein Liebeslied auf Italienisch, so herzzerreißend, dass sich auch die Mannsbilder verstohlen eine Träne aus dem Auge wischten. Im Hof verendete während des Vortrags ein Gockel, und im Dorf hieß es daraufhin, er sei an dem Liebesschmerz von Annerls Stimme verreckt. Die Wirtin, Annas Mutter, schüttelte über den »sentimentalen Schmarren« den Kopf und verarbeitete das tote Federvieh in der Hochzeitssuppe, die sie gerade kochte.

Ein paar Nächte später vergruben Babette und Paul heimlich den Urvogel wieder unter den Beeten im Garten von Tonis Haus. Paul hatte sie darum gebeten, »die Vergangenheit zu beerdigen«. Ein paar Tage später wiederum meldete sich Paul im Lehrerseminar in Ingolstadt an, und ein paar Monate danach verkaufte Babette die Mühle und das

Müllerhaus zu einem anständigen Preis, den Doro herausgehandelt hatte, nachdem die Schwägerin fast schon »die Sach hergeschenkt« hätte, wie Doro das erste Angebot eines Eichstätters kommentierte. Für ein Zwölffaches des ersten Gebots wechselten die Mühle und das Haus ihren Besitzer. Babette zog zu Toni und Doro in ihre alte Kammer im Elternhaus.

Paul begann im Herbst 1887 seine Volksschullehrerausbildung im Ingolstädter Seminar und besuchte die Seinen in allen Ferien. Jeden Ferientag kam wiederum Anna zu Paul in Tonis Haus, denn der Lehreranwärter verließ aus drei Gründen das Grundstück in Wolkertsheim nicht und ging nie ins Dorf. Erstens besuchte er auch an Sonntagen keine Messe. Zweitens wollte er den Geschwistern nicht begegnen, die ihn seit dem Verkauf der Mühle und des Müllerhauses nur noch den bösen »Ander« nannten, den Ander, der die Mutter auf seine Seite gezogen und sie um das Erbe gebracht hätte, den »Ander«, den die Wolkertsheimer nach der Hetze vom Fisch-Basti wieder so hießen, weil Paul als Pfarrer ja erträglich weit weg gewesen wäre, aber jetzt durch die Verlobung mit der Anna ihnen plötzlich wieder zu nahe kam.

Und drittens verließ Paul aus Prinzip nicht das Haus und den Garten, damit er nicht in Gefahr geriet, ohne Aufsicht der Seinen mit dem Annerl schon vor der Ehe ein Fleisch zu werden. Paul scherte sich zwar nicht mehr um das sechste Gebot, aber er wollte keinen Bankert in die Welt setzen, kein Kind mit der Anna kriegen, ehe sie nicht verheiratet waren, denn man wusste nie, welche Wendung das Schicksal noch nehmen könnte, auch wenn die Verlobten sich schon so oft versichert hatten, »nie voneinander zu lassen«. Paul wollte unter allen Umständen verhindern, dass ein Kind von ihm als Bankert auch ein »Ander« würde.

Paul 1901

Zwölf glückliche Jahre nach seinem ersten Schultag in dem Dorf Rottlach bei Garmisch ließ Paul die Kinder gerade verschiedene Tierarten auf die Tafel zeichnen, als der neue Pfarrer Hessler überraschend ins Klassenzimmer trat, um den Unterricht Pauls zu bewerten. Einmal jährlich musste der Pfarrer als Dienstherr des Lehrers Bericht über den Pädagogen abgeben und die Beurteilung nach München schicken. Jahrelang hatte Paul vom alten Rottlacher Pfarrer, der nur selten zu Visiten auftauchte, die besten Bewertungen erhalten und war so nach seiner Ausbildung im Lehrerseminar in nur drei Jahren offiziell zum »Hauptlehrer« befördert worden. In die Bewertungen des Pfarrers flossen auch mit ein, ob Paul regelmäßig die Sonntagsmesse besuchte, ob er einen anständigen Lebenswandel führte und kirchlichen Gesang vorschriftsmäßig unterrichtete.

Paul hatte sich zwar innerlich von Gott abgewendet, aber mit den Messen und Gottesdiensten konnte er gut leben, vor allem nachdem Anna und er einen Kirchenchor gegründet hatten und mit ihrem Singen beim Hochamt, Hochzeiten und Beerdigungen stets Kirchgänger aus anderen Gemeinden und sogar aus Garmisch anlockten. Das Wirtsannerl war zum Lehrerannerl geworden, und über ihre Stimme sprachen manche wie über ein Wunder. So hatte der alte Pfarrer nie einen Zweifel daran gehegt, dass Paul auch anständig kirchlichen Gesang unterrichtete und gottgefällig den Lehrerdienst versah. Über die Gleichbehandlung von Bankerten und Mädchen mit ehelichen Buben – worüber sich ein Großbauer beschwerte – sah der Priester großzügig hinweg. Und was Paul sonst an Wissen nach welcher Methode auch immer den Kindern beibrachte, interessierte den Geistlichen ganz und gar nicht. Paul hatte den Pfarrer einmal extra gefragt, ob er nach der Methode von Maria Montessori, deren Schriften er entdeckt hatte, unterrichten dürfe. Nicht durch Druck oder Zwang sollten die Kinder der Pädagogin zufolge lernen, sondern ihren natürlichen Wissensdrang sollte ein Lehrer geschickt zu lenken verstehen. »Hilf mir, es selbst zu tun!« war der Kernsatz Montessoris, und Paul versuchte mit so viel Anschauung wie möglich die kindliche Neugier zu wecken. Im Frühling ließ er die Kinder draußen Vogelarten am Zwitschern erraten und belohnte die Sieger mit einem Guti. Im Sommer durften die Kinder einen Schultag im Weiher baden, und Paul erklärte dazu den Auftrieb des Wassers. Im Herbst ließ der Lehrer die Kinder Bilder aus Laub gestalten und vermittelte dabei die Evolutionstheorie – etwas starb ab, etwas Neues entstand daraus, manchmal sogar neue Arten. Im Winter zeigte Paul die gewaltigen Kräfte der Natur, indem er die Kleinen eine Flasche mit Wasser füllen ließ, sie verschloss, in einen Kasten in den Schulhof stellte – und am nächsten Morgen hatte zum Staunen der Kinder das Eis die Flasche gesprengt. Von den Methoden in den Städten, die Kinder stur nach Alter in einzelne Klassen zu unterteilen, hielt Paul gar nichts. Die ganz Klugen und ganz Dummen hatten dabei das Nachsehen, wenn sie nicht über die Gruppen gefördert wurden. Der alte Rottlacher Pfarrer hatte dazu bloß »wohl, wohl« gesagt. »Hauptsache, es ist gottgefällig.«

Auch der neue Pfarrer Hessler, der kurz vor seinem Ruhestand noch nach Rottlach ins Amt geschickt worden war, hatte in der ersten Sonntagspredigt nicht auf die Zehn Gebote Bezug genommen, sondern von der Zukunft mit Jesus gesprochen, von der Zukunft, die in den Kindern lag und nicht nur im sich unglaublich beschleunigenden Fortschritt mit den Expeditionen zu den Polen, rasenden Automobilen und täglich neuen Erfindungen. »Die Kinder sind unsere Zukunft, deshalb hat Jesus gesagt: Lasset die Kinder zu mir kommen, denn ihrer ist das Himmelreich«, so Hessler in der Antrittspredigt, die Paul als aufgeschlossen und fortschrittlich interpretierte. Nach Amtsantritt sprach Paul mit dem Geistlichen auch über den Kirchenchor. Pfarrer Hessler begrüßte die Laienbegleitung in Gottesdiensten sogar mit Weibern ausdrücklich und übergab Paul später ein Büchlein mit fast vergessenen Kirchenliedern. Anna entdeckte darin schöne Melodien, die gleich für das nächste Amt geprobt wurden und Hesslers großen Beifall fanden.

Deshalb nahm der neununddreißigjährige Lehrer die unangekündigte Visite gelassen hin und ließ Pfarrer Hessler einen Stuhl bringen, so dass er, hinter den Kindern sitzend, dem Unterricht beiwohnen konnte. Hessler jedoch wollte neben dem Pult, seitlich hinter Paul sitzen. Der Lehrer trug – trotz seiner Schmerzen im Bein, wenn er es mit Gewicht belastete – den Stuhl persönlich nach vorne. Der Pfarrer setzte sich und ließ den Blick durch das Klassenzimmer schweifen. Bald verengten sich die Augen des Geistlichen, und Paul ahnte ab diesem Moment, dass diese Visite nicht wie die bisherigen verlaufen würde.

In der Stunde davor hatte Paul den Kindern altersgemäß die Evolutionstheorie erklärt, darunter auch, dass der Mensch vom Affen abstammte. Dazu hatte Paul eine reproduzierte, schematische Zeichnung über die Entstehung der Arten seitlich im Klassenzimmer aufgehängt. Die Kinder hatte er an die Tafel verschiedene Tierarten malen lassen. Ein schlauer Bub hatte dazu einen Gockel, der eine Henne begattet, gezeichnet. Hessler bemerkte die Zeichnung und starrte sie an.

»Abwischen! Abhängen!«, rief der Geistliche mit scharfem Ton und sprang auf. Vor den Kindern bekreuzigte er sich und predigte: »Der Mensch ist die Krone der Schöpfung! Das hier ist eine Sünde, was der Lehrer sagt!«

»Das ist nur das, was die neue Wissenschaft sagt, überall, auch im Ausland! Darwins Evolutionstheorie!«, hielt Paul dagegen.

Pfarrer Hessler rang ob eines solchen Einwands um Fassung. »Wagt er mir noch einmal zu widersprechen? Darwin ist ein Ketzer!«, herrschte er Paul an.

Die Kinder wussten, wem sie zuerst zu gehorchen hatten – sie wischten die Tafel ab und zogen die schematische Zeichnung herunter. Still wie sonst nie kehrten sie zu ihren Bänken zurück, und keiner wagte, auch nur mit dem Tintenfass zu spielen. Selbst die Erstklässler kratzten nicht auf der Schiefertafel, die Achtklässler schienen gar zu begreifen, dass Paul nun selbst eine schwere Prüfung hatte. In Pauls Kopf dröhnte es währenddessen: ›Wagt er, der Ander, mir noch einmal zu widersprechen?‹ Er mahnte sich zur Besinnung und Vernunft. Der Pfarrer hatte doch aus alter Sitte »er« zu ihm gesagt und über seinen Kopf hinweggesprochen. Und hatte er überhaupt »Ander« gesagt?

Paul unterrichtete ruhig weiter die verschiedenen Altersstufen nicht wie andere Lehrer mit viel Stillbeschäftigung, sondern wie immer in Gruppen je nach Wissensstand und Intelligenz. Während der Visite von Pfarrer Hessler fragte

Paul das große Einmaleins ab, ließ die Großen eine Geschichte vorlesen und die Kleinen Buchstaben üben. Nach zwei Stunden stand der Geistliche auf und sagte: »Ich habe genug gesehen.«

»Vielleicht hat der Hessler das auch anerkennend gemeint?«, fragte Anna, deren Bauch sich mit dem erwarteten vierten Kind wölbte. Sie richtete ein Mittagessen und schickte die drei Kinder, die hungrig schon am Tisch Platz genommen hatten, noch einmal hinaus, um ungestört mit Paul die Visite besprechen zu können.

»Nein«, widersprach Paul. »Das Geschau dazu hättest du sehen müssen. So was von finster!«

»Aber das kann doch nicht sein, wegen einer Kinderzeichnung oder Darwin!«, empörte sich Anna und legte Teller auf den Tisch.

»Manche Pfarrer sind Teufel, der Hessler ist wohl so einer, auch wenn ich das in den Predigten noch nicht herausgehört hab.«

»Aber letzten Sonntag hat er vom Verfall der Sitten durch die unselige Romanleserei gesprochen, wie das die Jugend verdirbt mit den eingebildeten Geschichten. Da hättest du doch hellhörig werden müssen!«, erwiderte Anna.

»Vielleicht«, brummte Paul. Tatsächlich hatte er der Predigt überhaupt nicht zugehört, sondern in der sinnlos vertanen Zeit einer Messe geistig den Unterricht für die nächsten Tage vorbereitet.

»Und was ist eigentlich, wenn er dir eine schlechte Beurteilung schreibt? Was kann dir passieren? Du bist doch schon Hauptlehrer!«, fragte Anna und legte Besteck zu den Tellern. Paul zuckte mit den Schultern. Kündigen konnte man ihm nicht so leicht, und auch sonst gab sein Lebenslauf nichts zu beanstanden. Anna hatte schon recht, er hatte nichts Schlimmes zu befürchten. Trotzdem blieb Paul ein ungutes Gefühl, das er mit sich herumtrug.

Anna hatte immer mal wieder Heimweh nach Wolkertsheim, aber sie wusste auch, wie wohl sich Paul in Rottlach bei Garmisch, im Oberland, fühlte und nahm die Fremde für das Familienglück in Kauf. Die Dienstwohnung hatte zwar fast so kleine Fenster wie das Müllerhaus, dafür aber zwei große Balkone mit Ausblick auf die majestätischen Alpen. Vor der Bergkulisse war jeder Mensch und sogar jeder Pfarrer kleiner und demütiger, als Gott es je hätte gebieten können. Vielleicht waren die Menschen hier deshalb viel heiterer und freundlicher als im Altmühltal. Oder lag es an den angrenzenden Protestanten in Wolkertsheim, dass die Leute dort stets etwas Verbittertes mit sich trugen, um sich von den Lutherischen abzugrenzen? Oder gründete alles nur einfach darin, dass er im Altmühltal immer der Ander geblieben war?

Nach seiner Ausbildung im Seminar hatte Paul als Wunschgebiet für seinen Dienst extra das Oberland angegeben. Ausdrücklich hatte er darum gebeten, nicht in der Eichstätter Gegend oder gar im Heimatdorf Wolkertsheim eingesetzt zu werden. Der Beamte hatte verständnisvoll dazu genickt, den Wunsch exakt in seiner Akte notiert und gesagt: »Ich weiß schon, daheim ist der Lehrer einfach keine Autorität bei den Leuten, vor allem bei den Bauern nicht.« Und so war Paul ins fast zweihundert Kilometer entfernte Rottlach geschickt worden und hatte die schöne Dienstwohnung bezogen. Im gleichen Monat hatte er Anna geheiratet und von da ab lustvoller als bisher mit ihr geschlafen, denn die Angst, einen Bankert in die Welt zu setzen, war bei der leiblichen Liebe vor der Ehe trotzdem immer dabei gewesen, auch wenn Anna behauptete, dass sie schon wisse, wann sie ein Kind empfangen könne und wann nicht, sie spüre das wie ihre Mutter an einem Ziehen im Unterleib.

Der erste Sohn der beiden kam zehn Monate nach der Hochzeit zur Welt, der zweite wiederum ein Jahr später. Nach diesen beiden Entbindungen sagte Anna: »Machen wir eine Pause«, und vermied es, in den fruchtbaren Tagen mit ihm zu schlafen. Die Pause wurde unfreiwillig länger als geplant, und erst im Jahr 1898 bahnte sich das dritte Kind, das Auguste getauft und von allen nur »Gusti« gerufen wurde, seinen Weg in die Welt. An Pauls sechsunddreißigstem Geburtstag, am 26. März 1898, setzten bei Anna urplötzlich die Wehen ein – und Paul würde den weiteren Ablauf sein Lebtag nicht vergessen, denn er musste notgedrungen bei der Entbindung helfen, weil die Hebamme von Rottlach gerade selbst niederkam, als Anna ihn rief. Einen Doktor konnte sich Paul nicht leisten – und es wäre auch gar keine Zeit mehr gewesen, ihn zu holen. So stand Paul seinem Annerl notgedrungen bei diesem Weiberzeug bei, fragte, ob sie jetzt sterbe, und hielt ihre Hand, während seine Frau schrie wie ein Tier, das gerade abgeschlachtet wird, und ihn in einer Wehenpause als »depperter Hornochs« beschimpfte, »still schweigen« solle er, Kinderkriegen sei wie »glühende Ziegelsteine scheißen und nicht sterben«.

Weder zuvor noch danach sah Paul ein menschliches Wesen so außer sich. War das wirklich normal? Liefen alle Entbindungen so ab? Dürfte er in Anbetracht dessen je wieder über die Schmerzen im Bein klagen, die er seit dem Unfall in der Neuhauser Straße hatte? Anna schrie ihn an, sich hinter ihn zu stellen und fest gegen ihre Arme zu drücken. Der wegen seines kranken Beins in den Oberarmen kräftige Paul konnte dem Druck seiner Frau kaum widerstehen, sie entwickelte animalische Kräfte. Aus ihrem Schreien wurden bald Töne wie die eines röhrenden Hirschs. Blut und Schleim gingen von Anna ab. »Lass sie überleben!«, betete Paul still, seinen Unglauben vergessend. Und plötzlich lag vor dem Hocker, auf dem Anna gesessen hatte, ein grünliches Wesen, eine Tochter. Die Schmerzensgeräusche Annas hörten mit einem Mal auf, sie stemmte sich nicht mehr gegen ihn, ließ die Arme sinken. Paul starrte auf das Kind, das mit der Mutter noch über die Nabelschnur verbunden war und nicht zu atmen schien.

»Heb's auf!«, befahl Anna, »halt seinen Kopf und klopf auf den Rücken, damit es schreit!«

Paul bückte sich, hob das Neugeborene auf und tat wie ihm befohlen worden war. Das Mädchen schrie leise. Anna lächelte. War alles gut?

»Und jetzt holst die Gartenschere und schneidest die Nabelschnur durch.«

Paul gehorchte wieder. Die Situation ließ es nicht zu, den Dienst zu verweigern, auch wenn Paul dachte, er könne doch von seinem lebenden Kind nicht einfach so etwas wegschneiden. Anna befahl es ihm noch einmal, dann hatte er an der Nabelschnur aus Annas Schoß zu ziehen und damit etwas herauszuholen, von dem seine Frau sagte, das sei der Mutterkuchen. Und danach wiederum hatte er Wasser zu holen, das Kind zu waschen und es Anna auf die Brust zu legen.

Erst als Anna die Tochter an die Brust legte und erschöpft, aber fröhlich erklärte, wie wichtig die erste Milch sei, begriff Paul, dass dies der ganz normale Weg der Evolution war. Auch der Entbindungsschmerz gehörte dazu. Anna und die neugeborene Tochter schliefen ein, und Paul rannte vor Freude ins Rottlacher Wirtshaus, um allen zu erzählen, dass er nun auch eine Tochter hatte und alles gutgegangen war. Paul spendierte eine Lokalrunde Schnaps, und die Rottlacher klopften ihm auf die Schulter, so als hätte er und nicht Anna das Kind zur Welt gebracht. Jemand stimmte spontan ein Wiegenlied auf die Anna, das Neugeborene und Paul an, man trank weiter und ließ in der geselligen Runde den Lehrer und seine Familie hochleben, bis der Wirt alle heimschickte, zusperrte und ein paar Rottlacher Paul fragten: »Warum kommst eigentlich nie zum Stammtisch?«

»Man weiß ja nicht, ob das erwünscht ist!«, antwortete Paul ehrlich.

»Geh!«, riefen der Schmied und der Großbauer Huber gleichzeitig. »Das wär uns eine Ehre!«

»So einen guten Lehrer hamma noch nie gehabt!«, ergänzte der Bäcker, und der Huber führte aus: »Ganz Rottlach ist froh um euch, was sonst bei Zugezogenen noch selten vorgekommen ist.«

Paul fühlte sich wie ein Kind, das ein großes Weihnachtsgeschenk bekommen hatte, und sagte gerne zu.

Glücklich, aber mit Kopfschmerzen wachte Paul am nächsten Morgen neben Anna und dem Neugeborenen auf. Zärtlich streichelte er seine Frau und seine Tochter. Aber nie, nie wieder in seinem Leben würde er dem Annerl bei so etwas beistehen. Und wenn er einen Doktor bezahlen oder eine Hebamme persönlich vom Mond herabholen müsste.

Später führte Anna die ungewöhnliche Liebe Pauls zu seiner Tochter Gusti auf Pauls Unterstützung bei der Entbindung zurück. Keinen Sohn herzte Paul so oft wie die Gusti, keinem Buben erklärte Paul immer wieder alles, wenn Gusti ihm dem Alter entsprechend Löcher in den Bauch fragte, wie auch heute wieder, beim Mittagessen nach der Visite des neuen Pfarrers Hessler.

»Da?«, fragte Gusti und deutete auf den Ofen.

»Das ist ein Ofen. Da kocht die Mama!«, antwortete Paul.

»Da?«, fragte Gusti und deutete auf ein Messer.

»Das ist ein Messer. Zum Schneiden«, erklärte Paul.

»Da?«, fragte Gusti, griff zur Zeitung und fegte sie lustig über den Tisch. »Da! Weg!«, juchzte sie.

»Halt!« Anna ging dazwischen, zog die Dreijährige an den Ohren und hieß ihr, die Zeitung wieder aufzuheben und auf den Tisch zu legen. So wenig das Mädchen noch sprechen konnte, es verstand alles und fragte den Vater doch bloß nach den Dingen, um wieder und wieder die gleiche Antwort zu bekommen. Gusti blickte trotzig zur Mutter, hob die Zeitung nicht auf und rief weinend: »Papa!«

»Nix da, den Papa rufen, das hebst jetzt auf, sonst gibt's eine Watschen!«, befahl Anna.

Paul schwieg. Anna hatte ja recht, das Mädchen gut zu erziehen, trotzdem reute ihn das unschuldige Kind. Er selbst hatte doch heimlich seinen Spaß dabei, wenn die über alle Maßen lebhafte Tochter ihm kindliche Überraschungen bereitete und plötzlich oben auf dem Küchenkastl zu finden war, nachdem sie flugs hinaufgeklettert war und von oben frech heruntergrinste, wie nur behütete Kinder, die sich nicht einschüchtern ließen, es machen konnten. Oder wenn sie im Winter in seinen Stiefeln und in seiner Jacke durch das Dorf stapfte und bei den Nachbarn selbstbewusst verlangte: »Will Lebkuchen. Bin Lehrerstochter!« Die Nachbarn lachten, gaben dem Kind das Verlangte und schickten es wieder heim, denn Gusti hatte keine Socken und kein Hemd unter dem Mantel an, und Paul fragte sich schon, ob sie das mangelnde Kälte-

und Wärmeempfinden im Gegensatz zu den Söhnen von ihm geerbt habe. Wobei Paul selbst auf unerklärliche Art irgendwann wieder Wärme und Kälte empfand, kurz nach der Hochzeit, seit seiner Rottlacher Zeit spürte er wieder Temperaturen so wie andere auch und musste sich nicht mehr beim Anziehen an Anna oder anderen Leuten orientieren, wenn Schnee oder verdorrte Blumen nicht auf große Kälte oder Hitze hindeuteten. Als junger Mann hatte er manchmal nicht gebührend achtgegeben, und so hatte er sich schon mehrere schlimme Sonnenbrände geholt, und die Zehen waren einmal so blau gewesen, dass Doro schon befürchtete, sie seien erfroren.

Das Vergnügen über Gustis kindliche Ausgelassenheit und ihre Überraschungen durfte Paul aber nicht vor Anna zeigen, da sie sonst zornig wurde. Besonders bei der Tochter legte Anna auf saubere Kleidung und gutes Benehmen größten Wert. So akkurat wie Anna dem Mädchen die Haare kämmte und zu Zöpfen flocht, so akkurat hatte die Gusti den Knicks zu machen, beim Essen stillzusitzen, die täglich aufgelegte Tischdecke auszustreichen, stets gerade zu gehen und nirgends hinaufzuklettern.

Paul hatte doch schon die Kinder in der Schule zu erziehen und den großen Buben ein vorbildlich strenger Vater zu sein. Wenigstens die Tochter wollte er gewähren und sich frei entfalten lassen, wusste er doch, welche Narben ein böser Vater hinterlassen konnte, und ging davon aus, dass die Wunden bei einem Mädchen noch leichter zu schlagen waren. Paul bezweifelte zudem, dass ein Mädchen- und Weiberkopf kleiner und dümmer war als ein Männerhirn. Die Gusti stellte ständig Fragen, und Paul wusste mit seiner Lehrererfahrung, dass man Intelligenz nicht an Antworten, sondern an Fragen erkannte. Keins der Kinder hatte je so beharrlich immer und immer wieder nachgefragt, was dieses und jenes sei, wie die Gusti.

Die Dreijährige hob schließlich die Zeitung auf, rief trotzig in ihrer Niederlage noch »da« zur Mutter und flüchtete sich schluchzend auf den Schoß des Vaters.

»Der Gusti lässt alles durchgehen!«, schimpfte nun nicht Anna, sondern der erstgeborene Sohn Anton.

»Die versteht das doch noch gar nicht, da ist's noch zu klein!«, erklärte Paul dem neunjährigen Sohn vermittelnd, während sie zu Mittag aßen und der Lavendelgeruch von den zwei Balkonen in die Dienstwohnung strömte. Anna warf ihm einen bösen Blick und dem Anton ein Nicken zu und trug das Essen auf. Paul schwieg lieber und streichelte Gusti tröstend über den Kopf. Über die Kleine hatte er für ein paar Minuten sein ungutes Gefühl wegen der Visite vergessen.

Drei Wochen später brachte der Postbote dem Lehrer ein behördliches Schreiben ins Klassenzimmer und ließ ihn dessen Erhalt quittieren. Paul legte es zur Seite, um den Unterricht ordentlich weiterzuführen, denn außer bei Gustis Geburt hatte er im Gegensatz zu vielen Kollegen die Kinder noch nie heimgeschickt, um etwas Privates zu erledigen. In Rottlach hieß es, man könne nach dem Lehrer die Uhr stellen, und Paul war stolz darauf. So geduldete er sich auch an diesem Vormittag bis zwölf Uhr, ehe er zur Glocke griff, damit den Schulschluss einläutete und die Kinder hinausstürmten. Der Absender des Briefs war verwischt, aber ein Amtsstempel erkennbar. Welche Beurteilung würde er vorfinden? Paul saß alleine am Lehrerpult, in der Stille ohne die lärmenden Kinder hörte er draußen Amseln zwitschern und zögerte noch einen Moment mit dem Brieföffnen. Die Worte des Annerls fielen ihm wieder ein: Was konnte ihm schon passieren, er war doch schließlich Hauptlehrer.

Paul fand ein Schreiben eines Münchner Notars. Vater Toni vermachte ihm das Wolkertsheimer Haus. War Vater Toni seiner Doro nach einem Jahr nachgestorben? Warum hatte die Mutter ihm nicht telegraphiert? Warum hatte er nichts erfahren?

Paul stieg – so schnell es sein Bein zuließ – über die Treppe im Schulhaus zur Dienstwohnung hinauf. Anna beruhigte ihn. Sie hatte doch Briefe mit ihren Wolkertsheimer Schwestern geschrieben, da wäre sicher auch vom Tod des Vaters Toni etwas gestanden, das konnte nicht sein. Außerdem hätte man sicher telegraphiert. Vater Toni war wohl einfach beim Notar gewesen, und ihm wurde dies nun offiziell mitgeteilt. Paul schüttelte den Kopf, nein, das konnte auch nicht sein, Vater Toni hatte ihm schon zu der Zeit, als er noch Theologie studierte, das Haus überschrieben und das nie zurückgezogen. »Seltsam«, meinte Anna und schlug vor, in drei Tagen mit dem Beginn der Pfingstferien, nach Wolkertsheim zu reisen und die Ihren einmal wieder zu besuchen. Paul lehnte ab – mit einer hochschwangeren Frau, auch wenn der Termin erst in ein paar Wochen sei, würde er bestimmt nicht reisen, nicht dass es noch einmal so weit käme wie bei der Entbindung der Gusti! Aber alleine würde er kurz nach Wolkertsheim fahren, um nach Vater Toni und der Babette zu sehen und um nachzufragen, was es mit diesem Schreiben auf sich habe. Anna verbarg ein paar Tränen – wie gerne wäre sie in ihr Dorf gefahren, aber sie sah ein, dass sie als Hochschwangere nicht reisen sollte.

In Wolkertsheim traf Paul auf einen munteren Toni und eine fast schon altersgspinnerte Babette. Die Mutter schlug vor, ob sie nicht zusammen nach England reisen sollten, ehe sie sich im nächsten Moment nicht mehr an das eben Gesagte erinnerte. Das Schreiben vom Notar klärte sich als Irrtum eines Lehrlings auf. »Falscher Adressat, Entschuldigung, Lehrlingsfehler«, stand im Antworttelegramm. Toni und Babette erinnerte das an den übereifrigen Ministranten Reithmeier seinerzeit, der alle Leute persönlich zur Messe eingeladen hatte, und man lachte gemeinsam darüber.

Beim Kutscher am Dorfplatz traf Paul auf den Fisch-Basti und seine jüngere Schwester. Verächtlich grüßten sie Paul und drängten sich in den Wagen vor. Bis nach Eichstätt spürte Paul eine Beklemmung, obwohl er dachte: »Ihr Gesindel könnt mir doch nichts anhaben! Was hab ich mit euch noch zu tun?« Der Hauptlehrer lehnte sich im Wagen zurück, sah demonstrativ nicht in die Gesichter der Mitreisenden und tat so, als hätte er eine an ihn gerichtete Frage nicht gehört. Was er auch antworten würde – es würde nur dazu dienen, ihn auszurichten.

›Das Wolkertsheimer Haus werde ich verkaufen, wenn – hoffentlich noch nicht so bald – Mutter und Vater Toni unter der Erde liegen!‹, dachte Paul auf dieser Fahrt. Er hätte nach dem Tod der beiden keinerlei Interesse daran, das Dorf überhaupt noch zu besuchen. Dann wäre er nicht nur ein für alle Mal fertig mit Wolkertsheim, sondern könnte mit dem Erlös auch sein mageres Lehrergehalt aufbessern. Ohne die Schlachtschüsseln, die ihm die Rottlacher Bauern vorbeibrachten, hätte das Gehalt nicht einmal für Fleisch für die Familie gereicht.

Zehn Tage später schwor sich Paul, nie wieder langfristige Pläne zu schmieden.

Im Schreiben der Behörde stand, Pfarrer Hessler hätte nach der Visite Pauls Akten eingesehen und empfohlen, den Lehrer in sein Heimatdorf zu versetzen, um ihn wieder demütiger vor dem Herrn werden zu lassen und ihm seine Irrlehren auszutreiben. Der Ministerialrat übernehme die Empfehlung, auch weil in Wolkertsheim gerade eine Stelle vakant sei und eine Nachfrage beim Notar ergeben hätte, dass Paul dort ein Haus besitze und man sich so die Kosten für eine Dienstwohnung sparen könne. Zum nächsten Schuljahreswechsel hatte Paul in Wolkertsheim den Dienst anzutreten.

Pauls Hände zitterten, als er Anna den Brief zum Lesen gab und wider besseren Wissens flehte: »Bitte sag mir, dass ich das bloß träume. Dass es nicht stimmt.«

Der Pfarrer hatte offenbar genau überlegt, wo er ihn treffen könne, und hatte den akkuraten Vermerk von damals, dass er nicht nach Eichstätt oder Wolkertsheim wolle, geschickt als Strafe zu deuten gewusst. Anna rief: »Dann war das Schreiben vom Notar gar kein Versehen, sondern bloß falsch an dich zuerst gegangen!« Paul nickte und presste die Lippen aufeinander, um Tränen zu vermeiden. Anna schickte die Kinder noch einmal hinaus und umarmte Paul. Aber er ließ das Mitleid seiner Frau nicht zu, schob sie zur Seite, hinkte auf den Balkon und rief dem erstgeborenen Anton zu, er solle ins Wirtshaus gehen und zum Essen zwei Maß Bier bringen.

Als Paul nachts wach im Bett lag und draußen eine streunende Katze miauen hörte, dachte er, wenn Gott einen Menschen wie ihn hassen dürfe, dann dürfe auch er Gott und andere Kreaturen hassen. Wenn ein Schicksal ihm so übel mitspielte, dann müsste auch er keine Rücksicht mehr auf andere nehmen. Paul stand auf, zog sich etwas über, suchte das Vieh im Schulhof, fand es, band es fest und brachte es langsam mit einem Stein zum Krepieren, bis es tot in seiner Blutlache lag.

Danach war ihm leichter.

Paul ging wieder zu Bett und konnte trotzdem nicht einschlafen. Unter dem Gemüsebeet im Garten von Vater Toni lag der Archaeopteryx. Jahrelang hatte er nicht mehr an das Fossil gedacht, außer es manchmal bei großen Schmerzen im Bein zu verfluchen. Aber war der Urvogel wirklich ein Unglücksvieh oder Paul nur abergläubisch? Hatte nicht die Mutter selbst die Platte als »Glücksvogel« bezeichnet? Sollte Paul nicht alles nüchtern geschäftlich betrachten? Könnte er mit dem Erlös aus einem Verkauf die Familie nicht über Jahre oder Jahrzehnte ernähren und im Oberland wohnen bleiben?

Doch als würde ein Jemand ihm ein Zeichen geben, zog ein höllischer Schmerz über den Rücken zur Zehe des kaputten Beins, und Paul musste an sich halten, um nicht laut zu schreien. Er zwang sich zu einer nüchternen Bilanz, auf deren Negativseite schließlich überwältigend viele Posten standen. Schon einmal, in München, hatte er versucht, seinem Schicksal ein Schnippchen zu schlagen – die Folge war sein kaputtes Bein. Mit dem Verzicht auf das Geld hatte er Annas Liebe erst recht bekommen – wie hätte er sich vorher sicher sein können, dass sie ihn nicht bloß wegen seines Reichtums heiratete wie der Pferdeknecht seinerzeit Doro? Und wie oft hatte er schon als Kind von Doro gehört, dass alle, die mit dem Urvogel Geschäfte gemacht hatten, binnen Jahresfrist verstorben waren? Doro war stets alles andere als abergläubisch gewesen und ganz pragmatisch im Leben gestanden – aber selbst die Ziehmutter hatte die eigene Kinderlosigkeit und Babettes Müller-Schicksal auf den engen Umgang mit dem Fossil zurückgeführt. Und dabei wusste weder sie noch Toni um die wahren Hintergründe seines Unfalls in der Neuhauser Straße. Nein, schloss Paul im Morgengrauen seine nächtliche Bilanz mit einem Schlussstrich – ein Verkauf des Urvogels war keine Option, das Vieh sollte begraben bleiben, wenn schon seine restliche Vergangenheit nicht mehr unter die Erde zu bringen war und er ihr nun in Wolkertsheim wieder ausgeliefert sein würde.

Als die Rottlacher Lehrerfamilie im August 1901 mit vier Kindern, darunter einem neugeborenen Sohn, nach Wolkertsheim zog, freuten sich Vater Toni und Babette, denn gerade jetzt stünden dringende Renovierungsarbeiten an, die sie in ihrem Alter nicht mehr alleine schaffen würden.

Anna sagte zu ihrem Mann: »Wer weiß, wozu alles gut ist, jetzt bist dem Vater Toni und deiner Mama wenigstens eine Freude im Alter. Und unsere Kinder sowieso.« Paul antwortete nichts auf den billigen Trost, den Anna doch ehrlich gemeint hatte. Wenn das alles überhaupt für etwas gut war, dann für das Annerl, das ihre Freude über die unverhoffte Heimkehr in ihr Dorf zwar rücksichtsvoll vor Paul zu verbergen suchte, aber ihm doch nicht verhehlen konnte. Wie hätte Paul ihr auch böse sein können über die Freude, den Schwestern, Brüdern und den noch lebenden Eltern wieder nahe zu sein und sofort nach der Ankunft zu ihnen zu laufen?

Vater Toni sah seinem Ziehkind den großen Kummer an und sagte: »Mögen werden sie dich nie mehr, Paul, die Wolkertsheimer, aber zeig ihnen über die Kinder, wer du bist, dann respektieren sie dich wenigstens!« Babette saß bei dem Gespräch auf der hinteren Terrasse dabei und zeichnete vor sich hin. »Warum sollen sie den Paul nicht mögen?«, fragte die Mutter unvermittelt. Vater Toni und Paul schüttelten über die Weltfremde den Kopf.

Das Haus von Vater Toni wurde auf die Schnelle neu gekalkt, eine undichte Stelle am Dach ausgebessert, die Kammern für Babette und die Kinder mit neuen Vorhängen ausgestattet und – auf Pauls Wunsch hin – die Küchenfenster von einem Maurer herausgerissen und auf die doppelte Größe von einem Schreiner neu eingesetzt. Gusti fragte jeden Tag: »Berg? Da?«, und Paul erklärte, dass man in den nächsten großen Ferien ins Oberland fahren und die Dreijährige dort die Alpen wiedersehen würde.

Noch vor dem Dienstantritt bat der Wolkertsheimer Pfarrer Paul im August um ein Gespräch. Er freue sich über die Rückkehr des verlorenen Sohnes, scherzte der Alte. Im Unterricht ließe er Paul freie Hand, führte der Priester mit Blick auf die Akte aus und schüttelte den Kopf über die rückständigen Oberländer und Pfarrer Hessler, die weit weg vom Weltgeschehen und der Solnhofener Gegend wohl noch nie etwas von den berühmten Mischtieren der Heimat und ihren wissenschaftlichen Sieg der Evolutionstheorie gehört hatte. Eine Bedingung aber stellte der Wolkertsheimer Pfarrer – Paul sollte mit Anna auch hier einen Kirchenchor gründen, in der Akte wurde ja regelrecht davon geschwärmt und er könnte sich das natürlich lebhaft vorstellen bei Annas Stimme, die er in der Heiligen Messe am Sonntag gehört hatte. Paul nickte und misstraute dem Geistlichen trotzdem. Warum begegnete er ihm, dem Ander, der das Theologiestudium aufgegeben hatte und eben strafversetzt worden war, so freundlich? Der Geistliche war zwar kein Wolkertsheimer, aber er versah hier schon lange seinen Dienst, deshalb war Misstrauen angebracht.

Am ersten Schultag im September 1901 in Wolkertsheim erinnerte sich Paul an Tonis Worte, als er bang das Klassenzimmer betrat und ein Bursche prompt frech fragte: »Du bist also der Ander-Lehrer?«

»Wer bist du?«, fragte Paul.

Tatsächlich war der Bub ein Sohn vom Fisch-Basti.

Paul ließ ihn und jeden anderen, der auch nur einmal frech seinen Mund öffnete, stundenlang auf einem Holzscheit in der Ecke knien, seitenweise Strafarbeiten aus der Bibel in teuer von den Eltern zu bezahlende Hefte abschreiben und drohte noch schlimmere Strafen an. Die Lehren Maria Montessoris konnten doch nur fruchten, wenn ein Pädagoge respektiert wurde! Und das musste er zunächst erreichen. Außerdem würde er als autoritärer Lehrer nicht in einen Konflikt mit dem Pfarrer geraten. Und hatte er selbst nicht von einem strengen Lehrer seinerzeit profitiert und konnte sich mit der Lateinschule von den Dörflern absetzen? Manchmal reuten ihn die Kinder zwar, aber es ging nicht anders. Manchmal zweifelte er an seinem Tun so sehr, dass sich ein Druck um die Brust aufbaute, aber streunende Katzen in der Nacht verschafften ihm Erleichterung.

Nach nur einer Schulwoche war es im Wolkertsheimer Klassenzimmer während des Unterrichts und auch in den Pausen so still wie bei der Wandlung in der Heiligen Messe. Mit den Wolkertsheimer Kindern war Paul somit leicht fertig geworden. Die Erwachsenen aber brachte er damit nur noch mehr gegen sich auf.

Paul 1914

Schon seit einer Weile lag etwas in der Wolkertsheimer Luft, das Paul eine »seltsame Unruhe« nannte und wie eine drohende Auflösung von Zusammenhängen empfand. Der Grund dafür lag nicht in seinem Bein, das dem Einundfünfzigjährigen kaum mehr gehorchte und weshalb er Anna immer öfter auftrug, ihn im Rollstuhl ins Klassenzimmer ins Schulhaus zu schieben. Es waren auch nicht die Schulden, die man für den sündhaft teuren Rollstuhl gemacht hatte. Es war auch nicht der zweitgeborene Sohn, der Pauls Willen zum Trotz Theologie studierte und dafür von einem fanatischen Eichstätter Dekan finanziell unterstützt wurde. Es war auch nicht die Gusti, die er in ein Münchner Mädcheninternat geschickt hatte – unter dem heftigen Widerstand Annas, die überhaupt nicht einsah, warum ein Mädchen gebildet sein solle, im Gegenteil, die gelehrten Weiber würde doch keiner mögen! Und zu allem Überfluss kam die Gusti auch noch in allen Ferien immer unansehnlicher und dicker heim, so dass die Brüder sie nur noch »fette Sau« nannten und Anna Paul deswegen stets Vorwürfe machte.

Es waren auch nicht die Wolkertsheimer, mit denen Paul eine Art Waffenstillstand geschlossen hatte. Jedes Geratsche und jeden bösen Blick bei einer Messe ahndete Paul unerbittlich mit Strafen für die Kinder, Enkelkinder, Nichten, Neffen oder anderen Verwandten. Anna ging fast täglich abends zu den Ihren in die Dorfgaststätte und trug von dort aus das Gerede heim. Hieß es anfangs noch, der Paul sei als Lehrer päpstlicher als der Papst, erschloss man nach einer Weile den direkten Zusammenhang von einem grußlosen Vorbeigehen am Lehrer auf der Straße zu den scharfen Tatzen, zum Holzscheitknien und zu Strafarbeiten in den folgenden Schulstunden.

»Bloß den Mädchen und den Bangaden lässt er alles durchgehen!«, schimpfte der Sohn des Reithmeiers laut vor Anna in der Wirtschaft. Aber das war schon zu einer Zeit, als keiner mehr laut in das Geschimpfe einstimmte oder gar gegen Paul hetzte. Der Lehrer mit den roten Haaren und dem roten Vollbart hatte über die Kinder auch die Großbauern in die Knie gezwungen, und ein jeder brachte ausnahmslos die erste Schlachtschüssel zu ihm ins »Toni-Haus«, wie das Gebäude weiterhin hieß. Paul hatte sich Respekt verschafft und wurde vom Fisch-Basti regelmäßig zum Stammtisch eingeladen, wobei Paul selbstverständlich absagte, die Einladung aber positiv in seinen Notizen im Klassenbuch vermerkte. Paul hatte gewonnen – und doch mittlerweile etwas verloren, von dem er nicht wusste, was es war.

Mit den Krücken machte sich Paul an seinem zweiundfünfzigsten Geburtstag am 26. März auf den beschwerlichen Weg vom Schulhaus zum Friedhof hinter der Kirche. Anna wollte er nicht darum bitten, ihn im Rollstuhl hinzuschieben, um mit der Mutter am Grab allein zu sein, und Gusti war noch nicht aus dem Internat zurück. Vielleicht fand er bei der Mutter eine Antwort auf die Frage, was ihm eigentlich fehlte und woher diese seltsame Unruhe rührte?

Vor sechs Jahren war Babette plötzlich eines Tages nicht mehr in der Kammer und nirgendwo mehr im Dorf zu finden gewesen. Paul wollte schon zu einer Suchaktion rufen lassen, da berichtete ein Kutscher, er hätte sie in Eichstätt gesehen, sie hätte ihm davon erzählt, jetzt nach England zu reisen, vor ihrem nahen Ende wollte sie noch einmal ihren Liebsten sehen. Der Kutscher hatte sich nichts dabei gedacht, wie jeder Wolkertsheimer kannte man die altersgspinnerten Reden der immer noch schönen, betagten Babette. Doch dann hatte der Kutscher sie tatsächlich mit einem Bündel in ein Automobil nach Nürnberg einsteigen sehen.

Paul und Anna beschlossen, einfach abzuwarten, bis Babette wiederkäme. Die Gendarmerie konnte man doch deshalb nicht einschalten.

Einen Tag später kam ein Telegramm aus Nürnberg, Babette sei auf offener Straße zusammengebrochen, der Paul solle sofort kommen.

Nach der Zugfahrt fand Paul seine Mutter bei einer herzlichen Nürnbergerin, die Babette aufgenommen hatte. Die Vierundsechzigjährige lag wie in Fieberträumen ohne Temperatur, sie war sehr schwach und blass. Doch den Sohn Paul erkannte sie sofort. Sie bat ihn, sie zum Sterben heim zu den Pilzfelsen zu bringen, Paul sah der Mutter den Ernst der Lage an, bestellte einen Wagen, der ihn fast ein Monatsgehalt kostete, erfüllte ihren letzten Wunsch und ließ sich mit ihr über einen Waldweg bis zur Lichtung kutschieren.

An einem strahlenden Sommertag saß Paul auf der Lichtung unter den Pilzfelsen auf weichem Moos und hielt eine glücklich lächelnde Babette in den Armen.

»Jetzt hab ich es nicht mehr nach England geschafft. Schad!«, sagte sie. »Aber was hab ich doch für ein Glück im Leben gehabt mit dem Liebsten? Schau!«

Babette deutete Paul an, ihr Bündel zu öffnen. Darin fand Paul die fein säuberlich zusammengeschnürten Briefe Johns, gezeichnete Portraits vom Vater und eine Abbildung mit dem Archaeopteryx.

»Den Glücksvogel vergräbst wieder unter den Beeten, gell? Du hast ja dein Glück mit dem Annerl gefunden, aber vielleicht braucht ihn mal eins deiner Kinder?«

»Mama, den haben wir doch seinerzeit schon wieder dort miteinander begraben.«

Paul hielt die schwache Mutter fest. Noch nie hatte er gehört, dass eine Sterbende glücklich sein konnte.

Babette begann zu erzählen von jenem Frühjahr und Sommer, in dem John in Wolkertsheim zu Besuch war. Von ihren Treffen hier, beim Pilzfelsen, von seinem Lachen und seinem »Affengesicht« mit dem Backenbart. Paul war, als würde die Mutter im Erzählen plötzlich wieder die Siebzehnjährige von damals werden, ihre Augen strahlten wie die eines Mädchens.

Und ob sie dem Paul je erzählt habe, dass John eine ganz komische Eigenschaft hatte, die er – warum auch immer – »Fanni« nannte.

Woher sollte Paul das wissen? Er hatte doch nur zwei Mal im Leben überhaupt mit der Mutter über den Vater gesprochen.

»Was heißt Fanni?«, fragte Paul.

»Er spürte im Winter keine Kälte und im Sommer keine Hitze«, erklärte die Mutter. »Hier bei den Pilzfelsen, wie ich ihn im Sommer gezeichnet hab, hätt er sich fast einen Sonnenbrand geholt!« Vielleicht sei John eine Art Engel?

Paul streichelte der Mutter über die Haare.

»Mama«, sagte er, »ich hab das auch. Jahrelang war es weg, die ganze Garmischer Zeit, jetzt ist es wieder da. Aber jetzt weiß ich endlich, woher das kommt, wenns mir nicht heiß und kalt wird.«

Paul verzieh Babette in diesem Moment, dass sie ihm untersagt hatte, den Vater zu besuchen, und doch selbst zu dieser Reise aufgebrochen war.

»Vielleicht war dein John wirklich ein Engel?«, scherzte Paul. »Ein Engel Gottes, und ich bin dann ein Jesuskind!«

Die Mutter lachte. »Versündige dich nicht, Paul!«, ermahnte sie ihn trotzdem und lachte wieder. Ihr Lachen ging in ein Kichern über und schließlich in ein Lächeln mit geschlossenen Augen, weil ihre Kraft nur noch dafür reichte.

»Soll ich für dich nach England fahren und John besuchen?«, fragte Paul. Die Mutter antwortete nicht, ein Zucken durchlief ihren Körper, und kurz darauf entspannten sich alle Glieder. Nur die Lippen erschlafften nicht – Babette lächelte über den Tod hinaus.

Paul schulterte die Tote und trug sie unter größten Schmerzen heim. Mehrmals versagte ihm auf dem Weg durch das Hölzchen und an der Gabelung beim Wiesenweg durch die Last das Bein. Wie ein Brei fühlte sich der Knochen innendrin an.

An der Gabelung fand Anna ihn und die Mutter. Anna holte den Erstgeborenen Anton, der die tote Großmutter ins Haus trug, und Anna wiederum stützte Paul auf dem Heimweg.

Seit diesem Tag bezeichnete sich Paul als Krüppel. Und trotzdem bereute er die »Sterbehilfe« nie, auch wenn Anna das anders sah und ihn noch lange dafür schimpfte, dass er mit seinem Bein die Mutter alleine in die Lichtung gebracht hatte und noch nicht einmal nach Hilfe vom kräftigen Sohn Anton gefragt hatte. Paul dachte bei sich: Dann hätte mir die Mama das alles nicht mehr erzählt und wäre nicht mit einem Lächeln gestorben.

Seit einiger Zeit sah Anna darüber hinaus einiges anders als Paul und widersprach dem Gatten zunehmend ganz offen oder zog sich beleidigt zurück wie nach der Einladung des Bischofs. Der Würdenträger höchstpersönlich hatte

Paul angeschrieben. Er bat Paul darum, dass der Wolkertsheimer Chor ein Hochamt musikalisch begleite. Chorleiter Paul ärgerte sich über das Schreiben des katholischen Geistlichen – erst knechtete ihn die Kirche und jetzt wollte sie ihn vor den Karren spannen. Nein, nicht mit ihm! Paul schrieb zurück, nein, sein Chor werde nicht im Dom singen, weil die Stimme Annas zu viele um die Andacht brächte.

Anna erfuhr davon in der Wirtschaft und kam empört zurück.

»Wie kannst du so eine Einladung ausschlagen?! Berühmt könnten wir damit werden!«

»Berühmt? Über den Eichstätter Dom?«, fragte Paul ironisch.

»Ja!«, rief Anna ernst. »Jetzt wo sie mit dem Radioapparat Stimmen übertragen können, oder hast noch nie davon gehört?«

Natürlich hatte Paul von diesen Geräten schon gehört.

»Willst Wolkertsheim jetzt auch noch berühmt machen?«, entgegnete Paul.

»Nein, ich wär es gern. Mit dir. Aber du … du ziehst dich bloß noch zurück und wirst immer grantiger«, schimpfte Anna zornig.

»Soll ich jetzt auch noch dazu jubeln, wenn die eigene Frau jeden Abend ins Wirtshaus geht?«, konterte Paul.

»Dann komm halt mit! Ich schieb dich schon hin!«, provozierte Anna. »Dir würd es guttun, unter die Leut zu kommen. Nix würd dir besser tun! Wirst immer böser, nicht bloß zu anderen, sondern auch zu dir selbst!«

Paul rang um Atem, ehe er sagte: »Als ob du nicht wissen würdest, warum. Als ob du die Geschichte nicht kennen würdest.«

»Das ist eine *alte* Geschichte. Kann da nicht einmal eine Ruhe sein? Mit deinem Beleidigtsein auf die Welt?«

Anna war so aufgebracht, dass sie ankündigte, nicht mehr seine Leibspeisen zu kochen – und das Vorhaben auch konsequent umsetzte, bis Paul ihr eines Abends vor dem Einschlafen erklärte, dass sie schon recht habe mit dem Beleidigtsein auf die Welt. Dass es ihm leidtue um die verpasste Möglichkeit im Dom. Wolle Anna nicht einen weltlichen Chor gründen, er würde sie unterstützen in diesem Vorhaben, schon allein, um es den Wolkertsheimern zu zeigen, wie weit sie zwei es noch brächten? Wie frisch Verliebte herzte sich das Ehepaar daraufhin wieder. Doch wie sollte er ein Beleidigtsein auf die Welt aufgeben können?

Am Grab der Mutter an seinem Geburtstag im März 1914 entfernte Paul welke Blätter von der Grabbepflanzung, unter der nicht nur die Mutter, sondern auch Doro und Toni lagen. Wie gut, dass er sich dafür eingesetzt hatte, dass die Mutter nicht zum Müller, sondern zum Zwillingsbruder ins Grab gekommen war. Die Briefe Johns – die er vorher noch gelesen hatte – hatte Paul heimlich in den Sarg der Mutter gelegt und die Zeichnungen des Vaters behalten. Nicht nur Anna hatte das Chor-Vorhaben nicht weiterverfolgt, sondern auch er die geplante Englandreise zu John nicht. Er hätte sich für die Fahrt über den Ärmelkanal noch mehr verschulden müssen, und außerdem lagen die Zeichnungen vom Vater in seinem Nachtkästchen. Was wollte er eigentlich von diesem Mann, John Cumberland, erfahren? Ganz zu schweigen von der Frage, ob er überhaupt noch lebte.

Paul sah einen Mäusebussard auf dem Wiesenweg hinter dem Friedhof zu Boden auf eine Beute stürzen, während er an diesem kalten Märztag vor dem Grab der Mutter saß und sich fragte, woher die seltsame Unruhe in ihm kam und ob er sich nicht erkälten würde, denn auf den Gräbern ringsum waren nur wenige Frühlingsblumen gepflanzt und womöglich spürte er nur die Minustemperaturen nicht?

Die Kirchturmuhr mit dem maroden Gockel obendrauf schlug zur vollen Stunde so laut, wie sie nur auf dem Todesacker zu vernehmen war. Irgendwann würde auch seine letzte Stunde schlagen, dachte Paul, aber so glücklich wie die Mutter würde kein Mensch und auch er nicht scheiden können. Was würde dann in seinem Kopf vorgehen, überlegte Paul. Würde ihn sein schlechtes Gewissen noch quälen wie fast immer beim Einschlafen, wenn er an die Wolkertsheimer Kinder und Katzen dachte? Wie viele Schüler hatte er zu Unrecht bestraft, wie viele Katzen nachts heimlich zu Tode gequält. Aber waren die streunenden Katzen nicht bloß niedere Kreaturen, und hatten die Kinder im Gegensatz zu den Erwachsenen nicht seine Not verstanden, weil er sie stets andeutete, wenn er strafte, und sagte: »Frag den Vater, die Mutter, den Onkel oder wen auch immer, warum du jetzt auf dem Holzscheit kniest.« Für das, was er tun musste, so dachte Paul, war er selbst auch gerecht bestraft mit dem stets schlechten Gewissen.

Nicht am Grab der Mutter, aber auf dem Heimweg durch das Dorf an seinem Geburtstag erhielt Paul plötzlich eine Antwort auf seine Frage nach der inneren Unruhe, die er seit einiger Zeit mit sich herumtrug. Nicht nur in seinem Herzen oder in Wolkertsheim, sondern in ganz Bayern, Deutschland und vielleicht sogar Europa lag etwas in der Luft. Der Engländer wurde immer mehr zu einem Feind – und er war doch selbst ein halber Engländer! Ihm fiel ein, dass er dem Vater einen Brief schreiben könnte, und gleich morgen würde er das tun. Vielleicht würde er glücklicher sterben, wenn er dem Engel der Mutter wenigstens schriftlich begegnete?

Später sagte Paul, er hätte diesen aufziehenden Weltkrieg nicht geahnt, aber gespürt.

An diesem Geburtstag schleppte er sich mühsam heim und las die Zeitung zur Weltlage genau, während Anna ihm seine Lieblingsspeise, Dampfnudeln, kochte. Die Gusti wurde heute aus dem Internat erwartet, denn Vater und Tochter feierten immer ihren gemeinsamen Geburtstag zusammen, und Paul blickte versonnen zum Herrgottswinkel, zum Zinnsoldaten, der neben Blumen unter dem Kruzifix stand.

Gusti 1914

An ihrem sechzehnten Geburtstag im März 1914 nahm Gusti von Eichstätt kommend den Wiesenweg zum Elternhaus. Endlich Grün! Endlich frische Luft! Endlich ein weiter Blick! Endlich nicht mehr im Gefängnis des Internats, und wenn es auch nur vier Tage waren, für die sie Sonderbefreiung bekommen hatte, wie immer an ihrem Geburtstag, denn in ihrer Familie wurde er mehr gefeiert als der Namenstag. Keine Nonnen mehr, stattdessen Knechte und Mägde auf den ringsum liegenden Feldern und Wiesen. Keine Gitter vor den Fenstern mehr, stattdessen Huflattich, Märzenbecher und Schlüsselblumen auf dem Weg. Ganz nahe stürzte ein Mäusebussard zu Boden, um Beute zu machen, und die vertraute Kirchturmuhr mit dem maroden Gockel obendrauf schlug zur vollen Stunde. Hier konnte sie sich frei bewegen, kein Stillsitzen und steifes Gehen mehr, stattdessen einfach vor sich hin wandern, so schnell oder langsam, wie sie mochte, in fünf Minuten oder auch erst einer Stunde könnte sie daheim sein. Dem Internat war sie für vier Tage entkommen – dem eigenen fetten Körper hingegen kam sie weder in München noch in Wolkertsheim aus.

An der Gabelung setzte sich Gusti auf eine der vierzehn Platten auf dem Wiesenweg, über die sie als Mädchen so gerne gehüpft war. Sie atmete durch und wartete auf Alois. Würde er kommen? Sie hatte ihm geschrieben, dass sie nachmittags um drei Uhr auf ihn warten würde, weil sie zu ihrem Geburtstag heimkäme. Aber der Sohn des Fisch-Basti, der wie sein Vater Häutchen zwischen den Zehen, aber nicht wie sein Vater auch zwischen den Händen hatte, konnte nie genau sagen, ob er dem Vater bei der Feldarbeit als Hoferbe zu einem Stelldichein entkommen konnte.

Die rothaarige Dicke, deren ganzer Körper mit Sommersprossen übersät war, dachte auf Alois wartend an die Bandentreffen der Kindheit im Hölzchen, die Raufereien und ihren damals noch schlanken und zugleich kräftigen Körper. Als einziges Mädchen aus Wolkertsheim war sie bei der Bärenbande aufgenommen worden, und in der gegnerischen Gruppe der Eisenbuben durfte sowieso kein Mädchen mitmachen. Heimlich hatte sie sich mit den Buben herumgetrieben, von zu Hause weggestohlen, so wie der Alois von seinem Hof, denn schon als Bub hatte er nicht so wie sein kleinerer Bruder Ignaz einfach zum Spielen nach der Schule rausdürfen, sondern der Vater wies ihn täglich in die Aufgaben eines künftigen Großbauern ein, hieß ihn Kühe zu melken, Knechte zu befehlen, Sensen richtig zu benutzen und mit einem Ochsengespann zu pflügen, obwohl der Fisch-Basti als Erster im Dorf einen Motorpflug angeschafft hatte und mit dem »Traktor« einen ganzen Hektar in der Stunde ackern konnte. Aber der Alois sollte alles von Grund auf lernen, um zu wissen, worauf es beim Melken, Pflügen und Mähen ankommt, um dem Gesinde auch gut auf die Finger schauen zu können.

Erst jetzt verstand Gusti, warum der Alois als Kind damals so gerne in die Schule gegangen war, auch wenn ihr Vater, der Lehrer, den Alois immer ganz besonders schlecht behandelt hatte. Der Alois war mit der Schule seinem strengen Vater und der harten Arbeit entronnen. Und mit dem Lernen tat er sich so leicht wie die Gusti auch. Manchmal hatten sich Gusti und Alois mit dem schnellen Abfragen des großen Einmaleins duelliert. Mal gewann sie, mal er. Und einmal hatten sie auch richtig miteinander gerauft, und Gusti hatte gewonnen. Elf war sie damals und hatte den zwei Jahre älteren Alois besiegt. Gusti konnte sich noch an alle Einzelheiten erinnern.

Die Buben der Bärenbande wollten damals die Polexpedition im Hölzchen nachspielen. Dafür hatten sie einen alten Baumstamm ausgehöhlt und zu einem Schiff hergerichtet. Und nein, sie wollte ganz bestimmt nicht wieder den blöden Küchenjungen spielen, sondern heute wollte sie sich – notfalls mit ein paar Watschen – durchsetzen und der Kapitän Erich von Drygalski sein. Die Buben hätten ja gar nicht gewusst, dass der Kapitän, der es fast bis zum Südpol geschafft hatte, so hieß, wenn Gusti nicht davon erzählt hätte! Sie wusste auch, dass das Forschungsschiff Gauß hieß, denn der Vater hatte immer und immer wieder von dieser Expedition geschwärmt und ihr dazu Bilder aus Zeitungen gezeigt.

Gusti rannte entschlossen zum Hölzchen, fiel einmal auf dem Weg hin und schürfte sich die Knie auf, aber ein Kapitän hatte keinen Schmerz zu kennen, ebenso wenig wie Winnetou bei Karl May! Und vielleicht war sie sowieso zu etwas ganz Großem bestimmt, vielleicht würde sie ganz Bayern oder die ganze Welt noch einmal retten können, vielleicht schlug dazu noch ihre Stunde, denn mehr noch als jeder Indianer bei Karl May konnte sie den Schmerz unterdrücken und ein »echter Kerl« sein!

Der gleichaltrige Ignaz baute mit Stecken, Stricken und einem alten Sackstoff schon Segel, als Gusti zum Schiff in das Hölzchen kam. Die anderen Buben schoben altes Laub rund um den ausgehöhlten Holzstamm – es war ja nicht mehr Winter, und so mussten eben alte Blätter als Packeis gelten.

»Heut bin ich der Kapitän und du der Küchenjunge!« Gusti stellte sich breitbeinig vor dem zwei Jahre älteren Alois auf.

»Ein Mädchen ist kein Kapitän!«, entgegnete Alois.

Mit dem war nicht zu reden, Gusti hatte es doch gewusst. Sie sprang auf Alois zu, warf ihn zu Boden und raufte mit ihm vor den Augen der anderen Buben, die außer Ignaz alle Alois anfeuerten. Doch Gusti gewann, setzte sich auf den Brustkorb von Alois und drückte mit den Knien seine Arme auf die Walderde. Es kostete sie einige Überwindung, ihm ins Gesicht zu spucken, aber anders konnte sie ihren Sieg nicht richtig geltend machen.

Gusti stand auf und schüttelte sich das Laub vom Kleid.

»Noch einer? Traut sich noch einer?«, fragte sie drohend in die Runde.

Keiner der Buben wagte eine Rauferei, denn wenn die Gusti den kräftigen Alois besiegen konnte, war für alle anderen ein Kampf aussichtslos.

»Ich geh!« Alois war noch rot vor Wut im Gesicht. »Ein Mädchen kann kein Kapitän sein! Hab noch nie von einem Schiff gehört, wo überhaupt Weiber dabei sind!«

»Ha«, widersprach Gusti. »Der Karl May hat es geschrieben, das Piratenschiff mit lauter Weibern!« Gusti hatte tatsächlich einmal von so einem Weiberschiff gehört, aber bei Karl May stand das natürlich nicht. Doch die Buben hatten alle keine Bücher gelesen und konnten das nicht wissen. Wie gut, dass sie einen Vater hatte, der ihr das Romanelesen erlaubte. Und wie gut, dass der Alois beim Raufen offenbar nichts von ihren wachsenden Brüsten bemerkt hatte. Sie hatte sich den Busen vorsichtshalber auch mit dem gestickten Tuch vom Gangkasten platt gebunden und darüber das weite Hemd vom großen Bruder Anton angezogen. Und so befahl Gusti damals knapp ein Dutzend Buben als Kapitän und scheuchte sie so lange herum, bis sie sogar noch weiter als Drygalski kamen und den Südpol tatsächlich entdeckten. Was spielte es da schon für eine Rolle, dass sie abends von der Mutter ein paar gehörige Watschen für das verdreckte Sticktuch vom Gangkasten bekam! Geschimpft wurde sie ohnehin fast jeden Tag für ihr Benehmen, das sich für ein Mädchen nicht gehöre.

Bis zu den Sommerferien im Jahr darauf konnte sich Gusti ihre Anführerrolle gegenüber dem Alois sichern, doch dann wollten alle mit dem alten Kahn des Fischer-Hubers eine Südseeexpedition auf der Altmühl spielen. Mitmachen durfte nur, wer schon schwimmen konnte, denn die Erwachsenen hatten allen Kindern, die es nicht vermochten, strengstens untersagt, am Ufer oder gar im Fluss zu spielen. Die Gruppe sah das sogar ein, denn vor vier Jahren hatte man einen Buben tot aus der Altmühl gezogen, und der aufgeschwemmte Leichnam war durchs Dorf getragen worden. An einem kleinen Seitenarm musste deshalb jeder beweisen, dass er die Bewegungen im Wasser beherrschte, und das stellte Gusti vor ein gravierendes Problem: Durch das nasse Hemd würden ihre Brüste dann für jeden deutlich sichtbar. Die Zwölfjährige schlug am ersten heißen Ferientag bei der Beratung im Hölzchen vor, stattdessen russische Terroristen zu spielen. Bald jeden Morgen las der Vater dazu etwas aus der Zeitung vor, wie sie die Welt bedrohten mit ihren Bomben und sich selbst umbrachten. Doch die Buben winkten ab. Gusti schlug vor, Automobilrennen zu spielen. Immer schneller fuhren diese Fahrzeuge nun doch, mit atemberaubender Geschwindigkeit war erst vor ein paar Tagen ein Automobil auch durch Schernfeld gefahren. Die Buben lehnten ab, weil ein Nachbau viel zu lange dauerte. Gusti schlug vor, die Weltausstellung mit den neuen Glühbirnen zu spielen. Das wiederum fanden alle viel zu langweilig. In der ganzen Welt passierte andauernd so viel Neues und über die Telegraphen erfuhr das auch die ganze Welt so schnell, wie der Vater zu sagen pflegte, aber nein, die Buben bestanden auf einer Südseeexpedition!

Natürlich war es der Alois, der ihren Busen zuerst entdeckte, mit dem Finger darauf zeigte und den anderen zurief: »Das Weib muss weg!«

»Ja!«, stimmten alle außer Ignaz ein, alle, alle, die doch selbst noch nicht mal einen Bart und eine tiefe Stimme hatten! Gusti hätte schreien und weinen zugleich mögen, weil ausgerechnet ihr die Brüste so früh wuchsen. Sie rannte vom Altmühlufer ins Dorf hinauf, unter dem goldenen Kirchturmgockel entlang, der Ignaz unter dem Gespött der anderen ihr nach. Ja, der Ignaz war wohl in sie vernarrt, aber was wollte sie mit dem gleichaltrigen Grischperl, der überhaupt noch nie Anführer und darüber hinaus auch immer nur der kleine Bruder vom Alois gewesen war? Wenn jemand sie beeindruckte, dann Alois mit seiner dunklen Haut und den schwarzen Schneckelhaaren.

Gusti floh zum Kirschbaum im Garten der Eltern, versteckte sich in seiner Krone und weinte. Jetzt war es vorbei mit dem Spielen und Toben, jetzt war sie eine Frau geworden.

»Du hast dem Mädchen immer alles durchgehen lassen«, sagte die Mutter zum Vater kurz darauf nach Gustis erster Monatsblutung, »aber damit ist jetzt Schluss! Die Gusti ist ein Weib geworden und als so eins muss sie sich jetzt benehmen und nicht mehr draußen mit den Buben herumziehen.«

Schlimmer als der Befehl der Mutter war das verständnisvolle Nicken des Vaters dazu. »Freilich geht das jetzt nimmer«, sagte er.

Die Mutter erzählte von Suffragetten in England, von Mannweibern, die gleiche Rechte für Weiber forderten und wie Burschen auf die Straßen zogen. Ein Wahlrecht wollten die haben, als ob Weiber Politik könnten, sagte die Mutter kopfschüttelnd. »Pass auf, Gusti, dass du nicht auch so eine wirst!«, ermahnte die Mutter sie immer wieder. Und dann war mit dem Internat in München sowieso alles vorbei.

Die Mutter kämmte Gusti extra lange die Haare, flocht einen sauberen Zopf und hieß ihr, das Sonntagsgewand anzuziehen, ehe sie gemeinsam mit dem Vater und ihrer gepackten Tasche zum Bahnhof gingen und die Eltern sie mit dem Zug nach München in die Höhere-Töchter-Schule brachten.

»Benimm dich anständig, du weißt, wie viel Geld das kostet!«, sagte die Mutter auf der Bahnfahrt.

»Ja.« Gusti durfte doch sowieso nicht mehr mit den Buben spielen, was sollte man mit Mädchen schon anstellen?

»Und denk daran, dass du dich hübsch machst! Jeden Tag. Das ist doch immer noch was Wichtigste bei uns Weibern!«

»Ja.« Gusti blickte auf die Mägde und Bäuerinnen auf den Feldern, die Rüben ernteten. Es war doch leicht, sich hübsch zu machen, wenn man nicht im Dreck arbeiten musste.

»Und gewöhn dir das Rebellische ab, das gehört sich nicht für ein Mädchen!«

»Ja.«

»Und schau mich an, wenn ich mit dir rede!«

»Ja.« Gusti blickte zur Mutter, die sich für den München-Besuch ebenfalls fein herausgeputzt hatte und das Sonntagsdirndl trug. Einen großen Busen hatte die Mutter und einen üppigen, festen Popo. Dazu ganz ebenmäßige

Gesichtszüge, während Gusti vom Vater die hervorstehenden Wangenknochen, die roten Haare, die Sommersprossen und die etwas zu große Nase geerbt hatte. So schön wie die Mutter würde sie nie werden, dachte Gusti, aber vielleicht könnten ihr Geist und ihr Charakter eines Tages einem Mann so gut gefallen, dass er sich trotzdem in sie verliebte? »Bravsein muss ich jetzt lernen«, befahl sich Gusti im Zug nach München.

»Warum bist denn so still?«, fragte die Mutter.

»So halt!«

»Das geht eben auch nicht, so patzige Antworten! Was meinst, im Internat, da musst den besten Eindruck machen! Weißt, was uns das kostet? Wenn ich nicht von der Tante geerbt hätt, könnten wir uns das gar nicht leisten.«

»Ja, Mama!«

Das Gesicht der Mutter hellte sich auf.

»Jetzt schau nicht so! Hübsch bist, und sogar lernen darfst was, weil dein Vater nicht sagt, dass Gelehrtsein die Weiber bloß hässlich macht! Da hast wirklich ein Glück mit dem Papa!« Seufzend fügte die Mutter hinzu: »Bist eh sein Liebling, und er hat dich immer verzogen.«

Der Vater blickte kurz auf, verkniff sich eine Bemerkung und vertiefte sich wieder in die Zeitung.

»Ich weiß schon Mama!« Gusti wusste freilich, dass andere Mädchen sofort von der Volksschule herausgenommen wurden, wenn es sich einrichten ließ und die Vorschriften gerade noch eingehalten wurden. Sie hingegen durfte Romane lesen und dürfte jetzt Sachen lernen wie sonst nur Buben auf dem Gymnasium.

Mehrmals hatte Gusti die Eltern darüber streiten gehört.

»Ich versteh einfach nicht, warum du das Mädchen nicht in eine Haushaltsschule schickst. Da lernt sie wirklich was fürs Leben«, sagte die Mutter.

»Weil Bildung und Aufklärung auch für Mädchen die beste Aussteuer sind!«, widersprach der Vater.

»Geh, so ein Schmarrn!«, erklärte die Mutter. »Und warum es dir in diesem Fall so wurscht ist, was die Leute dazu sagen. Sonst setzt dir jede Ratscherei zu.«

»Die Leute sind mir wurscht«, antwortete der Vater, obwohl Gusti wusste, dass dies nicht stimmte.

»Es ist ja grad so, dass du die Gusti vor den Buben bevorzugst!«, schimpfte die Mutter weiter.

»Ich weiß, wie es ist, wenn eins der Kinder benachteiligt wird«, erwiderte der Vater, »ganz wurscht, ob es die Abstammung oder das Geschlecht ist!«

Darauf antwortete die Mutter nichts mehr, sondern sprach wieder allgemein über Suffragetten.

Das nur wenige Meter vom Münchner Hauptbahnhof entfernte Schulgebäude hatte zwei Giebel und vier Stockwerke. Gusti blieb ehrfurchtsvoll vor diesem Haus stehen, das fast so hoch wie der Wolkertsheimer Kirchturm war. »Das da hinten ist der Botanische Garten und da, die Frauenkirche!«, sagte der Vater und deutete in Gegenrichtung zum Eingangstor der Schule. Ein fein gepflegter Park und zwei richtig hohe Türme mit runden Kuppeln waren zu sehen. Gusti erinnerte sich an eine Ansichtskarte, die der Postbote einmal gebracht hatte, ja, da waren dieser Park und die Kirche abgebildet gewesen. Der »Vater Toni«, wie alle den Großvater nannten, hatte wie immer die Briefmarke fein säuberlich davon abgetrennt und sie in ein Heft gesteckt.

Der Vater wollte noch etwas zu München erklären, aber die Mutter drängte zur Pünktlichkeit und zog Gusti an der Hand. Wie groß hier alles war – und wie klein sie sich in der Hauptstadt vorkam! Fahrradfahrer, Droschken, Fußgänger, eine Straßenbahn und sogar ein Automobil hatte sie jetzt schon in der knappen Stunde des Aufenthalts gesehen, es war laut, es war geschäftig, es stank. Hier in München ging es an einem Montag zu wie sonst in Wolkertsheim nur an Kirchweih.

Als die Frauenkirche Punkt elf Uhr schlug, gingen alle drei über ein paar Treppenstufen durch eine große Eingangstür hinein. Ein großer Innenraum mit Marmorstatuen von Tieren lag vor Gusti, links und rechts davon führten Treppen in die Höhe. Eine Schwester kam auf sie zu, die Mutter trug das Anliegen vor, und die Nonne führte die drei in einen Raum neben der Pforte. Dort war das Fenster vergittert, und Gusti bemerkte an dem Sims, wie dick die Mauern des Gebäudes eigentlich waren, während die Eltern ein paar Korrespondenzen herzeigten, Anmeldeformulare ausfüllten und von der aufnehmenden Schwester zu Vorbildung, Daten und zur Familienehre ausgefragt wurden.

Nein, kein Geschwisterkind von der Gusti war unehelich zur Welt gekommen, die beiden größeren Brüder gingen schon auf ein Gymnasium, und nein, natürlich lag keine Exkommunikation vor, und nein, selbstverständlich gab es keinerlei irgendwie sittenwidriges Verhalten der Familie, der Vater betonte, er sei zwar bloß ein Hauptlehrer, aber mit Abitur, er sei Kirchenchorleiter und ja, natürlich seien sie nicht reich, aber mehr als andere an einer guten Ausbildung der Kinder interessiert, sogar der Mädchen, denn in der Bildung liege sicherlich die Zukunft, wenn man bloß daran denke, wie rasant die Forschung immer mehr Wissen verlange, wie sehr sogar das Innere der Menschen ausgelotet würde, wie jetzt über Röntgenstrahlungen, denen sich Paul übrigens nach dem Besuch hier in einer Münchner Spezialpraxis unterziehe, denn so könne man sehen, wie es in seinem Inneren um die Knochen wirklich stünde. Auch die Seele würde neuerdings ausgeleuchtet über die Schriften von Doktor Freud aus Wien, so unchristlich das vielleicht auf den ersten Blick wirke, aber die Augen könne man nun auch nicht verschließen vor der neuen Zeit, ebenso wie die Schwestern hier ja auch sich einem neuen Verlangen nach Ausbildung für anständige Töchter aus besserem Hause aufgeschlossen hätten und ebendeshalb in der Anstalt hier nicht mehr nur Münchner Bürgerstöchter aufnähmen. Die Nonne nickte immerzu und hielt manchmal sogar in den Notizen inne, so sehr schienen ihr die Worte des Vaters zu gefallen.

Gusti starrte dabei brav vor sich hin auf den dicken Sims des Fensterbretts. Waren eigentlich alle Fenster hier vergittert? Auch die im vierten Stock? Konnte in den vierten Stock überhaupt ein Dieb mit Leitern gelangen? Warum gab es diese Gitter, wenn von außen keine Gefahr bestand? Plötzlich begriff Gusti und sie schauderte. Man sollte nicht von innen nach außen gelangen können! War diese Schule wie ein Kerker? Aber nein, das konnte doch nicht sein, dass die Eltern so viel Geld für einen Kerker bezahlten!

Vier Wochen später nannte Gusti die Höhere-Töchter-Schule in der Luisenstraße nur noch Kerker. Die Schwestern waren im Unterricht schlimmer als der Vater nach einem Wutanfall über den Fisch-Basti zum Alois und bestraften sogar, nicht in ein Taschentuch zu niesen. Immerzu hatten sie stillzusitzen, Toben gehörte sich selbst in der Pause für Mädchen nicht, und das miefige Gebäude durfte sie nur verlassen, um sich auf den Weg zu den Schlafräumen zu machen. »Fünf Minuten Himmel«, nannte Gusti diesen kurzen Weg, »fünf Minuten Freiheit« oder »fünf Minuten Leben«. Den lieben langen Tag war sie mit den Stadtmatzen in diesem Kerker gefangen, und selbst die Nächte musste sie sich mit knapp zwanzig anderen Mädchen im stickigen Schlafsaal teilen. Den Schlaf überwachte eine Schwester, und wer sich nicht an die Bettruhe hielt, bekam am nächsten Tag kein Frühstück oder musste die Böden schrubben.

Keine Altmühl, keine Bäume zum Klettern, keine Wiesen und Felder, keine frechen Buben, kein Versteck im Hölzchen, nichts, nichts mehr – sogar eine aufs Aussehen bedachte Mutter wünschte sich Gusti zurück. Stattdessen dieser Kerker und Mädchen, unter denen man nur zur Anführerin werden konnte, wenn der Busen groß genug und man weit genug entwickelt war. Gusti hasste das ewige Getuschel und Gehabe um glänzende Haare, das Schnüren einer feinen Taille und Üben eines vornehmen Ganges mit einem Buch auf dem Kopf. Alle machten eifrig mit, als wäre dieses Zeug wichtiger als Mathematik, Französisch, Englisch und Aufsatzschreiben. Nicht ein einziges Mädchen traute sich das Treppengeländer schnell herunterzurutschen wie sie, wenn keine Schwester in der Nähe war – aber auch kein einziges Mädchen bewunderte sie dafür. Warum lernten die Mädchen überhaupt das Geistige, wenn es letztlich doch bloß darum ging, einmal einen angesehenen Ehemann zu ergattern? Das war doch im Grunde Betrug – es ging hier nicht darum, Wissen zu erwerben, sondern bloß darum, eine gelehrte und damit unterhaltsame Ehefrau zu werden!

Gusti wurde immer stiller, trauriger und dicker. Und doch schrieb sie heim: »Es geht mir gut, ich lerne viel in der Schule.« Sie wollte nicht jammern, sie nahm sich ein Vorbild am Vater, der auch nicht über die ständigen Schmerzen im Bein klagte. Gusti zählte die Tage und Stunden bis zu den Ferien, da durfte sie endlich wieder heim, in ihr Wolkertsheim, auch wenn die Brüder sie »fette Sau« schimpften – sie konnte ihnen eine Watschen dafür geben und ins Gartenhäuschen fliehen, sie konnte in der Kirschbaumkrone weinen, in das Hölzchen gehen oder unter den Pilzfelsen träumen. Und dort hatte sie auch vor fast einem Jahr in den Pfingstferien Alois getroffen, mit ihm über die Zeit der Kindheit gelacht und sich plötzlich in seinem Arm wiedergefunden. Er hatte sie geküsst, sie, die fette Sau!

Am Tag darauf trafen und küssten sie sich wieder, und Alois fragte sie, ob sie mit ihm gehen wolle. Gusti rief »ja« und konnte nachts vor Glück nicht schlafen.

Die Tage im Internat waren seither noch unerträglicher, und Gusti fragte sich, ob Suffragetten wohl für oder wider Internate waren. In München hatte sie Plakate zu einem Frauentag am 8. März gesehen. Auf dem Bild schwang eine Frau in Hosen eine rote Fahne, und neun Veranstaltungen in München zum Frauenwahlrecht wurden angekündigt. Es hieß, die Suffragetten wollten den Weibern sogar das Studieren an Universitäten ermöglichen. Dafür musste man aber vorher eine höhere Schule abschließen, also wären Suffragetten wohl für Internate. Aber zugleich trugen sie Hosen – wie passte das zusammen? Früher hatte sich Gusti nichts mehr gewünscht, als auch Hosen tragen zu können. Wie einfach war es damit zu klettern, und um viel weniger machte man sich mit Hosen schmutzig. Aber jetzt, so dachte Gusti im Warten auf Alois an ihrem sechzehnten Geburtstag, war sie froh um die Röcke, mit denen sie ihre Leibesfülle viel besser kaschieren konnte.

Irgendwann wunderte sich Gusti, dass es ihr trotz des kalten Frühlingstages nicht kalt wurde, obwohl sie schon so lange auf der Steinplatte gesessen und vergeblich auf Alois gewartet hatte. Gusti führte dies auf ihren dicken Hintern zurück und machte sich, als die Kirchturmuhr vier Uhr schlug, auf den Weg zum Elternhaus.

»Endlich!«, rief die Mutter. »Wir warten schon!«

»Die Gusti!«, rief der Vater erfreut.

»Die fette Sau ist da«, raunte ihr der kleine Bruder zu.

Auf dem Küchentisch stand ein Gugelhupf, den die Mutter zu ihrem Geburtstag gebacken hatte.

Die größeren Brüder waren bei Vorlesungen in Eichstätt, man ließ die Glückwünsche ausrichten mit Antons Kommentar, sie solle es sich schmecken lassen. Gusti wusste, wie der erstgeborene Bruder das meinte: Mit Kuchenessen wurde sie noch dicker. Die Mutter mit ihrer ergreifenden Stimme sang ihr ein Ständchen, und wie immer sah Gusti dabei im Blick der Mutter das Bedauern, dass die Tochter den Sopran nicht von ihr geerbt und kaum eine Melodie halten konnte. Gusti durfte eine Kerze ausblasen und den Gugelhupf anschneiden. Das erste Stück des Geburtstagskuchens gab sie dem Vater, der sich nur ganz langsam nach dem Ständchen zurück auf den Stuhl setzte. Verbarg er dabei neue, noch größere Schmerzen im Bein? War wieder etwas passiert wie damals, als er die tote Großmutter heimgetragen hatte, worüber sich die Eltern heute noch mit schöner Regelmäßigkeit zankten?

Am Abend brachte der große Bruder Anton aus Eichstätt für Gusti ein Geschenk mit, das sie alle Sorgen über ihren Körper und das Internat vergessen ließ – sie bekam ein eigenes Fahrrad.

Anton übte mit ihr das Fahren, und Gusti lernte es innerhalb eines Tages. Mit dem Geburtstagsgeschenk radelte sie abends durchs Dorf und traf später hinter dem Wiesenweg Alois, der sie wieder küsste und ihr ewige Liebe schwor. Spätestens mit einundzwanzig, wenn er volljährig sei, würde er sie heiraten, egal, was sein Vater dazu meinte, denn sie wisse ja selbst, dass eine Lehrerstochter einem Großbauern nicht standesgemäß sei. Aber er würde einen Weg finden. Seufzend dachte Gusti, dass bis dahin noch drei Jahre ins Land gehen mussten und ein Jahr Internat stand ihr davon auch noch bevor. Ewigkeiten, dachte Gusti, aber ihre Liebe würde alles überdauern – dessen war sie sich gewiss.

Am Sonntag nach dem sechzehnten Geburtstag vor der geplanten Rückreise nach München hörte Gusti den Vater beim Aufstehen aus dem Bett vor Schmerzen stöhnen. Er dachte wohl, sie wäre mit der Mutter und den Geschwistern in die Messe vorausgegangen und könnte dies nicht hören.

»Ist was passiert, Papa?«, fragte Gusti und trat ins Schlafzimmer.

Der überraschte Vater schüttelte den Kopf.

»Soll ich dich im Rollstuhl zum Kirchenchor schieben?«, fragte Gusti.

Der Vater schüttelte wieder den Kopf. Seine Gesichtszüge konnten die Schmerzen nicht mehr verbergen.

»Willst jetzt da nicht hin, weil es so weh tut oder weils'd keine Leut sehen willst?«, fragte Gusti.

Der Vater ließ sich auf die Bettkante zurückfallen.

»Die anderen sind schon in der Kirche?«, fragte er.

Gusti nickte. »Ja. Magst es mir nicht sagen, was los ist? Es hört doch keiner mit.«

Der Vater gab zu, sich kaum mehr bewegen zu können und auch nachts unter fast unerträglichen Schmerzen zu leiden. Der Anna sei er eine einzige Zumutung, sie musste ihn nun jeden Tag ins Schulhaus schieben und sogar zum Häuschen bringen, das übersteige allmählich die Kräfte des Annerls. »Das ist doch kein Leben mehr!«, sagte der Mann mit dem roten Vollbart, ihr Papa, ihr Vater! Er saß auf seiner Bettkante und weinte.

»Dann geh ich nicht mehr ins Internat und bleibe bei dir!«, sagte Gusti, ohne lange zu überlegen. »Ich schieb dich überallhin in deinem Rollstuhl!«

»Gusti, nein, du musst die Schule noch abschließen«, widersprach der Vater gerührt.

»Papa, ich hasse dieses Internat, dieses Gefängnis, das ist ein Kerker!«, sagte Gusti ehrlich, wenn doch auch der Vater ausnahmsweise so offen redete.

Erstaunt sah sie der Vater an. »Aber du lernst doch gern!«

»Schon, aber die Nonnen sind furchtbar etepetete und die anderen Mädchen auch«, brach es aus Gusti mit Tränen heraus, während sie sich neben den Vater auf die Bettkante setzte.

»Ich versteh das besser, als du glaubst«, meinte der Vater zu ihrer Verblüffung und strich ihr etwas unbeholfen übers Haar. Er deutete etwas vom Priesterseminar und seinen Qualen dort an.

»Manchmal meint man, der beste Weg ist der einzige Weg und denkt nicht mehr daran, dass es auch noch andere Wege gibt. Die sind vielleicht ungünstiger, allgemein gesehen, aber doch die besseren, für einen selbst gesehen.«

Erstaunt versuchte Gusti das Konkrete dieser Worte zu verstehen.

»Meinst du, es geht auch ohne Internat. Meinst du … ich mein, verstehst du, was ich meine?«, stammelte Gusti.

Der Vater lächelte sie fast schelmisch an: »Nach der Grammatik in diesem Satz bräuchtest du dringend noch mehr Bildung!« Ernst fügte er hinzu: »Wenn das Internat so schlimm für dich ist, dann bleibst daheim.«

Gusti sprang auf, setzte sich wieder, umarmte den Vater, hüpfte wieder auf, rief laut »juhu!« und weinte wieder – vor Freude. Was für ein Glück hatte sie doch mit so einem Vater!

Aber ausgerechnet die Mutter machte ihr nun einen Strich durch die Rechnung, ausgerechnet die Mutter, die doch Bildung für Mädchen nicht guthieß.

»Spinnts ihr alle zwei?«, rief Anna entgeistert nach der Rückkehr aus der Sonntagsmesse. »Ein Jahr vor dem Abschluss! So viel teures Geld für Bildung und Anstand. Und das soll jetzt für nix und wieder nix sein? Niemals!«

Gusti wurde von den Eltern weggeschickt, sie setzte sich ins Gartenhaus auf die Bank und wartete, bis Vater und Mutter beredet hätten, wie ihr weiteres Schicksal aussah. Irgendwann bemerkte sie wieder, dass es sie ohne Jacke gar nicht fror. Wie unförmig dick war sie eigentlich, wie abnormal, was für eine Last sich selbst und dem über alles geliebten Vater, der sich ihretwegen nun mit der Mutter zankte.

Die Minuten wurden ihr zu Stunden, sie musste sich ablenken, sie sah sich im Gartenhäuschen um und fand unter der Bank eine Kiste mit dickem Papier und teuren Buntstiften. Wie kamen die hierher? Gusti nahm das Papier und einen Stift und schrieb ein Gedicht über ihre Traurigkeit, so wie sie es manchmal auch im Internat schon getan hatte.

Am Nachmittag wurde Gusti weder zum Tee gerufen noch nach München geschickt. Die Eltern zankten sich entweder immer noch oder waren sich beleidigt. Erst am frühen Abend riss Anton die Gartenhäuschentür auf und rief ernst: »Jetzt ab nach München, Gusti!« Der Bruder sah ihr wohl ihr Entsetzen an und prustete vor Lachen los. »Ab nach München, hol dein Zeug aus dem Internat ab!« Gusti sprang auf und umarmte den Bruder, der sich dies widerwillig gefallen ließ.

Gusti stieg taumelnd vor Freude in den Zug nach München und stellte im Internat an diesem 1. April 1914 so viele Sachen an, dass sich noch Jahre später Schülerinnen diesen Auftritt weitererzählten: Sie schlitzte eine Bettdecke auf und schüttelte die Federn wie Frau Holle auf Passanten. Sie rutschte die Treppengeländer herunter und stieß dabei eine Nonne, die sie aufhalten wollte, frech zur Seite. Sie malte an die Tafel einen nackten Mann und warf die Kämme der Mitschülerinnen in den Abort, so dass die Mädchen ein paar Tage vom Schönmachen befreit waren. Mit einem »Auf Nimmerwiedersehen!« verabschiedete sich Gusti von der Vorsteherin. Ein gepfefferter Brief wurde danach an die Eltern geschickt, die Tochter hätte sich weit über das übliche Maß hinaus Aprilscherze erlaubt – aber wen juckte das noch außer die Mutter?

Dem kalten März und April folgten ein warmer Mai und Juni 1914. Jeden Tag genoss Gusti ihre Freiheit. Nach dem Frühstück schob die Sechzehnjährige den Vater im Rollstuhl zum Schulhaus, und man besprach, was in der Zeitung stand, denn – so der Vater – auf diese Art und Weise würde Gusti auch viel lernen. Die Mutter war immer noch über den Abbruch der Schule verärgert, aber doch täglich zunehmend froh um Gustis aufopferungsvolle Pflege des Vaters. Das Mädchen kümmerte sich »rührend« um Paul, wie die Mutter im Wirtshaus erzählte, bemüht, das Ansehen Gustis in das beste Licht zu rücken. So eine selbstlose Tochter würde ihresgleichen suchen, behauptete Anna und verstand die Hochachtung dafür hier und da so geschickt einfließen zu lassen, dass ein Ratschweib Gusti eines Tages auf dem Kirchplatz versicherte, das sei die beste Mitgift überhaupt, denn weder

Schule noch Geld würde den Wert eines Weibes so steigern wie so eine aufopfernde Elternliebe. Seitdem strahlte die Mutter Gusti wieder öfter an und ermahnte sie, sich auch fein anzuziehen und sauber zu kämmen, um ihren guten Ruf zu behalten. Und als der mittlere Bruder vom Priesterseminar für ein paar Tage im Juni nach Hause kam, staunte er nicht schlecht. Aus der »fetten Sau« war eine wohlgeformte Schwester geworden, die ihn wie immer ärgerte, und als er ihr zum Spaß nachstellte, flugs wie ein Reh davoneilte und in die Krone des Kirschbaums im Garten kletterte. Trotz ihrer Sommersprossen, der roten Haare und der etwas zu groß geratenen Nase war Gusti ein ansehnliches Weib geworden!

Nur einer bedauerte, dass sie ihre Fülle verlor – der Alois. Gusti fragte besorgt nach, ob er ihre heimliche Verlobung nun lösen wollte, aber Alois dachte gar nicht daran und scherzte: »Dann muss ich dich nach der Hochzeit eben wieder mästen.« Sie küssten sich erneut, und an einem lauen Sommerabend unter den Pilzfelsen griff ihr Alois zärtlich unter den Rock und sie ihm in die Hose. Sie streichelten sich an ganz ungehörigen Stellen, unterließen es aber, weiterzumachen. Was für eine Erregung und Befriedigung gab es im Körper, dachte Gusti hernach verwirrt. Sie lächelte vor sich hin – auch weil sie an den Plan dachte, den sie und Alois geschmiedet hatten, falls er wegen ihr den Hof nicht bekäme. Sie würden einen Kolonialwarenladen eröffnen, denn Alois und Gusti waren begeistert von all den Produkten, die es mittlerweile im Deutschen Reich zu kaufen gab. Fleisch aus Südamerika war ebenso lieferbar wie Früchte aus Russland und Wodka aus Afrika – oder hatten sie da eben nicht etwas verwechselt? Sie lachten und zählten all die unglaublichen Neuerungen auf, die sie von der Stadt aufs Land bringen wollten: ein Waschmittel namens Persil, ein Haarwaschmittel namens Schwarzkopf, einen Butterkeks namens Leibniz, eine Kondensmilch namens Bärenmarke, eine Schuhcreme namens Erdal, eine Hautcreme namens Nivea, einen Zwieback namens Brandt, ein Medikament namens Aspirin und einen Kaffeefilter namens Melitta. In Berlin hatte jemand eine »Einkaufsgenossenschaft der deutschen Kolonialwarenhändler« gegründet, und so ein »Edeka«, wie das abgekürzt hieß, stellten sich Gusti und Alois für Bayern vor. In was für einer wunderbaren Zeit sie lebten. Die Wirtschaft wuchs, Deutschland wuchs, es gab kaum Arbeitslose und jede Menge Freiheiten, von denen andere Länder nur träumen konnten – dafür müsste man doch als Bayern sogar die Preußen in Kauf nehmen können.

Bald hatten der Vater und sie jeden Morgen auf dem Weg zur Schule eine Menge zu bereden. Sie kamen kaum mehr nach, alles, was in der Zeitung stand, auch ausführlich zu besprechen. Franz Ferdinand, der Thronfolger von Österreich-Ungarn war auf dem Balkan von einem Terroristen erschossen worden. Deutschland sicherte daraufhin Österreich-Ungarn bedingungslose Bündnistreue zu. Was hieß das?

»Im Kriegsfall sind wir Verbündete«, erklärte der Vater.

»Gibt es Krieg?«

»Ich bin ehrlich«, sagte der Vater. »Ich glaub schon, auch wenn die anderen nicht damit rechnen. Wir haben schon so lange Frieden gehabt, das kann nicht gutgehen, und ich spüre, dass da etwas in der Luft liegt.«

Bald darauf sicherten sich Russland und Frankreich die Bündnistreue zu.

Das wären dann also die Feinde, begriff Gusti.

»Und was macht der Engländer?«, fragten der Vater und Gusti sich immer wieder laut.

»Was hast denn immer mit dem Engländer? Ist der so wichtig?«, fragte die Tochter eines Tages. Der Vater sah sie nachdenklich an.

Dann trug der Vater ihr auf, einen guten englischen Tee zu kochen und sich mit ihm auf die hintere Terrasse zu setzen. Mutter und Brüder waren außer Haus. Er hätte ihr etwas zu sagen, meinte der Vater geheimnisvoll. Doch der große Bruder Anton störte das Gespräch, noch ehe es begonnen hatte. Außer Atem kam der Vierundzwanzigjährige am 1. August auf die hintere Terrasse gerannt und rief: »Deutschland hat Russland den Krieg erklärt!«

Nur zwei Tage später erklärte Deutschland auch Frankreich den Krieg. Der mittlere Bruder kam aus dem Eichstätter Priesterseminar nach Hause. »Ich kämpfe für mein Vaterland! Ich melde mich sofort freiwillig!«, rief er und zitierte den Kaiser, der gesagt hatte: »Ich kenne keine Partei und keine Religion mehr. Wir sind alle deutsche Brüder und nur noch deutsche Brüder.«

Der große Bruder Anton ließ sich anstecken und wollte sich auch an die Front melden.

»Dann werden alle zwei fesche Soldaten!«, kommentierte die Mutter, um sich im nächsten Moment selbst zu korrigieren und zu seufzen: »Fragt sich bloß, wie lange sie fesch bleiben. Da reißt einer den anderen mit, und hinterher wird es heißen, dass alle freiwillig mit größter Begeisterung kämpfen wollten. Derweil sind es gar nicht so viele.«

Auch der Vater teilte die Begeisterung der Söhne nicht.

»Vater Toni hat mir viel vom 66er Krieg erzählt. Ihr wisst doch gar nicht, was das heißt! So lang haben wir schon einen Frieden, dass man …«

»Bis die Russen mobilmachen, haben wir Frankreich

kassiert, das dauert nicht lang, das wird kein großer Krieg!«, unterbrach Anton den Vater.

Die Eltern blickten drein, als wüssten sie nicht, was sie von alldem zu halten hätten. Und Gusti wusste es erst recht nicht.

Erst am nächsten Freitagabend, als sie Alois beim Pilzfelsen traf und sie sich wieder so aufregend streichelten, erst als der Liebste darauf drängte, heute aus den unanständigen Zärtlichkeiten doch »mehr« zu machen, erst als Gusti fragte »Warum ausgerechnet heute?«, und Alois antwortete, bildete sie sich eine Meinung zu diesem Krieg. Der Alois wollte mit ihr schlafen, weil er in einer Woche achtzehn wurde und sich dann sofort melden würde, um für das Vaterland zu kämpfen.

»Aber wir wollten doch heiraten!«, entgegnete Gusti.

Alois lachte. »Bis dahin bin ich längst wieder daheim, das geht doch sowieso erst, wenn ich einundzwanzig bin, vorher bräucht ich die Erlaubnis vom Vater. Und für eine Lehrerstochter würd er sie mir nicht geben, das weißt.«

»Aber warum soll ich dann mit dir Liebe machen?«

»Weil … weil …« Alois wusste keine Antwort und küsste sie wieder. Gusti fragte sich, warum ein Mannsbild mit achtzehn in den Kriege ziehen, aber erst mit einundzwanzig heiraten durfte.

Am nächsten Tag verbreitete sich der Rekrutierungsaufruf aus Eichstätt in Wolkertsheim wie ein Lauffeuer. Aufgeregt wurde im ganzen Dorf geratscht, und die Brüder zogen schon die gute Unterwäsche an, ehe die Mutter sie davon überzeugte, erst morgen wegzugehen. Einen guten Schweinebraten mit Kartoffelknödeln dazu würde Anna noch für alle kochen, bei Gott sollten die Burschen die Mutter ehren und noch eine gemeinsame Familienmahlzeit zulassen. Leise, mit Tränen in den Augen fügte sie an Gusti gewandt hinzu: »Wenn es nur hoffentlich nicht die Henkersmahlzeit ist.«

Gusti lief zum Pilzfelsen, Alois kam nicht. War er noch auf dem Feld? Sie wollte die gestrige Frage noch einmal stellen und eine Antwort erhalten. Oder sollte sie doch einfach mit ihm Liebe machen?

Alois kam nicht, und Gusti wurde unruhig. War der Geliebte von seiner Mutter nicht aufgehalten worden und schon in Eichstätt? Aber das konnte nicht sein, er wurde doch erst in einer Woche achtzehn! Gusti lief zum Fisch-Basti-Hof, egal, was sich andere oder der Vater dazu zusammenreimen würden, wenn sie dort direkt nach dem Alois fragte.

Der Fisch-Basti war im Stall beim Ausmisten und schnaubte vor Wut.

»Der ist einfach abgehauen nach Eichstätt. Eine Uniform habens ihm dort angepasst, und er sitzt schon im Zug. Hat die Reithmeierin gesehen.«

»Aber er ist doch noch nicht achtzehn!«, erwiderte Gusti erschrocken.

»Meinst, das Militär nimmt es so genau wie ein Lehrer?«, entgegnete der Bauer barsch.

Gusti versuchte ihre aufsteigenden Tränen zu verbergen.

Der Fisch-Basti wischte sich mit seinen Froschhänden den Schweiß von der Stirn und führte in deutlich milderem Ton aus: »Das Büscherl hol ich mir schon noch zurück. Meinst, ich hab meinem Hoferben umsonst über die Jahre alles gelernt, damit er jetzt Kanonenfutter wird?«

Gusti rollten die Tränen über die Wange.

»Hast dich in ihn verschaut?«, fragte der Bauer.

Gusti stieg eine Hitze ins Gesicht. Der Ignaz, Alois' jüngerer Bruder, kam dazu.

»Aber du kriegst ihn nicht, den Alois, da brauchst dir keine falschen Hoffnungen zu machen!«, ergänzte der Fisch-Basti.

»*Ich* nehm sie! Und wenn der Alois nimmer kommt, krieg ich auch den Hof«, rief Ignaz. Der Bauer gab seinem Sohn daraufhin so eine gepfefferte Watsche, dass er ins Stroh fiel. Das hatte das Grischperl aber auch verdient, dachte Gusti. Wie konnte der Ignaz überhaupt daran denken, den Bruder zu verlieren und sie und den Hof zu bekommen?

Von einem Tag auf den anderen fehlten in Wolkertsheim Knechte, Steinbrucharbeiter, der Lederer und der Schmied. Von den Bauernsöhnen war nur einer im Krieg – der Alois. Die anderen Landwirte hatten zu verhindern gewusst, dass ihre Burschen nicht mehr bei der Ernte helfen konnten. In der Kirche, bei der in den Messen auf der rechten Seite die Mannsbilder nach Alter und Ansehen geordnet saßen, fehlten zwei ganze Reihen zwischen den Kindern und den Alten.

Die Ehre und das Vaterland waren den Bauern unwichtiger als allen anderen, und Gusti stellte sich innerlich auf die Seite der »Bauernfünfer«, über die der Vater schon so viel geschimpft hatte. Dieser Krieg hatte ihr den Liebsten genommen, nicht für immer, denn der Fisch-Basti würde seinen Sohn ja zurückholen, aber für Wochen, wenn nicht Monate. Heute und morgen und übermorgen war er in Frankreich und nicht beim Pilzfelsen.

Gusti griff jeden Tag zu einem Gänseblümchen, riss die Blätter ab und zählte: »Er kommt morgen. Er kommt morgen nicht.« Daraus wurde fast eine Manie, bis die Mutter sie einmal sauber schimpfte, sie solle endlich aufhören, den lieben langen Tag nur Blumen zu rupfen.

Fast so, als wäre kein Krieg, schob Gusti nach den Sommerferien den Vater wieder jeden Tag in die Schule, brachte ihn nach einem Klingelzeichen zum Häuschen, rollte ihn nach dem Unterricht wieder heim und half ihm auch nachts auf den Topf, wenn er danach rief. Ständig besprachen sie und der Vater die neuesten Meldungen der Zeitung. Russland hatte viel schneller mobilmachen können, als alle gedacht hatten. Im Elsass waren Tausende Soldaten gefallen, Japan hatte ebenfalls den Krieg erklärt, die Deutschen standen kurz vor Paris und wurden bei Marne vernichtend geschlagen, der Generalstabschef erlitt einen Nervenzusammenbruch, das Osmanische Reich trat in den Krieg ein, die Deutschen verloren auch die Ypern-Schlacht in Belgien, und der Engländer erklärte die Nordsee zum Kriegsgebiet, um das Kaiserreich »wirtschaftlich in die Knie zu zwingen«, wie es in der Zeitung hieß.

Jeden Tag fing Gusti den Postboten ab und fragte, ob von den Brüdern oder Alois Feldpost dabei sei. Alle drei waren in Frankreich, alle drei schrieben regelmäßig, wenn auch oft nur einen oder zwei Sätze, dass sie wohlauf seien, dass es einen Gasangriff gegeben habe oder – so der mittlere Bruder – dass man für sie beten solle.

Ende November fiel Schnee in Wolkertsheim, und man stand schon eine Stunde früher auf, weil das Rollstuhlschieben durch die glitzernde Pracht mühsam war. Seitdem sie so viel dünner geworden war, fror Gusti wieder und zog sich immer einen dicken, roten Wollmantel über, den sie von der seligen Großmutter Babette geerbt hatte.

Der Vater und sie fragten sich, ob die Burschen Weihnachtsurlaub bekämen und wie lange dieser Krieg noch dauern würde. An einem dieser Tage kam der Postbote schon auf dem Hinweg zur Schule auf sie zugelaufen. Vater und Tochter erschraken über die Aufregung des Briefträgers. Erhielten sie Nachricht, dass ein Bruder gestorben war?

»Ein Brief für dich, Lehrer, vom Feind!«, sagte der Postbote.

»Vom Feind? Für mich?«, fragte der Vater erstaunt.

»Da, vom Engländer!«

Der Vater betrachtete das Schreiben, Gusti las mit: »Cumberland, London.« Der Vater steckte den Brief unter die Decke im Rollstuhl.

»Und was heißt das jetzt?«, fragte der Postbote neugierig. »Wahrscheinlich ein Versehen«, entgegnete Paul schlecht lügend wie ein ertappter Junge. Als der Postbote außer Hörweite war, bemerkte der Vater, heute Abend habe er ihr noch etwas zu sagen, die Mutter sei im Wirtshaus und sie könnten ungestört sprechen, nicht dass er ein Geheimnis noch mit ins Grab nehme, es wäre dringend an der Zeit, ihr etwas anzuvertrauen. Schon einmal hatte er endlich reden wollen, aber dann sei ein Weltgeschehen dazwischengekommen.

Als Gusti an diesem Vormittag im November im Klassenzimmer Holz im Ofen nachlegte, gespannt auf das Geheimnis des Vaters wartete und danach am Fenster stehen blieb, um dem glitzernden Schneefall zuzuschauen, verstand sie mit einem Mal, was der Tod bedeutete. Der Vater würde eines Tages sterben, die Brüder und Alois waren täglich in Lebensgefahr, und sogar sie als Sechzehnjährige konnte jederzeit tot umfallen. Der Frühling kehrte jedes

Jahr wieder, jedem Internat konnte man entfliehen, jeder marode Gockel auf dem Kirchturm konnte so wie jetzt ausgerechnet im Krieg renoviert werden – aber ein Mensch konnte aufhören zu sein, von einem Tag auf den anderen, von einer Sekunde zur anderen.

Nachmittags holte Gusti die Kiste mit den dicken Papieren und Buntstiften aus dem Gartenhäuschen und versuchte sich an einer Zeichnung von einer Winterlandschaft, aber sie misslang. Gusti warf das Papier in den Ofen und schrieb ein trauriges Gedicht, das sie wie alle anderen in eine Mappe legte, die sie unter ihrem Bett versteckte. Ihre Gedichte waren zwar nicht so schlecht wie die misslungene Zeichnung eben, aber lesen sollte sie trotzdem keiner. Warum schrieb sie überhaupt Gedichte, war das nicht pure Zeitverschwendung? Die Mutter trug ihr auf, die Uhr aufzuziehen und vor dem Haus Schnee zu kehren. Still erledigte sie ihre Aufgaben, um diese Jahreszeit wurde es früh dunkel, und die Mutter ging zur Chorprobe. Gusti kochte für sich und den Vater englischen Tee und zündete eine Kerze an, deren Licht Gusti lieber war als das der Gasfunzel.

Nach kurzem Zögern erklärte der Vater, dass ihre so innige Bindung ein ungewöhnliches Geschenk sei. Dann erzählte er die Geschichte ihrer Großmutter Babette, von den näheren Umständen seines Unfalls und von dem Urvogel, der immer noch unter den Beeten hinten im Garten lag. Ihr, der Gusti, vermachte er das Fossil. Ob es Glück oder Unglück bringe, solle Gusti selbst entscheiden. Aber sie solle wissen, dass die Platte ein Vermögen wert sei, selbst in Kriegszeiten wie diesen. Und sie solle weder der Mutter noch den Brüdern etwas davon sagen, das sei nun ihrer beider Geheimnis.

Danach zog der Vater den Brief, den er heute aus England erhalten hatte, aus der Tasche. Sein Vater, also ihr englischer Großvater, sei schon lange tot, schrieb ihm eine Halbschwester. Vielleicht möge der Bayer sie einmal in England besuchen, wenn der Krieg vorbei sei? Ihr gemeinsamer Vater John hätte zwar eine glückliche Ehe geführt und außer ihr noch weitere sechs Kinder mit ihrer Mutter Sarah bekommen, aber im Alter, als er sehr verwirrt gewesen sei, habe er plötzlich immer das deutsche Wort »Babette« gesprochen. Nun wüsste sie, so die Halbschwester des Vaters, was damit gemeint gewesen sei.

Gusti lag wach in ihrer Kammer, die sie mit dem kleinen Bruder teilte, und dachte über ihr Vermögen, den englischen Großvater, das Leben und den Tod nach. Kämpften die Deutschen nicht gerade gegen die Engländer, deren Blut sie in sich hatte? Wie konnte man mit Verwandten verfeindet sein und Krieg gegeneinander führen? War es nicht völlig gleichgültig, wie vermögend sie nun war, wenn nur der Alois und die Brüder wieder heil aus dem Krieg heimkämen? Und wenn der Archaeopteryx Glück und Unglück zugleich sein konnte, war es dann nicht das Beste, ihn einfach zu ignorieren und dort liegen zu lassen, wo er nun schon so lange lag, unter den Beeten? Was bedeuteten schon Geld und Luxus, ein freies Leben, das Leben überhaupt war doch viel wichtiger! Oder sollte sie, wenn Alois endlich wieder daheim war, ihm den Urvogel schenken und mit dem Erlös den Kolonialwarenladen eröffnen?

Weder die Brüder noch Alois kamen an Weihnachten nach Hause. Stattdessen bat der Vater sie am ersten Weihnachtsfeiertag, ihn ins Wirtshaus zu schieben, ausgerechnet an einem der Abende, an dem die Mutter einmal *nicht* ins Wirtshaus ging.

»Ich muss da was in Ordnung bringen!«, erklärte der Vater auf ihre verblüffte Nachfrage, ob er wirklich und tatsächlich ins Wirtshaus wolle.

Die Gäste und der Wirt im Lokal starrten Paul ungläubig an und wunderten sich noch mehr, als er laut zu Gusti sagte: »Zum Fisch-Basti, zum Stammtisch, schieb mich!«

Man machte Platz, und der Vater bestellte ein Bier, das nächste spendierte ihm der Fisch-Basti. Was saß und trank der Vater da ausgerechnet mit dem Fisch-Basti, über den er doch immer so abfällig sprach? Gusti wunderte sich und wollte schon zum Aufbruch drängen, ließ es dann aber wieder sein. Vielleicht wäre es für die geplante Hochzeit mit Alois ganz nützlich, wenn die beiden Väter sich plötzlich so gut verstanden.

Ein paar Biere später legten sich die betrunkenen Mannsbilder einmal sogar die Arme auf die Schultern, prosteten sich zu und lallten, dass doch alles von früher wurscht sei, wenn nur die Buben wieder heil aus dem Krieg heimkämen. Was ging hier vor sich? Konnte ein Bangen um die Söhne eine lebenslange Feindschaft beenden? Wie groß musste dann die Lebensgefahr für die Wolkertsheimer Soldaten sein?

Auf dem Heimweg fragte Gusti nach.

»Die sind nicht in größerer Gefahr als alle anderen auch«, antwortete der Vater.

»Aber dass du dich deshalb mit dem Fisch-Basti an einen Tisch setzt?«

»Weil plötzlich vieles unwichtig wird, wenn es um das Leben der eigenen Kinder geht«, erklärte der Vater. Nach einem Seufzen fügte er hinzu: »Und da ist noch was anderes. Ich hab verstanden, dass Demütigung zu Hochmut führt und der Hochmut dazu, sich selbst zu schaden, weil man sich freiwillig ausschließt von der Welt und verbittert.«

Gusti wusste nicht, wie der Vater das meinte, und verstand erst ein paar Tage später, dass es kein betrunkenes Geschwätz war, als der Vater einen alten Spielzeugzinnsoldaten aus dem Herrgottswinkel in die Hand nahm und den Satz noch einmal wiederholte.

Im Juni 1915 brachte der Postbote einen schwarz umrandeten Brief nach Wolkertsheim. Alois war weit weg in Frankreich gefallen und beerdigt worden. Er sei mit dem Deutschlandlied auf den Lippen verstorben, hieß es in dem Schreiben. Das wollte Gusti nicht glauben. Die Siebzehnjährige ging über die hintere Terrasse ins Gartenhäuschen, um ungestört weinen zu können. Ihr Blick fiel auf die Gemüsebeete. Der Liebste lag unter der Erde, wie dieser Stein, das Fossil. Wie konnten er und der tote Vogel eine gemeinsame »Ruhestätte« haben? Als wäre der Alois bloß ein totes Ding. Gusti kamen keine Tränen. Sie stierte versteinert nur vor sich hin. Oder war Alois gefallen, weil sie ihm in Gedanken den Archaeopteryx geschenkt und damit Unglück über ihn gebracht hatte?

Gusti 1939

Ihr Mann und die vier Kinder schliefen schon längst, und Gusti sollte eigentlich auch ins Bett gehen, aber die Einundvierzigjährige wollte endlich den Brief der englischen Verwandten beantworten, jetzt, in der Nacht, weil es tagsüber zu heiß gewesen war, um klare Gedanken zu fassen. Wie hieß man das Verwandtschaftsverhältnis eigentlich, wenn man denselben Großvater, aber verschiedene Großmütter hatte? Stiefgroßbase? Gusti holte eine Flasche Wein aus dem Kolonialwarenladen im Erdgeschoss und nahm ein Windlicht mit Kerze, Korkenzieher, Glas und Schreibzeug mit auf den Balkon im ersten Stock. Im Mondschein der lauen Augustnacht zeigten sich die Alpen vom Balkon des Garmischer Hauses aus sogar in der Nacht als majestätische Silhouette. Das depperte Dienstmädchen, das den Führer wie einen Heiligen verehrte, verstand sich auf Pflanzen und hatte an allen Fenstern und Balkonen eine Geranienpracht entstehen lassen, so dass die Schönheit der Natur nicht nur im Blick in die Ferne lag, sondern direkt vor ihrer Nase, ja, der Nase, denn die Magd musste auch Lavendel gepflanzt haben, der Pflanzenduft lag wohlig in der nächtlichen Luft. Gusti glaubte vom Garten der Lödingers her Mädchenkichern zu hören, aber sie musste sich täuschen, die Nachbarn hatten nur Buben, die schon erwachsen und aus dem Haus waren.

Wie leicht schrieb sich ein Gedicht über Gefühle, aber wie schwer war es doch, das eigene Leben zu erzählen? Schon mehrmals, seit fast einem Jahr, war Gusti daran gescheitert, der Aufforderung der englischen Stiefgroßbase nachzukommen und davon zu berichten, was aus ihr nun geworden sei. Zunächst hatte Gusti gedacht, das Problem läge an der englischen Sprache, die sie nur im Internat gelernt, aber dann fast nie mehr verwendet hatte. Doch auch mit einem Wörterbuch füllten sich die Seiten nicht. Gusti wollte ehrlich, aber auch nicht zu ausufernd schreiben. Die Begriffe fanden sich, aber was war es denn wert, überhaupt erzählt zu werden? Heute, so beschloss Gusti, würde sie den Brief fertigschreiben, und wenn sie bis in der Früh auf dem Balkon sitzen bleiben müsste. Wer wusste schon, ob morgen nicht wieder eins der Kinder krank würde oder ob nicht plötzlich wieder ein Krieg ausbräche? »Unsinn!«, sagte sich Gusti, die Angst vor einem Krieg rührte doch bloß aus ihrer Jugend. Nichts deutete darauf hin, im Gegenteil, ein Friedensreichsparteitag in Nürnberg stand an, und nach der Heimholung Böhmens und Mährens ins Reich hatte der überraschende Hitler-Stalin-Pakt eine Kriegsgefahr erst recht gebannt. Ganz Garmisch und die norddeutschen Sommerfrischler im Ort waren sich einig, dass man diesen August beim Baden genießen und entspannen sollte, so wie der Führer auf dem Berghof. »Schluss mit dem Abschweifen!«, ermahnte sich Gusti, sie sollte endlich diesen vermaledeiten Brief schreiben!

Aber wo anfangen? Was wusste die Base – ja, sie würde die Verwandte jetzt einfach so bezeichnen – überhaupt von ihr? Hatte der Vater damals, nachdem er Gusti kurz vor seinem Tod den Brief der Halbschwester gezeigt hatte, noch geantwortet und von seiner Familie erzählt? Natürlich! Sonst hätte die Base ja gar nicht gewusst, dass es sie gab. Aber die englische Verwandte wusste wohl nicht, dass Johns Sohn, ihr über alles geliebter Vater, im Juli 1915 gestorben war, sonst hätte sie nicht nach seiner Gesundheit gefragt. Gusti beschloss, einfach ab diesem Zeitpunkt frei von der Leber weg von ihren wichtigsten Lebensstationen zu berichten.

Nur einen Monat nachdem Gusti erfahren hatte, dass Alois gefallen war, fand sie den Vater eine halbe Stunde vor Unterrichtsbeginn tot im Bett. Er war »sanft entschlafen«, wie es hieß, die Anna neben ihm hatte sein Sterben nicht bemerkt und war morgens ganz normal zum Frühstück in die Küche gegangen, bis man sich darüber wunderte, dass Paul noch nicht gerufen hatte, und Gusti in die Kammer gegangen war, um ihn zu wecken. Nicht nur die Schulter war eiskalt, sondern auch die Arme und der Kopf.

Gusti ging wieder ins Gartenhäuschen, um ungestört weinen zu können. Dieses Mal schluchzte sie hemmungslos. Um den Vater, um Alois, um die Welt und um sich selbst.

Ein gutes Jahr später lief Gusti erneut ins Gartenhaus, nachdem ein schwarz umrandeter Brief angekommen war. Der mittlere Bruder war gefallen. Die Mutter hörte nicht mehr auf, um den Theologiestudenten zu weinen, bis der große Bruder Anton gesund aus der Kriegsgefangenschaft zurückkehrte. Anton kam – und Gusti ging. Jetzt brauchte sie nicht mehr – wie auch der kleinere Bruder – bei den Bauern für wenig Lohn auszuhelfen, damit alle etwas zu essen hatten. Hätte der Ignaz, der Bruder des gefallenen Liebsten, ihnen nicht ab und zu etwas zugesteckt, hätten sie trotzdem hungern müssen. Aber nun war Anton da und kümmerte sich um die Mutter und das Haus. Gusti wurde volljährig und frei. Sie wollte nicht im Dorf bleiben, auch weil sie es der Mutter übelnahm, dass diese jeden

Abend ins Wirtshaus ging, dort sang, sich von den Mannsbildern Komplimente machen ließ und Gusti jeden Tag befahl, sich doch anständiger zu kleiden und sich feiner zu benehmen. Aber war es ein feines Benehmen der Mutter, den Männern schöne Augen zu machen und den Vater zu vergessen?

»Das verstehst nicht!«, erklärte die Mutter, die mit ihren fünfundfünfzig Jahren immer noch wie eine Vierzigjährige aussah. »Ein Lebtag hat es deinem Vater nicht gepasst, dass ich ausgeh. Aber kurz vor dem Tod hat er immer gesagt: ›Hast schon recht, Annerl, geh recht viel unter die Leut und lach mit ihnen.‹ Und das mach ich jetzt. Nicht dass du glaubst, ich wollt noch mal einen Mann. Ich amüsier mich bloß.«

Nein, Gusti verstand dieses Verhalten wirklich nicht und empfand es als Verrat am Vater.

Im Schernfelder Hölzchen traf Gusti auf eine Gruppe vom Krieg übrig gebliebener Wandervögel und schloss sich ihnen an. Sie lebte in der Natur und zog mit den Männern von einer Waldhütte zur nächsten oder schlief in Heustadeln. Manchmal kaufte einer, der reich war, Proviant für zwei Wochen, sie schliefen in Höhlen, entfachten abends Lagerfeuer und sprachen mit anderen verrückten Vögeln, die sich bisweilen zu ihnen verirrten, ganze Nächte durch. Man trank Wein, rauchte Zigarren, Pfeife und Zigaretten, wusch sich am Bach und stellte auch mal für ein paar Wochen ein Zelt auf. Man suchte das Glück in der Natur, und die Wandervögel – allesamt Männer – nannten Gusti manchmal scherzhaft »Mutter Erde«. Wie die Indianer wollten sie leben, mit der Natur, und nicht wie die degenerierten Städter, die etwas so Steifes und Unmenschliches wie Internate hervorgebracht hatten. Gusti warf das Korsett in den See und badete nackt darin. Wenn ihr danach war, schlief sie mit dem einen oder anderen, die Mutter hatte ihr verraten, wie sie Schwangerschaften verhindern konnte, wenn sie nur auf das Ziehen im Bauch achtgab.

Wenn es im Winter zu kalt wurde, zog sie ins Elternhaus zurück und musste sich von der Mutter bittere Vorwürfe anhören: Wie könne sie nur mit Mannsbildern so unanständig umherziehen? Wie könne sie in Hosen zu einem durch und durch uneleganten Mannweib verkommen? Wie könne sie nackt – wie es hieß – durch den Wald laufen? Wie könne sie jegliche Hoffnung auf eine gute Partie durch so einen Lebenswandel ein für alle Mal aufs Spiel setzen? Was solle aus ihrem Leben noch werden? Was gehe überhaupt in ihrem spinnerten Kopf vor? Und wisse sie überhaupt, wie man nicht nur in Wolkertsheim, sondern in der ganzen Gegend über sie redete?

Gusti machte das erst recht rebellisch, und so ging sie einmal sogar mit ungekämmten Haaren, eine Zigarette rauchend und in Hosen in die Christmette. Der Pfarrer predigte mit Blick zu ihr über das unchristliche Berlin, wo man nackt auf Bühnen zum Shimmy tanze und jegliche Ordnung auch in der Politik zerfalle. »Berlin!«, schoss es Gusti in den Kopf. Die Wandervögel gingen ihr mittlerweile auf die Nerven, weil sie immer öfter marschieren übten und über den Fortschritt schimpften, den Gusti so aufregend fand. Seitdem Lindbergh den Atlantik überflogen hatte und der Mensch sich in die Luft erheben konnte, träumte Gusti davon, einmal die Welt wie ein Vogel von oben zu sehen. Bei aller Liebe zur Natur – ohne die Zivilisation konnte sich dieser Menschheitstraum nicht erfüllen. Und den Menschen ging es doch heute wieder so gut wie vor dem Krieg, es gab eine Arbeitslosenversicherung, Frauen durften wählen, neue Maschinen und die Elektrizität erleichterten so viele Arbeiten. Aber die Wandervögel schimpften trotz Gustis Einwänden unverdrossen nur weiter über die Zivilisation und nannten ihre Worte »weibisch«.

Zum Erstaunen der Mutter meldete sich Gusti nach jenem Christmettenbesuch in Hosen in einer Haushaltsschule in Pappenheim an, schloss nach einem Jahr mit Bravour ab und fuhr zum Entsetzen der Mutter am Tag nach der Zeugnisvergabe nach Berlin, um sich dort eine Arbeit zu suchen. Gusti fand eine gut bezahlte Stelle als Haushälterin bei einer jüdischen Familie in einer schicken Wohnung im Scheunenviertel. Sie tanzte an Sonnabenden in verruchten Lokalen, rauchte Opium und schlief mit Männern, die ihr nichts bedeuteten – bis ihr auch dieses Berliner Leben immer langweiliger wurde, weil die Aufregungen zur Gewohnheit geworden waren und ihr Kopf zu oft am nächsten Tag schmerzte.

Im November 1929 schlossen Banken nach dem amerikanischen Börsenzusammenbruch. In der deutschen Hauptstadt sprach man aufgeregt nur noch darüber, Alte und Junge weinten auf offener Straße, und Gustis Herrschaft sagte, die Katastrophe nehme nun ihren Lauf. Gusti setzte sich auf eine Bank vor das Adlon Unter den Linden und fragte sich, ob sie sich weiter auf einem Floß treiben lassen wollte oder nicht vielmehr der Kapitän eines eigenen Schiffes werden sollte. Sonne und Wolken führten zusammen mit den Bäumen der Straße ein Schattenspiel auf, ein alter Mann setzte sich ein paar Meter weiter zum Betteln auf den Gehsteig, eine Göre riss sich von der Hand der Mutter los und rannte davon, ein hektisch dahineilender Passant im feinen Anzug schimpfte laut vor sich hin.

›Ich muss ein Ziel ansteuern‹, dachte die dreiunddreißigjährige Gusti. Die Welt, wie sie bisher war, löste sich auf. Sollte Gusti so weitermachen, als sei nichts passiert?

Sollte sie ein Treibholz bleiben, das sich nicht um Strömungen, Ufer und Anlegestellen kümmerte? Aber wo sollte sie denn anlegen? Wer und was und wo war es wert, das Vagabundieren aufzugeben?

›Kinder‹, schoss es Gusti plötzlich in den Kopf. ›Kinder sind das wert!‹ War sie selbst nicht das große Glück ihres Vaters gewesen, wie er so oft gesagt hatte?

›Ich möchte eine Familie‹, dachte Gusti. ›Und wenn alle Banken auf der Welt zusammenbrechen – Kinder und Familie blieben immer bestehen.‹ Aber dazu brauchte sie einen Mann. Und dazu musste sie brav und anständig werden und alle Freiheiten aufgeben. Aber welche Freiheiten eigentlich? War es nicht viel schöner, sich um Kinder als um die neueste Tanzmode zu kümmern? Und gab es nicht sogar einen Mann, der ihr immer wieder gesagt hatte, für ihn bräuchte sie sich nicht zu ändern, nur das Berliner Leben müsse aufhören? Er hatte ihr erneut geschrieben, nach Berlin hinauf, als seine Frau nach nur zwei Ehejahren im Kindbett mit dem Säugling gestorben war. Aber konnte sie einen Mann nur deshalb heiraten, weil sie sich jetzt eine Familie wünschte?

Gusti nahm ihre Notgroschen und den nächsten Zug nach Bayern.

Sie traf Ignaz auf dem Feld an. Aus dem hageren kleinen Bruder des Alois war doch noch ein gestandenes Mannsbild geworden, und warum hatte sie bisher nicht seine strahlend hellen Augen zum dunklen Schopf bemerkt? Begann die Liebe im Kopf mit solchen Vorüberlegungen, oder hatte sie sich nur – wie es bei Mannsbildern hieß – die Hörner in der Hauptstadt abgestoßen und war zur Besinnung gekommen?

Der Fisch-Basti stellte seinen Sohn Ignaz vor die Wahl: entweder der Hof oder die Lehrerstochter. Dieses Wandervogel-Luder würde nur über seine Leiche Bäuerin werden. Für Ignaz gab es nichts zu überlegen, und er handelte eine Auslösesumme mit dem jüngeren Bruder aus, mit der man 1931 einen Kolonialwarenladen in Garmisch eröffnete. Die Mutter hatte von einer alten Garmischer Bekannten gehört, dass der Händler dort in Ruhestand ging und das Geschäft zu übernehmen war. Gusti stimmte sofort zu, mit den Kindheitserinnerungen an die Berge war sie sofort Feuer und Flamme für dieses Vorhaben.

Gusti und Ignaz heirateten in der Stadt im Oberland nur mit Trauzeugen, weil Gusti nach der ersten Liebesnacht mit Ignaz schwanger geworden war. 1930 wurde Gusti von Alois entbunden, 1933 von Franz, 1935 von Heinrich und 1938 von Gudrun. Danach achtete sie wieder auf das Ziehen im Bauch.

»In diesen Zeiten«, so schloss Gusti nachts um zwei Uhr an jenem Augustabend 1939 ihren Brief an die englische Base, »ist es wohl besser, nicht zu viele Kinder zu bekommen.« Gusti überlegte, ob sie etwas von den politischen Entwicklungen in Deutschland schreiben sollte. Aber das bekam der Engländer ja sowieso mit, und wer konnte schon sagen, ob der Brief nicht noch in falsche Hände gelangte. Ihre Meinung behielt sie lieber für sich. Außerdem schob Gusti ihre Gedanken zur politischen Entwicklung seit einiger Zeit regelmäßig beiseite, ihr war das alles zu viel. Mit Ignaz stritt sie sich schon so viel darüber, und mit dem neuen Dienstmädchen im Haus war es ohnehin besser, kein Wort darüber verlauten zu lassen, dem blöden Ding war alles zuzutrauen. Denn nicht mehr nur Kommunisten, Zigeuner, Juden, 175er und Zeugen Jehovas waren nach kleinen Hinweisen schon in Lager abgeholt worden, sondern auch Pfarrer.

Wie hatte sie sich anfangs doch über die Nationalsozialisten getäuscht und sie sogar gewählt, hauptsächlich weil die Partei so für die Natur und den technischen Fortschritt zugleich stand. Dann hatte sie eine Anzeige der Reichsarbeitsgemeinschaft für Volksernährung gesehen und begeistert gelesen, dass man in einem Hofladen Kunstdünger ablehnte, biologisch-dynamisch Kräuter, Blumen und Gemüse anbaute, auf Vollkornbrot und vegetarische Ernährung setzte und Waren aus der Region ohne langen Transportweg bevorzugte. Gusti hatte zu Ignaz gesagt: »Sollen wir den Kolonialwarenladen nicht darauf umstellen?« Ihr Mann hatte vorgeschlagen, sie solle sich den ersten Betrieb dieser Art anschauen, und Gusti war zum Heilkräutergarten und Hofladen nach Dachau gefahren.

Direkt neben dem neuen Lager, von dem Gusti schon über die Garmischer Bürgermeisterfrau gehört hatte, lag der Heilkräutergarten, der auch Plantage genannt wurde. Von außen sah Gusti Gewächshäuser und große Beete mit Gladiolen, sie roch Thymian und sah Sträflinge dort arbeiten. Aber so einfach konnte sie nicht in den Garten spazieren – mit Stacheldraht und Wachtürmen war alles gesichert, damit die arbeitenden Häftlinge nicht ausbrechen konnten. Gusti betrat den Hofladen, studierte sorgfältig das dortige Angebot an Hagebutten, Äpfeln, allen möglichen getrockneten Kräutern, Vollkornbrot, Gemüse und eine Mischung, auf der »Vitamin C« stand. Ein freundlicher, sehr hagerer Mann fragte, ob er ihr helfen könne, und Gusti trug ihr Anliegen vor. Sie hätten selbst ein Geschäft in Garmisch, sie sei begeistert von der Idee des biologisch-dynamischen Anbaus und würde den Garten gerne besichtigen. Der hagere Mann, in dessen Augen etwas Furchtsames lag, verwies sie an die Lagerkommandanten nebenan. Gusti wurde am Tor vorstellig, und der stellvertretende Kommandant schmunzelte zwar über ihr seltsames Interesse, freute sich aber über das Vorhaben der deutschen Frau.

Gusti wurde von einem Wachmann begleitet durch die Plantage geführt. Bemerkte sie anfangs noch die Blumenpracht, den Kräuterduft und das ausgeklügelte Bewässerungssystem, so sah sie bald nur noch die Augen und Körper der dort arbeitenden Sträflinge. Die gestreiften Gestalten waren bis auf die Knochen abgemagert und verrichteten doch so schwere Arbeit wie Umgraben. In manchen Augen lag schiere Verzweiflung, in manchen nackte Angst, und wieder andere schienen nur noch ins Leere zu stieren. Ja, bestätigte der Wachmann, alle Arbeiter hier seien KZ-Sträflinge, die meisten Politische oder Juden. Ein Sträfling rempelte sie aus Versehen mit dem Schubkarren an. Der Wachmann schlug ihn mit dem Gewehrkolben zu Boden und sagte: »Freu dich auf die Hunde.«

»Aber das war doch nicht so schlimm!«, sagte Gusti erschrocken. Der Wachmann ignorierte ihre Bemerkung, brachte sie zurück zum Tor und verabschiedete sich freundlich.

Gusti ging ein paar Meter Richtung Bahnhof und setzte sich auf eine Bank. Wie ging das zusammen – man wollte alles für die Volksgesundheit tun und dann schindete man hier Menschen zu Skeletten oder gar zu Tode. Durfte man Menschen so hart bestrafen? Was hatten sie eigentlich getan? Waren es »bloß« Juden wie die Berliner Herrschaft seinerzeit? Was unterschied Juden und Christen außer der Religion? Die Rassenlehre hatte sie nie verstanden, sie konnte auf der Straße keinen Juden von einem Arier unterscheiden. Was hier geschah, war nicht »zurück zur Natur«, sondern »wider die Natur«. Gusti hörte Hunde bellen und etwas reißen. Sie sprang auf und rannte so schnell wie möglich zum Bahnhof. Sollte der Mann, der sie eben versehentlich angerempelt hatte, wirklich den Hunden vorgeworfen worden sein? Nein, doch, nein, doch, nein, doch – Gusti zitterte, bis der Zug kam und sie endlich von hier wegkonnte.

»Die werden das schon verdient haben«, bemerkte Ignaz nach ihrer Erzählung. »Misch dich nicht ein! Musst du immer gegen alles sein?« Den Plan, den Kolonialwarenladen mit biologisch-dynamischen Produkten zu modernisieren, ließ Gusti ohne eine weitere Angabe von Gründen fallen.

Auch heute noch, in der heißen Augustnacht 1939, schauderte es Gusti, wenn sie an den Heilkräutergarten und die Plantage dachte. Den Führer hielt sie seither mehr für ein Raubtier als für einen Menschen. Aber das konnte sie nun wirklich nicht laut sagen oder in einem Brief an die Base formulieren. Gusti steckte das Schreiben in ein Kuvert und ging erst in der Morgendämmerung ins Bett.

»Guten Morgen gnä' Frau, auch schon auf?«, begrüßte das Dienstmädchen Gusti am nächsten Tag spitz. Die Hausherrin gab dem Mädchen statt einer Antwort auf die kleine Unverschämtheit Anweisungen, die Stiegen zu putzen, die Betten rauszuhängen und den Herrgottswinkel gründlich abzustauben. Alois, Franz und Heinrich waren schon beim Spielen draußen, und Gudrun schlief friedlich in der Wiege. Gusti schaute kurz zu Ignaz in den Laden, grüßte die Nachbarn Lödinger, die seit einiger Zeit so seltsam distanziert waren, und brachte den Brief an die Base zur Post. Dem Mädchen würde sie kündigen, überlegte Gusti, schon bei der Einstellung hätte sie auf ihr Gefühl hören und absagen sollen, nachdem die Kuh spitze Bemerkungen über die getrennten Schlafzimmer, die geräumigen Kinderzimmer und das Fehlen eines Führerbildes gemacht hatte. Ignaz wies die Magd zwar darauf hin, dass er eine Parteinummer unter hunderttausend habe, und Gusti ließ sich von den guten Zeugnissen einwickeln. Aber ein paar Tage nach Dienstantritt stellte das Mädchen ein Führerbild einfach in den Herrgottswinkel, und Gusti wagte es nicht, die gerahmte Fotografie einfach wegzuwerfen.

Auf dem Rückweg von der Post schaute Gusti beim größten Ratschweib am Markt, der Hildegard, vorbei. Der Bürgermeistersgattin kam alles zu Ohren, auch wenn jemand Arbeit suchte. Hildegard hatte damals noch vor den Offiziellen erfahren, dass die Olympischen Winterspiele nach Garmisch kamen und dafür Garmisch und Partenkirchen zusammengelegt werden sollten. Hildegard hörte außerdem ständig Radio und hatte als Erste im Ort von der Machtübernahme, der Bücherverbrennung, der Septemberverschwörung, dem Dachauer Lager und der Kristallnacht erzählt. Jede noch so kleine neue Verordnung war von ihr aus erster Hand zu erfahren wie beispielsweise auch das neue Autofahrverbot für Juden.

Hildegard versprach, sich nach einem Dienstmädchen umzuhören, ihr Mann sei ohnehin gerade in Berlin, und sie hätte Zeit, in Garmisch suche ihres Wissens nach keine Magd eine Anstellung, aber in den umliegenden Dörfern müsse sich nach den Ferien schon eine finden lassen. Gusti versprach ihr für die erfolgreiche Vermittlung ein Päckchen Kaffee, man redete noch über die ungewöhnliche Hitze, den Hitler-Stalin-Pakt, und Hildegard fragte nach, ob Gusti wisse, was mit den Lödingers sei. Gusti zuckte mit den Schultern, sie wusste ja wirklich nichts über die unmittelbaren Nachbarn. Sie verschwieg Hildegard, dass auch Ignaz sich schon gewundert hatte, die Lödingers kauften so viel im Laden ein wie nie zuvor und waren dabei so kurz angebunden wie nie zuvor.

Im Laden war Kundschaft, Gusti half Ignaz beim Verkaufen und sortierte Erbsen und Gewürze in neue Gläser.

»Weißt du, was mit den Lödingers ist?«, fragte Gusti, als sie schließlich allein waren, »die Hildegard hat auch nachgefragt.«

»Nein, was soll sein? Gute Kundschaft, die haben noch nie angeschrieben und noch kein einziges Mal in der Mittagspause geklingelt. Und gute Nachbarn sind's auch.«

Ignaz hielt im Sortieren der Gewürze inne. »Halt, doch! Ich glaub, der Sepp oder wer anders hat neulich gemeint, die wären vielleicht gar keine lupenreinen Arier.«

»Aber die gehen doch jeden Sonntag in die Kirche«, erwiderte Gusti.

»Das heißt doch noch lange nicht, dass die Großeltern nicht vielleicht jüdisch sind.«

Ignaz kam wieder auf den Juden an sich zu sprechen und begrüßte das neue Fahrverbot. »Der Jud ist hinterhältig, zuzutrauen ist ihm alles!«

»Jetzt hör mal auf, dich da so reinzusteigern!«, ärgerte sich Gusti.

»Was heißt da reinsteigern! Schau doch in den Stürmer oder da …« Ignaz schlug eine Seite in der Zeitung auf. »Da, lies, immer mehr kommt da jetzt auf. Der Jud ist noch viel schlimmer, als wir geglaubt haben!«

Gusti mochte sich den Artikel gar nicht ansehen, sie wusste, was da drinstand, dass der Jud an all dem Übel der Welt schuld sei. Warum hatte sie auch nur mit Ignaz wieder darüber geredet, das hatte doch keinen Sinn. Ignaz schloss mit seinem Lieblingsspruch: »Du kannst doch nicht immer gegen alles sein!«

Das Ehepaar erschrak, denn hinter der Tür zum Wohnhaus, die die ganze Zeit geöffnet war, zersplitterte etwas laut krachend auf dem Boden.

Der älteste Bub, Alois, stand hinter der Tür, hatte gelauscht und sich eine Flasche Limo aus der neuen Lieferung genommen. Die war ihm nun hinuntergefallen und zu Bruch gegangen.

Ignaz zog den Buben an den Ohren und gab ihm eine gehörige Watschen. Wie immer schlug er beim Alois besonders fest zu, der Neunjährige ging zu Boden und landete in den Scherben.

»Aufhören!«, schrie Gusti Ignaz an. »Merkst denn nicht, wie du dem Buben noch was antust! So behandelt man keinen Hund und schon gar nicht das eigene Kind! Wenn das noch mal vorkommt, pack ich die Kinder und geh!« Gustis Augen funkelten. Sollten andere Ehefrauen sich doch alles gefallen lassen, sie nicht!

Gusti beugte sich zu Alois, der wie durch ein Wunder von keiner Scherbe eine Verletzung davontrug, und half ihm auf. Ignaz schwieg wie immer, wenn Gusti ihn laut zurechtwies, aber der Zorn war ihm anzusehen.

»Alois, immer der Alois!«, zischte er ihr schließlich zu.

Gusti gab dem Buben ein Zeichen, dass er verschwinden sollte.

»Wie meinst das? Immer der Alois?«, fragte sie hart.

»Der Alois halt immer!«, wiederholte Ignaz böse.

»Und was soll das heißen? Meinst, ich bevorzuge eins der Kinder? Gar nichts tu ich! Der Vater hat mich bevorzugt, weil er selbst so benachteiligt worden ist. Aber ich behandle alle gleich, weil weder das eine noch das andere gut ist!«

»Immer der Alois!«, schnaubte Ignaz wieder. Wie doof

war ihr Mann eigentlich, wütend nur den immer gleichen Satz zu wiederholen?

»Du liebst doch immer noch den Alois und mich hast bloß genommen, weil er gefallen ist!«, brach es aus Ignaz heraus. »Und sogar meinen Buben, den Erstgeborenen, hast nach ihm benannt!«

Gusti schüttelte ungläubig den Kopf. Daher wehte also der Wind. Auf den toten Bruder war er eifersüchtig, und deshalb behandelte Ignaz den Erstgeborenen immer so schlecht. Gusti stellte sich vor ihrem um einen Kopf größeren Mann auf.

»Zweimal sag ich dir das nicht. Aber das kannst dir merken: Den Alois hab ich längst vergessen, das ist doch hundert Jahre her! Ich bin froh um dich. Auch wenns'd politisch ein Depp bist!«

Ignaz' Gesichtszüge entspannten sich. Hatte er wirklich all die Jahre geglaubt, sie würde in ihm bloß seinen toten Bruder sehen? Hatte sie ihm nie gesagt, dass sie nur seinetwegen, wegen seiner Familie, den Erstgeborenen auf Alois hatte taufen lassen?

Ignaz schämte sich, drehte sich weg, richtete sich wieder auf und zog sie an sich. Er liebe sie wie nichts sonst auf der Welt, sagte er und man war sich wieder gut. Gusti glaubte, dass damit die Sache erledigt sei, doch sie täuschte sich, wie bei so vielem in diesem August.

An einem heißen Sommernachmittag bespritzten sich die Kinder draußen im Garten mit Wasser aus dem Brunnen. Gusti hörte sie kreischen und lachen, während sie drinnen mit dem depperten Dienstmädchen den Speiseplan der Woche durchsprach. Dann wurde es still, Gusti dachte sich nichts dabei, die Kinder waren wohl weitergezogen.

Eine Stunde später kamen die Buben in die Küche gestürmt, das Mädchen schälte gerade Kartoffeln und Gusti sortierte die Buchhaltungsunterlagen.

»Der Lödinger hat ein Geheimversteck!«, rief Alois triumphierend. »Und da sind Verbrecher drin!«

Gusti ahnte sofort, dass etwas Wahres an Alois' Behauptung war und nicht einfach nur die kindliche Phantasie mit dem Buben durchging.

»So ein Schmarrn!«, sagte sie, aber der sechsjährige Franz stimmte seinem Bruder zu: »Doch, doch, doch, Mama, hinter dem Holz kann man eine Tür aufmachen zum Keller, und da sind Leut drin.«

Gusti hätte sich selbst auf die Zunge beißen mögen. Warum war sie mit den Buben nicht sofort raus und der Sache nachgegangen? Das Mädchen hörte mit und würde keine Minute mit einer Anzeige zögern.

»Juden sind das, Juden!«, rief Alois.

»Woher willst das wissen?«

»Hab ich in der Schule gelernt, Rassenlehre!«, spielte Alois sich auf.

Voller Angst dachte Gusti: ›Ich muss jetzt retten, was noch zu retten ist‹, und sagte gleichzeitig zu den Buben: »So, dann kommt's mal mit, wir schauen nach.«

»Das müssen wir melden!«, rief das dämliche Hausmädchen.

»Freilich«, erwiderte Gusti, »wenn es denn stimmt!«

Die Buben riefen empört, sie seien keine Lügner, Gusti zog sie mit sich hinaus in den Garten, in eine Ecke, in die das Mädchen von der Küche aus nicht schauen konnte. Sie gab jedem eine gehörige Watschen.

»Und eine Ruhe ist jetzt! Kein Wort mehr vor der Magd. Und jetzt erzählt ihr mir leise das alles der Reihe nach.«

Alois berichtete flüsternd, dass sie durch ein Loch im

Zaun zum Nachbarn geschlüpft wären, zu seinem Brunnen, der Franz sei dabei gegen den Holzstoß gefallen und dann hätte sich eine Tür geöffnet, zum Keller, und dort hätten sie einen Mann, eine Frau und zwei Mädchen gesehen. Leise hätten sie die Tür wieder verschlossen.

Gusti wurde heiß. Das klang alles wahr. Und wenn das wirklich Juden waren, wären deren Tage gezählt. Das Mädchen würde sicher etwas melden, und da es schon die Vermutungen der Hildegard gab, mit den Lödingers stimme etwas nicht, standen die Nachbarn womöglich schon mit einem Bein in einem Lager, ebenso wie die Familie im Keller. Sollte sie, wegen ihres dummen Buben, jetzt Skelette oder gar »Hundefutter« wie in Dachau zu verantworten haben?

Gusti zündete sich nervös eine Zigarette an und rauchte gleich darauf noch eine. Was sollte sie tun?

Sie hatte eine Woche Zeit, bis der Bürgermeister wieder aus Berlin zurückkäme. Ohne ihn würde Hildegard nichts unternehmen, und daher würde Gusti das Mädchen gleich morgen zur Meldung zur Hildegard schicken.

Als alle schliefen, ging Gusti zu den Nachbarn, klopfte und drang auf ein sofortiges Gespräch. Sie bat darum, dass man ihr glaube, sie wolle helfen und nicht denunzieren. Sie schwor beim Leben ihrer Kinder, sie meine es aufrichtig und schäme sich für ihren Buben und das depperte Mädchen in Grund und Boden.

Die Lödingers nickten. Ja, im Keller seien Freunde, ein Arztehepaar, das trotz des Berufsverbots für Juden praktiziert und behandelt hatte und aufgeflogen war. Eigentlich sollten sie nur kurz im Haus und Keller bleiben, nur auf der Durchreise. Aber man hatte die jüdische Familie mit gefälschten Papieren um ihr kleines Vermögen betrogen. Die Lödingerin weinte verzweifelt. Die Familie im Keller sei doch ganz normal! Aber wie Gusti wussten die Lödingers, dass dies nach den Nürnberger Gesetzen keine Rolle mehr spielte. Selbst wenn nur die Großeltern jüdisch waren, waren es die Abkömmlinge auch und durften praktisch keinen Beruf mehr ausüben. »Und dann haben wir auch ein großes Problem!«, stammelte die Lödingerin überflüssigerweise, als hätten ihr Mann und Gusti das nicht gewusst.

»Verhalten Sie sich ruhig und unauffällig. Ich bin in zwei, drei Tagen wieder da, wir haben eine Woche Zeit. Ich versuch mein Bestes. Bis dahin wird schon nichts passieren«, sagte Gusti und verabschiedete sich.

Im Zug nach München überlegte Gusti: ›Was mache ich da eigentlich? Bin ich verrückt geworden?‹ Im Zug nach Ingolstadt fragte sich Gusti, warum sie sich in etwas einmischte, was sie überhaupt nichts anging. Im Zug nach Eichstätt schimpfte sie sich selbst dafür, immer gegen alles aufbegehren zu müssen. Aber auf dem Fußweg nach Wolkertsheim, am Altmühlufer, am Wiesenweg und bei der Gabelung dachte die Einundvierzigjährige: ›Es ist schon richtig, was ich tue. Es ist nicht für einen höheren Lohn, sondern für mich. Und gefährlich kann es mir ja auch nicht werden.‹ Ob alles so gelingen würde, wie sie es sich ausgedacht hatte, stand in den Sternen. Aber so oder so würde sie damit ihrem Gewissen Rechnung tragen und sich hinterher nicht sagen müssen, den Dingen einfach ihren unheilvollen Lauf gelassen zu haben.

Die Mutter, der Bruder Anton und die Schwägerin freuten sich über den unerwarteten Besuch der Gusti. Zwei Jahre hatte man sich nicht mehr gesehen, und Gusti musste der

Anna bei einem Tee auf der hinteren Terrasse haargenau alles über Garmisch und die Kinder erzählen.

Unverändert stand das Gartenhäuschen neben dem Regenfass, die zwei Außentoiletten waren verschwunden wie bei fast allen Häusern mittlerweile, die Beete lagen wie eh und je am gleichen Platz, und der Kirschbaum war noch größer geworden.

Gusti wartete, bis alle schliefen, und schlich sich zu den Beeten. Über zwei Stunden grub sie, ehe sie den Archaeopteryx fand, ihn grob von Erde befreite und in ihre Tasche steckte. Der Schwägerin würde sie am nächsten Tag das verwüstete Gemüsebeet mit der Suche nach einem alten Zinnsoldaten des Vaters, den sie als Andenken mitnehmen wollte, erklären.

Bei ein paar Steinbrucharbeitern, die Gusti noch kannte, erkundigte sie sich nach Fossilienhändlern und erhielt eine Eichstätter Adresse. Dort zog sie ein älterer Mann in ein Hinterzimmer des Pfandleihhauses. Er schätzte den Dinosaurier auf zwanzig Reichsmark. Nur nach einer genaueren Bestimmung könne er mehr bieten. Gusti nahm den nächsten Zug nach München. Vom Bahnhof aus sah sie ihr altes Internat wieder und erinnerte sich an eine Mitschülerin, deren Vater Professor für Archäologie war. Gusti fragte sich zu dem Mann durch, er lebte noch, war hilfsbereit und verwies sie auf einen Sammler auf der Schwanthaler Höhe, der bei solchen Angelegenheiten schon oft ein seriöser Partner gewesen sei. Außerdem nannte er ihr die Adresse eines Anwalts, wobei dieser oft in Berlin sei. Der Händler auf der Schwanthaler Höhe wollte nur hundert Mark bieten, woraufhin Gusti den Anwalt aufsuchte. Die Frau des Anwalts erklärte Gusti, ihr Mann käme erst in drei Tagen wieder aus Berlin zurück, ob sie helfen könne? Gusti tastete sich vor – die Frau verstand mehr von Fossilien als ihr Mann, sie war die Expertin. Und wenn es ein Urvogel wäre? Dann wäre die Gusti eine reiche Frau, meinte die Frau des Anwalts.

Gusti verabschiedete sich, in drei Tagen würde jemand kommen und bis dahin sollte die Frau Anwalt doch bitte genügend Bargeld bereithalten. Es sei sehr eilig und müsse schnell und reibungslos gehen.

Dem Ignaz erzählte Gusti, der Mutter ging es gar nicht so schlecht wie angenommen, der Anruf des Bruders bei den Lödingers sei ein Fehlalarm gewesen, aber schön sei es trotzdem gewesen, die Ihren wieder einmal zu sehen. Darüber müsse sie jetzt auch gleich die hilfsbereiten Nachbarn, bei denen man immer für sie anrufen konnte, informieren.

»Damit können Sie alle auswandern.« Gusti legte die Platte auf den Tisch zusammen mit der Adresse des Münchner Anwalts. Die Eheleute wechselten fragende Blicke, in nur zehn Minuten erzählte Gusti von diesem Familienerbe, seiner Bedeutung und seinem Wert. Die Platte brächte zwar Unglück, wenn man sie für eigenen Reichtum einsetzte, aber nicht für den anderer. Mit der Frau des Münchner Anwalts hätte sie alles in die Wege geleitet, mehr könne sie jetzt nicht mehr tun, sonst würde der Kuh oder ihrem Mann noch etwas auffallen. Die Lödingerin weinte: »Der Herrgott wird es Ihnen danken.« Der Lödinger mahnte zur Eile. Am besten, sie packten noch heute ihre Koffer und fuhren mit dem kleinen Lastwagen des größten Buben in der Nacht mit der jüdischen Familie nach München.

Am nächsten Morgen waren die Lödingers, wie es hieß, »urplötzlich verschwunden«, und ganz Garmisch rätselte darüber, ob die Gestapo nun schon Leute abholen könnte, ohne dass dies überhaupt noch jemand mitbekam. Auch Ignaz redete tagelang über diese seltsame Begebenheit, Gusti fand ein neues Mädchen und schwor, sich nie wieder in etwas einzumischen. Was wäre denn, wenn die Lödingers doch verhaftet würden und unter verschärften Verhörmethoden aussagten, von wem sie das Fossil und damit das Geld hatten?

Es kühlte ab. Der Sommer verging fast von einem Tag auf den anderen, ebenso wie der Friede. Es gab wieder Krieg. Dieses Mal meldete sich fast keiner freiwillig, um für das Vaterland zu sterben. Über Garmisch lag ein bedrücktes Schweigen.

Jüngere Männer wurden als Reservisten eingezogen. Lebensmittel, Schuhe und Benzin wurden rationiert und waren nur noch mit Bezugsmarken zu erhalten. Luftangriffschutzübungen mit Verdunkelungen wurden regelmäßig durchgeführt. Die für 1940 in der Stadt geplanten Olympischen Spiele wurden abgesagt. Sonst aber war im Herbst 1939 nicht viel vom Krieg in Garmisch zu spüren.

Ins Haus der Lödingers zogen reiche Schwaben, die keiner mochte, und Alois fragte unvermittelt nach, was mit den Verbrechern im Keller geschehen sei. »Die sind wahrscheinlich abgeholt worden!«, antwortete Gusti bewusst beiläufig beim Abendessen mit Ignaz, den Kindern und dem neuen Mädchen, das zwar in der Partei war, aber mehr als den Führer jeden Skirennläufer im Kopf hatte. Der Zweitgeborene, Franz, der eben in die Schule gekommen war, ergänzte die Frage seines Bruders mit der Aussage: »Schad, dass man die Christkindl abgeholt hat.« Er konnte damit nur die Mädchen der Versteckten meinen, vielleicht hatten sie weiße Kleider getragen. Ignaz stutzte: »Was ist mit dem Christkind?« Gusti gab ihm ein Zeichen, dass es hier nur um kindliche Einbildungen ginge – und damit hatte sich das Thema für die Familie erledigt. Auch innerlich wurde Gusti wieder leichter, und ab November schlief sie deutlich ruhiger. Sie hatte von niemandem mehr etwas über die Lödingers gehört, nichts Offizielles und nichts Inoffizielles – das war ein gutes Zeichen, die Löbingers und die Juden waren hoffentlich über alle Berge und hatten es kurz vor Kriegsausbruch noch geschafft, mit gefälschten Papieren einen Zug, ein Schiff oder gar ein Flugzeug zu ergattern, denn jetzt war das Reisen nicht mehr so einfach.

Als der erste Frost kam, tauschte Ignaz mit einem Waldbauern Holz gegen Kaffee und hackte die zersägten Stämme im Garten klein. »Wenn wir in einem Bett schlafen täten und nicht jeder für sich, würd es uns weniger frieren«, sagte er wie fast jeden Winter. Gusti bekam ein schlechtes Gewissen. Warum teilte sie nicht wie jede andere Frau auch ihr Bett mit dem Mann, sondern zog es vor, eine eigene Kammer zu haben? Der Ignaz war doch ein braver, verantwortungsvoller Ehemann und Vater, der sparsam wirtschaftete, nicht im Wirtshaus trank und das Geschäft ab sechs Uhr in der Früh akkurat führte. Sie hingegen schrieb nachts sinnlose Gedichte und schlief morgens oft bis zehn Uhr. Gusti befürchtete plötzlich, dass sie diesen Mann bei ihrem Lebenswandel noch verlieren könnte. Was würde dann aus ihr und den Kindern werden? Zum Erstaunen von Ignaz willigte sie in ein gemeinsames Schlafzimmer ein, und noch im Dezember brachte der Schreiner ein fein geschnitztes Himmelbett.

Am Nikolaustag watschte Ignaz den Alois wieder einmal besonders fest, weil er dem kleineren Bruder die Nüsse, den Apfel und den Schokoladenriegel gestohlen hatte. Gusti rief zwar »Aufhören!«, aber traute sich auch nicht mehr, sich vor den Alois gegen den Ignaz zu stellen.

An Weihnachten wollte Ignaz nicht in die Christmette gehen, Gusti wendete ein: »Aber warum denn nicht? Das gehört sich doch!«

»Seit wann schaust du danach, was sich gehört?«, erwiderte Ignaz spitz.

Gusti ging tatsächlich nicht in die Kirche, weil es sich gehörte oder sie gläubig war. Sie ging in die Kirche, seitdem das dem Führer nicht passte.

»Es gehört sich auch nicht, nicht in der Partei zu sein. Wer weiß, was wir deshalb noch für Nachteile haben werden?«, fragte Ignaz.

»Aber es langt doch, dass *du* ein Mitglied der ersten Stunde bist. Welche Nachteile sollen wir denn haben?«

»Man weiß nie«, brummte Ignaz.

Gusti machte die Buben für die Christmette fertig und musste trotz ihres Ärgers über den sechsjährigen Franz lachen, der sagte: »Gott ist der Glaube, und der Glaube ist Gott, und ich werde einmal Papst.«

Eine neue Krippe mit einem Jesuskind als Puppe stand vor dem Altar und der Pfarrer las die Messe auf Deutsch und nicht auf Lateinisch. Kamen jetzt auch schon in die Kirche neue deutsche Gesetze? Gusti traute sich nach dem Gottesdienst nicht, Hildegard danach zu fragen.

Auf dem Heimweg mit den Buben durch die kalte Nacht bemerkte Gusti, dass ihr plötzlich der Schneid für das Leben abhandengekommen war, so wie andere einen Schirm verloren hatten. Sie traute sich immer weniger. Es brauchte genau eine Woche, bis Silvester 1940, bis Gusti verstand, woher das rührte. Es kam nicht vom Krieg, der ihr so

Angst machte. Es kam von der vermaledeiten Hilfsbereitschaft im August. Alles war zwar noch gut ausgegangen, aber das Fossil war weg und damit eine Gewissheit, die sie seit dem sechzehnten Lebensjahr gehabt hatte: Kein Mannsbild und keine Umstände könnten sie in die Knie zwingen, im Notfall könnte sie immer noch die Platte verkaufen, alles liegen und stehen lassen und mit den Kindern weiß Gott wohin auswandern. Dabei hatte sie gar nicht so oft an den Urvogel gedacht – er war nur einfach immer unter den Wolkertsheimer Beeten für sie da gewesen. Mit ihren einundvierzig Jahren war sie nun zum ersten Mal vom Geld und Wohlwollen ihres Mannes abhängig. Doch was nützte es, das zu begreifen, dachte Gusti, während die Garmischer verbotenerweise ein kleines Silvester-Feuerwerk zündeten, Ignaz sie in den Arm nahm und der »Liebsten« ein gutes neues Jahr wünschte. Welche Luxusprobleme trug sie mit sich herum, dachte Gusti weiter, woanders war der nächtliche Himmel nicht von Feuerwerk, sondern vom Feuer der Bomben hell erleuchtet. Auch wenn der Führer, Ignaz und alle das Gegenteil behaupteten: Gusti war sich sicher, dass auch Garmisch eines Tages dafür bezahlen musste. Sie hatte Angst um ihre Kinder und das heranwachsende im Bauch. Dabei war doch gerade das Ungeborene eine Art Lebensversicherung für die Familie, weil ältere Väter mit fünf Kindern nicht einrücken mussten und Gusti somit guter Hoffnung sein konnte, so schnell nicht Witwe zu werden.

Gusti 1945

Als am frühen Abend des 29. April amerikanische Panzer in der »Lazarettstadt« Garmisch einrollten, weinte der große Bub Alois. Nun würde nie mehr aus ihm ein Flakhelfer werden, warum war er nicht ein oder zwei Jahre älter? Warum durfte er nicht für den Führer fallen? Gusti gab dem Fünfzehnjährigen eine sanfte Watschen und sagte: »Bist noch blöder?« Wie durch ein Wunder hatte es lediglich einen Bombenangriff mit nur zwei Toten auf Garmisch gegeben, der Bub hatte keinerlei Vorstellung davon, wie die anderen Städte verwüstet worden waren. Bis zum Mittag hatte sich das Gerücht gehalten, Garmisch würde noch am selben Tag in Grund und Boden bombardiert werden. Aber das Haus stand, Garmisch war fast intakt geblieben, und alle in ihrer Familie waren wohlauf. Dank des Ladens hatten sie während des Krieges nicht einmal Hunger gelitten.

Als Gusti die Panzer rollen hörte, breitete sich trotz des Geräusches die größte Ruhe und Stille ihres bisherigen Lebens in ihr aus. Es war vorbei. Es war vollbracht. Es war vergraut in Schwarz und Weiß wie zu Fotografien, die man eines Tages wieder ansehen würde. Bilder ohne rotes Blut, Bilder ohne den Ton der lauten Marschmusik und der geifernden Stimme des Führers und der Propaganda, Bilder ohne den Angstschweiß im Kopf.

Die siebenundvierzigjährige Mutter von fünf Kindern lief zum Rathaus, um den Amerikanern zuzujubeln. Entgeistert sah Gusti, wer da noch alles war, um sich über die »Befreier« zu freuen: Die eifrigsten Nazis, darunter auch die Hildegard, schwenkten weiße Fahnen und warfen den Soldaten Handküsse zu. Der zwölfjährige Franz, den sie gar nicht hatte mitkommen sehen, wurde sogar, die Fahne schwenkend, fotografiert.

»Was musst da auch hinrennen?«, kommentierte Ignaz ihre Rückkehr, ehe Gusti wieder geholt wurde, weil nur wenige Englisch sprachen, noch nicht einmal mehr die Oberschüler, nachdem die Nazis das Fach aus dem Lehrplan gestrichen hatten. Der Zweitgeborene, Franz, der heuer noch auf die höhere Schule geschickt werden sollte, so dachte Gusti am Abend des 29. April neben vielem anderen, würde nun hoffentlich doch Englisch lernen können. Der nächste Gedanke sprang nach Wolkertsheim. Von dort war schon vor zwei Tagen der Anruf gekommen, dass das Annerl und die Schwägerin wohlauf seien. Vom Bruder Anton aus Russland hatte man hingegen nichts mehr gehört. Den nächsten Gedanke äußerte Gusti laut zu Ignaz: »Jetzt schaffen wir uns auch eine Telefon an. Der Krieg ist vorbei.« Zwischen Vergangenheit und Zukunft, zwischen Todesangst und Freude, zwischen SS und Amerikanern hüpfte immer wieder ganz Alltägliches in ihrem Kopf hin und her, wie mit dem Blick auf den Nähkorb: Sie hatte noch Socken zu stopfen und altes Zeug wegzuschaffen.

Als die Kinder schliefen, verbrannten die Eheleute im Ofen Ignaz' Parteibuch, »Mein Kampf« und das Führerbild, das im Laden aufgehängt gewesen war. »Jetzt hat er doch gewonnen, der Jud!«, sagte Ignaz, ehe er die Papiere ins Feuer warf. »Und du sagst jetzt nie mehr was über den

Juden!«, erwiderte Gusti. »Das kann gefährlich werden. Denn jetzt ist es genau andersherum.« Ignaz nickte. Er hatte verloren. Das goldene Parteiabzeichen warf er bei einem Bauern auf den Misthaufen.

Bald zeigten die Amerikaner Filme über die Lager, auch in den Schulen. Die Leute sagten andauernd: »Das haben wir nicht gewusst.« Gusti schüttelte den Kopf. »Ein jeder hat es gewusst oder wissen können. Ein jeder hätt sich das anschauen können, so wie ich!« Gusti sprach noch einmal mit den Kindern über die Wahrheit, die sie so lange für sich behalten hatte, dann sagte sie nichts mehr dazu. Der Krieg war vorbei, die Nazis waren weg – eine neue Zeit brach an, und warum sollte sie in der dreckigen Vergangenheit wühlen? Die Amerikaner kümmerten sich schon darum, sie urteilten scharf über die ersten Garmischer, die ihre ausgefüllten Entnazifizierungsbogen abgegeben hatten.

Der Bürgermeister wurde interniert und die ganze Stadt nach und nach in Aktenbergen erfasst. Gusti bekam als Unbelastete einen Persilschein. Bang wartete man auf das Ergebnis von Ignaz. Mit der Parteinummer unter hunderttausend war mindestens mit Haft zu rechnen. »Doch wie durch ein Wunder«, freute sich das Ehepaar schließlich, musste Ignaz nur den Laden aufgeben. Gusti eröffnete den Kolonialwarenladen »neu«, und Ignaz durfte als ihr Angestellter arbeiten – noch nicht einmal das Inhaberschild musste geändert werden, da es nur auf den Nachnamen lautete, rein äußerlich ging alles weiter wie bisher.

Bald lagen wieder Gewürze in kleinen Körben neben der Verkaufstheke und verströmten einen Duft wie aus tausend und einer Nacht. Kaffee und Kakao gab es in bunten Büchsen, Limonade in drei verschiedenen Farben stand im Regal, vier verschiedene Schokoladensorten konnte man kaufen, Brausepulver in neuer Verpackung fand man neben der Registrierkasse, und am Eingang lagen Früchte, die man mit »italienische Stachelbeeren« beschriftete. Waschmittel stand neben Wein und Suppenpulver, und ein Blechschild wies auf eine italienische Salami hin. Ignaz' alte Beziehungen oder neue Schwarzmarktkontakte füllten den Laden wie vor dem Krieg.

Lag es am Laden, der nun ihr gehörte und sie finanziell von Ignaz unabhängig machte, oder an der freien Luft, die ohne die Nazis wieder zu atmen war, dass sich wieder so viel mehr Schneid in Gustis Leben fand? Wenn Ignaz grantig wurde oder den Alois zu sehr schlug, dachte sich Gusti wieder: ›Das muss ich mir nicht bieten lassen!‹, und wies ihren Mann zurecht. Einmal schnauzte sie Ignaz sogar vor den Kindern wütend an: »Du und deine Nazis habt jetzt verloren und mir nichts mehr zu sagen.« Ignaz blickte wie ein geschlagener Hund drein, und Gusti entschuldigte sich.

Mit der »fürchterlichen Schnarcherei« des Ehemannes begründete sie schließlich lapidar, warum sie wieder ein eigenes Schlafzimmer bezog. Beleidigt nahm Ignaz zur Kenntnis, dass Gusti einfach wieder das machte, was sie wollte, und keine Entscheidungen wie über ein eigenes Schlafzimmer mehr mit ihm abstimmte.

»Und das schöne Himmelbett … was das gekostet hat. Ist dir das wurscht?«, hielt ihr Ignaz vor.

»Nein, aber ich schlaf einfach besser allein. Das ist jetzt so«, stellte Gusti Ignaz vor vollendete Tatsachen.

Man holte das alternde Annerl aus Wolkertsheim nach Garmisch, weil die Schwägerin sich neben der Arbeit auch um die eigenen Kinder zu kümmern hatte, bis Anton wieder aus der Gefangenschaft kam. Die Mutter ging wie eh und je jeden Abend aus dem Haus und fragte die jungen Männer auf der Straße: »Wie alt schätzen Sie mich?« Wer die einundachtzigjährige Dame jünger als sechzig schätzte, den lud Anna auf ein Weißbier in ein Garmischer Wirtshaus ein, sang ihm vor und erzählte davon, dass sie einen großen weltlichen Chor gründen wolle.

Die Kinder trieben sich draußen herum und spielten Fußball, noch war nicht daran zu denken, dass der Schulbetrieb wieder aufgenommen werden konnte. Es fehlten Lehrer, Bücher und Lehrpläne. Die Amerikaner hatten ihr Quartier im Schulgebäude aufgeschlagen. Doch bald wurde bekannt, dass mit der Wiederaufnahme des Unterrichts auch eine erste Klasse Gymnasium eingerichtet werden sollte. Das war wunderbar, denn der Zweitgeborene, Franz, war ein schlauer Kopf und guter Schüler, und Gusti hatte ohnehin vor, ihn auf eine höhere Schule zu schicken, wollte ihm aber ein Internat ersparen. Der zwölfjährige Bub war ein Sturkopf, der sich schon als Kleinkind seinen Willen erzwingen wollte und so lange schrie, bis er keine Luft mehr bekam. Aber er war nicht verschlagen wie der Alois, sondern geradeheraus, er lernte so leicht wie sie einst und war zudem ein braver Ministrant.

Deshalb dachte sich Gusti an einem Septemberabend auch nichts, als der Bub abends beim Gebetläuten nicht daheim war. Bis Alois angerannt kam und rief: »Der Franz spinnt, den müsst ihr holen!« Gusti fand den Zweitgeborenen in einem eiskalten Gebirgsbach liegen, schon blau angelaufen. Es stellte sich heraus, dass die Buben auf die Idee einer Mutprobe gekommen waren: Wer hielte es am längsten aus, in dem eiskalten Wasser zu liegen? Die anderen waren schon ewig wieder aus dem Nass heraus, aber der Franz war einfach weiter liegen geblieben. Der Bub sagte, ihm würde die Kälte überhaupt nichts ausmachen, aber laut Doktor war er gerade noch einmal um Erfrierungen herumgekommen. Seither achtete Gusti besonders auf den Jungen, der das wie sie vom Großvater geerbt hatte, auch wenn die »Krankheit« bei ihr seit dem Kriegsende wieder verschwunden war.

Fast jeden Abend setzte sich Gusti im Frühherbst 1945 auf den Balkon des Hauses im ersten Stock, holte eine Flasche Wein aus dem Laden und schrieb nach dem ganz normalen Durcheinander jedes Nachkriegstages Gedichte. Die Verse gelangen ihr zu ihrer eigenen Zufriedenheit. Nur ein Gefühl vermochte sie nicht in Stimmungsbilder zu verwandeln – das Gefühl der unerhörten Freiheit, das sie seit diesem Mai empfand. Manchmal dachte Gusti beim Dichten an die Lödingers, die Juden und das Fossil. Könnte sie doch erfahren, was aus allen geworden war – aber damit war nach so langer Zeit und all den Verwüstungen nicht mehr zu rechnen.

Franz 1945

Im April tuschelten die Erwachsenen immer häufiger hinter verschlossenen Türen, hörten manchmal offen Feindsender und verdunkelten abends die Häuser. Schon seit Wochen fiel die Schule aus, die Garmischer vergaßen in ihrer Aufregung, die Buben zum Schweinehüten zu schicken, und Franz konnte den lieben langen Tag Fußball spielen. Den Zwölfjährigen hätte es nicht gewundert, wenn morgen die Kirchtürme nicht mehr am Marktplatz gestanden hätten, auch die Mutter hatte neulich gesagt, jetzt sei mit allem zu rechnen. Die Eltern horteten einen Konservendosenvorrat, Mehl, Reis, Kaffee, Marmelade und andere Lebensmittel hinter der versteckten Kellertür und schärften den Kindern ein, niemandem davon zu erzählen, die Nahrung benötige man für sich selbst, denn über den Krieg seien sie mit dem Laden noch gut durchgekommen, aber was nun auf alle zukomme, wisse man nicht.

Dabei hatte die Hitlerjungend und der Bund Deutscher Mädchen am Führergeburtstag noch ein Ständchen vor den vielen geladenen, hochrangigen Gästen im Alpenhof gesungen und der Jugendführer vom nahen Endsieg gesprochen. Wie alle anderen auch glaubte Franz ihm zwar nicht, behielt das aber für sich, denn dem Jugendführer durfte man nicht widersprechen.

Zwei Tage später kam der Jugendführer in die Sonntagsmesse, obwohl er zuvor nicht nur über Juden und Zigeuner als »Parasiten« gesprochen hatte, sondern auch über »so manche Pfarrer«. Franz ministrierte an diesem 22. April den Gottesdienst und ließ nach dem Einzug in die Kirche überrascht fast den Leib Christi in Form einer Oblate fallen. Nicht nur der Jugendführer war heute in der Heiligen Messe, sondern auch der Bürgermeister und der Vater. Mit den vielen Flüchtlingen, Ausgebombten, erschöpften Soldaten aller Dienstgrade und Kinderland-verschickten Schülern, die nun täglich eintrafen, war die Kirche so voll, dass die Garmischer hinten stehen mussten, weil sich in den Bänken kein freier Platz mehr fand. Der Pfarrer predigte, dass Gott bald richten werde über jene, die den Glauben mit Füßen getreten hatten.

Franz trug nun stets einen an der Lederhose festgebundenen Holzstecken und ein großes weißes Tuch bei sich, das er der Mutter abgeschwatzt hatte. Mit nur drei Handgriffen konnte er das Tuch durch zwei Löcher am Stecken so befestigen, dass beide Teile eine große weiße Fahne ergaben. Die könnte er dann, wenn es denn stimmte, dass die Amerikaner jeden Tag einmarschieren würden, von einem Apfelbaum aus von oben schwingen und damit dem Vaterland einen großen Dienst erweisen. Noch hielt Franz die beiden Teile getrennt, denn die Mutter hatte erzählt, dass bei Berlin ein Zwölfjähriger standrechtlich erschossen worden war, weil er dem Feind mit einer weißen Fahne entgegengelaufen war. Franz musste also genau den richtigen Zeitpunkt erwischen und hielt deshalb von früh bis spät vom Apfelbaum am Adolf-Hitler-Platz Ausschau und spielte nicht einmal mehr Fußball. Immer mehr Flüchtlinge, Soldaten mit und ohne Waffen, Junge und Alte irrten durch den Markt auf der Suche nach Zivilkleidung, Nahrung und einem Dach über dem Kopf.

Die Warterei auf dem Apfelbaum zog sich elendig lange hin, ein Tag nach dem anderen verging, während die anderen Fußball spielten und er als sonst bester Mann auf dem Platz keine Tore schießen konnte. Die Erwachsenen liefen immer hektischer hin und her, und immer größere Zweifel machten sich in Franz breit. War es denn überhaupt heldenhaft, zu kapitulieren? Verriet er dabei nicht den Führer und seinen Glauben an den Endsieg? Aber wo war eigentlich der Führer, und wo waren seine Ansprachen geblieben?

Paraden gab es auch schon lange nicht mehr, und die Zwangsarbeiter wurden immer dreister, forderten kostenlose Lebensmittel von den Eltern und drohten, den neuen Herren genau davon Bericht abzulegen, wer sie unter den Nationalsozialisten gut oder schlecht behandelt hatte. Mürrisch überreichte der Vater ihnen daraufhin Mehl und sogar Schokolade und sagte später zur Mutter, wenigstens seien das bloß Polen und keine Juden, woraufhin die Mutter wieder böse wurde, wie immer wenn es um Juden oder den Alois ging.

Und war der Feind, der Amerikaner, nicht jüdisch zersetzt, wie es immer hieß, und waren sie dann also auch solche Fratzen, wie Franz sie im Stürmer gesehen hatte? Wie sollte er sich überhaupt einen Feind vorstellen? Nein, er konnte keine vier Beine wie eine Sau haben, das waren doch auch Menschen. Und wie konnte es überhaupt so weit kommen, dass aus den deutschen Übermenschen plötzlich Besiegte würden?

Die Mutter gestand: »Ich hab Angst.« Der Vater erklärte: »Ein deutscher Mann hat keine Angst.« Aber dabei zitterte seine Hand so sehr, dass er kaum mehr den Tee in die

Tasse schütten konnte und die meiste Flüssigkeit auf dem Küchentisch landete, etwas, wofür Franz und die Geschwister eine Watschen bekommen hätten, aber eigentlich nur früher, wenn Franz recht überlegte, momentan konnte er auch Guttis aus der Bonboniere im Laden stehlen, ohne eine Strafe zu erwarten, die Eltern und andere Erwachsene standen daneben, redeten aufgeregt, und es schien ihnen gänzlich egal zu sein, was die Kinder um sie herum trieben.

Wer waren diese Amerikaner, die hier schon alles in Unordnung brachten, noch ehe sie überhaupt da waren? Wer war dieser Feind, der aus dem Vater einen zitternden Angsthasen und aus ganz Garmisch einen Ort machte, der gar nicht mehr groß und deutsch und stolz war, sondern bloß noch Gschwerl anzog?

Mit diesen Fragen lauerte Franz im Apfelbaum und wurde plötzlich von der Mutter gerufen, die durch den Markt laufend nach ihm suchte. Franz kletterte hinunter, und die Mutter befahl ihm, sofort heimzulaufen. Keiner durfte mehr raus, die ganze Familie saß im Keller, bis es plötzlich hieß, der Schäffler hätte eine Bombardierung in letzter Minute zu verhindern gewusst, und man die Panzer dröhnend heranrollen hörte. Der Bruder Alois weinte im Keller, dass er nun doch kein Flakhelfer mehr werden könnte, und bekam dafür von der Mutter eine Watschen. Franz freute das, denn Alois hatte ständig damit angegeben, dass er noch für den Führer kämpfen würde, Franz hingegen dafür noch viel zu klein sei.

Franz schlich sich durch die Kartoffelklappe davon und rannte unbemerkt von den Eltern zum Adolf-Hitler-Platz. Ein Panzer nach dem anderen rollte ein, es hörte gar nicht mehr auf! Franz verknüpfte das weiße Tuch und den Stecken so geschickt wie erträumt und winkte mit der großen Fahne vom Apfelbaum aus in Richtung der Feinde. Aber er konnte nicht sehen, ob die Panzerfahrer ihn wahrnahmen, deshalb kletterte er wieder vom Baum und lief mit seiner Fahne hinunter zum Marktplatz. Gleichzeitig mit dem Feind traf er dort ein, aus einem Geländewagen stiegen der Schäffler und Amerikaner, die ins Rathaus gingen. Ein Panzerrohr drehte plötzlich auf Franz zu. Der Bub hob die Hände, er hatte doch keine Waffen, er hatte doch als Zwölfjähriger gar nicht zur Flak gehen und für den Führer kämpfen dürfen!

Franz hörte aus den Automobilen die feindlichen Soldaten sich etwas in einer fremden Sprache zurufen, er hielt die Hände mit der Fahne weiter oben, hinter den Fenstern der umliegenden Häuser spürte er die Blicke der Garmischer, ohne dass eine Gardine verrutschte, Franz dachte an die Mama, die ihn immer ermahnt hatte, auf sich achtzugeben und sich nicht unnötiger Gefahr auszusetzen, Franz überlegte einen Moment, ob man als Zwölfjähriger auch schon sterben könnte, aber natürlich, schoss es ihm durch den Kopf, die Mutter hatte doch von dem Berliner erzählt. Franz bieselte ein paar Tropfen in die Hose und konnte einen weiteren Strahl gerade noch anhalten – das Panzerrohr drehte zum Rathaus ab. Ein Soldat stieg aus einem der Wagen und kam grinsend auf ihn zu. Der Feind war ganz anders, als Franz sich das jemals vorgestellt hatte – er war ein Neger! Der ging – sich noch einmal in alle Richtungen umsehend – auf ihn zu. Seine weißen Zähne blitzten in dem Gesicht wie das Persilweiß der Werbetafeln im elterlichen Laden. Franz verlor mit jedem Schritt des Negers auf ihn zu seine Angst. Und tatsächlich strich ihm der Schwarze kurz übers Haar, lachte auf und steckte ihm einen Kaugummi zu. Franz' Knie schlotterten.

Dann füllte sich der Marktplatz, alle Leute kamen plötzlich aus den Kellern heraus, schoben die Gardinen zur Seite, rissen die Fenster auf und jubelten den Amerikanern zu. Später wurde Franz von einem amerikanischen Militärfotografen gebeten, noch einmal mit der Fahne zu schwenken und sich neben den Neger zu stellen. Der schwarze Feind legte den Arm um ihn, grinste wieder breit und schenkte ihm eine Orange, in die Franz wie in einen Apfel biss. Daraufhin schüttelte sich der Ami vor Lachen und zeigte Franz, wie man die Schalen entfernte.

Daheim überprüfte Franz im Spiegel, ob die Hände des Negers seinen blonden Schopf nicht schwarz eingefärbt hatten, aber er konnte nichts entdecken, er sah aus wie immer. Anders als im Fasching hatten die Neger keine schwarze Schuhcreme auf der Haut, sondern ihr Gesicht, die Hände und vermutlich der ganze Körper waren wirklich und immerzu so schwarz von Natur aus, und das färbte nicht ab! Die nächsten Tage überprüfte Franz diese erstaunliche Beobachtung noch ein paar Mal, er hatte auch genügend Gelegenheit dazu, denn die Amis schlugen in der Schule ihr Hauptquartier auf, und die Kinder durften dort ein und aus gehen. Aber warum konnte ein Neger plötzlich einem Deutschen überlegen sein? Diese Frage und dieses Problem ließen sich nicht so leicht lösen.

Alle Erwachsenen winkten bei solchen Fragen ab und hießen ihn, still zu schweigen und nicht so viel dummes Zeug daherzureden, wenn er das Wort »Rasse« erwähnte und nur sagte, was er in der vierten Klasse gelernt hatte. Aber das Wissen, auf das die Mutter bisher so viel Wert gelegt hatte, schien plötzlich gar nichts mehr zu bedeuten. Als Franz dem Lehrer Schäffler begegnete und ihn ohne nachzudenken mit ausgestrecktem Arm und »Heil Hitler«

grüßte, so, wie er es seinerzeit von ihm gelernt hatte, erntete er eine Kopfnuss, so wie damals, als er versehentlich mit »Grüß Gott« gegrüßt und das »Heutzutage heißt das anders« nicht bedacht hatte.

Die Annerl-Oma kam zu ihnen nach Garmisch und sang jetzt manchmal in der Kirche so ergreifend, »dass einem schauderte«, wie es hieß, »trotz ihres Alters«. Nur wegen ihr gingen schließlich sogar Amerikaner in die Messen, obwohl sie gar nicht katholisch waren. Bloß der Mutter passte an der Oma etwas nicht, denn sie sagte mehrmals zu ihr: »Das ist doch kein Benehmen«, wenn die Großmutter auf der Straße wildfremde Flüchtlinge ansprach und manche von ihnen zu einem Bier ins Wirtshaus einlud. Dabei kannte Franz keine elegantere Dame als die Annerl-Oma, und warum sollte sie den Flüchtlingen nicht helfen?

Die Fotografie von ihm mit der Fahne und dem Neger wurde später in amerikanischen Zeitungen abgedruckt – der Soldat zeigte sie dem Zwölfjährigen. In Garmisch hieß es, der Franz solle sich nur ja nichts darauf einbilden. Franz tat dies nicht, denn er wusste nach wie vor nicht, ob er nun mutig oder feige gewesen war. Er hatte den Feind zwar als Erster begrüßt, aber doch dabei in die Hose gebieselt.

Seine Fragen, die er nicht stellen konnte, legten sich auch nicht, nachdem die Mutter einmal ihn, den Bruder Alois und die Schwester Gudrun als die »Großen« zur Seite nahm, weil sie mit ihnen zu reden hätte. Dabei sprach die Mutter Unglaubliches aus.

»Der Führer war der größte Verbrecher aller Zeiten. Es gibt keinen Unterschied zwischen Rassen, alle sind gleich viel wert. Der Irrglaube an den Führer hat die ganze Welt ins Verderben gestürzt. Alle haben sich blenden lassen, bloß weil sich ein jeder über andere erheben wollte. Und jetzt haben wir den Salat. Wegen diesem Verbrecher.«

Franz fragte: »Aber einen Verbrecher muss man doch erkennen können?«

Die Mutter seufzte. »Ich kann's euch jetzt nicht besser sagen. Aber das lernt ihr bestimmt bald in der Schule. Neue Lehrer werden schon gesucht, der Schäffler ist übrigens inhaftiert worden und der Dessinger gefallen. Und neue Bücher braucht es auch.«

Franz seufzte. Hoffentlich dauerte das alles noch recht lange, bis er wieder die Schulbank drücken musste. So ein verlorener Krieg hatte bei allen Nachteilen doch einen entscheidenden Vorteil: Er konnte stundenlang Fußball spielen.

Auch noch im September konnte Franz Fußball spielen oder den Neger besuchen, der ihn »little friend« nannte und ihm Kaugummis, Orangen und Zigaretten zusteckte und ihm Baseball und Basketball zeigte und immer mal wieder mit ihm spielte. Einmal erklärte der Dunkelhäutige, dass »Neger« eigentlich eine Beleidigung sei, und Franz nannte ihn seither nur noch »Schwarzer«.

Die Amis bezogen später ein anderes Quartier, und der Adolf-Hitler-Platz wurde feierlich in »Rathausplatz« umbenannt, doch Unterricht stand immer noch nicht an.

Nach einem dreizehn zu null gewonnenen Fußballspiel gegen die Flüchtlingsbuben überlegte Franz wieder, warum es Sieger und Verlierer gab und warum der Führer der größte Verbrecher aller Zeiten sein sollte. Warum hatte das dann sein Vater Ignaz nicht erkannt, sondern immer zu den Ansprachen des Führers laut geklatscht? War sein Vater auch ein unerkannter Verbrecher, weil er von der Partei so überzeugt gewesen war? Wie sonst war es zu erklären, dass die Mutter den Vater ganz offen demütigte und ihm widersprach: »Du und die Nazis habt mir nichts mehr zu verbieten!« Wie ein geschlagener Hund blickte der Vater daraufhin drein, und Franz wünschte sich den starken, deutschen Helden, den unbesiegbaren Vater zurück, freundliche Amis mit Orangen und Kaugummis hin oder her. Der Vater durfte kein Schwächling oder Angsthase sein! Oder war er doch ein Verbrecher?

Franz konnte mit niemandem darüber sprechen. An einem Septemberabend hatte er beim Gebirgsbach aber eine Idee.

»Wer es am längsten im Wasser aushält, dem sein Vater ist der beste und kein Verbrecher!«, sagte er zu den anderen Buben. Alle anderen machten sofort mit und legten sich in den eiskalten Bach. Dieser Wettbewerb war ernst und nicht bloß ein Fußballspiel.

Nach nicht einmal fünf Minuten stiegen alle anderen Buben schlotternd aus dem Nass.

Franz dagegen spürte keine Kälte, nur das Nass, das ihn umspülte. Der Zwölfjährige genoss jede Minute der Gewissheit, dass der Vater doch kein Verbrecher war, die anderen Buben feuerten ihn sogar an, noch länger auszuhalten. Bis plötzlich die Mutter am Bach stand und ihn aus dem Wasser zerrte, weil der Alois ihn verpfiffen hatte.

Beim Doktor erklärte die Mutter, das sei eine Art Erbkrankheit, von seinem Großvater, manchmal keine Hitze und Kälte zu spüren. Franz war zutiefst enttäuscht, dass er es nur wegen dieses Defekts so lange ausgehalten hatte und nicht, weil sein Vater in Wahrheit doch kein Verbrecher war. Was konnte er eigentlich noch glauben und was nicht, wenn sogar sein eigener Körper log? Fast von einem Tag auf den anderen war arisch sein nicht mehr wichtig, der Führer tot und der Vater ein Verbrecher. Was war schon gewiss in der Welt? Nur der Herrgott, den es schon immer gab und der auch immer bleiben würde? Hätten sich der Führer und die Deutschen nur an »Liebe deinen Nächsten« gehalten, dann wäre alles noch so wie vorher und der Vater ein Starker. Franz fiel ein, dass er mit jemandem über Gott sprechen konnte, und er ging zum Pfarrer, der ihn für seine tiefe Einsicht in den Glauben in so jungen Jahren lobte und ihn daraufhin zum ersten Ministranten machte. So ging Franz als Einziger in der Familie regelmäßig jeden Sonntag in die Messe. Denn der Vater kam nur an hohen Festtagen wie Kirchweih, Ostern oder Weihnachten. Und die Mutter, die früher doch unbedingt immer die Messen besuchen wollte, sagte nun, die Kirche sei doch auch nur ein Unfug unter vielen anderen Dingen und kam gleich noch weniger als der Vater zum Gottesdienst. Nur die Annerl-Oma ging jeden Sonntag mit Franz in die Kirche. Aber ihr lag nicht viel an der Andacht, wie sie offen zugab, sondern mehr am Gesang und an der Freude darüber, anderen dabei zu gefallen.

Ende November 1945 fand man wieder Lehrer, aber dann wurde es kalt und der Hunger kam – wenn auch nicht zu ihm, so doch zu fast allen anderen –, und die Schule fiel wieder aus. Erst im Jahr darauf wurde Franz schließlich Gymnasiast und lernte als erste Fremdsprache Englisch. Das Lernen fiel ihm leicht, neben der Schule konnte er im Sommer Fußball spielen und im Winter Ski fahren, er brachte ganz passable Noten heim, sein mit Abstand bestes Fach war Religion.

Innig betete der Bub auch unter der Woche bisweilen kniend vor dem Altar. Als er sich einmal alleine in der Kirche an Gott wendete, fielen durch alle Fenster nur auf seinen Körper Sonnenstrahlen. Der Allmächtige antwortete ihm mit seiner unendlichen Gnade.

Franz fühlte sich im Glauben stark – egal, wie viele Werte noch zusammenbrechen würden, egal, was alles noch im Leben käme –, auf Gott war Verlass, und er würde nie vom Glauben abfallen. Franz konnte nicht wissen, auf welch harte Proben er dabei doch gestellt werden würde.

Franz 1966

Der dreiunddreißigjährige Franz zählte die Scheine und Münzen auf die Ladentheke des Eichstätter Elektrofachgeschäftes. Tausendvierhundertneunundneunzig Mark und fünfzig Pfennige kostete der Fernsehapparat, weit über ein Monatsgehalt. Doch zum ersten Mal würde er die Spiele der Fußballweltmeisterschaft nicht nur daheim hören, sondern *sehen* können. Gut, dass er rechtzeitig gespart und jetzt schon im Fachgeschäft war. Vier Wochen vor dem Eröffnungsspiel in England am 11. Juli ergatterte er das letzte vorrätige Gerät. »Eine neue Lieferung ist nicht abzusehen, das liegt an der WM. Ist ja fast wie in der DDR und Planwirtschaft«, erklärte der Verkäufer und fragte: »Soll ich Ihnen tragen helfen?«

Franz schüttelte den Kopf. Unter dem Sakko konnte der schmächtige Händler Franzens Oberarmmuskeln nicht bemerken. Seit der Fußballtrainer zum Aufwärmen Liegestützen eingeführt hatte, waren nicht nur seine Oberschenkel in bester Form, sondern sein ganzer Körper. Denn – völlig zu Recht – waren für einen schnellen Anlauf auch kräftige Arme wichtig, etwas, das andere Mannschaften nicht genug beachteten. Vielleicht siegte sein FC deshalb so oft, wie neulich sogar gegen einen Verein der Bundesliga bei einem Freundschaftsspiel, einem Verein, dessen Spieler bezahlt wurden! Franz fand es immer noch befremdlich, dass man Fußballspielern Geld für einen Kampf auf dem

Rasen gab, was würde dadurch aus dem Sport noch werden? Fünfhundert Mark erhielten die Spieler und Prämien bis zu eintausendzweihundert Mark im Monat dazu. Ruinierte das den Sportsgeist, so wie Geld den Charakter? Aber durch die Ligen im Ausland war man dazu genötigt, sonst würden die guten Spieler noch alle auswandern.

Zum Erstaunen des Verkäufers trug Franz den schweren Fernseher so leicht wie einen Tortenteller zur Isetta, stellte den Apparat in den ausgeliehen Anhänger und fuhr vorsichtig heim, damit Erschütterungen das Gerät nicht ruinierten, ehe es aufgestellt war. Bei der Marienkapelle an der Gabelung bekreuzigte sich Franz deshalb heute ausnahmsweise nicht, um beide Hände am Lenkrad zu haben.

Seit dem Krieg hatte er jede Fußballweltmeisterschaft genau mitverfolgt – und alle waren in seinem Gedächtnis mit den jeweiligen Lebensumständen eng verknüpft.

Im Sommer 1950, bei der vierten Fußballweltmeisterschaft, saß er als Siebzehnjähriger vor dem Radio im Garmischer Elternhaus. Er hatte gerade einen verschärften Verweis erhalten und wäre fast von der Schule geflogen, weil er sich dem Lateinlehrer widersetzt hatte. Nach einer ungerechten Note – angeblich hatten ihm andere vorgesagt – schrieb Franz mehrmals an die Tafel »Latein-Nazi«, ein Brief kam nach Hause, aber Franz ließ sich auch von der Watschen des Vaters nicht beirren. Er würde es dem Lehrer schon noch zeigen, diesem Lehrer, von dem alle wussten, dass er ein fanatischer Nazi gewesen war, aber nicht abgestraft wurde, weil die Amerikaner mit dem Entnazifizieren nicht mehr nachkamen. »Die Oberen lässt man laufen, und uns Kleine stempelt man zu Verbrechern«, pflegte der Vater zu sagen. Franz entgegnete darauf nichts, der Vater war doch selbst ein begeisterter Mitläufer gewesen.

Die Mutter ging zum erzkatholischen Direktor und bat um Nachsicht für den frommen Sohn. Zu Franz sagte sie: »Gut, du hast deinen Willen lang genug bekommen, aber jetzt ist eine Ruhe. Schadest dir doch selbst und nicht dem Lehrer. Bildung kann dir keiner nehmen, auch kein Krieg. Und du musst nicht einmal ins Internat!« Franz hörte mit diesen Worten noch im Ohr die ganze Fußballweltmeisterschaft an, obwohl die Deutschen 1950 nicht dabei waren und es damals niemanden in Garmisch außer ihn interessierte, dass Uruguay gewann.

1954 saß er mit den Brüdern und dem Vater vor dem Radio. Vor ein paar Tagen erst hatte er sein Abiturzeugnis bekommen und beschlossen, in München Forstwirtschaft zu studieren. Dieses Mal hörten alle Radio, sogar die Mutter setzte sich bisweilen dazu. Deutschland kam wie durch ein Wunder ins Endspiel in Bern. Franz betete an diesem Sonntag, dem 4. Juli, vormittags in der heiligen Messe für einen Sieg seiner Mannschaft. Und tatsächlich: Nachdem der Reporter Herbert Zimmermann die Zuhörer darauf eingestimmt hatte, dass man gegen die Ungarn keine Chance hätte, nachdem man zwei zu null zurücklag, nachdem der Vater schon sagte, er könne das kaum mehr ertragen, und schon fast das Radio ausschalten wollte, holte Sepp Herbergers Mannschaft auf, und Rahn schoss das drei zu zwei. Der sonst so bedächtige Reporter schrie wie Franz und die Brüder auch: »Tor! Tor! Tor!« und schließlich »Aus! Aus! Aus! Das Spiel ist aus!« Vater, Mutter und Geschwister umarmten sich vor Freude. Der Vater schenkte allen eine Mark – womit man sich zehn Eiskugeln kaufen konnte. Franz dankte Gott dafür in der nächsten Messe. Deutschland war Weltmeister und die Helden feierten den Sieg zwei Tage später im Löwenbräukeller, während Franz sich auch auf den Weg nach

München machte, um sich für ein Zimmer in einem Studentenwohnheim einzutragen.

1958 war vorher schon allen klar, dass Brasilien mit einem Pelé Weltmeister werden würde – Deutschland verlor am 24. Juni im Halbfinale gegen Schweden mit einem verletzten Fritz Walter drei zu eins, und man sprach noch lange über diese »Schlacht von Göteborg« und die feindselige Stimmung des Publikums gegenüber den Deutschen. Franz sah 1958 zum ersten Mal Spiele in einem Fernseher – im Wolkertsheimer Wirtshaus gab es einen Apparat, und alle drängten sich in die Gaststube. Die Annerl-Oma, die damals noch lebte, hatte mit ihren Verwandten telefoniert und für Franz einen Platz reservieren lassen. Und so war Franz schon im Juni 1958 zu Onkel Anton nach Wolkertsheim gezogen, obwohl erst im Herbst seine Lehrerausbildung an der Pädagogischen Hochschule in Eichstätt begann, nachdem sich die Amerikaner und Minister endlich auf einen neuen Ausbildungsmodus geeinigt hatten und in Eichstätt als einer der ersten bayerischen Städte das Volksschullehrerstudium möglich wurde.

Während der Spiele dachte Franz wütend an die drei Jahre, in denen er in München für nichts und wieder nichts studiert hatte! Nach dem Studium hatte er bei einer amtsärztlichen Untersuchung, der sich jeder Försteranwärter unterziehen musste, wahrheitsgemäß angegeben, manchmal keine Kälte und Wärme zu empfinden. Nirgendwo in den Regularien stand, dass dies bei der Ausübung des Berufes hinderlich sein könnte, so wie Kurzsichtigkeit. Aber die Amtsärzte schufen mit ihm einen Präzedenzfall: Mit bisher noch nicht beschriebenen Krankheiten könne man einen künftigen Förster erst gar nicht zur Prüfung zulassen.

Franz war bereits fünfundzwanzig Jahre alt, und die Eltern zahlten mittlerweile auch für das Studium der Schwester Gudrun, zwei Kinder auf der Universität kosteten einen Haufen Geld! Was sollte er tun? Die Mutter schlug vor, er solle in Eichstätt Lehramt studieren. Auch ihr Vater, sein Großvater, hätte damit nach einem abgebrochenen Studium noch einen neuen Beruf erlernt. Das hatte gleich mehrere Vorteile: Die Ausbildung dauerte nur zwei oder drei Jahre, Franz konnte kostenlos beim nur wenige Kilometer von Eichstätt entfernten Onkel Anton im Haus wohnen, das ganz neu geschaffene Studium war sehr katholisch geprägt und daher passend für Franz ausgerichtet, und in den Semesterferien konnte er sich in Wolkertsheim als Erntehelfer etwas dazuverdienen. Franz bewarb sich, erhielt von der Pädagogischen Hochschule sogleich eine Zusage, und den kleinen, verschlafenen Ort im Altmühltal, aus dem seine Mutter und sein Vater stammten, mochte er auf Anhieb.

Wütend war er bei dieser WM 1958 nur auf die Münchner Amtsschimmel, und das nicht nur, weil er noch einmal von vorne anfangen musste und die Eltern erneut zu zahlen hatten, sondern auch, weil eine Frau nun wieder in weite Ferne gerückt war. Franz nahm die Gebote der katholischen Kirche ernst. Er würde erst dann nach einer Frau Ausschau halten, wenn er auch heiraten konnte. Wenn er jetzt schon eine Freundin hätte, würde ihn das nur in Versuchung führen, gegen das sechste Gebot zu verstoßen und voreheliche Unzucht zu treiben. Mochten die anderen doch sagen, was sie wollten und ihn als rückständig ansehen! Die anderen Burschen scherten sich überhaupt nichts um Sakramente und gaben regelmäßig damit an, welche »Braut« sie flachgelegt hatten. Beim Rock 'n' Roll warfen sich neuerdings auch die Mädchen den Männern an den

Hals, um nach einer durchtanzten Nacht am nächsten Tag scheinheilig in der Kirche die heilige Kommunion zu empfangen. Da waren Franz offene Atheisten lieber – die standen wenigstens zu ihrer Überzeugung, so wie er zu seinem Gott stand, auch wenn Gott und die katholische Kirche gerade aus der Mode kamen.

Unkeusch war die Mutter vor der Ehe gewesen, wie am Geburtsdatum von Alois zu erkennen war, unkeusch war auch der Alois gewesen, von dessen hochschwangerer Freundin man um ein paar Ecken erfahren hatte, unkeusch sollten die anderen sein, wie sie wollten – er aber war nicht nur ein »Freizeitkatholik«, sondern stand auch zu den Geboten seines Gottes, die ihm am schwersten fielen. »Entweder – oder. Keine halben Sachen«, sagte sich Franz.

Wie Werte kamen und gingen, hatte er schon einmal erlebt – er würde sich und Gott treu bleiben und sich gar nicht erst von einem Fräulein in Versuchung führen lassen, bis er nicht die Liebe mit einem Sakrament besiegeln lassen konnte. Und das ging wiederum erst, wenn er einen Beruf und ein festes Einkommen hatte, um eine Familie zu ernähren. Drei Jahre extra hatte er nun nachts gegen feuchte Träume und tagsüber gegen unanständige Phantasien zu kämpfen, und das nur wegen eines Münchner Amtsarztes!

Wenigstens waren bei den Fußballspielen der WM 1958 keine Frauen im Wirtshaus, aber dennoch fiel es ihm in Wolkertsheim schwerer als gedacht, der sündigen Verführung auszuweichen. Nach der Weltmeisterschaft gründete Franz den 1. FC Wolkertsheim, und wenn er nicht lernte, den Bauern beim Ernten half oder die Eltern besuchte, war er auf dem Fußballplatz, eine Wiese, die ein Vetter von ihm, ein Bauer, zur Verfügung gestellt hatte, der zwischen den Zehen Häute wie ein Frosch hatte und in Wolkertsheim nur Fisch-Sepp genannt wurde. Der Fisch-Sepp war ein guter Verteidiger, aber der beste Stürmer weit und breit und unbestrittener Star der Mädchen war Franz selbst, der dies nicht einmal bemerkt hätte, wenn die Tante Lici, Onkel Antons Frau, ihn nicht eines Tages darauf angesprochen hätte.

Scharenweise, sogar aus Eichstätt, kamen die Mädchen zum Training, um den Garmischer zu sehen. Womöglich würde aus dem Franz eine Berühmtheit wie die Nationalspieler Toni Turek, Fritz Walter oder Helmut Rahn, die das Wunder von Bern zustande gebracht hatten? Und auch die Burschen mussten neidvoll anerkennen, dass der studierende Franz einfach ein Ballkünstler war. »Es wundern sich bloß alle«, sagte die Tante Lici eines Abends auf der hinteren Terrasse des Wolkertsheimer Hauses bei einer Tasse Tee, »dass du kein Mädchen anschaust, könntest doch eine jede haben! Bist so ein fescher Bursch! Wenn ich noch jünger wäre …« Franz lachte, er wusste, dass die Tante befürchtete, er wäre vom anderen Ufer. Stänkerte ihn deshalb der Fisch-Sepp immer so an und versuchte ihn zunehmend vor den Kameraden lächerlich zu machen, obwohl er mit ihm verwandt war? Glaubte man vielleicht, sein katholischer Glaube sei nur eine Tarnung?

Nach dem Training wurde Franz öfter eingeladen, im Wirtshaus noch eine Maß Bier mit den Kameraden zu trinken, doch Franz lehnte immer ab. Er mochte kein Bier, es schmeckte ihm nicht und erinnerte ihn an die Mutter, die jeden Abend auf dem Balkon oder in der Küche mindestens eine Flasche Wein trank, Gedichte schrieb, Kette rauchte und irgendwann wankend ins Bett fiel. Jeden Abend war sie betrunken.

Außerdem wollte sich Franz nicht einladen lassen, bloß weil er Student war, oder womöglich in Gefahr kommen, mit Mädchen »heiß« zu tanzen. Der Fisch-Sepp deutete deshalb immer öfter an, wie unmännlich der Franz sei, und was wohl mit ihm »nicht stimme«. Nach dem Gespräch mit Tante Lici nahm Franz unvermittelt die Einladung ins Wirtshaus an. Er bestellte sich eine Limo.

»Saubere Mannsbilder sind das heutzutage, die Akademiker werden wollen, vertragen nicht einmal mehr ein Bier«, meinte der Fisch-Sepp provozierend, der zum Bier auch gleich einen Schnaps bestellte, und schaute mit seinem Affront noch nicht einmal zum Franz hin, sondern in die andere Richtung. Die Kameraden blickten Franz gespannt an, ob der sich unterbuttern ließ oder zu raufen begann. Zum Erstaunen der Mitspieler, der Wirtin und des Trainers überging Franz die Frage des Fisch-Sepps einfach und redete stattdessen über die Erfolge des Nürnberger Clubs. Mit dem Fisch-Sepp würde er auch noch fertig werden – was hatte man ihn im Münchner Studentenwohnheim schon zum Saufen und »Brautabschleppen« verführen wollen und was war alles an ihm abgeprallt. Sogar »Tugendprediger« hatte man ihn geheißen, dabei schrieb er niemandem eine Limo oder einen Kirchgang vor, die anderen ihm aber wohl Alkohol und mehr »Liederlichkeit«.

Demonstrativ bestellte Franz noch eine Limo, die Wirtin lächelte, Trainer Walter lehnte sich entspannt im Stuhl zurück, aber der Fisch-Sepp sprang nach einem weiteren Schnaps auf und rief: »Traust dich raufen, du 175er?«

»Bist vielleicht selber ein 175er, weils'd mich umarmen willst beim Raufen?«, konterte Franz, und alle lachten. Der Fisch-Sepp schäumte vor Wut, packte einen Maßkrug, und Franz konnte gerade noch ausweichen, damit ihn das

Gefäß nicht mit voller Wucht am Kopf traf. Der fünfundzwanzigjährige Student holte aus und traf den Bauern mit der Faust im Gesicht. Der Fisch-Sepp ging mit blutender Nase zu Boden, rappelte sich wieder auf und sagte: »Dafür musst jetzt mit mir einen Schnaps trinken.« Franz nickte, die Burschen prosteten sich sogar zu und man verlor nie wieder ein Wort darüber. Franz hatte sich vor dem Trainer und den Kameraden Respekt verschafft – und im ganzen Dorf war der Student daraufhin angesehen, in der Kirchenbank, auf dem Heuwagen und vor allem bei den Spielen.

Ab 1960 verfolgte Franz auch den neu geschaffenen Europapokal der Nationen, den er von Anfang an »Europameisterschaft« nannte. Ganz alleine hörte er sich diese Spiele im Radio im Wolkertsheimer Haus an, denn es interessierte keinen außer ihm, weil Deutschland, England und Italien an dem Wettkampf nicht teilnahmen, um die Zeit zwischen den Weltmeisterschaften nicht zu »verschwenden«.

Franz hatte kurz vor dieser Europameisterschaft das Examen bestanden, und Tante Lici und Onkel Anton verabschiedeten sich in eine schöne, moderne Wohnung zur Tochter nach Eichstätt. Sie überließen Franz die »Bruchbude«, wie sie das Haus nannten, bis er den ministeriellen Bescheid erhielt, wo er seine erste Lehrerstelle anzutreten hätte. Dann erst würde man den Grund verkaufen, für das Haus selbst müsste man eher draufzahlen, weil sogar ein Abbruch kostete. Franz rätselte während der ersten Europameisterschaft darüber, wohin das Schicksal ihn verschlagen würde, kickte täglich stundenlang allein mit dem Ball, hörte jedes Spiel im Radio und strich dazwischen durch das verlassene Haus, das muffig roch und so seltsam altertümlich anmutete mit seinen kleinen Fenstern. Nur in der

Küche und der guten Stube waren große Fenster eingebaut worden, draußen war das Gebäude über und über mit Efeu bewachsen. Allerlei altes Zeug fand sich in den Kammern wie Zeichnungen von Blumenwiesen und von einem jungen Burschen mit einem seltsamen Backenbart. Im Keller entdeckte er einen fein säuberlich verpackten Zinnsoldaten neben einem altmodischen Rollstuhl mit verrosteten Rädern. In einer Metallschatulle lagen in Heften gesammelte alte Briefmarken, ein vergilbter Brief seiner Mutter an die Annerl-Oma aus Berlin und ein reichverziertes Gesangsbuch mit alten Kirchenliedern. Hatte die Annerl-Oma mit seinem Großvater Paul daraus gesungen? Schade, dass sie nicht mehr lebte und er sie nicht mehr danach fragen konnte!

Franz setzte sich nach der Erregung der Spiele gerne mit einer Tasse Tee auf die hintere Terrasse und verlor sich in dem alten Kram, bis er eines Tages von einem lauten Krachen zusammenzuckte – das morsche Gartenhäuschen war in sich zusammengefallen. Wie schade, dachte Franz, dass das Haus seiner Ahnen langsam zerfiel und ein Bagger die ganzen stummen Zeugenaussagen der Vergangenheit einreißen würde.

Am 5. Juli, einen Tag nach dem Endspiel in Paris, das die Sowjetunion gewann, brachte Franz einen Brief an das Kultusministerium zur Post. Er bat darum, ihm eine Stelle in Wolkertsheim zuzuteilen. In der Nacht war ihm eingefallen, dass der Volksschullehrer hier im Herbst in Pension ging. Dass man seinen Wunsch erfüllte, war eher unwahrscheinlich, denn die meisten Ministerialbeamten sahen in dem persönlichen Bezug zu einem Ort mehr die notwendige Neutralität gefährdet als dass sie sich durch private Bindungen einen engagierteren Einsatz versprachen.

Und so machte sich Franz nach dem Euromeisterschafts-Endspiel im Sommer 1960 mit seinem bestandenen Examen heim auf den Weg nach Garmisch – um ausgerechnet am Münchner Hauptbahnhof eine Wolkertsheimerin zu treffen.

Franz wartete am Hauptbahnhof nach dem Umsteigen auf den Zug nach Garmisch, als er die junge Frau neben ihm den Fahrplan studieren sah. Dabei wischte sie sich eine Träne aus dem Auge und setzte sich auf eine Bank neben ihm am Gleis elf, wo der Zug nach Eichstätt abfahren sollte. Sie kam Franz bekannt vor, hatte sie nicht einmal am Fußballplatz gestanden? Aber er konnte sie doch nicht einfach ansprechen und fragen. Wieder liefen der Frau mit einem modischen Dutt auf dem Kopf Tränen die Wange hinunter. Franz zog ein Taschentuch aus dem Sakko und hielt es der Frau hin. Sie nahm es wortlos, schluchzte noch einmal und fragte: »Bist du nicht der Franz aus Garmisch?«

»Ja, und du?«

»Die Barbara aus Wolkertsheim, die Tochter vom Lederer.«

Franz erinnerte sich vage, dass der Lederer fünf Kinder hatte.

»Und jetzt willst bestimmt wissen, was ich hier mach und warum ich wein!«

»Nein, das geht mich nichts an!«

»Du bist mir ja ein sauberer Kavalier!« Barbara drehte sich beleidigt zur Seite, Franz bemerkte einen langen, wohlgeformten Hals und hätte am liebsten den Nacken der Frau neben sich berührt. Stattdessen starrte er auf seinen kleinen Koffer, sagte nichts mehr und wartete auf den Zug, bis Barbara ihn noch einmal ansprach. Von einem Münchner Verlobten erzählte sie, den sie eben verlassen hatte, weil er ein Schuft sei, davon, dass sie nun schon zweiundzwanzig Jahre alt sei und gerade der Hochzeitstermin geplatzt war, davon, dass sie in München eine kaufmännische Ausbildung gemacht hatte, dass sie sich bei den Eltern hart habe erkämpfen müssen, überhaupt einen Beruf zu lernen – und nun hatte sie zwar einen Beruf, aber keinen Zukünftigen mehr und fuhr heim zu den Ihren. Ihr Schluchzen ließ sie am ganzen Körper zittern.

Auch die Waden und Knie waren schön geformt, stellte Franz fest, als sie einmal aufstand, und auch die schmale Taille und der große Busen gefielen ihm mehr, als ihm lieb war. Noch mehr aber riss ihn das Blitzen in ihren grünen Augen mit, wenn sie nicht gerade traurig vom ehemaligen Verlobten erzählte. Aber was wollte Franz mit einem Fräulein, das schon ein anderer besessen hatte? Von einer Frau, die sich wie die meisten Mädchen heute nichts um christliche Glaubensgrundsätze scherten? Wenn eine schon so stolz darauf war, einen Beruf zu lernen, würde sie womöglich auch in der Ehe noch arbeiten wollen, statt sich um die Kinder zu kümmern. So schön sie war, die Barbara, dachte Franz, aber ohne gemeinsame Werte käme sie nicht für ihn in Frage. Und auch die Barbara schien nicht sonderlich viel von ihm zu halten, denn sie verabschiedete sich, nachdem ihr Zug eingefahren war, mit den Worten, dass sie schon einmal bessere Gesprächspartner gehabt hätte, solche nämlich, die nicht bloß wortkarg ja und amen sagten und auf Koffer starrten, sondern auch mal höflich nachfragten und Konversation betrieben.

Franz ärgerte sich auf der weiteren Zugfahrt nach Garmisch über die frechen Worte, aber vergaß die Barbara im Elternhaus wieder, bis der Postbote ein amtliches Schreiben brachte und Vater und Mutter mit ihm gespannt die

Zeilen überflogen – wohin würde ihn das Ministerium wohl schicken? Franz rief: »Pfundig!« Sein Wunsch war erfüllt worden, er kam nach Wolkertsheim!

Onkel Anton und Tante Lici schenkten ihm die »Bruchbude«, die Franz nun nach und nach renovieren würde, so wie sein Gehalt es zuließ. Mit dem Gartenhäuschen würde er anfangen – Bretter kosteten nicht viel. Freudig stieg Franz in den Zug, doch dieses Mal wurde er in Wolkertsheim nicht offen und herzlich empfangen, der Siebenundzwanzigjährige spürte eine deutliche Ablehnung, obwohl man ihn höflicher als sonst grüßte. Franz ging zum Pfarrer, der ihm erklärte, die Wolkertsheimer fürchteten einen neuen »Lehrer-Paul«. Sein Großvater war allen noch als der ungerechteste Lehrer, den das Dorf je hatte, im Gedächtnis. Franz starrte den Pfarrer ungläubig an. Ja, kannten ihn die Leute denn nicht als redlichen Fußballer und Gerechtigkeitsfanatiker, der sogar gegen einen Elfmeter für die eigene Mannschaft protestierte, weil der Schiedsrichter eine Schwalbe nicht gesehen hatte? Die Kameraden glaubten ihm und trugen das in die Familien im Dorf weiter. Ganz offenbar hatte Franz sie überzeugt, denn plötzlich boten alle an, ihm bei der Renovierung des Hauses zu helfen. Unter den Mitspielern waren ein Maurer, ein Schreiner, einer verlegte Bodenplatten und ein anderer war der Sohn eines Glasers.

Fast jeden Samstag kamen die Fußballkameraden, um einen alten Türstock herauszuschlagen, Wände neu zu verputzen oder Glasscheiben einzusetzen. Die beiden Mitspieler mit Büroberufen machten sich wie Franz selbst bei Hilfsarbeiten nützlich und brachten Bauschutt weg oder schlugen mit Hammer und Meißel Schlitze für elektrische Leitungen. Schwestern der Kameraden brachten Brotzeiten, und Väter packten manchmal auch mit an. Das ganze

Dorf hatte es sich zum Ziel gesetzt, das Haus für den neuen Lehrer Franz bald in einen bewohnbaren Stand zu bringen.

Franz schlief im Gartenhaus und mochte es in den Sommernächten besonders, wenn Regen auf das Dach prasselte und die staubige Bauarbeit frischen Gerüchen vom »Urwald« des Gartens wich. Was hatte er doch für ein Glück, in Wolkertsheim seine erste Stelle antreten zu können, wie überwältigend war die Hilfe, die sich niemand bezahlen ließ. Und das Geld für das Material hatte ihm der ältere Bruder Alois geschenkt, fünftausend Mark! Woher hatte Alois, der Holzschnitzer und Familienvater in Oberammergau, eigentlich so viel Geld? Aber Franz fragte nicht nach, das ging ihn nichts an.

Noch eine Überraschung wartete im Sommer 1960 auf Franz: Barbara war in jeder Messe, nicht nur am Sonntag wie die meisten anderen, sondern auch bei Andachten und Rosenkränzen. Franz sah sie versunken vor dem Altar beten. Wie passte das zu einem emanzipierten Weib?

Nach einer Andacht wagte Franz sie zu einem Abendspaziergang einzuladen, und Barbara stimmte sofort zu. Man verabredete sich an der Gabelung, damit nicht gleich das ganze Dorf von ihnen sprach. Franz rasierte sich und zog den feinen Janker an, dann wieder aus. War das nicht übertrieben, was hatte er von ihr zu erwarten? Vorträge über ihren Beruf? Aber was sollte er eigentlich tun, wenn er ihr auch gefiel und sie den Glauben wirklich ernst nahm? Durfte er sie einfach in den Arm nehmen, küssen und ihr die Ehe antragen?

Barbara war pünktlich und wartete schon auf ihn. Wenn Franz sich nicht täuschte, hatte sie sich extra hübsch gemacht, die Haare zu einem feinen Schopf zusammengesteckt und das sommerliche Kleid mit bunten Kreisen gut ausgewählt. Sie duftete nach Rosen und begrüßte ihn mit der frechen Bemerkung, wenn er sich verspätet hätte, wäre sie gleich wieder umgekehrt, denn ein unpünktlicher Mann käme für sie nicht in Frage. Franz lachte und schlug vor, seitlich einen Weg quer durch das Wäldchen zu den Pilzfelsen zu nehmen, noch war es hell, zurück könnten sie entlang der Altmühl einen befestigten Weg gehen. In der Abendsonne ging Franz voran, manchmal blieb man stehen, man sprach über Fußball, die Verhältnisse in der Ostzone und christliche Werte. Bisweilen gab Barbara freche Antworten, dann wieder wirkte sie verlegen. Aber immer gleich blieb eines: ihr schöner Nacken, an dem sich Franz gar nicht satt genug sehen konnte, bis es dunkel wurde. Franz nahm sie an der Hand, bis man auf den befestigten Weg kam, der Mond ließ ihren Nacken noch feiner wirken, man sprach darüber, dass andere unchristlich und untreu seien, dass man sich Kinder zuhauf wünschte, dass Sex vor der Ehe nicht in Frage käme und Barbara eben deshalb ihre Verlobung gelöst hatte, weil der Münchner dies gefordert hatte mit der unsäglichen Bemerkung, er kaufe keine Katze im Sack.

In dieser Nacht im Gartenhaus wünschte er sich nichts mehr, als mit ihr zu schlafen, sie zu heiraten, mit ihr ein gemeinsames Leben zu wagen. Franz dachte im Vollmond nur an Barbara und schlief erst gegen Morgen ein. Konnte er ihr so schnell einen Antrag machen? Musste er sie und sich nicht noch länger prüfen und sie näher kennenlernen? ›Bedenkzeit ist keine Zeit‹, dachte Franz schließlich, ging trotzdem noch ein paar Mal mit ihr spazieren und ließ sich jedes Mal sein Gefühl bestätigen – die Barbara war nicht nur ausnehmend schön, sondern auch den katholischen Werten mit ganzem Herzen verschrieben. Die Ehe war für sie, wie für ihn, ein unauflösliches Sakrament und keine vorübergehende Bindung, die man durch Scheidung wieder lösen konnte. Barbara würde in der Ehe nicht arbeiten, sondern bei den Kindern bleiben. Sie glaubte wie er an die Gnade des Herrgotts und war in all den Überzeugungen doch keine verhuschte graue Maus, sondern lebenslustig und temperamentvoll.

An einem Oktobermorgen hielt Franz beim Lederer um die Hand seiner Tochter Barbara an. Die altmodische Geste beeindruckte Barbara so sehr, dass sie sofort ihre Zustimmung gab, und der alte Lederer grinste »über die Jugend heutzutage«.

Und so war Franz bei der Weltmeisterschaft 1962 nicht nur verbeamteter Lehrer und glücklicher Ehemann, sondern auch der Vater eines Sohnes, des Martin. Das Haus war fertig renoviert samt einer neuen Klosettspülung, und Barbara hatte es geschickt verstanden, das ganze Haus heimelig herzurichten. Franz hörte die Spiele daheim im Radio, manchmal mit dem kleinen Martin im Arm, wenn er schlief, denn einen schreienden Säugling gab Franz sofort zur Mutter zurück. Deutschland schied im Viertelfinale gegen Jugoslawien aus, Brasilien wurde Weltmeister, und Franz beschloss, dass er die nächste WM unbedingt daheim *sehen* und nicht nur hören wollte.

Franz gab Barbara deshalb auch nicht mehr Haushaltsgeld, als die Tochter Kathrin 1963 geboren wurde. Er sparte heimlich und freute sich schon auf die Überraschung seiner Frau, als er im Juni 1966 mit der Isetta und dem Fernsehapparat im Anhänger auf Wolkertsheim zusteuerte. An der Fußballwiese neben dem Sportplatz, auf dem die Kinder kicken durften und nicht den Rasen schonen mussten, hielt Franz an, weil er seinen Martin sah. Der Fünfjährige spielte mit Älteren und verstand es doch geschickt, zwei auszutrippeln und ein Tor zu schießen. Franz stieg aus der Isetta und schaute seinem Buben beeindruckt beim Spiel zu – Martin hatte ein Riesentalent, oder strengte er sich nur besonders an, weil der Vater zusah? Nein, mit Anstrengung war so ein Ballgefühl nicht zu erlangen! Mit fünf Jahren sah der Bub außerdem schon, wann sich wer freilief, und überblickte seine Mannschaft. Stolz fuhr Franz dem Buben über den Kopf.

»Was ist da drin?« Martin deutete auf den Anhänger.

»Ein Fernsehapparat!«

Martin hüpfte vor Freude an seinem Vater hoch, und Franz wirbelte den Buben in der Luft herum, so wie er es mit ihm als Kleinkind gemacht hatte.

»Steig ein!«, forderte Franz ihn auf. »Die Mama und die Kathrin werden Augen machen!«

Als Vater und Sohn das Haus betraten, hatte Barbara einen Eintopf mit Fleisch zum Mittagessen gekocht, und Kathrin deckte den Tisch.

»Das hat aber lang gedauert! Hat der Zug Verspätung gehabt?«, fragte Barbara.

Barbara wusste nur, dass er den alten Lederer zum Bahnhof gebracht hatte, und nichts vom Besuch im Elektrogeschäft. »Ich hab dem Martin noch kurz zugeschaut. Der hat ein Riesentalent im Fußball!«, antwortete Franz wahrheitsgemäß.

»Bevor ich's vergesse, da hat jemand was für die Gusti abgegeben!«, sagte Barbara und gab ihm eine Platte mit einer Versteinerung, die in einer Schachtel lag und mit etwas Papier umwickelt war.

»Warum?«, fragte Franz. Barbara zuckte mit den Schultern. »Keine Ahnung. Das Gleiche wollte ich dich fragen.«

»Und wer war das?«

»Weiß ich nicht. Ein Fremder. Er hat bloß gesagt, das ist für die Wolkertsheimer Schmidt-Gusti, ob er hier richtig ist?«

»Hast ihm nicht gesagt, dass die Mutter schon ewig in Garmisch wohnt?«

»Hätt er ihr dann nach Garmisch nachfahren sollen? Wir können ihr das doch das nächste Mal mitbringen!«

Franz überlegte, was die Mutter mit dem tellergroßen Stein anfangen sollte, wickelte ihn wieder in das Papier ein und legte ihn ins Gartenhäuschen, vielleicht konnte er ihn noch einmal für Ausbesserungsarbeiten des Bodenbelages aus Solnhofener Platten brauchen. Im Wohnzimmer waren einige Fliesen mit solchen Versteinerungen verlegt, da passte er gut dazu. Bei Gelegenheit könnte er die Mutter fragen, die würde sicher nichts einzuwenden haben. Im Gegensatz zu anderen Wolkertsheimer Häusern hatte man hier nicht nur glatte Fliesen verlegt.

Franz wollte eigentlich noch einmal nachfragen, wie der Fremde ausgesehen hatte, aber da hatte Martin nicht mehr wie vereinbart bis nach dem Mittagessen warten können und rief: »Ein Fernseher! Mama, wir kriegen einen Fernseher!«

»Wie?«, fragte Barbara staunend.

Doch als sie den Apparat mit eigenen Augen sah, freute sie sich nicht mehr, sondern machte Franz bittere Vorwürfe. »Für so was« hätte er das ganze Geld ausgegeben, eine Waschmaschine würden sie viel dringender benötigen, und überhaupt sei sie seine Alleingänge und einsamen Entscheidungen leid. Deshalb hätte er also so lange in

Eichstätt gebraucht, nicht wegen dem Bahnhof, anlügen würd er sie auch noch! Nichts, aber auch nichts spreche er mit ihr ab. Die Kinder liefen bestürzt davon, Franz und Barbara hatten ihren ersten großen Ehekrach und versöhnten sich auch nach der Sonntagsmesse nicht. Barbara schaute ihm nicht wie sonst mit den Kindern bei Heimspielen am Fußballplatz zu, und erst eine Woche nach dem Krach sprach man wieder miteinander und liebte sich in der Nacht zärtlich. Barbara scherzte, dann würde sie eben auch Fußball im Fernsehen anschauen.

Doch bei dieser Weltmeisterschaft 1966 sah Franz zwar einige Spiele, aber nur wie durch einen Nebel. Das alles interessierte ihn nicht mehr, er schaltete den neuen Fernsehapparat nur zur Ablenkung ein, um nicht völlig zu verzweifeln, denn Gott legte ihm die denkbar schwersten Prüfungen auf.

Anfang Juli, an einem Dienstagabend, weinte Martin über starke Bauchschmerzen auf der rechten Seite. Franz und Barbara brachten den Fünfjährigen mit der Isetta ins Eichstätter Krankenhaus. Die Untersuchung ergab, dass der Blinddarm sofort operiert werden müsse.

»Das ist Routine«, beruhigte der Arzt die Eltern. Martin wurde auf einer Liege in den Operationssaal geschoben. Franz und Barbara saßen auf einer Bank davor und beteten einen Rosenkranz. Die dreijährige Kathrin lief den Flur auf und ab, bis sie erschöpft auf dem Schoß der Eltern einschlief.

Die Operation war gelungen, teilte man ihnen mit, Martin kam auf ein Zimmer, immer noch betäubt von der Narkose. Die Familie fuhr heim und kam am nächsten

Morgen vor Unterrichtsbeginn wieder ins Krankenhaus mit der vagen Hoffnung, dass Barbara wenigstens tagsüber bei ihrem Sohn im Krankenhaus bleiben durfte. Die Ärzte erklärten, es habe Komplikationen gegeben, Martin sei auf der Intensivstation, dort sei kein Besuch gestattet. Bei der Notoperation hatte sich sein Mageninhalt vermutlich entleert und eine schwere Lungenentzündung hervorgerufen. Barbara blieb auf der Bank vor der Intensivstation sitzen, Franz fuhr mit Kathrin in der Isetta zurück nach Wolkertsheim, nahm die Kleine einfach in den Unterricht mit und kam mit ihr nach Schulschluss wieder in die Klinik. Barbara weinte und zitterte. Sie hatte Martin auf ihre Bitten hin sehen dürfen. Elendig hätte er ausgesehen. Franz beruhigte sie. Eine Lungenentzündung sei eine schwere Krankheit, freilich, aber heutzutage mit dem Penizillin hätte man das im Griff. Barbara sollte, so wie er, Gott vertrauen.

Nach fünf bangen Tagen ließ das Fieber nach, sie durften Martin im Zimmer besuchen, der Bub wirkte immer noch mitgenommen. Franz, der in der Öffentlichkeit noch nicht einmal seine Frau in den Arm nahm, gab dem Buben einen Kuss auf die Stirn und prophezeite ihm eine große Karriere als Fußballer. Abends betete man noch einmal für ihn. Nachts um drei Uhr klingelte es am Haus. Zwei Polizisten standen vor der Tür. Franz dachte, vielleicht ist wieder einmal ein Kamerad betrunken mit dem Motorrad gefahren, aber warum klingelte man dann bei ihm? Ob er der Franz und sein Sohn der Martin sei?

»Was ist mit dem Martin?«, schrie Barbara, die plötzlich im Nachthemd hinter ihm stand, voller Angst.

»Dürfen wir hereinkommen?«, fragten die Polizisten.

Martin war gestorben. Tot. Sein Sohn war tot.

›Gott hat mich im Stich gelassen‹, dachte Franz auf dem Weg zum Pfarrhaus, um die Totenmesse und die Beerdigung zu bestellen. Sofort leistete er dafür innerlich Abbitte und flehte: ›Schick mir einen Engel, lieber Gott!‹ Die Sonne schien wie zum Hohn, die Wolkertsheimer grüßten ihn verhalten fragend, Franz grüßte nur mit einem Nicken zurück, keiner fragte nach, ein jeder im Dorf hatte gewusst, dass der Martin mit einer Lungenentzündung im Krankenhaus lag, und ein jeder würde aus dem ungewöhnlichen Gang zum Pfarrer erschließen können, was geschehen war, nicht erst, wenn die Totenglocken läuteten.

Franz empfand keinen Schmerz, es war kein Fegefeuer, durch das er ging, es war eine kalte Hölle. Martin, sein Kind, das doch eben noch so geschickt Ältere beim Fußball ausgespielt hatte, war kalt und leblos und für immer weg. In Franz' Kopf stellten sich komische Sätze und Fragen zusammen wie: ›Warum gibt es tote Kinder?‹ Später konnte sich Franz an nichts mehr erinnern, aber die Mutter eines Erstklässlers, an der er vorbeigegangen war, versicherte ihm, dass er dies laut vor sich hingesagt hatte.

Der Pfarrer weinte, die alten und jungen Weiber im Dorf sowieso, und auch ein paar Burschen hatten feuchte Augen. Nur Barbara und er geleiteten ohne eine Träne ihren Sohn in sein letztes Bettchen. Daheim sollte er liegen, nicht hier, nicht hier, nicht hier! Wie konnte das sein? Ihr Kind war tot, tot, tot. Franz musste sich an seiner Frau festhalten, um nicht umzufallen. Blumenkränze und Gestecke umrahmten das offene Grab. Der Pfarrer sprach von den Wegen Gottes, die kein Mensch verstehe. Der Kirchenchor sang ein Kinderlied zum Abschied, welches genau vergaß Franz, und Barbara wollte er nicht danach fragen. Was spielte es auch für eine Rolle? Kathrin, die noch nie an seiner Seite stillgehalten hatte, aber während der ganzen Beerdigung ruhig wie eine Erwachsene neben ihm verharrte, griff nach seiner Hand und drückte sie fest, nicht zufällig, nein, sie wollte ihn trösten. Franz blickte sie erstaunt an – sie war der Engel, den Gott ihm geschickt hatte.

Nur zwei Wochen später war sie erneut ein Engel, als sie während des Unterrichts zu ihm ins Klassenzimmer gelaufen kam und ernst rief: »Mama tot!« Franz verstand, dass etwas Ungewöhnliches geschehen sein musste und das kleine Mädchen nicht nur den Tod des Bruders nachspielte. Der Dreiunddreißigjährige rannte nach Hause und fand dort Barbara bewusstlos auf dem Küchenboden liegen. Über das neue Telefon des Nachbarn konnte Franz einen Notarzt rufen, und Barbara wurde ins Krankenhaus gebracht. »Eine Stunde später hätten wir wahrscheinlich nichts mehr machen können«, sagte der unbekannte Sanitäter zu ihm. »Gut, dass Sie gerade daheim gewesen sind.«

»Die Trauer hat ihr das Herz zerrissen«, sagte später der Krankenhausarzt, den Franz vom Fußball her kannte. Mit verschiedenen Untersuchungen hatte man herausgefunden, dass etwas am Herzen nicht stimmte, was genau, wusste man aber noch nicht. Auch eine Prognose, ob sie jemals wieder erwachte oder gesund wurde, wollte man nicht stellen. Sollte er jetzt nach dem Kind auch noch die Frau verlieren? Franz begann im Krankenhaus vor allen Ärzten laut zu schreien, presste immer wieder tierische Laute aus sich heraus und schlug mit den Fäusten gegen die Wand. Kathrin tat es ihm schließlich nach, mit ihrer Mädchenstimme und den kleinen Händen. Franz hörte auf, er nahm seinen Engel auf den Arm und weinte wie ein Weib, aber es erleichterte ihn. Der Arzt bestand darauf, dass er mit der Tochter in dieser Nacht auch hier im Krankenhaus blieb und nicht mehr heimfuhr. Eigentlich war es verboten, aber man stellte ein Bett für Franz und das Mädchen vor die Intensivstation.

Barbara kam nach ein paar Tagen wieder zu sich und war ansprechbar. Aber sie war sehr schwach und die »Lebensgefahr nicht vorbei«, wie die Ärzte sagten. Sie litt an einer eitrigen Entzündung der Herzklappe. Als nach drei weiteren Wochen keine Besserung in Sicht war, holte Franz mit der Isetta die Mutter aus Garmisch ab. Sie würde ihm die Wäsche waschen, kochen und auf die kleine Kathrin aufpassen. Franz war dankbar für dieses Angebot, denn er konnte nicht einmal ein Spiegelei zubereiten. Außerdem war er froh, dass die Mutter bei ihm war in dieser Zeit, in der er manchmal gar nichts mehr empfand und seine Geborgenheit in Gottes Welt verlor.

Aus der kurz geplanten Aushilfe der Mutter und dem Bangen um Barbaras Leben wurden Monate. Franz fuhr jeden Tag nach Unterrichtsschluss zu seiner kranken Frau in die Klinik, er magerte ab und trainierte nicht mehr, bis Barbara eines Tages sagte: »Wenn du so weitermachst, kommst noch vor mir ins Grab. Zwing dich zum Essen und spiel wieder Fußball. Unser Engel braucht dich noch.« Franz gehorchte seiner geliebten Frau.

Gusti hatte an der Enkeltochter Kathrin einen Narren gefressen. Stolz ging sie mit dem Mädchen durch das Dorf zum Einkaufen im Kramerladen und hüpfte mit ihr über die Platten des Wiesenwegs zurück. Die Oma spielte mit dem Mädchen auf dem Boden sitzend Phantasiegeschichten von Räubern, Expeditionen und Piratenschiffen nach. Sie fuhr per Autostopp mit der Enkelin nach Eichstätt, um ihr Hosen zu kaufen. Und einmal fand Franz die achtundsechzigjährige Mutter mit Kathrin in der Krone des Kirschbaums im Garten – in diesem Alter war sie mit dem Mädchen dort hinaufgeklettert. Zudem kochte die Mutter für ihn, überzog die Betten, spülte ab, wischte die Böden – und hatte abends auf der Terrasse nach dem Training noch ein Ohr für ihn. Franz redete nicht, und schon gar nicht über Gefühle, aber die Mutter verstand sein Schweigen. Und während er Tee oder Limo trank, Gusti sich ein Glas Wein nach dem anderen einschenkte, während er in die sternenklare Nacht stierte und Gusti von der Berliner Zeit erzählte, während Franz an Gott und der Welt zweifelte, verschaffte ihm die Mutter mit ihren betrunkenen Geschichten eine Gewissheit des Daseins, eines Lebens, das man hinzunehmen hatte, so wie es eben kam. Um zu dieser Erkenntnis zu gelangen, brauchte es keinen Gott, dachte Franz immer öfter, bis ihm eines Abends dieser Stein wieder einfiel, der für die Mutter abgegeben worden war.

»Jemand hat für dich was abgegeben, ein Fremder«, sagte Franz und holte das Fossil aus dem Gartenhäuschen.

»Damit könnt ich gut eine Stelle im Wohnzimmer ausbessern, das passt gut dazu. Oder brauchst du das?«

Die Mutter starrte die Platte an. Sie schenkte sich Wein nach, zündete sich eine Zigarette an und schwieg. Wolken wichen vor einem Vollmond zurück. Erst nach einer Weile wunderte sich Franz über die ungewöhnliche Schweigsamkeit seiner Mutter.

»Ist was?«, fragte er.

»Ja.« Gusti suchte nach Worten. So beweglich der Körper der Mutter noch war, so tief zeichneten sich in ihrem Gesicht Falten ab, vor allem wenn sie wie jetzt grübelte.

»Ich sag dir jetzt was, was keiner weiß.«

Gusti zündete sich erneut eine Zigarette an und gab weiter, was sie von ihrem Vater und dessen Mutter erfahren hatte, von der Liebe Babettes zu John bis zu den wahren Umständen des Unfalls von Paul. Sie erzählte von den Lödingers und den Juden. Gusti fragte, ob er sich noch an die Christkindl im Nachbargarten erinnerte, so hatte er die Mädchen damals genannt. Ja, dämmerte es Franz vage, da war etwas gewesen.

»Zu mir hat der Vater damals gesagt, ob der Vogel ein Unglück oder Glück wär, müsst ich selber wissen. Ich weiß es bis heut nicht.«

Stimmte, was die Mutter da erzählte, oder erfand sie betrunken Geschichten wie die von Berlin, in denen plötzlich alle möglichen Gestalten auftauchten, die am nächsten Abend wieder anders hießen? Aber nein, er sah der Mutter die Wahrheit und den Ernst an.

»Warum hast du mir das nie erzählt?«, fragte Franz.

»Warum hätt ich es sollen? Die Platte war ja weg.«

»Aber hab ich nicht ein Recht darauf, die Wahrheit zu erfahren?«, fragte Franz.

»Nein, Franz. Auf die Wahrheit gibt's kein Recht. Ein jeder muss allein entscheiden, was er den Kindern mitgibt und was nicht. Glaubt doch ein jeder, er wüsst alles von den Eltern und Großeltern. Dabei haben wir vor allen Leuten Geheimnisse. Und bei den Kindern gibt's sogar noch viel mehr einen Grund dazu.«

»Aber all das … das lebt doch bloß weiter, wenn man es weitererzählen kann, wenn … wenn die Kinder noch leben.« Franz brach in Tränen aus, er schluchzte so hemmungslos wie seit der Kindheit nicht mehr. Die Mutter streichelte ihm geduldig über den Kopf und die Arme.

»Wein nur, wein nur, Franz, das tut dir gut!«

Als Franz sich wieder gefangen hatte, holte Gusti ein neues Windlicht und betrachtete mit dem Sohn den Archaeopteryx noch einmal genau. Wie lange hatte sie damals auf der Suche nach einem Käufer jede Einzelheit des Vogels studiert! Aber wie um Himmels willen war die Platte zu ihnen zurückgekommen?

Mutter und Sohn rätselten und durchsuchten noch einmal das weiche Papier, in das die Platte in der Schachtel eingewickelt war. Tatsächlich – es fand sich eine kleine Karte: »Mit Dank an die Wolkertsheimer Schmidt-Gusti, die meinen Großeltern das Leben rettete, Jakob.«

Gusti schenkte sich Wein nach – so hatten sie alle in Garmisch bis heute genannt: »Die Wolkertsheimer Schmidt-Gusti.« Und der Enkel hatte sie wohl deshalb in Wolkertsheim gesucht und war so zu Franz gekommen, kein Wunder, ein Krieg lag dazwischen, und wer war nicht alles geflüchtet oder wieder ins Heimatdorf zurückgekehrt. Doch was war aus den Leuten geworden? Warum hatte der Enkel nichts erzählt und war einfach wieder verschwunden?

»Vielleicht wollt er nur was gutmachen und mit der Vergangenheit und mit uns nichts zu tun haben?«, mutmaßte Franz.

Der stete Wind in Wolkertsheim blies das Windlicht aus, Wolken schoben sich wieder vor den Mond.

»Und jetzt?«, fragte er.

»Die ist ein Vermögen wert«, erklärte Gusti, was Franz ohnehin wusste.

»Die Platte gehört jetzt dir«, sagte Gusti. »Ich brauch sie nicht mehr in meinem Leben.«

»Mit Geld kann ich den Martin auch nicht mehr lebendig machen. Und die Barbara nicht wieder gesund«, antwortete Franz.

»Heb's auf«, riet die Mutter. »Vielleicht kannst es doch noch einmal gut brauchen.«

Franz nickte und legte das Fossil wieder ins Gartenhäuschen zurück.

Als Franz auf die Terrasse zurückkam, weinte Gusti. »Ich schäm mich. Ich hätt viel mehr machen müssen in der schlimmen Zeit. Nicht einmal Papiere hab ich ihnen besorgt, den Lödingers. Und für andere schon gar nichts getan. Ich hab doch bloß mein Gewissen freigekauft. Deshalb hab ich dir das vielleicht nie gesagt. Und jetzt lohnen die uns das auch noch!«

»Aber sie haben überlebt. Vielleicht deshalb, wegen dir«, entgegnete Franz.

»Ja«, seufzte die Mutter. »Das schon.« Sie schenkte sich Wein nach. Der Alkohol ließ sie lallen.

»Ich weiß nicht, ob ich deinen Vater geheiratet und mit ihm Kinder gekriegt hätt, wenn die Platte nicht gewesen wär. So hab ich mir damals immer ein Hintertürchen offenhalten können, dass ich gehen könnt, dass ich doch Geld hab.«

Gusti stierte vor sich hin.

»Ich weiß nicht, ob ich den Ignaz wirklich geliebt hab. Ohne den Urvogel hätt ich vielleicht weiter nach einer großen Liebe gesucht, so was gespürt wie beim Alois damals, dem Bruder vom Ignaz, der gefallen ist.«

Sagten Kinder und Betrunkene nicht die Wahrheit, überlegte Franz. Trank die Mutter vielleicht deshalb so viel, weil kein Mensch an der Liebe vorbeileben kann?

Franz suchte nach einer Antwort, fand keine, Gusti stand auf, schwankte und lallte: »Alles ein Schmarrn.«

Franz stützte die Mutter und brachte sie ins Bett.

In dieser Nacht keimte in Franz ein ungeheurer Verdacht auf. Hatte das Unglück nicht genau zu jenem Zeitpunkt angefangen, als diese Platte zu ihnen gekommen war, am Tag, als er den Fernsehapparat gekauft hatte? Stimmte nicht doch, was er zunächst als Aberglaube abgetan hatte, dass dieses Fossil Krankheit, Unfälle und Tod brachte? Hatte er nicht eben erst von den wahren Hintergründen des kaputten Beins seines Großvaters erfahren?

Franz stand mitten in der Nacht auf und grub unter den Gemüsebeeten ein tiefes Loch, in das er den Stein legte. Dort sollte er wie einst wieder begraben sein und ihn in Ruhe lassen!

Franz ging zurück, schaute zur schlafenden Kathrin ins Kinderzimmer und zum Bett von Martin, das man unberührt gelassen hatte, so wie damals, als er noch darin gelegen und über Bauchschmerzen geklagt hatte. Im Schlafzimmer legte Franz sich in ein Bett, in dem seine Barbara nicht neben ihm lag. Er konnte immer noch nicht einschlafen – bis er begriff, dass Gott ihm jetzt eine Prüfung auferlegte, die noch schwerer als alle bisherigen war. Er hatte das erste Gebot missachtet: »Du sollst keine anderen Götter neben mir haben!« Er hatte Gott verlassen im Aberglauben, er war ihm untreu geworden. Aber die Lösung bestand auch nicht darin, den Stein wieder auszugraben, der sollte einfach wie früher unter den Beeten bleiben, er brauchte ihn ebenso wenig in seinem Leben wie die Mutter. Die Lösung lag in ihm selbst und einem unerschütterlichen Glauben an Gott, egal, womit er noch geprüft werden würde.

Franz besuchte wieder so eifrig wie früher die Messen und beichtete, gegen das erste Gebot verstoßen zu haben. Der Pfarrer trug ihm dafür keine Buße auf, sondern sagte: »Bei dem, was dir auferlegt ist, wird es dir der Herrgott nachsehen und ich erst recht.«

In den nächsten Wochen gesundete Barbara vollständig, nur von einer weiteren Schwangerschaft rieten die Ärzte dringend ab, dies sei zu belastend für das schwache Herz.

Das Ehepaar ging seither fast jeden Nachmittag mit der kleinen Kathrin in einem der umliegenden Wälder spazieren. Franz spürte den Allmächtigen in der Schönheit der Natur. »Gott zeigt sich im überwältigenden Grün!«, sagte Franz einmal. Die kleine Kathrin rief später im Dorf: »Gott ist grün.«

Franz 1970

Der Siebenunddreißigjährige stöhnte im Dunkeln über seiner Frau auf. Sein Körper entspannte sich befriedigt, aber er rief: »Schnell! Geh dich waschen!« Er hatte sich in seiner Frau ergossen, obwohl sie laut dem Temperaturkalender, der immer auf ihrem Nachtkästchen lag, ihre fruchtbaren Tage hatte. Barbara umrandete nach der Messung morgens immer den Tag rot, wenn es unter allen Umständen auf einen Coitus interruptus zu achten galt. Eben war es ihm nicht gelungen, sein Glied vor dem Erguss noch rechtzeitig aus ihr herauszuziehen. Barbara lief ins Badezimmer und wusch sich, obwohl beide Eheleute doch wussten, dass dies nichts nützte, aber vielleicht täuschten sich die Ärzte auch? Seitdem Contergan so viele Menschen verstümmelt hatte und Martin trotz Penizillin gestorben war, traute Franz ihnen nicht mehr. Auch Barbara wollte die sich rasant verbreitende Antibabypille nicht nehmen, und darüber hinaus wäre es auch nicht mit dem Glauben vereinbar gewesen. Erst kürzlich hatte der Papst die Empfängnisverhütung scharf kritisiert und nur einen Coitus interruptus zugelassen. Franz machte sich bittere Vorwürfe, als er Barbara wegschickte – warum konnte er seinen Körper nicht besser unter Kontrolle halten?

Barbara kam zurück aus dem Badezimmer und schlug vor, eine Dusche einzubauen. Damit könnte sie sich »unten herum« ausspritzen, falls so was wieder passieren würde.

Eigentlich bräuchte das Haus nicht nur eine neue Dusche, sondern auch neue Fenster, Türen, einen neuen Putz und vor allem auch eine Einbauküche, ob Franz die ihrer Schwester Rita schon gesehen hätte? Was für ein wunderbarer Neubau das war, auf dem kürzlich erschlossenen Siedlungsgrund hinter der Mühlbachbrücke, wo man das alte Müllerhaus endlich hatte abreißen lassen. Mit Heizkörpern und einer Spülmaschine in allen Häusern, wisse Franz überhaupt, dass immer mehr Wolkertsheimer so ein Gerät besäßen?

»Warum sollen wir das brauchen?«, fragte Franz.

»Wir?«, entgegnete Barbara spitz. »Spülst du vielleicht ab?«

Warum bitte sollte er abspülen? Als Lehrer verdiente er genug, dass seine Frau nicht arbeiten gehen musste und sich nur um den Haushalt und das einzige Kind Kathrin kümmern musste. Sollte er da womöglich nach der Schule noch abspülen?

Franz nahm im Dunkeln dennoch seine Frau zärtlich in die Arme. Es war erst vier Jahre her, dass er sich die Normalität solcher Auseinandersetzungen unter Eheleuten sehnlichst gewünscht hatte.

»Wenn du meinst, dann kaufen wir halt so eine Spülmaschine!«

»Es geht doch nicht bloß darum!«

»Sondern?«

»Damals ist doch bloß schnell, schnell renoviert worden, mit billigem Material, weil wir heiraten wollten.«

»Ja sollen wir jetzt abreißen lassen und neu bauen?«, fragte Franz mürrisch.

»Ja.«

»Wie, ja? Das meinst jetzt nicht im Ernst?«

»Doch.«

»Die ganzen modernen Häuser haben doch keine Seele.«

»Eine Seele hat bloß ein Mensch«, korrigierte Barbara.

»Meinetwegen. Aber bist du da wirklich gerne drin, in einem Haus ohne Holzbalken an der Decke, ohne Kachelofen und ohne Versteinerungen am Boden?«

»Na ja«, gab Barbara zu. »Gemütlicher ist es schon bei uns, aber auch unmoderner.«

»Weißt was? Dann lassen wir das gute alte Zeug stehen und modernisieren, was altmodisch oder unpraktisch ist. Sparen müssen wir dann halt!«

Barbara küsste ihn vor Freude. »Sparen kann ich, und wie!«

Die Ehefrau malte sich laut aus, wie man aus der Wohnküche eine moderne Einbauküche abtrennte und so Platz für ein Esszimmer schuf. Dorthin würde sie einen Gummibaum stellen, und sogar die Tischdeckenfarbe überlegte sie laut. Franz schlief über ihren Worten ein und schreckte gegen Morgen aus einem Alptraum hoch. Vier Jahre nach dem Tod seines Kindes kamen im Schlaf immer noch die gleichen Bilder, nur in verschiedenen Variationen. Er hätte seinen Martin noch, aber der wäre in höchster Gefahr und müsse vor einem Ungeheuer im Wald, einem Abgleiten von einem unbefestigten Weg in den Bergen oder vor einem Abrutschen an einer Meeresklippe in die Tiefe gerettet werden. Immer hielt Franz die kleine Hand ewig lange fest, bis er keine Kraft mehr hatte, nicht mehr stark genug war, der Bub in die Tiefe stürzte und Franz mit einem Schrei aufwachte.

Barbara machte für Franz' Alpträume auch den Fernseher verantwortlich und vertrat die Überzeugung, dass zu viele bewegte Bilder unweigerlich auch nachts zu solchen Filmen im Kopf führten. Die Tochter Kathrin durfte deshalb nicht fernsehen – aber Franz wusste, dass die Siebenjährige immer zu anderen Kindern ins Dorf ging, bis es der

Bande sitzend doch zu langweilig wurde und alle im Wäldchen spielten. Barbara kontrollierte das Mädchen viel zu sehr – aber Franz verstand seine Frau. Sie hütete die Tochter so sehr aus Angst, noch ein Kind zu verlieren. Auch er spürte diesen beständigen Schmerz in sich. Leichter war ihm erst, seitdem er verstanden hatte, dass dieser nie im Leben vergehen, sondern nur mit der Zeit nachlassen würde. Seither waren auch die Sonntage mit den Grabbesuchen nicht mehr die gefürchtesten Wochentage.

Denn jeden Sonntag ging Franz mit Barbara und Kathrin zum Hochamt und danach zum Grab von Martin auf dem Friedhof hinter der Kirche. Barbara zupfte ein paar Gräser aus der Erde, und man betete still für das tote Kind unter den bunten Blumen. Kathrin machte es ihnen nach, aber nie lange, die Siebenjährige hüpfte lieber durch die Gräberreihen, bis die Eltern fertiggebetet hatten. Man sprach fast nie über den toten Sohn, außer wenn es um die Grabpflege ging. Barbara pflanzte immer bunte Blumen, das gehöre sich so für ein Kind, meinte sie. Franz war stets einverstanden, trotzdem fragte die Ehefrau jedes Mal, welche Setzlinge sie denn nun kaufen sollte und Franz antwortete immer, obwohl es ihm eigentlich egal war.

Nach der Messe richtete Barbara jeden Sonntag ein großes Frühstück her. Im Gegensatz zu anderen Familien kam bei ihnen am Tag des Herrn kein Braten auf den Mittagstisch, denn Franz spielte auch mit seinen siebenunddreißig Jahren nachmittags Fußball und dazu konnte er keinen vollen Magen gebrauchen. Nach dem Essen las Franz den Sportteil der Zeitung, Barbara räumte auf und zeichnete danach Pläne für den Umbau. Kathrin verschwand wie immer gleich nach dem großen Frühstück ins Dorf – vermutlich, um die Spielfilme am Sonntagnachmittag nicht zu versäumen.

Mit einem Papierrascheln kam Barbara zu ihm auf das Sofa. Franz würde einen wieder neuen Plan zu begutachten haben. Doch seine Frau hatte nicht wie üblich nur den Lokalteil der Zeitung, sondern auch die Politik gelesen.

»Wer ist denn dieser Dutschke?«, fragte sie.

»Wer?«

»Da!« Barbara hielt ihm eine Zeitungsseite mit einem Bild hin.

»Ach so, der!«, brummte Franz. »Das ist der Berliner Student, auf den sie vor zwei Jahren geschossen haben, weshalb die ganzen Unruhen sind.«

»Was wollen die denn eigentlich?«, fragte Barbara.

»Wenn ich das wirklich wüsst! Gegen den Vietnam-Krieg sind's. Und gegen Ehe und Familie.«

»Und so einen Brandstifter, den haben's jetzt aus dem Gefängnis befreit und einen Beamten niedergeschossen.«

Barbara setzte sich kopfschüttelnd zu ihm aufs Sofa.

»Als ob wir es nicht gut hätten, nach dem Krieg und mit dem Wirtschaftswunder.«

»Die haben doch einen Vogel, wenns'd mich fragst. Jeder soll mit jedem … in einer Kommune. Aber der Schmarrn vergeht bald wieder.«

»Gut, dass die nicht bei uns in Wolkertsheim sind.«

Barbara stand wieder auf.

»Du, ich geh nachher noch zur Rita zum Kaffeekränzchen.«

»Von mir aus!«, brummte Franz. Franz mochte Barbaras Schwester Rita nicht. Ständig setzte sie seiner Frau Flausen in den Kopf und hetzte auch gegen Ehemänner. Es passte ihm nicht, dass Barbara immer mit der Rita mithalten wollte, so auch mit der Einbauküche und Spülmaschine. So gerne Franz seiner Frau den Renovierungswunsch des Hauses erfüllte, so wenig gefiel ihm der Ursprung dieses Wunsches.

Und tatsächlich kam seine Frau auch heute nach seinem Fußballspiel mit einem beleidigten Gesicht vom Kaffeekränzchen zurück. Stumm richtete sie das Abendessen her, fragte nicht einmal, ob seine Mannschaft das Spiel gewonnen oder verloren hatte, und schimpfte Kathrin viel zu laut dafür, dass sie sich mit dem Grießbrei bekleckerte.

Franz überlegte, ob er ihr die Besuche bei der Schwester verbieten sollte, entschied sich dann aber anders. Nein, er war kein Mann, der seiner Frau altmodisch etwas verbot. Er würde einfach auch nicht mehr mit ihr sprechen, dann würde sie schon sehen, wie das war und wer am längeren Hebel saß.

Nach drei Tagen war Barbara zermürbt und bat ihn abends um eine Aussprache. Die Flause, die Rita ihr in den Kopf gesetzt hatte, war noch größer als alle bisherigen. Barbara wollte den Führerschein machen und arbeiten gehen. Die Kathrin ginge ja jetzt auch schon in die Schule und für die Renovierung könnten sie ein zusätzliches Einkommen mehr denn je gebrauchen!

»Nein!«, antwortete Franz streng.

Ein Bleistift fiel zu Boden, ein Schüler schneuzte, ein Stuhl wurde quietschend verrutscht. Der Lärmpegel in der Klasse war trotzdem gering, weil so wenige Kinder schwätzten. Franz hatte alle mit Schreibübungen still beschäftigt und blickte in die Unterlagen für die nächste Stunde, Rechnen. Dem Kultusministerium war neuer Unsinn eingefallen. Mit Mengenlehre sollte er den Kindern ein Gefühl für Zahlen vermitteln. Seit wann gab es in der Mathematik Gefühle? Nein, dachte Franz, er würde sich über Vorschriften hinwegsetzen und einfach wie bisher die

Zahlen bis zehn und Minus- und Plusrechnung lehren. Und das nicht aus Faulheit. Seitdem er nur noch eine Jahrgangsstufe in der Klasse hatte und nicht mehr eins bis vier in einem Verbund unterrichtete, hätte er auch wieder mehr Kraft für neue Unterrichtsinhalte gehabt, wären sie ihm nur nicht so unsinnig erschienen.

Diese erste Klasse, die er heuer unterrichtete, war nicht nur deshalb besonders, weil die Kathrin nun auch seine Schülerin war, sondern weil alle so aufmerksam mitmachten und wissbegierig waren. Probleme machte nur ein Kind – seine Kathrin. Sie hatte sich schon vor der Einschulung selbst Lesen, Schreiben und Rechnen beigebracht und war daher stets als Erste mit den Aufgaben fertig und stiftete dann andere Kinder zum Unsinn an, so wie jetzt, als er beim Blick über die Schüler sah, wie sie anderen Grimassen schnitt.

»Kathrin!«, rief er mahnend.

»Ja, Herr Lehrer?«, fragte sie unschuldig, so als hätte sie nichts getan. Kathrin hatte nach dem ersten Schultag eine Lösung gefunden, wie sie ihre Rolle als Tochter und Schülerin trennte. Im Schulhaus nannte sie ihn nur »Herr Lehrer« und daheim wie sonst »Papa«. Und so hatte sie auch nach dem ersten Schultag klargestellt: »Den Schulweg gehe ich immer alleine, ohne dich, wie alle anderen Kinder auch.«

Die neuen Klassen nach Jahrgangsstufen bedeuteten für Franz eine enorme Arbeitserleichterung, denn er unterrichtete schematisch stets den gleichen Stoff. Aber den Kindern wurde dieses starre System mit Einteilungen in Jahrgangsstufen nach Alter gar nicht gerecht. Die Kleinen entwickelten sich in individuellen Schüben und nur selten linear. Es kam vor, dass ein Siebenjähriger im Juni einfach

Rechnen und Lesen nicht begreifen konnte – und nur zwei Monate darauf war er so weit entwickelt, dass sich ihm die Welt der Zahlen und Buchstaben plötzlich mühelos erschloss. Jetzt aber musste er zum Ende eines Schuljahres entscheiden, ob er ein Kind durchfallen oder in die nächste Klasse aufrücken ließ. Das Sitzenbleiben war eine Demütigung, die er verhindern wollte. Aber wie konnte er wissen, wann ein Kind den nächsten geistigen Schub machen würde und ob es in der höheren Klasse nicht weiter überfordert wäre? Beim gemeinsamen Unterrichten der Jahrgangsstufe eins bis vier vorher gab es kein Sitzenbleiben. Je nachdem, auf welcher Ebene der geistigen Entwicklung das Kind gerade stand, teilte er es ganz unabhängig vom Alter in die Gruppe eins, zwei, drei oder vier ein. Die individuelle Reife konnte er laufend berücksichtigen und auch während des Schuljahres die Gruppen neu zusammenstellen. Ein Bub oder ein Mädchen musste nicht genau zu einem bestimmten Zeitpunkt einer Norm entsprechen und genau das können, was der Lehrplan vorsah.

Seitdem Kathrin in seiner Klasse war, wünschte sich Franz das alte System mit den durchlässigen Stufen besonders zurück. Er hätte die Tochter einfach den Stoff der zweiten oder sogar schon dritten Klasse mitmachen lassen und sie wäre nicht unterfordert gewesen, denn sie war ihrem Alter in der geistigen Entwicklung weit voraus und langweilte sich im Unterricht. Das starre Klassensystem missachtete nicht nur die individuelle Entwicklung, sondern auch die Abweichungen von klügeren und dümmeren Kindern. Die nicht so hellen Köpfe hatte er oft Aufgaben wiederholen lassen, den intelligenteren hingegen schwierigere Übungsstücke gegeben. So waren die einen weder überfordert noch die anderen unterfordert, ohne dass dazu ein großes Aufhebens gemacht wurde.

Ein Kollege hatte vorgeschlagen, Kathrin gleich in die zweite Klasse zu schicken. Bei ihrem Kenntnisstand, so der Kollege, wäre das nur sinnvoll. Aber Franz hatte abgelehnt. Bei jedem anderen Kind hätte er zugesagt. Aber als der Lehrer und Vater Kathrins war das oberste Gebot, die Schülerin so wie alle anderen zu behandeln, eher strenger mit ihr zu sein, damit nur ja nicht der Verdacht aufkam, er würde seine Tochter bevorzugen. Gleich die zweite Klasse ging nicht, was würde das wohl im Dorf heißen? Der Lehrer brate für sein Mädchen eine Extrawurst, ausgerechnet der Lehrer bevorzuge seine eigene Tochter und bilde sich etwas darauf ein, dass sie intelligenter als die anderen sei? Ausgerechnet er, der Enkel vom Paul, durfte niemals ungerecht handeln.

Während Franz noch überlegte, kam Kathrin zu ihm ans Pult. »Kannst du mir nicht schwierigere Aufgaben geben, Herr Lehrer? Das ist mir zu langweilig!«, fragte die Siebenjährige, und Franz musste lachen.

»Mach ich!«, sagte er. »Aber dann bist auch brav?!«

Kathrin nickte ernst. »Freilich.«

Und tatsächlich gab seine Tochter mit schwierigeren Aufgaben eine Ruhe und stiftete weniger Unfug. Aber wie sollte das weitergehen? Wenn Kathrin sich in diesem Tempo den Stoff der nächsten Klasse erschloss, wäre sie geistig bald in der dritten Klasse. Franz seufzte und schob eine Lösung des Problems auf.

Ein anderes Problem war dringlicher – Barbara versuchte mit allen Mitteln, ihn dazu zu bringen, dass er in eine Arbeitsstelle einwilligte. Dazu zeigte sie ihm sogar Zeitungsberichte – vermutlich von der Schwester Rita für sie ausgeschnitten, wonach das Gesetz zur Berufstätigkeit der Ehefrau neu geregelt werden sollte und der Ehemann nicht mehr seine Zustimmung dazu geben musste.

»In Bonn wird darüber debattiert!« Barbara legte ihm die Berichte hin.

»Ja, und?«, entgegnete Franz mürrisch. »Und wenn es so ist, willst dann mit einem Anwalt gegen mich vorgehen?«

»Warum darf ich nicht arbeiten, das Geld können wir doch gut brauchen, und ich werd doch alles so wie bisher machen, mit der Kathrin und dem Haushalt.«

»Nein!«

Barbara brach in Tränen aus. »Ich versteh dich nicht! Warum du so stur bist. Es ist doch keine Sünde, wenn ich ...«

Die Tränen erstickten ihre Stimme. Jedes Gezanke konnte Franz aushalten, aber nicht wenn seine Frau so weinte.

»Und wo möchtest denn überhaupt eine Stelle finden?«, fragte er.

»In Eichstätt, da suchen sie gleich mehrere kaufmännische Buchhalter.«

Barbara schluchzte weiter.

»Und wie willst da jeden Tag hinkommen? Im Sommer geht's ja noch mit dem Radl.«

Barbara horchte auf. Sollte das heißen, er war doch einverstanden?

»Dann mach ich den Führerschein, hab ich doch gesagt!«

»Und was der wiederum kostet?«

»Das ist schnell wieder hereingearbeitet.«

»Nein.«

Franz beschloss, nun doch erst das Schulproblem mit Kathrin zu lösen. Es war sogar einfacher als gedacht, denn ganz ohne sein Zutun fand sich eine Lösung: Das Mädchen zeichnete nun immer, wenn sie die Aufgaben fertig hatte und den stotternden Erstlesern zuhörte. Damit war sie still beschäftigt, Franz ließ sie gewähren, und ihre Bilder wurden immer brillanter.

Gerd Müller wurde bei der Weltmeisterschaft in Mexiko Torschützenkönig, aber »kleines dickes Müller«, wie ihn alle nannten, konnte die Deutschen trotzdem nicht ins Finale bringen, seine Mannschaft wurde nur dritter. Nach dem Endspiel am 21. Juni, bei dem Brasilien wieder den Pokal holte, nahm sich Franz vor, ein ernstes Wort mit seiner Frau zu reden und ihr die Flausen endgültig auszutreiben.

»Obacht!«, schrie Franz. Barbara bremste abrupt ab, Franz' Puls schnellte nach oben. Mitten auf der Landstraße blieben sie mit dem Wagen stehen.

»Weiterfahren, du kannst doch hier nicht bleiben!«

Barbara kamen die Tränen.

»Erst soll ich anhalten …«

»Weiterfahren!«

Barbara legte einen Gang ein. Der Motor starb ab.

»Fahr rechts ran!«, befahl Franz.

»Aber wie denn?« Barbara weinte und startete noch einmal. Der Wagen sprang an, Barbara fuhr ein paar Meter, rechts war ein Waldweg zu sehen.

»Da drüben, da fahr hin und halt an!«

Barbara lenkte wie befohlen zu dem Stück und stoppte den Wagen. Sie weinte immer noch. Beide stiegen aus.

»Du musst besser auf die Straße schauen!«

»Tu ich doch!«

»Nein, du bist viel zu schnell in die Kurve vorhin rein!«

Barbaras Tränen wichen einem leicht zornigen Blick.

»Ich hab den Führerschein auf Anhieb geschafft!«

»Das heißt noch lange nicht, dass du Auto fahren kannst! Der Glas ist erst drei Jahre alt!«

Barbara funkelte ihn an, sagte nichts mehr und setzte sich auf den Beifahrersitz.

Franz lenkte ein. »Du brauchst halt noch Praxis!«

»Und wie soll ich die kriegen, wenn du mir ständig reinredest? Andauernd mach ich was falsch, jetzt glaub ich selbst schon nicht mehr, dass ich fahren kann.«

»Gut, ich sag jetzt nichts mehr.«

»Aber jetzt fährst du weiter, zum Zeltplatz. Jetzt mag ich nicht mehr!«

Franz sah auf die Uhr. »Ja, ist besser, sonst wird es noch finster, bis wir ankommen.«

Eine halbe Stunde später stoppte der Glas in der Nähe des Eibsees, und das Ehepaar machte sich auf die Suche nach dem Zeltplatz der Gusti. Vater Ignaz hatte ihnen den Ort nur vage mit »hinter den zwei großen Biegungen auf der Landstraße« beschrieben und gab ihnen Lebensmittel, Wein und Zigaretten für seine Frau mit, dann musste er sie nicht wieder mit dem Fahrrad beliefern.

Von dem, was Franz und Barbara dann sahen, hatte der Vater jedoch nichts gesagt. Da zelteten nicht bloß die Gusti und die Kathrin, nein, da waren noch fünf andere Zelte aufgestellt – und alle die da zusammensaßen, waren Hippies mit langen Haaren in bunter Kleidung! Weinflaschen lagen herum, Kathrin spielte mit verkohlten Hölzern vom Lagerfeuer und sah entsprechend rußig-schwarz aus, ein junger Mann kam mit glasigen Augen auf sie zu, und eine Frau lag ohne Oberteil mitten dazwischen. Barbara eilte entgeistert zu Kathrin, Gusti rief freudig: »Franz!«, und Franz wusste nicht, wie er sich inmitten dieser Gestalten bewegen und benehmen sollte.

»Wir müssen gleich weiter!«, sagte er. Barbaras Entsetzen über den Platz, die Menschen und Gusti war unübersehbar. Sie suchte hektisch Kathrins Kleidung zusammen, die über den ganzen Platz verteilt war.

»Schade!«, meinte Gusti. »Der Kathrin gefällt es hier so gut. Und uns auch mit ihr. Kann sie nicht noch ein wenig bleiben?«

»Was der Kathrin gefällt, weiß deine Mutter also besser als ich!«, zischte ihm Barbara leise zu. Kathrin sagte: »Ich möchte dableiben, Mama!«

Franz nahm die Tochter an der Hand und antwortete diplomatisch. »Jetzt bist schon so lang weg gewesen, Kathrin, jetzt gehörst wieder heim!«

»Die revolutionäre Kleinfamilie!«, hörte Franz irgendjemanden sagen.

Gusti schimpfte daraufhin: »Jetzt lass die blöden Sprüche, das sind die Eltern der Kathrin.«

Der jemand sagte nichts mehr, Barbara suchte hektisch Kathrins Ball.

Franz übergab der Mutter das Paket vom Vater.

»Soll ich mich scheiden lassen?«, fragte Gusti unvermittelt vor all diesen Hippies.

»Mama, du bist zweiundsiebzig!«, entfuhr es Franz. Was fing sie denn schon wieder damit an? »Wo willst denn hin? Und wie willst dem Vater eine Schuld nachweisen?«

»Ich bleib einfach da!«, sagte Gusti. Das Weib mit blankem Busen applaudierte der Mutter. Franz versuchte jeden Blick in ihre Richtung zu vermeiden, hoffentlich war Barbara bald fertig, er wollte weg, so schnell wie möglich.

»Mama, das machst nicht!«, befahl Franz. Gusti nickte und lachte. Erst jetzt bemerkte Franz, dass sie betrunken oder etwas anderes war. Jemand reichte ihr eine dicke selbstgedrehte Zigarette.

»Wenns'd meinst!«, sagte die Mutter seltsam kichernd. »Dann halt nicht. Ist auch wurscht.«

Barbara stopfte Kathrins Kleidungsstücke und den Ball in eine Tasche. Man eilte mit Kathrin an der Hand zurück zum Auto.

Auf dem Heimweg im Dunkeln schwiegen alle. Kathrin fragte unvermittelt: »Warum ist Marx wichtig?«

»Wer auch immer das von den sauberen Freunden deiner Oma ist, wichtig ist der nicht. Diese Leute, das sind ein Gschwerl!«, erwiderte Barbara streng.

Kathrin zählte daraufhin laut die an ihnen vorbeifahrenden Autos, bis sie erschöpft auf der Rückbank einschlief.

»Also deine Mutter …«, sagte Barbara, nachdem sie die Kleine geweckt, in die Badewanne gesteckt und ordentlich ins Bett gebracht hatte, »also deine Mutter …«

»… ist ein besonderer Vogel, ich weiß schon!« Franz schüttelte den Kopf. »Die war schon immer so!«

»Aber jetzt übertreibt sie es eindeutig!«

Franz zuckte mit den Schultern.

»Ich weiß nicht, ob der Kathrin das guttut, wenn sie bei ihr ist!«

»Warum war sie denn bei ihr? Weil *du* den Führerschein gemacht hast!«

»Die war auch vorher schon in den Ferien bei ihr!«

»Das ist ihre Oma, und speziell an ihr hat sie einen Narren gefressen. Und vergiss nicht, was wir ihr verdanken, die ganzen Monate, wo du im Krankenhaus gewesen bist, hat sie hier ausgeholfen.«

»Aber da war sie noch nicht so … so … emanzipiert!«

»Und du willst das jetzt auch werden, mit dem Arbeiten«, entgegnete Franz.

Barbara seufzte, legte das Geschirrtuch weg, mit dem sie eben noch abgetrocknet hatte, und setzte sich zu ihrem Mann an den Küchentisch.

»Deine Spitze hab ich jetzt überhört. Das ist mir auch wurscht. Und auch, dass sie schon wieder betrunken von Scheidung geredet hat, so als würd sie damit angeben wollen. Aber stell dir mal vor, die Kathrin wär in den See gefallen. Die hätt doch keiner rausziehen können, die ganzen Haschbrüder hätten das doch gar mehr gemerkt. Und die Gusti auch nicht.«

Franz hatte genau den gleichen Gedanken gehabt, ihn aber nicht aussprechen wollen.

Franz brummte: »Ja, ist wohl besser, wenn man die Kathrin mit der Gusti nicht mehr allein lässt.«

Ein paar Tage später fuhr Franz seine Frau zum ersten Arbeitstag nach Eichstätt. Doch Barbara kündigte noch in der Probezeit – sie erbrach sich jeden Tag. Sie war wieder schwanger, und das Ehepaar wusste, dass es wieder um Leben und Tod ging.

»Jede neue Schwangerschaft kann lebensgefährlich für Ihre Frau sein. Passen Sie deshalb gut auf«, hatte man ihnen bei der Entlassung von Barbara aus dem Krankenhaus vor vier Jahren gesagt. Eine Abtreibung aber kam selbstverständlich nicht in Frage, eine Abtreibung, zu der die gottlose Schwägerin Rita riet, so als wäre es nicht eine Todsünde, ungeborenes Leben zu töten!

Franz betete jeden Tag in der Kirche um die Gnade Gottes. Er flehte um das Leben seiner Frau und des Ungeborenen. Nachts dachte er ein paar Mal an das tief vergrabene Fossil. Nichts, aber auch nichts könnte ein Verkauf ändern, mit keinem Geld der Welt konnte man Leben und Tod beeinflussen. Franz verbot sich aber auch abergläubische Gedanken, denn er hatte überlegt, ob der Fluch des Fossils nicht auch aus den Gemüsebeeten heraus wirkte und er den Stein herschenken sollte. Aber das war bloß ein Archaeopteryx, ein toter Vogel, nicht mehr und nicht weniger! Nicht noch einmal würde er an Gott zweifeln und vom Glauben abfallen.

Kathrin 1980

An einem warmen Frühlingstag des Jahres 1980 grub die siebzehnjährige Kathrin die Gemüsebeete hinter dem Wolkertsheimer Haus mit einem Spaten um. Kathrin trug eine weite Latzhose und hatte die kräftigen roten Haare mit einem Gummiband locker zu einem Pferdeschwanz hochgebunden, so dass der leichte Wind, der in Wolkertsheim stets ein wenig bläst, ihren Nacken bei der Arbeit kühlte. Kathrin grub missmutig. Wann war dieser doofe Job, den die Mutter ihr aufgetragen hatte, endlich erledigt? Wann konnte sie wieder zeichnen? Ach, Mathe und Geschichte musste sie auch noch lernen, zwei Exen waren zu erwarten, und in beiden Fächern stand sie auf einer Fünf. Wenn sie das nicht ausbügeln konnte, fiel sie durch. Und das hieß noch ein Schuljahr länger. Noch ein Jahr länger Wolkertsheim.

Bisweilen ging Kathrin zum Regenfass, formte ihre Hände zu einem Halbrund und spritzte sich mit dem Wasser Schweiß aus dem Gesicht, das ihr nicht gefiel. Die Nase war einen Tick zu groß, die Augen einen Tick zu klein und der ganze Kopf mit den hervorstehenden Backenknochen einen Tick zu hager. Vor allem aber tauchten neue Sommersprossen auf, weil sie unter dieser Sonne zur Gartenarbeit verdonnert war. Weder mit Zitronensaft noch mit Zahnpasta-Masken bekam Kathrin diese Pigmentflecken weg, nichts half. Kurz betrachtete sie versonnen ihr Spiegelbild in der Regentonne – sie blickte auf die kleinen Wellen des Wassers, die ihr Ebenbild laufend veränderten, einmal die Stirn vergrößerten, die Nase streckten und dann wieder den Mund verengten. Welche Kraft hatten wohl erst Meereswellen? Würde sie das Meer heuer noch sehen, zum ersten Mal in ihrem Leben, denn die Eltern mit ihrem Sparen auf die große Hausrenovierung fuhren nie in Urlaub.

Der neunjährige Bruder Johannes machte auf der hinteren Terrasse immer noch Hausaufgaben. So lange? Kathrin ging zu ihm hin und forderte ihn auf, endlich mitzuhelfen und sich nicht weiter vor der Gartenarbeit zu drücken. Johannes aber bestand darauf, dass er noch für Sachkunde Aufgaben zu lösen habe. Kathrin blickte in sein Heft. Diese Schönschrift und dieser Eifer! Wie konnte man mit neun Jahren schon so ein Streber sein? Laut sagte sie das lieber nicht mehr, sonst gab es wieder Krach mit der Mutter, die den »Herzibubi« hätschelte und lobte, während sie an Kathrin stets etwas auszusetzen hatte: Sie war zu faul, zu frech, zu wenig sparsam und vor allem zu wenig fromm.

Kathrin griff wieder zum Spaten.

»Halt!«, rief der Vater, der plötzlich neben ihr stand. »Was machst denn da?« Der Vater hatte einen Ton in der Stimme, so als wäre sie gerade im Begriff, barfuß auf eine Biene zu treten, fast so, als hätte er um etwas Angst.

»Die Mama hat gesagt, wir müssen umgraben. Wenn sie von der Arbeit kommt, muss es fertig sein.«

»Lass sein!«, sagte der Vater mit einer milderen Stimme. »Das bisserl mach ich jetzt noch.« Er zog sein Hemd aus. Mit seiner Kraft, die der Siebenundvierzigjährige nicht nur in den Beinen, sondern auch in den Oberarmen hatte, schaffte er die Arbeit doppelt so schnell wie sie. Der Papa war einfach ein Schatz!

Der Vater machte ihr auch nie Vorwürfe, er ermahnte sie noch nicht einmal zu Schularbeiten, was die Mutter wiederum regelmäßig auf die Palme brachte und keifen ließ: »Du sagst nie etwas!«

Franz entgegnete daraufhin immer ruhig: »Ich hab schon die Kinder im Unterricht, soll ich mich jetzt auch noch um die Schularbeiten der eigenen kümmern? … Oder wird dir das Arbeiten zu viel?«

Die Mutter verstummte daraufhin. Warum redeten alte Leute eigentlich immer das Gleiche?

»Danke, Papa! Ich hasse Umgraben in der Sonne. Und ich muss auch noch …«

Kathrin unterbrach sich selbst und sagte nicht mehr »lernen«, denn zuerst wollte sie noch zeichnen, eben zeigte sich auf der Regentonne ein Schmetterling, der die Flügel ausbreitete, und seine Musterung war so schön, dass er einfach abgebildet werden musste.

Dienstag und Donnerstag, wenn die Mutter in Eichstätt arbeiten war, waren sie immer alle entspannt. Da aßen sie zu dritt nach der Schule das vorgekochte Essen der Mutter zu Mittag, und Kathrin stichelte – ohne dass eine Mutter sie schimpfen konnte – gegen den kleinen Bruder. Nachmittags musste sie nicht ständig Auskunft geben, wohin sie gerade ging und ob sie auch genügend gelernt hätte. Johannes schaute dienstag- und donnerstagnachmittags oft fern, denn jetzt lief auch schon wochentags am Nachmittag Kinderprogramm. Kathrin hätte das dem kleinen Bruder sogar gegönnt, aber es ärgerte sie maßlos, dass Johannes den Fernseher auch einschalten durfte, wenn die Mutter anwesend war. Sie hatte als Kind immer heimlich im Dorf fernsehen müssen, ihr hatte man das nicht erlaubt. Aber dem Johannes ließ sie schon immer alles durchgehen. Sogar am Kinderfußballtraining musste er nicht mehr teilnehmen, nachdem er verkündet hatte: »Das gefällt mir nicht mehr.«

Sie hingegen hatte noch ein Jahr lang die verhasste Flötenstunde bei Tante Rita besuchen müssen, nachdem sie gesagt hatte, das gefiele ihr nicht mehr.

»Da muss man schon durchhalten, gewöhn dir Disziplin an!«, hatte es bei ihr geheißen, und so war sie weiter jeden Freitag den Weg über die Mühlbachbrücke mit dem heiligen Nepomuk zur Neubausiedlung ins Haus der Tante Rita mit den Spitzendeckchen an den Schränken gegangen.

»Wenn man kein Talent für etwas hat, dann nützt das Zwingen und Trainieren auch nichts!«, sagte der Vater hingegen zu Johannes und nahm ihn nicht mehr mit zum Training, obwohl er doch sichtlich enttäuscht war, dass ausgerechnet sein Sohn nicht mehr in der von Franz gegründeten Kindermannschaft spielen wollte.

Kathrin zog die ersten Striche am Tisch der hinteren Terrasse, als sie Chrissi durch eine seitliche Lücke im Gartenzaun auf sie zulaufen sah. Die füllige Freundin war außer Atem und behauptete laut, Kathrin dringende Mathefragen stellen zu müssen.

Der Vater blickte vom Umgraben auf, und Kathrin sah es seinem Gesicht an, dass er Chrissi nicht glaubte. Kathrin zwinkerte ihm zu und er zurück. Wie hoch rechnete sie es ihm an, das Schauspiel zu durchblicken, aber nicht zu kommentieren.

»Schau!«, sagte Johannes und hielt Chrissi seine Kommunionkerze unter die Nase. Als ob es die Freundin interessiert hätte, dass der Kleine nächsten Sonntag Erstkommunion hatte. Als ob Kathrin und Chrissi Religiösem etwas abgewinnen konnten.

»Interessiert kein Schwein!«, zischte Kathrin dem Bruder zu und eilte mit Chrissi davon. Sie nahmen den Wiesenweg mit seinen duftenden Frühlingspflanzen und blieben an der Gabelung kurz stehen. Von dort aus sah man einen riesigen Kran und einen Arbeiter, der an der Kirchturmspitze den maroden Gockel restaurierte. Man lästerte über die spießigen Kirchgänger, die Bayern und die CSU und eilte weiter zum Haus der Freundin, denn diese hatte Kathrin etwas zu zeigen: einen blauen Gestellrucksack, einen Brustbeutel, einen Schlafsack, einen Campingkocher und ein kleines griechisches Wörterbuch. Wow! Chrissi hatte schon die ganze Ausrüstung für Interrail zusammen, und Kathrin wusste noch nicht einmal, ob sie überhaupt mitdurfte, denn im Gegensatz zur Freundin war sie noch nicht volljährig und konnte keine freien Entscheidungen treffen, sondern musste die Eltern fragen. Und so, wie die Mutter sie am Gängelband hielt, würde die sicher »nein« sagen.

Schon vor ein paar Tagen hatte Kathrin einen ersten Versuch gestartet und erzählt, dass Chrissi in den großen Ferien mit dem Zug quer durch Europa reisen würde, es gab ein Ticket namens »Interrail« und damit konnte man einen ganzen Monat lang durch alle Länder Europas so viel Bahn fahren, wie man wollte. Chrissi wollte zuerst nach Griechenland.

»Was die Reithmeiers der Chrissi alles durchgehen lassen!« Die Mutter schüttelte den Kopf. »Da muss sie ja durch den Ostblock, durch Jugoslawien!« Auch der Vater schüttelte den Kopf. Kathrin konnte sich ja schlecht nachts aus dem Haus stehlen, wenn die Eltern schliefen, so wie sie es tat, wenn sie auf dem Rücksitz von Marcus' Moped nach Eichstätt in die Disco fuhr. Marcus, der mit ihr in die elfte Klasse ging, wartete stets geduldig, bis sie sich endlich durch die hintere Terrasse davonstehlen konnte. Noch nie hatten die Eltern ihre nächtlichen Ausflüge bemerkt, selbst der Vater glaubte oft das Märchen von »schlecht geschlafen«, wenn sie morgens nicht aus dem Bett kam.

»Und?«, fragte die Freundin zu ihrer Ausrüstung.

»Toll!«, sagte Kathrin. »Beneidenswert!«

»Ach«, seufzte Chrissi, »ich beneid dich um deine Figur. Keine Diät hilft bei mir.«

»Und ich dich um deine Alten! Meine sind die Oberspießer. ... Hat mich immer genervt, der Zirkus, der bei uns um den Geburtstag gemacht wird. Aber den achtzehnten feier ich wie einen Revolutionssieg, das sag ich dir!«

»Wann redest du mit den Eltern?«, fragte Chrissi.

»Heut noch!«, versprach Kathrin. Sie fürchtete die endgültige Absage und hatte die Frage deshalb immer wieder aufgeschoben. So konnte sie sich wenigstens noch nach Griechenland träumen, wenn sie schon nicht dorthin durfte. Für die Mutter war eine Großstadt schon ein Sündenpfuhl, und das Ausland erst recht.

Daheim richtete die Mutter wie immer nach einem Arbeitstag hektisch das Abendessen her. Der Vater saß am Tisch und las den Sportteil der Zeitung. Johannes plapperte über den Kommunionunterricht. Ein noch leerer Teller rutschte seitlich vom Tisch und zersplitterte am Boden.

»Kathrin, kehr das auf!«, rief die Mutter und warf ihr vor: »Weil du auch nie mithilfst!«

»War halt ein Versehen!«, brummte der Vater. »Kann doch einfach mal vorkommen.« Kathrin holte die Kehrschaufel. »Und warum muss *ich* eigentlich aufkehren und nicht Johannes?«

»Damit ... damit du sparen lernst. Wenn wir so mit unserem Zeug umgehen, kriegen wir nie das Geld für die Renovierung zusammen!«, schimpfte die Mutter.

»*Ich* hab den Teller nicht kaputt gemacht!« Kathrin erhielt keine Antwort darauf und kehrte weiter auf.

»Dann nehmen wir halt einen Kredit!«, sagte der Vater.

Auch so ein Thema, das sich ständig wiederholte zwischen den Eltern. Die Mutter meinte, man sollte erst umbauen, wenn man alles dafür gespart hatte, der Vater meinte, mit dem Grundstock an Erspartem, das sie hatten, könnten sie in fünf Jahren den Kredit abbezahlen.

»Ich mach keine Schulden!«, entgegnete die Mutter wie immer daraufhin.

»Dann beschwer dich auch nicht, wenn ein Teller kaputt geht!«

»Bloß weil ich immer alles alleine machen muss! Dann passiert so was. ... Wir verschimmeln noch in der alten Hütte!«

»Jetzt mach aber mal einen Punkt!« Der Vater erhob sich missmutig. Kathrin leerte die Schaufel mit den Scherben in den Abfalleimer.

»Wenn ich nicht auch arbeiten würd ...«

Der Vater unterbrach sie. »... dann wär uns vielleicht allen geholfen, dann wär es nicht so hektisch, dass Teller kaputt gehen, und wir würden einfach einen Kredit aufnehmen!«

In diesem Fall solidarisierte sich Kathrin sogar mit dem kleinen Bruder. Die Geschwister sahen sich Augen verdrehend an – mussten die Eltern immer wieder wegen dieser blöden Renovierung streiten?

»Mir reicht's jetzt! Könnt ihr nicht wann anders streiten. Warum immer vor uns?«, sagte Kathrin.

»Ich streit gar nicht!«, erwiderte Barbara.

»Zu einem Streit gehören immer zwei!«, plapperte Johannes altklug nach, was man wohl auch zu ihm immer sagte.

Franz lachte plötzlich. »Habt's schon recht, Kinder! Ich hab es auch nie leiden mögen, wenn die Mama und der Papa gestritten haben.«

»Also mit der Gusti ... mit der hätt ich auch gestritten,

und wie!«, sagte die Mutter. Aber sie lächelte auch schon wieder und blickte fast ein wenig verschwörerisch zu Franz. »Wenn es dem Esel zu gutgeht, geht er zum Tanzen auf's Eis!« In anderen Familien hätte der Mann seine Frau nun wohl umarmt. Aber die Eltern berührten sich nie vor den Kindern. Kathrin verstand im Gegensatz zu Johannes, auf was die Eltern anspielten – nach dem Tod des Bruders Martin sollte man froh um jede gesunde Stunde in der Familie sein.

»Warum geht ein Esel auf das Eis?«, fragte Johannes.

Der Vater erklärte dem Bruder das Sprichwort, und Kathrin beschloss, die Gunst der Stunde zu nutzen.

»Ich möchte mit der Chrissi Interrail fahren!«, verkündete sie. Fast ging wieder ein Teller zu Bruch, er rutschte der Mutter aus der Hand, landete aber doch noch auf dem Tisch mitsamt den Schinkennudeln.

»Du bist erst siebzehn!«, empörte sich die Mutter. »Ich versteh nicht, dass die Reithmeiers das der Chrissi erlauben!«

»Ich möchte ans Meer, endlich einmal das Meer sehen! Andere waren da schon oft, im Urlaub mit den Eltern!«

»Wir sparen halt, Kathrin, für die Renovierung. Und ihr erbt schließlich mal das Haus, das ist alles für euch!«

Wie oft musste sie diesen blöden Satz noch hören? Er verursachte ihr allmählich Brechreiz. Was interessierten sie Besitz und ein Haus in einer unendlich fernen Zukunft. Und was wollte sie überhaupt mit einem Haus in dem Kaff Wolkertsheim?

»Wie viel kostet das denn?«, fragte der Vater. Sollte er sie tatsächlich unterstützen?

»Dreihundertsechzig Mark! Und die hab ich gespart! Ich kann nämlich auch sparen«, fiel Kathrin ein.

»So viel?« Das schien sogar die Mutter zu beeindrucken. »Aber das ist doch bloß der Fahrschein, du musst ja auch noch übernachten und was essen.«

»So, damit ihr es genau wisst: Ich hab achthundert Mark zusammen. Das langt.«

»Woher hast denn so viel Geld? Das kannst ja mit dem Taschengeld gar nicht weggelegt haben?« Die Mutter war misstrauisch, und in ihrem Tonfall lag die Inquisition.

»Doch, fast alles hab ich gespart! Auch das Weihnachtsgeld von den Omas. Und dann natürlich vom Jobben in der Eisdiele.« Kathrin verschwieg, dass die Gusti-Oma ihr noch vierhundert Mark geschenkt hatte mit der Bemerkung: »Ins Grab kann ich es auch nicht mitnehmen!« Sie hatte der Gusti-Oma in den Osterferien von ihrem Interrail-Traum erzählt und war deshalb überhaupt in Garmisch gewesen, denn in der dortigen Eisdiele hatte man eine Aushilfe gesucht. Dreißig Mark hatte sie täglich verdient, so war das Geld schnell zusammengekommen. Kathrins Reisepläne hatten die Oma Gusti wiederum darauf gebracht, sich ihren Mädchentraum zu erfüllen und einmal zu fliegen. So war die Oma mit zweiundachtzig Jahren für ein Wochenende nach Paris gereist und hatte abschließend festgestellt: »Fliegen ist schöner als jeder Orgasmus.« Innerlich kicherte Kathrin noch heute über die Aussage.

Die Gusti-Oma erwähnte Kathrin jetzt lieber nicht, denn die Mutter mochte die Großmutter nicht und führte »das Rebellische der Kathrin« schon auf einen »Erbsprung« von der Gusti zurück. Rebellisch! Bloß weil die Gusti-Oma nicht so verspießert wie die Eltern war. Die Gusti trug moderne Jeans, rauchte wie ein Schlot, trank jeden Abend Unmengen an Wein und diskutierte nächtelang mit jungen Leuten. Vor zwölf Uhr stand sie nicht auf, und niemals wäre der Oma der blöde Spruch »Morgenstund hat Gold im Mund« über die Lippen gekommen. Kathrin mochte die Oma, die auch in Garmisch als ungewöhnlich galt, obwohl die Stadt im Oberland nicht so kleinlich eng wie Wolkertsheim war.

In Garmisch hatte Kathrin auch ein paar Langhaarige kennengelernt, die der neuen Partei, den Grünen, angehörten. Sie hatten Kathrin in der Eisdiele aufgeklärt: wie gefährlich Atomkraft ist, wie sehr eine Lobby nur falsches Sicherheitsdenken verbreitet, und alle würden das glauben. Wie die gespritzten Lebensmittel die Körper vergifteten, weshalb man einen Biolandbau einführen müsse. Wie man durch eine Rückbesinnung auf die Natur das Waldsterben vielleicht noch verhindern könne. Vom »Club of Rome« erzählten die Langhaarigen und von deren Schrift: *Die Grenzen des Wachstums.* Ein globales Desaster stand an, das möglicherweise schon zur Jahrtausendwende eintrat. Die Menschheit würde an Überbevölkerung, Nahrungsmangel und Umweltverschmutzung zugrunde gehen. Franz Josef Strauß, den die Eltern so verehrten, nannten die Kerle einen »Faschisten«. Der Kapitalismus in Kombination mit dem Patriarchat war »noch unser Untergang«.

Kathrin war beeindruckt und schockiert zugleich – und sie bekam Angst. Würde sie später keine Luft zum Atmen, kein Essen und keinen Wald mehr haben? Und diese Leute, diese Grünen, die über den eigenen Tellerrand hinausblickten und weiter dachten, nannte die Mutter »Gschwerl«.

Kathrin erzählte der Gusti-Oma davon. Die hatte zwar am frühen Abend schon eine Flasche Wein geleert, aber war plötzlich wieder hellwach. Fand die Gusti-Oma in ihrer Unspießigkeit die neue Partei nicht auch faszinierend?

Nein. Zum ersten Mal fühlte sich Kathrin von der Oma nicht verstanden. Die Zweiundachtzigjährige wurde ernst und zornig. Vor diesen Leuten müsste die Kathrin sich hüten. Das seien keine harmlosen Hippies, sondern Weltverbesserer der schlimmsten Sorte, die nicht davor zurückschreckten, ihr Geschäft mit der Angst zu machen. »Das sind in Wahrheit Faschisten!«, sagte die Gusti-Oma. »Ich hab das schon einmal erlebt, wohin das führt, wenn man den Leuten Angst macht, zurück zur Natur will und ihnen vorschreibt, was gut für sie ist. Biolandbau, das kommt vom Hitler!«

Wenn die Gusti-Oma das sagte, dann hörte Kathrin darauf, sie geriet ins Grübeln.

»Kathrin!« Die Mutter ermahnte sie, die Hände zum Gebet zu falten, man wollte essen. Die Siebzehnjährige hatte immer noch keine Antwort auf ihre Interrail-Frage und stellte sie nach dem »Mahlzeit. Amen« erneut.

»Darf ich jetzt oder nicht? Hab ich nicht bewiesen, wie sparsam ich bin?«

»Schon, ja, das ist wirklich schön, Kathrin. Aber was willst denn in Griechenland. Wenn du das Geld auf ein Sparbuch einzahlst, kriegst Zinsen!«

»Mit Zinsen komm ich aber nicht ans Meer!« Kathrin brach in Tränen aus. Der Wunsch war übermächtig.

»Wenn es ihr so wichtig ist«, sagte der Vater zur Mutter.

Die Mutter atmete tief durch und überlegte.

»Aber zwei Mädchen alleine, das geht nicht!«

»Der Marcus kommt auch mit!«, log Kathrin.

»Wer?«

»Der Marcus aus meine Klasse, der Sohn vom Lederer.«

»Na ja, wenn ein Bursche dabei ist – meinen Segen hast«, sagte der Vater.

»Ausgerechnet in diesen großen Ferien, wo wir den vorderen Garten herrichten wollen!«, wendete die Mutter ein. »Wo wir dich einmal brauchen würden … und dann bist nicht da.«

Der Vater widersprach, die Pflanzungen für den Wettbewerb »Unser Dorf soll schöner werden« wären doch schnell erledigt und der Zaun noch in einem guten Zustand, da müsste man doch bloß einmal darüberstreichen. Und der Johannes könne – wenn auch noch klein – mithelfen, um vom Maler-Handwerk etwas zu lernen, ein Bub müsste sich auf so grundlegende Arbeiten verstehen.

Kathrin überlegte, wie sie Marcus dazu bringen konnte, entweder mitzukommen oder klug vor den Eltern zu lügen. Aber hatte er nicht ohnehin einmal im Scherz gesagt, mit ihr würde er bis ans Ende der Welt reisen? War er nicht vielleicht sogar in sie verliebt, wie Chrissi meinte? Marcus war jedenfalls in der Schule außer Chrissi der Einzige, der sie nicht mit dem verhassten Spitznamen »Twiggy« anredete. Marcus war jetzt die einzige Chance, ans Meer zu kommen.

Kathrin, Chrissi und Marcus suchten die kürzeste Strecke aus Deutschland hinaus, hörten in Wien Straßenmusikern zu, verpassten den Zug, schliefen in einem Park und fuhren am nächsten Morgen durch Jugoslawien. In Athen übernachteten sie in einer Art Jugendpension mit dreißig anderen Leuten in einem Schlafsaal, es war über vierzig Grad heiß und die Luft stickig, sie suchten auf der Landkarte einfach einen Ort aus und landeten in einem kleinen Dorf auf der Insel Euböa. Kathrin setzte sich an den Strand. Wie laut das Meeresrauschen war! Und immerzu, immerzu, immerzu. Der Wellenschlag hörte nie auf. Marcus stellte das Zelt direkt am Strand auf, daneben war eine Dusche. Sie aßen Souvlaki in Pita, sie wurden von griechischen Familien zu Ouzo eingeladen, und Kathrin zeichnete in ihr Notizbuch die gebräunten Gesichter der Griechen, die Fischerboote, die Melonen und immer wieder das Meer.

In der Nacht bevor Marcus abreiste – er hatte einen Ferienjob in Eichstätt, konnte daher nur eine Woche dabei sein, und man hatte vereinbart, er müsste wegen urplötzlicher, permanenter Bauchschmerzen vorzeitig abreisen –, schickten Kathrin und Marcus Chrissi ins Dorf, um mit den Griechen zu feiern. Chrissi verstand sofort: Kathrin wollte endlich auch einmal mit einem Mann schlafen und keine Jungfrau mehr sein. Aber nahm sie die Pille? Kathrin erklärte ihr, dass sie extra vor der Reise zu einem Eichstätter Frauenarzt gefahren war, der die Pille auch nicht volljährigen Mädchen ohne Zustimmung der Eltern verschrieb.

In der Nacht im Zelt, zum ewigen Rauschen der Wellen, schlief Kathrin mit Marcus, und zu ihrem Erstaunen war es wunderschön, denn alle anderen Mädchen hatten ihr gesagt, das erste Mal sei scheußlich. In der Nacht träumte sie von der Mutter, die ihr erklärte, sie habe eben eine große Sünde begangen, die Liebe gehörte in die Ehe und sonst nirgendwohin.

»Sind wir jetzt zusammen?«, fragte Marcus beim Abschied am nächsten Morgen. Kathrin nickte. Ausgerechnet jetzt, wo sie verliebt war und die Lust des Körpers entdeckt hatte, ausgerechnet jetzt hier am Meer musste Marcus heim. Aber Kathrin würde ihm jeden Tag eine Postkarte schreiben, und in dreieinhalb Wochen würde man sich in Wolkertsheim wiedersehen.

Erst nachdem Marcus abgereist war, fiel den beiden Mädchen wieder ein, dass sie daheim hätten anrufen sollen, wenn sie gut in Griechenland angekommen wären. Man suchte Drachmen für eine Telefonzelle. Die Münzen fielen nacheinander durch, Kathrin kam kaum mit dem Nachwerfen hinterher, während Chrissi mit ihrer Mutter sprach und das an Kathrins Eltern weitergeben würde. Aber

Chrissis Mutter bestand darauf, dass Kathrin daheim anrufen solle. Warum? »Es hat geklungen, als ob etwas passiert ist«, sagte Chrissi. Sie wechselten schnell Scheine zu Münzen, und Kathrin wählte mehrmals die Nummer der Eltern in Deutschland, ehe sie den Vater erreichte. Die Gusti-Oma war gestorben, vor vier Tagen, sie war auch schon beerdigt worden. Schade, dass Kathrin nicht dabei gewesen war. Aber Gott sei Dank habe sie jetzt angerufen, die Mutter hätte sich schon größte Sorgen gemacht und wäre kurz davor gewesen, die Polizei anzurufen. Aber jetzt sei ja alles gut, Kathrin solle die Ferien genießen.

Kathrin legte auf, weinte und erzählte Chrissi von der verrückten Alten, die zweiundachtzig Jahre alt geworden war. »Unvorstellbar«, kicherten die Mädchen wenig später schon wieder, älter als fünfundzwanzig zu sein, konnte sich keine von ihnen vorstellen.

Kathrin und Chrissi reisten nach Italien, tranken Cappuccino, aßen jeden Tag verschiedene Eissorten und sahen sich das Kolosseum an, »wegen der Kultur«, wie sie scherzten. In Südfrankreich schliefen sie unter einem prächtigen Sternenhimmel, aßen Flan und reisten doch bald weiter, nachdem Holländer sie vor den finsteren Gestalten rund um Marseille gewarnt hatten. In Spanien badeten sie tagelang im Meer und kochten sich am Strand mit dem Campingkocher Dosensuppen, weil das Geld knapp wurde. Die letzten drei Tage der Reise verbrachten sie in Paris, Chrissi hatte in einem Hotel ein billiges Einzelzimmer ergattert, und Kathrin schlich nachts am Pförtner vorbei zu ihr. Die letzte Nacht in Paris machten sie durch und liefen durch die Straßen – wie schrecklich wieder in das Kaff Wolkertsheim zurückzumüssen! Kathrin konnte sich noch nicht einmal auf Marcus richtig freuen.

›Nur raus hier, aus diesem Kaff, aus dieser Enge!‹, dachte Kathrin schon bei der Ankunft. Wolkertsheim beteiligte sich jetzt auch noch am Wettbewerb »Unser Dorf soll schöner werden«. Der Vater hatte deshalb den Holzzaun neu gestrichen, die Hecke akkurat geschnitten, und die Mutter hatte am Vordereingang Geranien gepflanzt. Nur das Haus hatte man nicht neu verputzt, weil nächstes Jahr endlich ohnehin renoviert werden sollte. Die Mutter fragte schon nach einer – immerhin herzlichen und vorwurfslosen – Begrüßung so wichtige Dinge wie: ob sie lieber eine Ananas- oder Erdbeerbowle machen solle, denn Tante Rita käme zu Besuch. Würde es mit der Ananasbowle heißen, sie sei einfach zu faul gewesen, frisches Obst zu verwenden? Würde mit der Erdbeerbowle Rita aber wiederum verbreiten, sie sei zu geizig für gekaufte Früchte und hätte einfach das Obst aus dem Garten verwendet? Schließlich fiel die Entscheidung auf eine Ananas-Erdbeer-Bowle, und Kathrin hatte das Obst im Garten zu ernten, während die Mutter Fenster putzte, die Vorhänge wusch und Tischdecken stärkte. »Unser Dorf soll schöner werden« – wirklich schön wäre es nur geworden, wenn hier jemand die Spießer auf den Mars geschossen und eine Diskothek eingerichtet hätte!

Irgendwann erklärte Kathrin den Eltern, sie habe jetzt eine »Zweierbeziehung«. Was das denn heißen solle, fragte die Mutter, als ob so etwas wie eine »Dreierbeziehung« in Wolkertsheim auch noch Einzug halten sollte, schließlich sei man hier nicht in Berlin oder München mit den ganzen Kommunen! Kommunen! Als ob es die noch gegeben hätte! In den Augen der Mutter war jede Wohngemeinschaft eine Kommune, in der es jeder mit jedem trieb. Was sollte Kathrin dazu noch sagen?

Es war Hopfen und Malz verloren, mit den Eltern, mit dem bayerischen Kaff – nur die Freundin Chrissi und Marcus machten das Leben noch erträglich. Kathrin malte einen Kalender. Darin trug sie alle Tage ein, die sie bis zum Abitur noch hierbleiben musste. Danach wäre sie weg, sofort am nächsten Tag. So wie sich der Opa Ignaz auch von einem Tag auf den anderen ins Jenseits zu seiner geliebten Frau Gusti verabschiedet hatte und ihr einfach nachgestorben war.

Aus dem »nächsten Tag« wurde zwar ein halbes Jahr, weil Kathrin nach dem bestandenen Abitur erst noch als Bedienung in Eichstätt das Geld erjobben musste. Aber keine Tränen der Mutter und kein »Was soll nur aus dir werden?« konnte sie aufhalten. Sollte sie gleich weiter verspießern wie alle anderen, wie vor allem Marcus, der sie verraten hatte und nach dem Abitur verkündete, er studiere an der Bundeswehrhochschule? An der Bundeswehrhochschule! Einer, der in Kauf nahm, Menschen zu töten, pazifistische Ideale verriet, um Karriere zu machen, einer, der keinen Zivildienst leistete, kam für Kathrin nicht in Frage. Sie trennte sich, arbeitete nachts in Eichstätt und schlief zum Entsetzen der Mutter jeden Tag bis Mittag. Tante Rita verbreitete im Dorf das Gerücht, Kathrin würde haschen, weil sie selbstgedrehte Zigaretten rauchte, um Geld für ihr großes Ziel zu sparen. All das wurde von Kathrins Klamottenwahl noch befeuert. Sie trug lila Latzhosen, Parka oder Blumenshirts. Auf ihrer Leinentasche prangten Sticker mit der feministischen Faust, »Stoppt Strauß« und ein Parteiabzeichen der Grünen. »Noch deutlicher kannst du gar nicht mehr zeigen, dass du … du …« Tränen erstickten die Stimme der Mutter. Kathrin scherte sich nichts darum und hörte, wie die Mutter zum kleinen Bruder sagte: »Hoffentlich wirst du mal nicht so!«

Endlich, endlich: Im Herbst 1982 hatte Kathrin das nötige Geld beisammen, um in die Welt und eine Zukunft außerhalb von Wolkertsheim aufzubrechen. Das erste Ziel war Indien.

Kathrin 1999

»Dafür extra einen Tag freinehmen?«, überlegte die Sechsunddreißigjährige und legte den Brief zur Seite, nachdem sie den siebten Buchumschlag für einen Verlag fertig entworfen hatte und die Vorzeichnung einscannte. Wie einfach doch der Computer ihre Arbeit machte – sie hatte noch gesehen, wie ältere Kollegen alles per Hand auf dem Papier perfekt zu gestalten hatten und Layouts klebten. Ihr aber musste eine Zeichnung nie exakt gelingen, sie konnte sie auf dem Bildschirm weiterbearbeiten, Änderungen rückgängig machen und mit einer neuen Typo den Gesamteindruck noch einmal komplett verändern. Nicht umsonst war sie in der Firma bei schwierigsten Aufgaben am meisten gefragt. Kathrin deckte alle Bereiche grafischer Leistungen ab, sie konnte noch mit der Hand zeichnen, beherrschte aber auch das Programm Free Hand aus dem Effeff und hatte ein besonders gutes Gespür für Typographie. Aber der Mac der Firma wurde allmählich zu langsam, sie müsste den Chef nach einem neuen fragen, sogar ihr Arbeitsrechner daheim im Loft leistete mehr. Wie lange der Scan jedes Mal dauerte!

Die Grafikerin machte sich während der langsamen Datenaufnahme einen Espresso, plauderte kurz mit dem Art Director und sah wieder die Einladung zum Klassentreffen, das immer noch am 17. Juni jeden Jahres am Altmühlufer in Eichstätt abgehalten wurde, auch wenn sich die

Grundvoraussetzungen – wie Kathrin beim Lesen der Einladung lächelnd dachte – entscheidend geändert hatten. Den 17. Juni hatte man als Termin für das jährliche Klassentreffen unmittelbar nach der Vergabe der Abiturzeugnisse festgelegt – es war ein Feiertag im Sommer, und da konnte ein jeder abkömmlich sein, ob er nun studierte oder arbeitete. Man hatte sich getäuscht. Dem Aufstand in der DDR wurde nach dem Fall der Mauer nicht mehr mit einem Feiertag gedacht, und der arbeitsfreie Tag hatte dem Gedenken der Wiedervereinigung am 3. Oktober Platz machen müssen.

Kathrin ärgerte sich immer noch über die Wiedervereinigung – warum konnten nicht zwei gleichberechtigte deutsche Staaten nebeneinander existieren können? Die Rechten und Franz Josef Strauß – nach dem in München nun sogar der neue Flughafen benannt war – hatten gewonnen, über den Tod des Stiernackigen hinaus. Nur ein paar redliche Linke kämpften noch gegen den Kapitalismus, die Ausbeutung der Menschen, den Konsumterror und die vielfältigen Abhängigkeiten, die das System mit sich brachte. Kathrin setzte dem System entgegen, was innerhalb ihrer Möglichkeiten machbar war, und hatte als Grafikerin die kostenlosen Aufkleber »Werbung – nein danke!« gestaltet und damit die Berlinerin aus dem ersten Stock in der kleinen Hausmeisterwohnung mit ihrer Schnauze auf den Plan gerufen. Wie käme sie Nachkriegsgöre eigentlich dazu, den Ärmeren Hinweise auf Sonderangebote vorzuenthalten? Als verzogene Bürgerstochter hätte sie doch keine Ahnung von den Nöten kleiner Leute oder gar dem Leiden unter einer Planwirtschaft, wie sie es noch erlebt hatte. Kathrin erwiderte, dass die Ressourcen auf der Erde nicht unendlich seien und der Konsumterror geschickt von mächtigen Industrien und Lobbys gesteuert werde. Die Berlinerin hörte sich das alles an und zeigte ihr schließlich den Vogel. Ob sie noch bei Sinnen sei? Ausgerechnet sie, die doch ihr Geld mit Werbung verdiene!

Kathrin kaufte im Bioladen um die Ecke ein, fuhr morgens mit dem Fahrrad zum Büro an der Münchner Theresienwiese und spendete regelmäßig an Greenpeace, um etwas zum Schutz des Planeten beizutragen. Kathrin war stolz darauf, dem Klischee einer Werbetussi zu widersprechen, ihre Agentur »Grünfried« arbeitete nur für saubere Firmen und Institutionen. Auch wenn sie immer schick gekleidet war – die Ware stammte stets aus Fair-Trade-Läden, zumindest bis Hannah, ihre Tochter, vor zweieinhalb Jahren auf die Welt gekommen und die Zeit zum Einkaufen knapp geworden war.

Als Alleinerziehende konnte sie nicht mehr so viel arbeiten wie früher, und als Mutter fehlte ihr auch schlichtweg die Zeit, lange die farblich und stofflich passenden Klamotten auszusuchen. Eigentlich war es ein Kunststück, Job, die Kleine und den Haushalt unter einen Hut zu kriegen, denn wenn eine Präsentation anstand, interessierte es niemanden, ob die Krippe nun um fünf Uhr schloss oder nicht. Ohne ihr Netzwerk, das sich Kathrin mit anderen jungen Müttern aus einer Krabbelgruppe aufgebaut hatte, wäre es schlicht unmöglich gewesen, sich weiter so gut im Job zu halten. Für politische Debatten wie früher in den WGs war ohnehin keine Sekunde Zeit mehr übrig, Kathrin kam nicht einmal mehr zum Zeitunglesen. Und auf dem Land, wie in Wolkertsheim, gab es noch nicht mal Krippen, wie sollten Frauen da Karriere machen können? Doch die Siebenunddreißigjährige ertappte sich immer häufiger bei dem Gedanken, dass es schön wäre, mehr Zeit mit der Tochter zu verbringen und sie nicht jeden Wochentag in fremde Hände zu geben. Aber das waren bloß sentimentale Gefühle – jede Studie zeigte, dass einem Kind Fremdbetreuung nicht schadet. Außerdem blieb ihr sowieso nichts anderes übrig – der Vater von Hannah hatte sich aus dem Staub gemacht und war in die Türkei verschwunden, von wo aus keine Alimente flossen, nachdem sie ihm das gemeinsame Sorgerecht verweigert und ihm den Laufpass gegeben hatte. Kathrin hätte zwar ihre tägliche Arbeitszeit verkürzen können – das aber hätte wiederum bedeutet, nie mehr weiter auf der Karriereleiter nach oben steigen zu können. Eines hoffentlich nicht so fernen Tages wollte sie Art Directorin werde, um sich danach selbständig zu machen, erst mit diesem Titel im Lebenslauf war es einfacher, Kunden zu gewinnen. Hannah wäre dann schon etwas größer und ein eigener Laden mit Kind besser zu verbinden. Solle ihr noch einmal jemand damit kommen, mit Kind bräuchte man die Familie wieder. Solle ihr noch einmal jemand damit kommen, es ließe sich keine unabhängige Existenz aufbauen. Solle ihr noch einmal jemand damit kommen, mit Kind ließe sich keine Karriere machen. Nur wer in bürgerliche Idealvorstellungen verstrickt war, wie manche Mütter auf den Spielplätzen, sprach von einer »Vereinbarkeitslüge«.

›Warum eigentlich nicht?‹, dachte Kathrin und nahm die Einladung zum Klassentreffen zwischen den Scans noch einmal in die Hand. Sie war noch nie bei einem Klassentreffen gewesen, sie könnte doch Hannah an diesem Donnerstag einfach mitnehmen und hätte so auch Zeit mit der Tochter. Kathrin trug sich einen freien Tag in der Agenturliste ein und hätte den Termin vorher fast vergessen, wenn der Chef sie nicht darauf angesprochen hätte. Sie sagte »danke« und bereute das einen Tag danach auf der Autobahn – Hannah schlief auf dem Rücksitz und Kathrin kam in einen Stau. Über Kilometer nur stopp-and-go nach einem Unfall. Statt im Stau hätte sie besser arbeiten oder die Zeit mit Hannah in einem Schwimmbad verbringen können! Was wollte sie überhaupt in Eichstätt – bei den früheren Besuchen an Weihnachten bei den Eltern hatte sie doch von der Mutter ohnehin erfahren, wer alles eine »anständige« Familie, ein Eigenheim und einen »nützlichen« Beruf hatte. Kathrin dachte »Spießer!«, schob eine Kassette von Adriano Celentano ins Radiodeck und hörte leise seine Musik, bis sich der Stau endlich auflöste.

Ein dicker BMW fuhr auf der zweispurigen Bundesstraße kurz vor Eichstätt dicht auf und gab ihr die Lichthupe. Wie sie diese Machos hinterm Steuer hasste! Sie fuhr auf die rechte Spur, der Typ gab ihr jetzt auch noch ein Zeichen, was immer das bedeuten sollte, Tochter Hannah wachte auf und weinte, Kathrin verlangsamte den Wagen gestresst und reichte der Tochter eine Wasserflasche nach hinten. Was wollte sie überhaupt in dieser Gegend? Vielleicht sollte sie auch gar nicht zum Klassentreffen in Eichstätt fahren und stattdessen die Eltern im ein paar Kilometer entfernten Wolkertsheim besuchen?

Bei der Entbindung von Hannah hatte sie Vater und Mutter zuletzt gesehen, sie waren nach München in die Klinik gekommen, um das Enkelkind zu bestaunen, worüber sie sich verdammt geärgert hatte. Kathrin verzieh der Mutter nicht, wie diese neun Monate zuvor auf Kathrins freudige Eröffnung, sie sei schwanger, reagiert hatte.

»Ist er katholisch, der Mann?« Kathrin hatte den Kopf geschüttelt, die Mutter entsetzt gefragt: »Protestant?« Kathrin hatte wieder verneint und geantwortet: »Muslim oder vielmehr Atheist.«

»Und wie wollt ihr dann heiraten? Du willst doch heiraten?«, hatte die Mutter ängstlich gefragt.

»Nein. Zunächst mal krieg ich das Kind allein und entscheide dann, ob ich einen Vater dazu haben will oder nicht.« Wie sich bald herausgestellt hatte, war es gut gewesen, dass sie nicht geheiratet hatte, denn womöglich hätte Kathrin für den Tunichtgut nach einer Scheidung auch noch bezahlen müssen, wie eine Bekannte aus der Krabbelgruppe. Was wollte sie von Eltern, in deren Augen sie ein sündiges Versagerleben führte im Gegensatz zum Herzibubi Johannes, zu dem Kathrin nach Hannahs Entbindung ebenfalls den Kontakt abgebrochen hatte. Der Bruder war ja fast noch spießiger geworden als die Eltern, und als Schweizer Banker verachtete er jeden, der nicht zweihunderttausend Franken im Jahr verdiente. Die Mutter gab zwar nach wie vor mit ihm im ganzen Dorf an – aber der Herzibubi lud sie von einem angekündigten Besuch in der Schweiz wieder aus, weil er sich seiner Eltern und der ärmlichen Herkunft schämte –, das hatte er wortwörtlich gesagt und die Eltern damit tief getroffen. Was für ein Arschloch!

Bloß der Vater war ein Problem, Kathrin verdrängte es, so gut es ging. Er schickte ihr immer wieder ein wenig Geld oder Spielzeug für Hannah. Er, der sonst keine Gefühle zeigte, schrieb mit dem bayerischen Ausdruck für »Sehnsucht«: »Ich hab Zeitlang nach dir und dem Enkel.« Das traf Kathrin, sie wollte ihren Vater nicht verletzen, aber sie wollte die Kleine auch nicht diesem katholisch-spießigen Einfluss aussetzen. Ach, sollte der Vater doch die drei Kinder des Schweizer Bruders als Großvater hätscheln. Sollten die Eltern sich doch noch einmal in die Schweiz einladen. War sie denn für deren Glück verantwortlich, nachdem man sich dies stets nur vom braven Bruder Johannes versprochen und mit ihm angegeben hatte? Sollte sie als »missratene Tochter« Lückenbüßerin werden?

Kathrin drehte den Zündschlüssel im Wagen am Altmühlufer herum und blieb noch im Fiat sitzen, denn Hannah war wieder eingeschlafen und sie wollte das Kind nicht wecken. Schon kam jemand auf sie zugelaufen, den sie kaum mehr erkannte – Marcus. Der Marcus, mit dem sie die erste Liebesnacht am Strand von Griechenland verbracht hatte, hatte graue Haare und trug eine Brille!

»Du bist das gewesen?«, kicherte Kathrin – Marcus war der BMW-Fahrer auf der doppelspurigen Bundesstraße gewesen, der sie mit allen möglichen Zeichen auf sich hatte aufmerksam machen wollen.

»Tut mir leid, ich hab dich nicht erkannt!«, gab Kathrin offen zu.

»Aber ich dich sofort. An deiner immerwährenden Schönheit, deinen roten Haaren!«, sagte der Gleichaltrige charmant und gab ihr einen Kuss auf die Wange. Er sah Hannah, fragte nicht lange nach, sondern schlug vor, er könne die Kleine im Kindersitz zum Altmühlufer tragen, er hätte Übung in solchen Dingen, als dreifacher Vater kenne er sich mit Kleinkindern aus und wisse um die göttliche Ruhe, wenn sie denn endlich schliefen. Marcus trug die Tochter samt den Kindersitz an eine etwas entfernte Stelle der Lagerstelle, wo es ruhiger war, aber das Mädchen doch in Sichtweite blieb.

»Die Twiggy!«, riefen die ehemaligen Mitschüler freudig, endlich sehe man sie auch einmal bei einem Treffen. Ohne zu fragen, brachte man ihr ein gekühltes Bier aus der Altmühl, die Jungs hatten gleich mehrere Kästen Helles aus der örtlichen Brauerei dort versenkt. Wie es ihr gehe, was sie mache, ob sie all diese Jahre in Indien oder China gesteckt hätte, sie die mutigste Ausbrecherin aus allen Normen? Sie müsse jetzt aber alles erzählen.

Kathrin fasste sich knapp, zu viel kam ihr jetzt schon unwirklich wie aus einem anderen Leben vor. Sie berichtete von dem einen Jahr in Indien, als plötzlich beim Einkaufen ein Elefant vor ihr gestanden war; von Griechenland, wo sie für drei Monate eine Stelle als Pförtnerin angenommen hatte; von Ägypten und den gelungenen Zeichnungen der Insel Elephantine auf dem Nil; von den täglichen Louvre-Besuchen in Paris; von Portugal, wo sie sich in einen Mann verliebt hatte und vier Monate mit ihm in einer Hütte lebte, ehe sich herausstellte, dass er verheiratet war. Sie erzählte von Sizilien, wo sie zur Espressotrinkerin wurde, illegale Restaurants besuchte und Italienisch lernte. Sie erzählte vom Malereistudium in Rom nach den zwei »Wanderjahren«, von den Schwierigkeiten als Künstlerin, Ausstellungen zu bekommen, und von der einjährigen Ausbildung zur Grafikerin und ihrem Job jetzt in der Agentur. Und sie fügte hinzu, weil das doch sofort als Frage folgen würde – nein, sie sei nicht verheiratet, noch nicht einmal liiert, und nein, sie hätte kein Eigenheim wie alle anderen hier bestimmt, und nein, sie sei sich treu und links geblieben und würde nach wie vor nicht die CSU wählen. Die ehemaligen Mitschüler lachten, nur die zwei alten Streber fühlten sich angegriffen.

»Und ich bin mir auch treu geblieben!«, sagte Marcus und blickte sie herausfordernd an. »Ich bin immer noch der alte, konservative Spießer, mit meinem Haus, meiner Frau, meiner Yacht!« Wieder lachten alle – hatte Marcus eigentlich schon immer so einen Humor besessen?

»Wie kannst du nur deine Figur so halten?«, fragte Chrissi. Die alte Schulfreundin war auch verheiratet und so aus den Fugen geraten, dass »dick« eine Untertreibung gewesen wäre. Fast alle waren auf dem Land geblieben und hatten Häuser gebaut – aber zu Kathrins Erstaunen schauten die meisten auf eine Bioernährung, sprachen sich gegen Atomkraft und für die Gleichberechtigung von Schwulen aus. Einige waren auch schon wieder geschieden oder getrennt, und zwei waren gerade dabei, sich ein neues Leben im Ausland aufzubauen. Hatte sich die Zeit sogar in Eichstätt weitergedreht? Aber was sollten sie weiter über Politik reden, dazu war man nicht hier. Man trank Bier, und das Helle der hiesigen Brauerei schmeckte sogar Kathrin, es erinnerte sie an die Jugend. Marcus hatte natürlich Karriere gemacht, Oberarzt im Krankenhaus war er geworden, nach der Bundeswehrzeit. Aber wie Marcus von seinem Job erzählte, klang es gar nicht unsympathisch, gar nicht so wie beim Bruder. Seine Zufriedenheit strahlte etwas Ruhiges aus. Hatte so ein konservatives Landleben nicht vielleicht auch positive Seiten und etwas Geborgenes in der Welt?

»Dein Bruder ist in der Schweiz, und du kommst gar nicht mehr heim«, sagte Marcus, als die Sonne schon untergegangen war und man Fackeln aufgestellt hatte. »Du weißt schon, in Wolkertsheim erfährt man nach wie vor alles.«

»Und was geht dich das an? Was willst du mir jetzt damit sagen?«, entgegnete Kathrin harsch.

»Gar nichts! Mensch, Kathi, sei doch nicht so schnell auf hundertachtzig, wenn es um deinen Bruder und deine Eltern geht, wir sind doch jetzt wirklich endgültig erwachsen mit unseren eigenen Kindern.«

Kathrin wusste nicht, wie er das meinte, wollte aber auch nicht nachfragen.

Und als sie doch nachfragen wollte, drei Bier und fünf Stunden später, als die meisten schon gegangen waren und Chrissi ihre Hannah im Buggy herumfuhr, weil das so wunderbar mit einem Kleinkind sei und ihre Kinder leider schon so groß, als Marcus sie zu einer uneinsehbaren

Stelle hinter Gebüsch und Bäume zog – da konnte sie nicht mehr fragen, denn Markus küsste sie, und sie ließ sich gerne küssen. Nie wieder hatte sie seit Marcus so leidenschaftlich und zärtlich mit einem Mann geschlafen. Und auch heute schmeckten seine Küsse und sein Körper noch nach der griechischen Meeresluft. Sie schwebte wieder mit ihm in der Lust.

»Und was sagt deine Frau dazu?«, fragte Kathrin, als sie sich wieder anzogen.

»Nichts. Vermutlich. Die will sich nämlich scheiden lassen. Der Klassiker – sie hätte über die Kinder, den Haushalt und mich ihr Leben versäumt. Und das will sie jetzt nachholen.«

Klar, dachte Kathrin, so ein Leben auf Kosten der Frau konnte ja nicht gutgehen, zu Marcus aber sagte sie: »Traurig.«

»Jetzt geht's. Jetzt hab ich mich damit abgefunden. Themenwechsel?«

Kathrin nickte.

»Ist dir nicht kalt?«, fragte Marcus. Sie hatte nur Shorts an und ein T-Shirt, Marcus hatte sich hingegen wieder eine Jacke übergezogen.

»Nein. Seltsam. Schon seit einiger Zeit friere ich nicht mehr!«

»Das kommt von meiner Herzenswärme«, scherzte Marcus. ›Herzenswärme‹, dachte Kathrin, ja, das hat er.

Bei Chrissi tranken alle noch Kaffee, weit nach Mitternacht fühlte sich Kathrin wieder so weit ausgenüchtert, um zurück nach München fahren zu können.

Auf dem einsamen nächtlichen Rückweg mit der schlafenden Hannah auf dem Rücksitz überlegte Kathrin, was die anderen wohl verschwiegen oder beschönigt hatten und welche Abgründe hinter den Fassaden lauerten, so wie Marcus auch erst nach dem Sex von seiner gescheiterten Ehe erzählt hatte. War Chrissi vielleicht bei aller Heiterkeit todtraurig, weil sie so unförmig geworden war? Hatten die Streber glückliche Momente im Leben oder waren sie zersetzt von Eifer? Und welche Verletzungen steckten in der Vergangenheit der beiden ehemaligen Mitschüler, die ein neues Leben im Ausland beginnen wollten?

Auch Kathrin hatte ihren wundesten Punkt verschwiegen: ihr Scheitern mit der Kunst. Zwar hatte sie das Malereistudium gewagt und viele Jahre von der Hand in den Mund gelebt. Aber ab dreißig hatte sie die Diskussionen in den WGs satt, sie wollte nicht mehr ständig Freunde für Lebensmittel anpumpen, sie wollte auch mal neue Klamotten kaufen, in einem Restaurant essen gehen und mit einem Auto spontan zum Starnberger See fahren können. Sie hatte die Schnauze voll von dieser erfolglosen Existenz als Künstlerin mit einem Monatsverdienst um die vierhundert Mark. Bei Galeristen hatte sie um Ausstellungen gebettelt, nur um dann ein ums andere Mal frustriert festzustellen, dass kaum einer ihre Bilder kaufen wollte. Sie war einfach nicht gut genug, nur die Besten hatten eine Chance auf dem Kunstmarkt, ja, der Markt zählte, denn Schönheit definierte nicht sie, sondern der Käufer mit seinem Geld. »Schluss!«, hatte Kathrin sich gesagt. »Dann richte ich mich gleich nach dem Markt« – und vom Arbeitsamt eine einjährige Ausbildung zur Grafikerin bezahlt bekommen.

»Du bist einfach feige gewesen und hast es dir bürgerlich gemütlich gemacht!«, meldete sich eine innere Stimme.

»Wieso? Hätte ich der arme Poet werden sollen? ... Und ohne Grafik, nur mit der Zeichnerei, hätte ich die

Hannah nicht bekommen können. Ich kann doch kein Kind ohne Absicherung in die Welt setzen? Und die Hannah ist mir das Wichtigste.«

»Und warum gibt es dann Künstler mit einer völlig ungesicherten Existenz, die auch Kinder haben?«

»Die sind eben besser, die können einfach mehr!«

»Nein, die haben sich mehr getraut, die haben etwas im Leben riskiert. Du hast Riesentalent.«

»Aber davon kann ich nicht abbeißen.«

»Du hast es nicht mal richtig versucht. Aber das wäre auch egal, wenn du damit glücklich wärest.«

»Aber das bin ich doch!«

»Glaubst du? Dein Talent ist zu groß, es lässt dich nicht wirklich ruhen oder zufrieden mit der Grafik werden. Du kannst es dir nicht aussuchen, was in dir steckt. Aber du kannst das in dir drin auch nicht einfach aussortieren. Du machst es dir zu einfach!«

»Warum?«

»Weil du dich selbst belügst!«

»Dann sag mir doch, was wahr ist!«

»Das musst du selbst herausfinden!«

»Halt die Klappe!«, sagte Kathrin zu ihrem inneren Widerspruch. »Ich brauche keine solche Gedankenakrobatik, ich brauche meine Kraft für die Hannah.«

»Wie du meinst. Aber es wird dir nicht guttun. Es rächt sich eines Tages.«

Kathrin schaltete das Fernlicht aus und bog auf die Autobahn ein. Die innere Stimme schwieg endlich wieder, und Kathrin dachte nach, aber sie fand nicht heraus, wo sie sich selbst belog. Sie stellte nur fest, dass ihr das freie Zeichnen mehr fehlte, als sie sich eingestehen wollte.

Zwei Tage später fuhr Kathrin mit Hannah schon wieder die Strecke, um ihre Eltern zu besuchen. Im Plappern mit dem Kleinkind kam erst gar kein innerer Widerspruch auf. Dem Vater schossen Freudentränen in die Augen, als er sie mit Hannah auf dem Arm sah. Die Mutter rief: »Was für eine schöne Überraschung!« Hannah ging zum Großvater und fragte: »Du?«, obwohl Kathrin ihr vorher doch erklärt hatte, wen sie nun besuchten. Franz nahm Hannah an der Hand und sagte: »Ich zeig dir was!«, und Kathrin wusste, dass er ihr das Gartenhäuschen und den Kirschbaum zeigen würde und sie auf dem Arm haltend in der Regentonne planschen ließ. War es doch eine ihrer frühesten Erinnerungen, auf dem Arm des Vaters in der Regentonne herumzuspritzen und von ihm auf einen Ast im Kirschbaum gesetzt zu werden.

Zwei Stunden hielt sich die Mutter zurück, stellte keine blöden Fragen und machte keine Vorwürfe. Dann kam: »Und denkst du immer noch nicht ans Heiraten? In deinem Alter?« Kathrin seufzte und blickte auf die Uhr. »Wir müssen jetzt los.«

Was hatte sie erwartet, die Eltern würden sich nicht mehr ändern. Aber in der Gewissheit ihrer unabhängigen Münchner Existenz, ihres Lofts ganz oben im Haus mit Blick über die Großstadt, ihres guten Jobs und ihres Mütternetzwerkes – mit alldem vor ihrem geistigen Auge, konnten die Eltern sie nicht mehr in die Enge treiben, im Gegenteil. Als die Mutter verzweifelt ihre Brille suchte und dabei erklärte, sie sei zu fünfzig Prozent blind, tat ihr die Frau mit den vielen Falten im Gesicht plötzlich leid. Und noch mehr der Vater, der ein arges Humpeln vor ihr zu verbergen suchte und zu einem »kleinen Muskelkater« herunterspielte. »Die Hüfte«, erklärte die Mutter, »manchmal kann er gar nicht mehr laufen. Aber du kennst ja den Papa, der geht nicht zum Doktor! Ich glaub, er hat große

Schmerzen.« Aus dem großen, starken Sportler war ein alter Mann geworden, der immer noch keine Schwäche zeigen wollte.

Die Eltern standen an der Eingangstür des Wolkertsheimer Hauses und winkten Kathrin und Hannah hinterher, bis sie Vater und Mutter nicht mehr im Rückspiegel sehen konnte.

»Opa gut!«, rief Hannah vom Rücksitz aus.

»Wenn du meinst. Dann besuchen wir sie öfter mal?«, meinte Kathrin und fügte gedanklich hinzu: ›Aber bloß nicht zu oft!‹

Sechs Wochen später verwarf Kathrin dieses Vorhaben wieder. Der Frauenarzt bestätigte das Ergebnis des Schwangerschaftstests. Nach drei schlaflosen Nächten entschied sich Kathrin gegen einen Abbruch, aber auch dagegen, Marcus reinen Wein einzuschenken. Er könnte zwar für das Kind bezahlen, aber auch Ansprüche als Vater anmelden, womöglich sogar »miterziehen« wollen, etwas, das sie nun wirklich nicht gebrauchen konnte.

›Bloß nicht von jemandem abhängig werden!‹, dachte Kathrin. Und ob sie jetzt ein oder zwei Kinder alleine aufzog – was machte das schon für einen Unterschied? Kathrin mied Wolkertsheim und die Familienspießer wieder. Sie kannte den Preis, den man für ein Leben hier zu bezahlen hatte, die kontrollierte Enge. Aber Kathrin kannte noch nicht den Preis, den sie schließlich für ihre Münchener Unabhängigkeit zu bezahlen hatte.

Kathrin 2014

Könnt ich nur wieder im Fiat sitzen und selbst die Strecke fahren, dachte Kathrin im Krankenwagen liegend. In der vertikalen Lage sah sie keine Ortsschilder, aber aus den Kurven schloss die Einundfünfzigjährige, durch welches Dorf sie gerade fuhren oder wann sie nach Ingolstadt über eine Abzweigung nach Eichstätt abbogen. Sie kannte die Strecke auswendig, vor einem Jahr war sie jede Woche diesen Weg gefahren, um für die Eichstätter Klinik ein neues Design zu entwickeln, angefangen vom Logo bis hin zu Visitenkarten für einzelne Ärzte. Marcus, der Klinikchef, hatte sie um ein Angebot und erste Entwürfe gebeten – man war begeistert von ihrer Arbeit, und sie hatte einen tollen Auftrag, über ein halbes Jahr lang. Was für eine glückliche Zeit noch, dachte Kathrin, und jetzt brachte man sie in dasselbe Krankenhaus als Patientin! Es war die Idee der siebzehnjährigen Tochter Hannah gewesen, weil Kathrin doch den Oberarzt kannte, den alten Schulfreund. Vielleicht könnte der endlich eine Diagnose stellen, weil er sich persönlich dahinterklemmte?

Vor einem Jahr war die Welt doch noch in Ordnung gewesen. Kathrin hatte in Eichstätt stolz von den beiden Kindern erzählt, damals sechszehn und dreizehn, die sie alleine aufgezogen hatte, in einem steten Spagat mit dem Job. Die alte Firma war pleitegegangen, und Kathrin hatte sich selbständig gemacht, mit einem Kredit in Büroräume,

Rechner, Scanner und Drucker investiert, Kunden gesucht und gefunden, das Eichstätter Krankenhaus »flog« ihr über Marcus zu. Dazu hatte sie für die Kinder gekocht und mit ihnen Mathe und Latein gelernt. Der Preis dafür waren »bloß« Freunde gewesen, dafür hatte sie schlichtweg keine Zeit mehr, sie war kein Mann, dem eine Frau den Rücken freihielt. Sie baute eine Firma auf und kümmerte sich gleichzeitig um die Kinder und den Haushalt. Ein paar Pillen halfen gegen die ständige Müdigkeit und Erschöpfung.

Aber vor einem Jahr waren die Kinder auch schon so groß gewesen, dass Kathrin mit Marcus nach Besprechungen zum Design manchmal noch einen Kaffee trank, man über dieses und jenes plauderte. Kathrin setzte die Pillen wieder ab und begann zu der Zeit auch immer mal wieder die Eltern zu besuchen, wenn sie ohnehin in der Gegend war. Bei einem kurzen Tee auf der hinteren Terrasse plauderte man über die Schulnoten der Kinder, das Wetter, die Hüftoperation des Vaters vor zwei Jahren, ihre Arbeit für das Klinikum und den FC Wolkertsheim, dessen Ehrenvorsitzender Franz geworden war. Der Vater erzählte, wie sie als kleines Kind zu ihm ins Klassenzimmer gekommen war und gerufen hatte: »Mama tot.« Man schüttelte den Kopf und lachte über den Onkel Alois, den älteren Bruder des Vaters, der jetzt mit seinen vierundachtzig Jahren ins Gefängnis musste. Über Jahrzehnte hatte der »brave« Familienvater und Herrgottsschnitzer in Oberammergau in Wahrheit von Banküberfällen gelebt und deshalb immer so viel Geld gehabt.

Politik oder Weltanschauungen sparte man in den Gesprächen einfach aus. Die Eltern waren alt geworden, schwach und dankbar. Die Mutter sagte nichts mehr zu Kathrins unchristlichem Leben, man nahm es offenbar einfach hin, dass die Tochter zwei uneheliche Kinder hatte und sonntags nicht in die Kirche ging. Trotzdem verabschiedeten sich die Eltern manchmal von ihr mit einem »Wir beten für dich«. Als Kathrin einmal sah, wie schwer sich Vater und Mutter mit dem Efeuschneiden im Garten taten, fuhr sie am Wochenende darauf noch einmal mit den Kindern hin.

Aus den Besuchen wurde allmählich eine fast liebe Gewohnheit, und Kathrin und die Kinder machten sich fast jedes zweite Wochenende auf den Weg nach Wolkertsheim. Vater und Mutter waren glücklich, Hannah und Simon gefielen die Ausflüge ins »Hexenhaus« der Großeltern, und sie halfen sogar bei der Arbeit, was sie in München nie taten. Man putzte zusammen Fenster, harkte Beete, reinigte Perlatoren und schuf durch Ausmisten der alten Kinderzimmer Platz für ein Gästezimmer. Man schnitt die Hecke, überzog die Betten oder trank manchmal auch einfach nur Tee auf der hinteren Terrasse. Die Kinder bestaunten Fundsachen im Keller wie einen alten Zinnsoldaten, einen roten Wollmantel, alte Briefmarken, einen verrosteten Rollstuhl und einen Kassettenrekorder, von dem sie nicht wussten, was das für ein Gerät war, bis Kathrin ihnen erklärte, dass sie damit als junge Frau Musik gehört hatte. Einmal brachte Hannah eine schwarze Mappe aus dem Keller mit herauf. Kathrin staunte über vergilbte, ausgereifte Zeichnungen und erfuhr, dass ihre Urgroßmutter Babette ständig gezeichnet hatte.

»Vielleicht hast das Talent von ihr geerbt?«, überlegte der Vater laut.

Kathrin antwortete nichts darauf, was spielte Talent schon für eine Rolle in der Grafik, die doch nur Handwerk war? Was spielte Kunst schon noch für eine Rolle in ihrem Leben? Wichtiger war die Unabhängigkeit. Dafür hatte sie alles in Kauf genommen. Dafür hatte sie einen Preis gezahlt, der sie jetzt quälte, wenn sie ihn nicht verdrängen konnte, die Ausdruckslosigkeit.

Einmal öffnete sich der Vater sogar bei einem Tee und gestand, dass er sich noch nie in seinem Leben so getäuscht hatte – früher hätte er alles darauf verwettet, dass Johannes sie im Alter unterstützen würde und nicht sie, die Kathrin. Aber der Bruder kam nie aus der Schweiz. Kathrin verlor ihren Groll auf die Eltern, aber die Wut auf den Schweizer Schnösel verstärkte sich. Was für ein Arschloch, der die Eltern so im Stich ließ! Ein ganzes halbes Jahr lang herrschte »Familienidylle«, wie Kathrin es nannte. Und mehrmals dachte sie sogar daran, Marcus doch noch reinen Wein über seine Vaterschaft einzuschenken.

Aber dann war der Auftrag in Eichstätt erledigt – und die beiden anderen Kunden brachen auf einen Schlag weg, so als hätte sich das Schicksal abgesprochen. Es war ein dummer Zufall, dass ein Kunde pleiteging und der andere seinen Sitz ins Ausland verlegte. Das wenige Ersparte war schnell aufgebraucht. Im Herbst 2013 akquirierte Kathrin bei allen möglichen Institutionen und Firmen, schließlich sogar bei Pharmaunternehmen – aber es war wie verhext. Sie gewann keinen einzigen Kunden und Auftrag. Sie konnte sich die Miete des Lofts nicht mehr leisten und zog mit den Kindern in eine kleine, dunkle Erdgeschosswohnung, nur das war noch bezahlbar, aber wie lange noch? Kathrin schrieb Bewerbungen um eine Festanstellung an Agenturen, aber die Fünfzigjährige wollte keiner mehr nehmen. Die Mutter sagte plötzlich am Telefon: »Das hat ja nicht gutgehen können. Bei deinem Lebenswandel. Zieh doch mit den Kindern zu uns, da zahlst du keine Miete. Mit dem Computer kannst du doch auch von hier aus arbeiten, wir können euch auch brauchen, und so hat jeder was davon.« Die Mutter hatte doch bloß auf ihr Scheitern gewartet, um sie zu demütigen und sie wieder unter ihre Kontrolle zu bekommen. Kathrin legte auf. Die Mutter rief wieder an und entschuldigte sich. Kathrin nahm das offiziell an, aber so schnell würde sie Wolkertsheim nicht mehr besuchen!

Im Januar 2014, kurz nach ihrem einundfünfzigsten Geburtstag, schrieb Kathrin auch Bewerbungen für Jobs an der Supermarktkasse oder das Sortieren in einem Warenlager. Sie musste irgendwie Geld für die Kinder herkriegen! Aber es kam ein negativer Bescheid nach dem anderen. Sie war überqualifiziert, nicht dafür ausgebildet oder zu alt.

Nach der Absage eines Getränkehändlers zitterte Kathrin plötzlich am ganzen Leib. Hannah, die gerade von der Schule kam, versprühte nicht wie sonst Optimismus.

»Was ist denn jetzt schon wieder los? Warum zitterst du so?«, fragte die Tochter.

»Keine Ahnung, Hannah, ich weiß es nicht, ich … ich bin so fertig.«

»Setz dich mal hin!«, befahl Hannah und brachte ein Glas Wasser an den Küchentisch.

Kathrin nahm Platz an dem kleinen Tisch in der kleinen Küche der kleinen Wohnung. Sie zog die Finger durch die Haare und versuchte ruhig zu atmen, damit das Zittern endlich aufhörte.

Hannah setzte sich zu ihr, ohne die Jacke auszuziehen.

»Ich geh gleich wieder, Kathrin«, kündigte die Tochter, die sie schon immer beim Vornamen genannt hatte, an. »Und ehrlich gesagt: Ich hab wenig Lust, wiederzukommen.«

Entsetzt starrte Kathrin die Tochter an. Hatte sie Hannah zu sehr eingeengt, ihr zu viel vorgeschrieben?

Aus Hannah brach heraus: »Es geht doch bloß noch um dich. Die ganze Zeit. Immer nur du, du, du! Du hast mich nicht mal nach den letzten Klausurnoten gefragt!«

Kathrin biss sich auf die Lippen. Sie konnte sich gar nicht an Klausurtermine erinnern.

»Ich vertrau dir halt!«, antwortete Kathrin. »Und ich hab's auch vergessen, tut mir leid. So ein Kontrollzwang ...«

»Von einem Kontrollzwang bist du weit entfernt«, unterbrach sie Hannah harsch. »Weil du die anderen gar nicht mehr siehst! Du bist doch bloß noch egomanisch mit dir selbst beschäftigt!«

Kathrin stand auf. Ihr war schwindelig. Sie setzte sich wieder. »Hör mal, ich hab keinen Job mehr. Ich muss für dich und Simon sorgen, Geld verdienen, als Alleinerziehende ...«

»Ja! Als Alleinerziehende«, unterbrach Hannah sie erneut. »Ich kann es nicht mehr hören!« Die Tochter sprang wütend auf. »Die große Mitleids-Tour fahren! Und was ist mit meinem Vater und Simons Vater? Wo sind die? Warum zahlen die nichts?«

»Du weißt doch, dass Abdul sich in die Türkei verzupft hat. Er hat doch auch auf deine Mails nicht geantwortet!«

Hannahs Augen funkelten. »Ja. Abdul ist ein Idiot, den du nicht in die Pflicht genommen hast. Aber viel schlimmer ist: Wer ist Simons Vater? Ich glaub dir den One-Night-Stand mit dem großen Unbekannten nicht! Simon wünscht sich so sehr einen Vater, so wie ich früher. Aber du in deiner Egomanie nimmst das doch gar nicht mal wahr! Immer bloß das blöde Gerede von ›Mach dich bloß von niemandem abhängig!‹«

Tränen rannen Kathrins Wangen hinunter. »Bitte Hannah!«, flehte sie.

»Und jetzt schon wieder Selbstmitleid vom Feinsten?

Und die Wahrheit, die hältst du auch nicht aus, hab ich recht? Es ist eklig, wirklich! Tschüss, Kathrin, ich geh!«

Hannah eilte zur Wohnungstür und ließ das Schloss hinter sich zufallen.

Kathrin trank Wasser, atmete tief durch, zitterte noch mehr, atmete wieder tief durch und warf das Wasserglas an die Wand. Sie stand auf, packte alle anderen Gläser aus dem offenen Regal und schleuderte eins nach dem anderen an die Wand, auf den Boden und eins durch das Fenster. Kathrin schrie laut, ehe sie in sich zusammenfiel und hyperventilierte. Hannah kam zurück und rief den Notarzt.

Kathrin wurde im Krankenhaus behalten – das war nicht nur ein Zusammenbruch, da stimmte noch viel mehr nicht, wie an den Blutwerten abzulesen war. Und täglich wurden die Werte und das Befinden schlechter. Kathrin magerte ab, zitterte oft und konnte sich manchmal nur noch schwer konzentrieren. Jeder Spezialist im Universitätsklinikum nahm sie unter die Lupe und untersuchte sie mit den neuesten Geräten. Aber weder der Internist, der Kardiologe noch der Neurologe noch sonst ein Facharzt fand eine Diagnose oder einen Namen für diese Krankheit.

Hannah entschuldigte sich in der Großhaderner Klinik bei Kathrin für ihr Benehmen. »Du hast keine Schuld«, antwortete Kathrin. »Mir tut es leid!«

»Mach dir keine Sorgen, ich bekoche Simon sogar, und wir lernen fleißig für die Schule«, erwiderte Hannah.

Der vierzehnjährige Simon wiederum sagte: »Chill, Mama, alles wird gut!«

Doch es ging täglich abwärts, sie wurde immer schwächer. Bis ein Großhaderner Arzt aussprach, was Kathrin längst dachte: Es geht um Leben und Tod. Hannah kam schließlich auf die Idee, ob nicht der alte Schulfreund im Eichstätter Klinikum, für den sie gearbeitet hatte, helfen könnte.

Kathrin rief Marcus an.

»Ich kann natürlich nichts versprechen«, antwortete Marcus. »Aber ich werde alles probieren, was in meiner Macht steht.«

»Danke.« Kathrin schluchzte für Marcus am anderen Ende der Leitung nicht hörbar.

»Ehrensache, Kathi! Ist doch selbstverständlich.« Scherzend fügte er hinzu: »Das bin ich dir schon alleine wegen der griechischen Nacht schuldig. … Jetzt kriegst bei mir nachträglich ein Bett dazu.«

Kathrin dachte: ›Was bin ich für ein Schwein, ich habe ihm seinen Sohn verschwiegen.‹ Aber sie beruhigte sich selbst wieder: Durch ihr Verheimlichen hatte Marcus doch nie eine Mühe oder finanzielle Belastungen gehabt. Und hatte *er* jemals nachgefragt, was aus dem One-Night-Stand am Altmühlufer geworden war? Nein! Dabei hätte er bei der Zusammenarbeit mehr als genug Gelegenheiten gehabt.

Auf dem Weg im Sanitätswagen zum Krankenhaus dachte Kathrin traurig, dass die Kinder sie in Eichstätt nach der Schule nicht mehr besuchen konnten. Und doch war es bei dem Ziel, das sie ansteuerte, nebensächlich – es ging um ihr Überleben. Kurz nachdem Kathrin aus ihrer liegenden Position heraus die Häuser von Eichstätt sah, verlor sie das Bewusstsein.

Tagebucheintrag Kathrin

15. Mai 2014

Ein kahles Krankenzimmer mit dem billigen Nachdruck eines Renoir, einem Kruzifix und einem Fernseher an der mir gegenüberliegenden Wand. Zu meiner Linken ein Fenster, das nicht geöffnet werden darf, graugrüner Vorhang, rechts von mir ein Stuhl mit einem bräunlichen Polster aus grobem Stoff, nicht abgewetzt, fast wie neu, kein Wunder, Besuch ist hier nicht erlaubt, Station der gefährlichen Viren, nur durch Glasscheiben die Kinder gesehen – aber sie können doch gar nicht da gewesen sein? Ich muss, muss, muss mich an sie erinnern, ich darf sie nicht auch noch verlieren, meine letzte Kraft: täglich einmal aufstehen und heimlich das Foto im Spind ansehen und streicheln, sie haben mir nicht erlaubt, das Foto am Sims aufzustellen – oder träumte ich auch das nur? Sie wollen schnell desinfizieren können, aber warum haben sie den Stein, dieses Fossil, dann erlaubt?

Hinter dem Stuhl zu meiner Rechten der Spind mit den Habseligkeiten und noch ein Stück weiter die Tür zum Bad, in der ich meine Toilette verrichte und dusche, dusche! Als könnte das perlende Wasser die Viren entfernen, diese Tierchen oder was immer es ist, die mich von innen auffressen und nach außen sich bohren, diese Krankheit, die keiner kennt, die mich zur leeren Fassade formiert, deformiert, abgemagert, verfaltet, fahle Haut, dunkle Ringe unter den Augen, zerbrochene Nägel, sie wachsen nicht mehr, Haare verlierend, büschelweise. Als Wrack auf dem Seegrund würd ich mich zeichnen, hätt ich die Kraft nur dazu, die Arme, den Atem, in den wachen Stunden, die auch weniger werden, der Kopf fast immer im Nebel, manchmal entgleitet der Körper und ich werde zum Stuhl, dem Kreuz, zum Renoir oder Polster, ich fahre aus mir heraus und nur mit Mühe wieder in mich zurück.

Im Himmel regnet es nicht, soll ich die Ebenen wechseln, aber ach, es gibt keinen Himmel für Tote, nur Lebende können sich über die Wolken erheben. Was ist denn schrecklicher, tot oder lebend? Kein Gott kann's mir sagen und schon gar nicht die Ärzte, diese seltsamen Wesen, die mich besuchen, in Schutzanzügen wie Kosmonauten oder Dekontaminierer, diese Menschen, die mich fragen, wie es mir geht und doch keine Antwort erwarten, sie sehen doch deutlich diesen Verfall und müssen die Grenzen der Heilkunst hinnehmen, ihr Versagen bin ich, ihnen vor Augen mein Ende, Schönheit ist ihnen nur gute Gesundheit, und mein Anblick verheißt ihnen jeden Tag ihr Versagen, den nahenden Tod, sie werfen noch Seile und Anker und Ringe, aber irgendwann werden sie alle Rettungsversuche aufgeben, oder hat Marcus, ihr Dirigent, es längst schon getan? Der Nebel hat sich so sehr verdichtet, dass ich die Menschen noch höre, aber nicht mehr verstehe, was das Gesagte bedeutet, die Worte prasseln ein und perlen wieder ab wie die Tropfen der Dusche, selbst sie zu trinken gelingt mir nicht mehr.

Jeden Morgen Desinfektion des ganzen Raums. Ein Mann im Schutzanzug, als würd er Atomkraft dekontaminieren, reinigt zuerst das Bad, rollt dann mein Bett dort hinein, ich schleppe mich auf den Hocker der Dusche, der Mann schließt mich ein, desinfiziert mein Bett und den Raum, holt mich wieder und lächelt mich an durch seine Maske, mitleidig, vielleicht rechnet er aus, wie oft er noch kommt. Die Ärzte bald darauf, Marcus fast immer dabei, maskiert wie ein Darth Vader in Blau, sie schützen sich vor mir, sie geben acht, man muss sich vor mir bewahren! Die Ärzte lesen die neuen Blutwerte vor, fragen nach dem Befinden, erwarten in Wahrheit doch keine Antwort, man sieht es der Kranken doch an, die Schwäche, die Blässe, das manchmal kaum noch Den-Arm-heben-Können, ein neuer Tropf, eine neue Mixtur, manchmal Abhören der Lunge, immer die Spritze gegen Thrombose. Heute wieder die alte, neue Idee: Eine seltene Erbkrankheit, die sie nicht kennen, könnte Verursacher sein, weil ich seit Jahren das Kälte- und Wärmeempfinden verlor, ein Befund ohne Namen, aber mein Vater erzählte Marcus, wenn ich den Bericht richtig verstand, er hätte auch über Jahre darunter gelitten, bis es sich wieder verlief, und er ist gesund, mein Vater, seinem Alter entsprechend. Mein Vater, ich träumte von ihm, er zog mich einen Abhang hinauf, weg von der Klippe, mit all seiner Kraft, ich stürzte nicht ab.

Nach der Visite das Krankenhausessen, serviert von einer Schwester, die durch ihren Schutz hindurch schreit »Mahlzeit«, sich den Henker vor dem Wort sparend, Henkersmahlzeit, haben nicht alle Menschen sie, nicht nur Gefangene und Kranke, ein jeder muss sterben und hat davor noch einmal gegessen. Und ich mittendrin am Nachmittag, am Abend und vor allem nachts: Ich dämmre, zerfließe, verteile mich selbst, werde zum Stuhl, zum Kreuz, zum Spind, zerfasre, kehre wieder zu mir zurück, Tag und Nacht weiß ich oft nicht mehr, eine einzige Dämmerung ist alles geworden.

Wer bin ich nun noch? Ich muss mich festhalten, muss schreiben, sonst zerrinnen mein Geist und mein Körper noch schneller. Jedes Wort fällt schwer. Aber nach sieben Tagen in diesem Zimmer – oder sind es schon zehn? – sehe ich mich sonst wie eine Sterbende von außen, ich schwebte schon einmal über mir selbst und erblickte meinen Körper von oben, mein Geist an der Decke, schwebend da oben, ich schrie mich an »kehre zurück«, und mein Vater ließ mir dieses Heft bringen, Stifte dazu, und auch noch einen seltsamen Stein, links von mir am Fensterbrett, ein Fossil aus unserer Gegend, bekannt unter Solnhofener Stein. Marcus hörte ich sagen, Angehörige bringen oft seltsame Dinge, weil sie zur Genesung beitragen wollen. Selbst wenn ich die Kraft hätte zu zeichnen, warum sollt ich es tun, glaubt mein Vater, ich sei noch das Mädchen, das damit öde Schulstunden hinter sich bringt?

Warum aber brachte er mir dieses Fossil, diesen seltsam versteinerten Vogel, handgroß, er schaut zu mir her und flüstert mich in den Schlaf – oder weckt er mich auf? Ich wünschte, ich hätte die Kraft, ihn zu zeichnen. Dieses Fossil zieht mich in einen Bann, als hätte ich nicht schon immer die toten Tiere der Gegend gesehen, die Platten in und an jedem Haus, an so vielen Wänden, die toten Tiere immer im Leben, als Mädchen, noch nicht in der Schule, faszinierten sie mich, bis die verknöcherten, verkalkten und verlassenen Tiere zum Bild mit den Wolkertsheimern und ihrer Enge verschwammen und sich ihre Schönheit damit verlor.

Hat mein Vater das Tier gebracht, um mich zur Heimat zu zwingen, ein Zuhause, das ich nie wollte und früh schon verließ, von einer, die auszog und doch nur für eine Weile die Welt für sich gewann, von einer, die auszog und gegen das Leben verlor, von einer Gescheiterten handelt es hier, ich habe versagt, versagt, versagt, am bitteren Ende steh ich, alles verloren, wo ich so viel zu gewinnen vorhatte, nichts Geringeres als alles. Keinen Liebsten, keinen Job mehr, kein Geld, keine Freunde, nur die Kinder, die Kinder, die Kinder, schreien könnt ich, laut, denn sie darf ich doch nicht verlassen, oder hab ich es längst schon seelisch getan, wie Hannah mir vorwarf? Aber mein Körper macht, was er will, versagt, verdämmert, verflucht, erlaubt keinen Schrei und keine Umkehr.

Das Fossil hat eben geraunt, es will mir meine Geschichte erzählen, ich solle zuhören, sagt es, oder entfliehe ich mir damit für immer? Zu müde, zu kraftlos, zu schwach, um dem Tier Einhalt gebieten zu können? Geht so das Sterben, wenn ein Stein zu reden beginnt? Aber nein, ich lasse es zu, riskier meinen Kopf, ich wage zu hören, ich wage zu wissen.

16. Mai 2014

Warum erzählt mir der Stein von der Babette, John, Paul und all den Leuten? Was hab ich mit meinen Ahnen zu tun? Oder bilde ich mir alles nur ein? Was soll ich von einem Tier halten, das nicht mehr lebt? Es ist doch vorbei, ich gehe dem Ende stetig entgegen, ich bin gescheitert, habe versagt, auf allen Ebenen, zu viel auf eine Karte gesetzt, frei wollt ich sein, unabhängig von allen, deshalb die Kunst nicht gewagt und keine Familie riskiert, aber mein Plan ging nicht auf, mit mir als Wrack endet er jetzt. Aber was wird aus den Kindern? Ich schäme mich so!

18. Mai 2014

Ich bin reich! Ich fasse es nicht! Mein Vater hat mir die Platte geschenkt, ich hab Marcus nachfragen lassen, unauffällig, denn er soll's nicht wissen. Das Fossil, das mir meine Familiengeschichte erzählt, ist ein Archaeopteryx und er gehört mir! Ich bin reich! Ich kann gesunden, brauche mir keine Gedanken mehr um die Zukunft zu machen, mich nicht mehr um die Kinder zu sorgen, die Wohnung, ums Leben, um alles – was für ein Glück! Ich bin wieder unabhängig und frei! Ein neues Loft können wir mieten, nein kaufen, und wieder reisen! Wie konnte der Vater mir das so lange verschweigen? Warum sagte er mir das alles erst jetzt? Was hätte mir das erspart! Der Stein wendet ein, mein Vater hätte gespürt, es würd mir nichts nützen, nur schaden, vom Reichtum zu wissen. Was für ein Unsinn! Das Geld bestimmt das Bewusstsein, und ich werde gesund!

Tag und Nacht spricht der Stein weiter, gestern und heute in Dämmerungen vermischt. Nein, ich bin ganz bei Sinnen, ich träume das nicht!

24. Mai 2014

Was täuschte ich mich! Zwei Tage ging es mir besser, zwei Tage und Nächte, seitdem ich vom Reichtum erfuhr. Aber jetzt ist der Kopf zwar immer noch klar, aber der Körper wird wieder schwächer, noch ärger alles als vorher. Warum nur ist das denn so? Wenn mein Scheitern und mein Versagen mich so in die Knie zwangen, dann wäre doch jetzt alles gerettet? Existenzangst kann es nicht sein, die mich so nah an den Tod bringt! Marcus sagt, er stünde vor einem Rätsel, die Virenuntersuchung ergab nichts, ich könnte auf ein normales Zimmer zurück, aber ich will gar nicht mehr besucht werden, wozu auch? Was sollen die anderen schon sagen, die Eltern, die Kinder? Womöglich noch familiär in der Sorge um mich werden und in Marcus und Simon sich Vater und Sohn sehn? Ich kann das alles erst ordnen, wenn ich wieder gesund bin, kann doch dem Sohn und seinem Vater jetzt nicht plötzlich alles gestehen.

Auf dem Nachttisch gestern gefunden – mein Vater muss sie für mich abgegeben haben – Gedichte meiner Großmutter Gusti, nur überflogen bisher, aber durch sie spür ich eine kleine, seltsame Kraft, eine Schönheit.

archaeopteryx

ehe noch
gott die welt
und die menschen gott erschufen

damals, als das licht wuchs
und die nacht erblindend sich ein neues Feld bestellte

damals, als der mond uns fand
und das wasser und das land sich trennten

damals, als die einsamkeit entstand

zu jener zeit
beginnt mein lied, mein leben und mein langes schweigen

Gusti, 29.9.1939

fliegen

fallen, aufstehn
fallen, aufstehn
fallen, fluchen
noch einmal
die augen dem himmel anheften
felsen erklimmen,
fallen
aufstehn
fallen
aufstehn
fallen
und fluchen
und wieder den blick ganz nach oben pflocken
fallen
aufstehn

der tod lauert im himmel
aber an land wär das leben der tod
fallen, aufstehn
fallen, aufstehn
fallen, aufstehn

das meer ruft »komm heim«
gegen die stimme der mutter
und gegen die schwere des vaters
des landes

felsen erklimmen
fallen
aufstehn
fallen
aufstehn
und plötzlich:
schweben, schweben, schweben
sekunden als stunden
traumsegelnd immerzeitlos
und
stürzen

erneut
fallen, aufstehen
fallen, aufstehen
sich dem himmel verkaufen
schweben und stürzen

und fallen und aufstehn

und plötzlich:
fliegen
fliegen können

Gusti, August 1970

26. Mai 2014

Marcus hat mich gefragt, warum ich sterben möchte, warum sich mein Innerstes verabschieden will. Ich habe gelächelt, so gut es ging, natürlich will ich nicht sterben, die Kinder, die Kinder brauchen mich doch, ich kann doch nicht gehen! Typisch Ärzte, die dann eine Psyche einschalten, wenn sie gar nichts mehr wissen. Aber was weiß *ich* denn? Auch nichts! Natürlich möchte ich leben, ich wünschte nichts mehr, als es virtuos zu beherrschen, das Leben. Bloß wie? Erzählte der Stein mir deshalb vielleicht, was meinen Ahnen gelang, tapfer im Leben zu stehen und es zu meistern?

Nachts mit einem Schrei aufgewacht. Das Fossil raunte mir andauernd zu, dass ich sterben wolle, immer wieder, es hörte nicht auf! Will ich doch gehen, ohne es mir selbst eingestehen zu können? Stehle ich mich heimlich und feige aus dem Leben? Weil ich scheiterte in allen Belangen? Aber was wollen dieses Tier, mein Körper und die Gesellschaft von mir? Soll ich mich in die spießige Enge einer Reihenhaushälfte mit einem Gatten zwängen, um dann abhängig von den Leuten und dem Einkommen eines Mannes auf andere Weise zugrunde zu gehen? Muss ich wie die anderen ein Abziehbild meiner selbst leben, um weiter zu existieren?

Selbst wenn ich es könnte und möchte, jetzt ist's zu spät, noch mal von vorne zu starten, aber zum Sterben bin ich doch auch noch zu jung! Bin ich vielleicht der größte Feigling aus der Klasse, weil ich die Liebe nie wagte? Aber nein, das ist zu einfach, und ich spüre doch deutlich, dass es nicht stimmt. Es gibt einen tieferen Grund, *den* muss ich verstehen, dann kann ich gesunden.

Ich spür das Verlangen, meine Eltern zu sehen, sogar die Vorwürfe wären egal, nur vertraut in der Welt möchte ich sein. Und ich möchte Marcus alles gestehen, ich muss es doch – wenn ich nicht mehr bin, hat Simon wenigstens noch einen Vater. Tot, tot, tot, werde ich eines nicht zu fernen Tages sein. Dann ist alles vorbei. Nichts hinterlassend, außer zwei minderjährigen Kindern.

27. Mai 2014

Nichts mehr auf der Welt wollt ich sein als unabhängig von allen. Jeden Preis hab ich dafür bezahlt. Sogar den meines Lebens, das sich dem Ende zuneigt. Freiheit um jeden Preis führt zur größtmöglichen Unfreiheit: dem Tod.

Meine Hand zittert beim Schreiben dieses Eintrags – ich glaube, ich habe die Diagnose gefunden! Ich muss es noch einmal notieren, um das für mich behalten zu können, meinen eigenen Stein der Weisen: Freiheit um jeden Preis führt zur größtmöglichen Unfreiheit: dem Tod.

28. Mai 2014

Ich habe Marcus gebeten, mich in ein normales Zimmer verlegen zu lassen. Sollen sie doch kommen, die Eltern, die Kinder, sollen sie sich begegnen bei mir, Marcus und Simon, Gott und die Welt! Sollen doch alle familiär werden. Ich lasse jetzt alles zu.

Marcus kam abends »zur Einweihungsfeier nach dem Umzug«. Beim offenen Fenster zwitscherte eine Amsel, was für eine Schönheit in ihrem Gesang! Marcus legte seinen Kittel ab und zog eine Flasche Rotwein und zwei Gläser hervor. Der Klinikchef verführt die todkranke Patientin persönlich zum Trinken – ich lachte. Marcus schenkte uns ein, setzte sich zu mir an den Bettrand und erzählte von seinem Suchen und Nichtfinden eines tieferen Sinnes im Leben nach Jahren der Trauer um seine gescheiterte Ehe. Getröstet habe ihn nur Epikur, er zog ein Büchlein aus seiner Tasche und las mir vor. »Der Tod ist kein Ereignis des Lebens, wo ich bin, ist er nicht, und wo er ist, bin ich nicht.« An manchen Tagen verstünde er dies zur Gänze, an anderen wiederum gar nicht, tagtäglich hätte er als Arzt das ungerechte Sterben vor sich. Aber tagtäglich sehe er auch, dass in Gesundheit und einem möglichst langem Leben die Lösung nicht liege. Schöne Weisheit, aber nutzlos für mich!

Wir sprachen und sprachen, bis die Nachtschwester kam und wir schnell wie zwei Kinder die Gläser mit Wein vor ihr in meinem Bett versteckten.

Plötzlich wurde mir kalt – wie lange hatte ich das nicht mehr gespürt. Ich zitterte davon. Marcus nahm mich in die Arme. Das wärmte. Auch dieses Empfinden hatte ich vergessen. Marcus wunderte sich erneut, wie damals, an der Altmühl. Er hatte es zwar schon einmal untersucht und in Betracht gezogen, aber er wolle dieser seltsamen »Krankheit« noch einmal auf den Grund gehen, bei Kollegen nachfragen und Literatur dazu wälzen. Als Marcus das sagte, hörte ich den Stein schimpfen: »Hast mir denn nicht zugehört?« Ich verstehe nicht, was er meint.

29. Mai 2014

Seit heute kann ich wieder aufstehen, duschen, trinken und lausche der Amsel da draußen. Was hab ich überhaupt für eine Bedeutung im Lauf dieser Welt? Keine, aber auch keine – außer für die Nächsten, aber wer sind die? Die Eltern, die Kinder, die Freunde. Für Marcus bin ich vielleicht noch wichtig, ich glaube, er mag mich immer noch sehr.

Aber wenn das Leben nur dazu da ist, für die Nächsten zu sein, warum lasse ich die Nächsten nicht zu? Bringt mich diese Feigheit noch um? Wie geht das Leben? Nur indem ich den Tod täglich im Spiegel begrüße und den Rest einfach zulassen kann? Kann ich nicht leben, weil ich gegen den Tod aufbegehre, wie die Gläubigen einst, die sich einen Himmel erschufen, um das Leben so zu bestehen? Wie schwer, sich in die Natur einzureihen, die aus Geburten und Todesfällen besteht, ob mit oder ohne Kinder, nicht die eigenen Gene zählen am Ende, auch nicht die Erhaltung der Art, sondern nur die Demut vor dem Leben, das den Tod in sich trägt.

Marcus hat nichts über die Kalt-warm-Krankheit gefunden. Er hat nur die Erklärung, dass sie mich und meine Ahnen befällt, wenn wir uns selbst abhandenkommen, uns im falschen Leben verlieren. Mein neues Empfinden wertet er demnach als Symptom der Genesung. Meine Krankheit sieht er darin, nicht zuzulassen, was ich wirklich bräuchte. »Misstrau dir nicht selbst!«, sagte Marcus. Genau in diesem Moment empfand ich Liebe für ihn und wollte es doch nicht. Aber das lasse ich jetzt zu, ihn einfach zu mögen, huch, oder vielleicht sogar etwas noch mehr?

30. Mai 2014

Keiner versteht es, am wenigsten ich – es geht weiter täglich besser! Ich kann jeden Morgen schon wieder trinken und manchmal sogar etwas essen. Ich zeichne immer und immer wieder das alte Fossil, das nun schweigt und gar nicht mehr redet, wie schade! Ich hab mich so an den alten Knochen gewöhnt. Was für ein Tier, ich kenne durchs Zeichnen jetzt jeden Teil, die Federn, die Zähne und sehe ihn fast mit den Flügeln durch die Luft gleiten.

Und wie schön, die Eltern und die Kinder zu sehen! In den Pfingstferien werden sie in Wolkertsheim zusammen sein und jeden Tag zu mir kommen. Man darf mich ja besuchen, und Marcus kommt ohnehin jeden Morgen vor der Visite. Wir reden viel, über dieses und jenes, auch über Politik. Und wir lachen so viel. Wie er, der bürgerlich Aufgehobene – trotz seiner gescheiterten Ehe – spricht, klingt sympathisch, auch wenn ich seine Meinung nicht teile. Ach, ich sprech schon wie er, »auch wenn ich deine Meinung nicht teile«. Er hat einen deutlichen Standpunkt, aber lässt andere Lebensentwürfe zu, viel leichter als ich. Bin *ich* vielleicht eng, in meinem Kopf, habe immer nur einen Weg zugelassen für mich und die Kinder, nur scheinbar emanzipiert und feige, in Wahrheit ideologisch verbohrt?

Ich muss nur mein Leben zulassen, wohin die Gefühle mich treiben, es wird sich erweisen, wohin das Schiff fährt, wenn ich nur den anderen Menschen und vor allem mir selbst neu vertraue, mich neu denke, vielleicht sogar mit einer Familie, ohne »richtig« oder »spießig« dazu?

12. Juni 2014

Was für ein Abend! Wir haben alle zusammen Fußball geschaut, das Eröffnungsspiel der WM, die Eltern, die Kinder, Marcus und ich, hier im Krankenzimmer auf der normalen Station, die ich doch schon in ein paar Tagen verlassen werde. Zu den Eltern werde ich gehen noch bis zum Ende der Ferien. Und alle Fußballspiele der Weltmeisterschaft wollen wir dort sehen, Simon ist begeistert wie sein Großvater von diesem Sport. Und ich fiebre mit, wie komisch, ich, die ich noch nie zu »unserer« Mannschaft hielt.

Das Fossil

In den Pfingstferien 2014 besuchten die Kinder und Eltern Kathrin täglich im Krankenhaus, bis die Einundfünfzigjährige entlassen wurde und noch ein paar Tage in Wolkertsheim verbrachte, wo die Mutter sie bekochte und der Vater alte Geschichten erzählte. Marcus kam jeden Tag zu Kathrin ans Krankenbett und später jeden Abend in ihr Elternhaus – alle zusammen schauten begeistert die Spiele der Fußballweltmeisterschaft, die Brasilien austrug und Deutschland später gewann.

Kathrin hatte schon im Krankenhaus damit begonnen, mich jeden Tag zu zeichnen, immer und immer wieder bildete sie meinen versteinerten Körper ab. Das schmeichelte mir natürlich. Aber ganz objektiv gesehen: Die Bilder wurden immer besser, Kathrin fand einen ganz eigenen Strich, mit dem sie mich regelrecht zum Schweben brachte, mich alten Knochen, und ihr gelang jeden Tag ein kleines Meisterwerk.

Hab ich doch eingangs schon gesagt, dass die Schönheit keine Laune der Natur, sondern überlebensnotwendig ist, auch wenn man natürlich nicht die Schönheit der Kunst mit der Schönheit der Natur oder der Schönheit in religiöser Versenkung verwechseln darf. Die Schönheit des Lebens zeigt sich für jeden anders, auf jeweils eigene Art.

Ich bin jetzt müde. Das war alles sehr mühsam die letzte Zeit, ich möchte wieder meine Ruhe haben. Und die werde ich auch bald bekommen, jetzt erzähle ich bloß noch die Geschichte zu Ende.

Ein paar Tage nach der Entlassung aus dem Krankenhaus schlief Kathrin wieder mit Marcus und schrieb darüber in ihr Tagebuch von »zärtlicher Nähe«. Es wiederholte sich, bis Kathrin im Herbst zu Marcus sagte: »Ich liebe dich.« Zeitgleich beschloss sie, mich nicht zu verkaufen, denn die Bilder von mir reißen sie ihr regelrecht aus der Hand, sie verdient ein kleines Vermögen damit. So konnte sie ihren neuen Plan verwirklichen: Sie hat in München mit den Kindern wieder ein Loft bezogen, verbringt aber die Wochenenden meist mit Simon und Hannah in Wolkertsheim bei Marcus. Das Haus ist nur ein paar Meter von ihrem Elternhaus entfernt, und Kathrin geht dort versöhnt ein und aus und den Eltern zur Hand.

An einem warmen Frühlingstag 2015 grub Kathrin gemeinsam mit dem Vater die Gemüsebeete um, während die Mutter einen Mittagsschlaf hielt. Als das Loch tief genug war, legte man mich dort zur Ruhe, endlich bin ich wieder an meinem wohligen Platz! Den Kindern will Kathrin vorerst noch nichts von mir verraten. Was noch fehlt, ist Kathrins Geständnis. Heute Abend will sie Marcus sagen, dass er der Vater von Simon ist. Simon weiß es seit gestern und weinte vor Glück. Ich sehe es voraus, ich bin mir eigentlich sicher, dass es genau so kommen wird: Marcus wird stinksauer sein, einen Monat schmollen oder toben, aber dann werden sie sich wiederfinden, in den Arm nehmen und neu beginnen. Vielleicht werden sie sogar heiraten, womöglich noch kirchlich? Worauf tippen Sie?

Ich werde mich weiter in das Rätsel der Schönheit vertiefen. Denn unser eigenes Leben vergeht, aber die Schönheit des Lebens bleibt.

Hinweis und Danksagung

Die Ausführungen zu Affen, Pfauen und der Schönheit in der Natur im Prolog Seite 9 nehmen Bezug auf »Der Ursprung der Schönheit: Darwins größtes Dilemma« von Josef H. Reichholf, C.H.Beck, 2011.

Ein großes Dankeschön gilt meiner Lektorin Annette Weber für die inspirierenden Gespräche und ihre Geduld mit den Figuren.

Stammbaum Fossil

Babette (geb. 1844) ∞ Müller

Paul (geb. 1862) ∞ Anna

Gusti (geb. 1898) ∞ Ignaz

Franz (geb. 1933) ∞ Barbara

Kathrin (geb. 1963)

Kate Atkinson

Glorreiche Zeiten

Roman

»Glorreiche Zeiten« erzählt die dramatische Geschichte des 20. Jahrhunderts durch die Augen von Teddy – Möchtegernpoet, todesmutiger Bomberpilot, treuer Ehemann, verstörter Vater und später liebender Großvater. Mit größter Meisterschaft und Ironie lässt Kate Atkinson das Leben mehrerer Generationen in stets neuen Facetten aufblitzen – und beweist einmal mehr ihren Rang als eine der herausragenden Autorinnen der Gegenwart.

DROEMER

Alles beginnt mit einem Traum im Jahr 1903

Monika Bittl

Die Expedition

Roman

Was keinem Mann bisher gelang, wagen im Jahr 1903 fünf höchst unterschiedliche Frauen: eine Alpenüberquerung im Winter mit Schlittenhunden. Sie sind felsenfest davon überzeugt, dass das Abenteuer nicht nur erfolgreich sein, sondern auch ihr Leben verändern wird. Doch die Expedition wird zu einem Kampf gegen die inneren Abgründe und die Unbilden der Natur, ein Kampf auf Leben und Tod.